YOMI ADEGOKE

DIE LISTE

ROMAN

*Aus dem Englischen
von Carolin Müller*

btb

Die englische Originalausgabe erschien 2023 unter dem Titel
»THE LIST« bei 4th Estate, an imprint of
HarperCollins Publishers, London, Oslo.

Der Verlag behält sich die Verwertung der urheberrechtlich
geschützten Inhalte dieses Werkes für Zwecke des Text- und
Data-Minings nach § 44 b UrhG ausdrücklich vor.
Jegliche unbefugte Nutzung ist hiermit ausgeschlossen.

Penguin Random House Verlagsgruppe FSC® N001967

1. Auflage
Deutsche Erstveröffentlichung Februar 2025
Copyright © der Originalausgabe 2023 by Yomi Adegoke
Copyright © der deutschsprachigen Ausgabe 2025 btb Verlag
in der Penguin Random House Verlagsgruppe GmbH,
Neumarkter Straße 28, 81673 München
produktsicherheit@penguinrandomhouse.de
(Vorstehende Angaben sind zugleich
Pflichtinformationen nach GPSR)

Covergestaltung: semper smile, München
nach einem Entwurf von Luke Bird
unter Verwendung eines Motivs von © Shutterstock/daddy.icon
Satz: GGP Media GmbH, Pößneck
Druck und Einband: GGP Media GmbH, Pößneck
mn · Herstellung: bb
Printed in Germany
ISBN 978-3-442-77460-9

www.btb-verlag.de
www.facebook.com/penguinbuecher

*In innigem Gedenken
an meinen liebevollen Großvater*

TEIL EINS

1

Noch 27 Tage bis zur Hochzeit

In der Nacht vor dem Vorkommnis waren sie feiern gewesen. Ihr Tisch war übersät von vergoldeten Champagnerflöten und geleerten Flaschen gewesen, die umgedreht in den Kühlern steckten, ein unbeabsichtigter Schrein für die Götter der Schadenfreude. Ein glückliches Paar, das unwissentlich auf den Anfang seines Endes anstieß.

Der Raum war schummrig beleuchtet, die Luft schmeckte salzig vom Schweiß klebriger Haut. Es war nach einundzwanzig Uhr, und der Barbereich hatte sich in eine behelfsmäßige Tanzfläche verwandelt, auf der sich Londons lässig gekleidete kreative Elite so dicht aneinanderdrängte wie Tetris-Klötzchen. Michael saß in einer ochsenblutfarbenen Nische und überblickte die Szene, während seine zukünftige Frau ihre Beine über seinen Schoß ausgestreckt hatte. Er fühlte sich wie ein echter Siegertyp. Ola war ordentlich angeschickert und gähnte breit wie eine Raubkatze unter ihrem Schopf aus blauen Zöpfen. Als sie sich aufrechter hinsetzte, um ihren dritten gespielten Streit vom Zaun zu brechen, schwankte sie leicht.

»Das kann ich dir einfach nicht glauben«, sagte Ola und schob ihre Unterlippe auf eine Weise vor, die sie um Jahre jünger wirken ließ, was nicht zuletzt daran lag, dass ihr pflaumenfarbener Lippenstift an den Mundwinkeln verschmiert war und ihr Babyface somit an ein Kleinkind erinnerte, das die Schminktasche seiner Mutter geplündert hatte. »Du kannst es wirklich nicht sagen?« Michael griff über ihren Schoß nach seinem Glas. »Mann, woher soll ich das wissen?« Obwohl auch er leicht beschwipst war, hatte er nicht so viel getrunken, und ihm wurde klar, dass es noch ein Weilchen dauern würde, bis er sie eingeholt hätte. Sie waren inzwischen zum Wein übergegangen und befanden sich in einem Privatclub, an dessen Namen er sich nicht erinnern konnte; er war sich nicht einmal sicher, wie sie überhaupt hineingekommen waren. Aus irgendeiner Ecke des überfüllten Raums dröhnte beliebige elektronische Musik, und er spürte, wie sich der Merlot mit seinem Blut vermischte und ihn von innen wärmte. Alles um ihn herum verschwamm in einer zufriedenen Konturlosigkeit: An das meiste würde er sich am nächsten Tag sicher nicht mehr erinnern können, aber die kleinen Details würde er im Gedächtnis behalten. Olas Outfit – ein schwarzes Spitzenbustier unter dem grauen Blazer zu einer Tapered Fit Hose. Ihr unterdrücktes Lachen über cringes Dad-Dancing. Wie Olas Hals roch, die Weichheit ihrer Haut und ihrer Lippen. Sie hatten einen Großteil des Abends damit verbracht, wie Teenager in dunklen Ecken herumzuknutschen.

»Das ist eine ganz einfache Frage, Babe.« Sie schob ihre Lippen noch weiter vor, in einem wenig überzeugenden Versuch, ernst und gekränkt zu wirken. »Dass du nicht antwortest, ist auch eine Antwort, um ehrlich zu sein.« Ola entflocht unbeholfen ihre Beine aus seinen und wandte ihm mit verschränkten Armen den Rücken zu, wobei sie ganz offenkundig über die Schulter schielte, um zu sehen, ob er sie immer noch ansah.

»Wenn du bei der Hochzeit keine Tränen vergießt, kann ich gleich ganz drauf verzichten«, lallte sie.

Michael täuschte einen nachdenklichen Seufzer vor, weil er wusste, dass es sie noch mehr aufregen würde. »Na gut, gib mir eine Minute zum Überlegen.«

Sie drehte sich wieder zu ihm um. »*Eine Minute?* Ganze sechzig Sekunden, um zu entscheiden, ob der achte Juni der glücklichste Tag deines Lebens sein wird? Der Tag, von dem du selbst gesagt hast, dass du auf ihn gewartet hast, seit du mich das erste Mal gesehen hast? Und dann wunderst du dich, warum ich sage, dass Männer Lügner sind!«

»Na ja ... also 2008 habe ich Thierry Henry in Gatwick gesehen«, warf er ironisch ein. »Und er hat mir zugenickt, das habe ich dir doch erzählt, oder?«

»Arsch ...«

»Jetzt lass mich doch erst mal in die Kirche gehen und sehen, was passiert«, sagte Michael schmunzelnd. »Du weißt, dass ich Hochzeiten nicht so mag.«

Ola gab einen missbilligenden Schnalzlaut von sich. »Tja, aber wenn das *so* ist, wird es erst gar keine Hochzeit geben. Wie du dich bloß hinstellen und sagen kannst, unsere Hochzeit wird dich nicht zum glücklichsten Menschen machen ...«

»Ola, wann hab ich das bitte gesagt?«

»... ist echt der Oberhammer. Was könnte so eine Hochzeit bitte übertreffen. Klär mich auf.«

Michael strich sich über den Bart.

»Sag jetzt *bloß* nicht, als ich dich das erste Mal rangelassen habe, Michael!«, sagte sie, schwenkte ein Glas in ihrer rechten Hand und gab ihm mit der linken einen Klaps auf den Arm.

Er warf ihr einen gespielt schockierten Blick zu, die Augenbrauen in künstlichem Entsetzen hochgezogen.

»Ich mein es ernst! Ich bin nämlich *so* kurz vor einer ›Real Housewives of Streatham‹-Szene und kipp dir das hier drüber.«

Lachend zog Michael ihr Gesicht zu sich heran. Er betrachtete sie einen Moment lang mit leicht benebeltem Blick aus halb geschlossenen Augen und küsste sie dann auf die Stirn.

Ola machte sich hysterisch kichernd los und wischte sich übers Gesicht: »Vergiss es, Mann! Du versuchst abzulenken, aber das funktioniert bei mir nicht. Ich will Antworten, Michael. *Antworten!*«

Sie hatte die Stimme erhoben, und ein paar Köpfe an der Bar drehten sich um und sahen zu ihnen herüber. Michael konnte nicht fassen, wie sehr er es liebte, sie auf Händen zu tragen, selbst wenn sie eine Szene machte. Heute hatte er das Gefühl, ohne zu zögern sagen zu können, dass er einfach alles an ihr liebte. In diesem Moment war er sich sogar sicher, dass er sie mehr liebte als alles andere auf der Welt. Er konnte sich nicht erinnern, dass sie je glücklicher gewesen wären.

In den Wochen nach den Geschehnissen würde er diesen Abend immer wieder Revue passieren lassen und darüber nachdenken, was er alles lieber anders gesagt und getan hätte. Denn wenn er gewusst hätte, was der nächste Tag bringen würde, hätte er es nicht riskiert, Witze über ihre gemeinsame Zukunft zu machen. Stattdessen hätte er ihr gesagt, dass es ihm nur deshalb schwerfiel, den glücklichsten Tag seines Lebens zu benennen, weil er sich nicht entscheiden konnte zwischen dem Tag, an dem sie seinen Heiratsantrag angenommen hatte, und dem Tag, an dem sie ihm gesagt hatte, dass sie ihn auch liebte. Dass er wusste, dass es bald der Tag ihrer Hochzeit sein würde, aber dass der irgendwann von der Geburt ihres ersten Kindes übertroffen werden würde.

Er schmunzelte, bevor er sie noch einmal zärtlich auf die Stirn küsste: »Wann hast du mich noch gleich zum ersten Mal rangelassen?«, fragte er verschmitzt und zuckte zusammen, als ihre Faust seinen Arm knapp verfehlte und mit einem dumpfen Schlag auf dem Polster landete.

2

Noch 26 Tage bis zur Hochzeit

An einem trüben Montag im Mai um halb neun erwachte Ola vom Geräusch ihres Weckers und dem gleichzeitigen Pingen von eingehenden WhatsApp-Nachrichten. Selbst das schrille Piepen konnte sie kaum aus ihrem morgendlichen Nebel reißen, der durch die vorabendlichen Mengen an Champagner für zwei (der vor allem von einer Person getrunken worden war) an diesem Tag noch dichter war als sonst.

»Scheiße«, hörte sie sich mit reglosem Körper ächzen, an dem sich nichts als ihre Lippen bewegten, denn sie konnte unmöglich länger als vier Stunden geschlafen haben. Sie gönnte sich noch einen Moment, in dem sie einfach dalag, ihr Gesicht im Kissen versunken, bevor sie offiziell zu spät kommen würde. Träge streckte sie schließlich die Arme über dem Kopf aus und drehte sich zur Wand, wo, am Ladekabel hängend, ein iPhone wie ein vernachlässigter Liebhaber neben ihr lag. Um das Handy zum Schweigen zu bringen, ließ sie ihren Finger mit dem limettenfarbenen Acrylnagel über den rissigen Bildschirm gleiten und schielte auf die Reihe von Benachrichtigungen.

Hundertneununddreißig verfluchte Nachrichten. Ola konnte sich denken, von wem und worüber – am Abend zuvor war die letzte Folge von *Game of Thrones* ausgestrahlt worden, und die atemlosen Kommentare in ihrem Freundinnen-Gruppenchat konnte sie sich schon lebhaft vorstellen.

RUTH: Nee, tut mir leid, Leute, aber Dany ist eine Ikone. WIR SIND DOCH ALLE STANS VON UNSERER KHALEESI. 🐉🐉🐉🔥🔥🔥

CELIE: Ähm, Einspruch. Ich nicht.

Bla, bla, Haus Lannister. Bla, bla, die Mauer. Ruth schrieb wahrscheinlich komplett in Großbuchstaben, ausschweifend und gespickt mit allerlei GIFs, und Celie unterbrach den Wortschwall ihrer Freundin vermutlich hie und da nur mit einem einsamen »Schwester ...« oder einer stummen Aneinanderreihung von Fragezeichen. Je leidenschaftlicher die beiden darüber diskutierten, desto sicherer wäre sich Ola mal wieder, dass sie nichts zu tun haben wollte mit diesem *Herr der Ringe*-Verschnitt mit düsterem Erzählbogen voll sexueller Gewalt, gespickt mit einer Prise beiläufigem Ableismus.

Ein paar Dutzend der Nachrichten stammten sicher auch von der Blumenhändlerin, die sich nach Details von etwas erkundigte, das Ola ihr bereits am Vortag erläutert hatte. Dieses ständige Nachfragen nach dem genauen Verhältnis von Pfingstrosen zu Rosen im Brautstrauß würde sie weniger aufregen, wenn sie nicht so viel Geld auf den Tisch gelegt hätte, in der Hoffnung, sich dann selbst um weniger kümmern zu müssen. Sie fragte sich, ob sich die Floristin nur so geschäftig gab, um ihre Wucherpreise zu rechtfertigen, oder ob sie wirklich Antworten brauchte. Ola war sich nicht sicher, was schlimmer wäre.

Sie zuckte zusammen, als ihr Telefon erneut zweimal summte. Langsam kam ihr in den Sinn, dass die meisten der Nachrichten (es waren inzwischen hunderteinundvierzig) wohl von ihrer Chefin Frankie stammten. Ola hatte versprochen, den Text für einen gesponserten Beitrag bis spätestens heute um sieben Uhr dreißig abzuliefern. Doch diese Frist war durch die ganze Hochzeitsorganisation gedanklich in den Hintergrund gedrängt worden: die besonderen Stühle, der Stehtisch, die Tischwäsche, der Vorhang, die Lounge-Möbel, die mobile Tanzfläche, die Beleuchtung. Und was das Ganze kostete – aktuell schon mehr als ihr gesamter Studienkredit. In der Woche zuvor hatte sie bereits um eine Verlängerung der Abgabefrist gebeten, da sie Schwierigkeiten hatte, das Thema umzusetzen. Sie sollte einen eleganten Zusammenhang zwischen den männlichen Gründern der dänischen CBD-haltigen Sexspielzeugmarke »Kalmte Kut« und dem Thema »Body Positivity« herstellen. Ola hatte das Projekt zum Teil in der vergeblichen Hoffnung vor sich hergeschoben, dass Frankie es an jemand anderen bei *Womxxxn* weitergeben würde, der besser darin war, Pressemitteilungen von pseudofeministischen Marken als echten Journalismus zu tarnen. Aber das hatte Frankie nicht, und der Artikel war noch immer ungeschrieben.

Ola musste von Tooting bis zur Victoria Station, also hatte sie weniger als zwanzig Minuten Zeit, um sich fertig zu machen. Übernächtigt tippte sie das Geburtsjahr ihres Vaters in ihr Telefon. Es vibrierte ablehnend:

Du bist bis 9:30 Uhr #BLOCKED (56 Minuten)

Das auch noch. Sie schnappte nach Luft.
»Scheiße. *Scheiße.*«
Olas iPhone war voll mit längst vergessenen Selbstoptimierungs-Apps, ungenutzte Apps gegen Schlaflosigkeit und natür-

lich #BLOCKED, die mörderische Handyeinschränkungs-App, die sie erst kürzlich installiert hatte, damit sie nicht schon morgens am Handy hing, weil sie den Verdacht hegte, appsüchtig zu sein. Sie hatte es satt, dass ihr Twitter-Feed das Erste war, was sie nach dem Aufwachen sah. Als sie ihr Nutzungsverhalten das letzte Mal überprüft hatte, verbrachte sie fast sechs Stunden pro Tag am Display – doppelt so viel wie der Durchschnitt der Bevölkerung –, und nach drei gescheiterten Neujahrsvorsätzen in Folge hieß es entweder #BLOCKED oder irgendeine Art von Handy-Entzugsklinik. Es funktionierte – ein Pop-up-Fenster verdeckte das Display und verhinderte, dass sie auf das Gerät zugreifen konnte, bis die Sperre um neun Uhr dreißig aufgehoben würde. Doch im Moment wurden die Vorzüge der Einschränkungs-App durch das nervige anhaltende Vibrieren ihres Handys in den Hintergrund gedrängt.

Ola setzte sich richtig auf. Dann zog sie die Vorhänge zurück, die sich leuchtend orange gegen den trüben Südlondoner Himmel abhoben, und drehte den Kopf, um ihr Schlafzimmer auf mögliche Schäden zu untersuchen. Nicht *allzu* schlimm. Die Kleidung von letzter Nacht lag am Fußende ihres Bettes auf einem Haufen. Sie wich dem Blick der Maya-Angelou-Zeichnung aus, die sie bei Etsy bestellt hatte und unter der in Schreibschrift »Still I Rise« stand. Dabei bemerkte sie neben ihrem Sägeblattkaktus eine mit Sternen übersäte Schachtel mit der Aufschrift »Chicken Corner«, in der sich abgenagte Knochen befanden. Ein Weinglas ohne Untersetzer hatte Flecken auf ihrem Schreibtisch hinterlassen, aber ansonsten war sie glimpflich davongekommen. Dennoch fanden sich Spuren ihrer Nacht wie an einem Tatort im Zimmer verteilt, und die betrunkene Ola hatte am Abend zuvor allerlei Indizien und Hinweise hinterlassen, um die Erinnerungslücken zu füllen.

Noch zu verkatert, um richtig in die Gänge zu kommen, schlurfte sie ins Badezimmer und legte das Handy am Waschbeckenrand ab. Sie schälte sich mühsam aus dem übergroßen T-Shirt, das sie als Schlafanzug trug, und fasste ihre endlosen marineblauen Zöpfe zu einem großen Dutt zusammen, den sie nur teilweise mit einer zu kleinen Duschhaube bedeckte. Dann stellte sie sich nackt vor den Badezimmerspiegel und betrachtete sich. Ihre tiefbraunen Augen, die jetzt dunkle Ringe aufwiesen. Sie bleckte die Zähne; Zahnfleisch und Zunge waren vom Merlot geschwärzt. Als sie unter die Dusche trat, musste sie bei dem Gedanken an die vergangene Nacht lächeln. Es war ein guter Abend gewesen. Ihr armer Mann hatte sie per Uber nach Hause gefahren, um sie sicher ins Bett zu bringen – der Geruch von Michaels Tom-Ford-Aftershave hing noch immer in ihrem Zimmer. Obwohl sie sich nicht wirklich an die Heimfahrt erinnern konnte, hatte sie eine vage Vorstellung, wie er ihr die hohen Schuhe ausgezogen und sie die Hände an sein Gesicht gelegt und mit Singsang-Stimme seinen Namen gesäuselt hatte, während er versucht hatte, sie mit der Bettdecke zuzudecken. Ola packten Gewissensbisse – er musste heute Morgen früh seinen neuen Job antreten, und sie hoffte, dass ihre gestrigen Eskapaden ihn an seinem ersten Tag nicht aus dem Konzept bringen würden.

Ola und Michael hatten sich vor drei Jahren, im Sommer 2016, bei einem Networking-Event der Medienbranche für Schwarze Briten kennengelernt, als die Charts von Drake-Songs dominiert wurden, die wohl so einige Situationships in Gang brachten – »Controlla«, »One Dance«, sein »Work«-Feature mit Rihanna. Sie hatten sich auf Anhieb verstanden, und sie war angenehm überrascht gewesen, als er sie eine Woche später fragte, ob sie mit ihm ausgehen wolle. Das bevorstehende Date mit ihm verkündete sie im Gruppenchat mit dem zweitbesten Bild, das sie von ihm auf seiner Facebook-Seite finden konnte. Auf dem besten Bild war er auf einer Party anlässlich des Unabhängigkeitstags zu sehen, das Hemd fast bis zum Bauchnabel aufgeknöpft und mit einer kleinen ghanaischen Flagge als behelfsmäßigem Bandana. Ola wollte vermeiden, dass irgendein Fuckboy-Verdacht aufkam, und wählte daher lieber ein Schwarz-Weiß-Foto, auf dem er wie ein Motivationsredner aussah.

»Ngl der ist HOT«, kommentierte Ruth in der WhatsApp-Gruppe. »Sahneschnitte.« »Aber tbh ich empfange da irgendwie Fuckboy-Vibes LOOOL.«

»Sieht aus wie der Schlagzeuger einer Kirchenband«, fügte Celie hinzu. »Du weißt, das sind die Schlimmsten.«

Immerhin gaben sie zu, dass er umwerfend aussah. Michael war mit seinen eins siebenundachtzig sogar noch größer als Ola, hatte mandelförmige Augen und eine makellose Haut. Hinter seinem tadellos gepflegten Bart verbarg sich ein wie aus schwarzem Marmor gemeißeltes Gesicht. Er war stets gut gekleidet, bis ins Detail, und man traf ihn nie ohne eine dünne Goldkette und einen kleinen Ring im linken Ohr an, den seine Mutter hasste und der Ola faszinierte. Doch was Michael betraf, erklärten sich ihre Freundinnen nur mit seinem Aussehen einverstanden. Celie und Ruth bezweifelten immer, dass irgendjemand, den Ola mochte, gut genug für sie war, was jedoch weniger Beweis für Olas schlechten Geschmack war, als eher für die unmöglich hohen Standards ihrer Freundinnen (die Ruth selbst nicht einhielt und Dauersingle Celie nicht einhalten musste). Also nahm sie die Meinung ihrer Freundinnen, ohne mit der Wimper zu zucken, zur Kenntnis. Ola mochte es, wie sie sich in Michaels Nähe fühlte. Lockerer, irgendwie weniger sie selbst, aber trotzdem mehr bei sich. Er war klug, humorvoll und nett. Und obwohl sie nicht gerade begeistert war, dass sie immer die Restaurantrechnung übernehmen musste, gefiel ihr noch weniger, was es über sie aussagen würde, wenn sie ihm das zum Vorwurf machen würde. »Bei der Sache mit dem Gender-Pay-Gap, über den du ständig schreibst, hat er wirklich keine Ausrede«, hatte Ruth geunkt, als sie anfingen, miteinander auszugehen.

»Da hat sie nicht unrecht«, hatte Celie ihr überraschenderweise zugestimmt. »In der Bibel steht nur was davon, dass man sich gegenseitig annehmen soll, aber nicht ausnehmen, oder?«

Als Ola entgegnet hatte, dass das ja dann per definitionem bedeuten würde, auch das annehmen zu müssen, machten Ruth und Celie einhellig grimmige Gesichter. Sie schienen nur dann Verbündete zu sein, wenn sie mit Olas Männergeschmack nicht einverstanden waren. Immerhin packten ihre Mädels nun bei den Hochzeitsvorbereitungen tatkräftig mit an und halfen Ola auf jede erdenkliche Weise, wofür sie ihnen dankbar war. Gleichzeitig wusste sie, dass die beiden immer noch Vorbehalte gegen ihn hatten. Doch sicher würden sie sich jetzt zufriedengeben, da Michael mit seinem neuen Job mehr verdienen würde als sie. Ola selbst wusste noch nicht so recht, wie sie zu dieser neuen Realität stand – immerhin hatte sie mehr Geld in die Hochzeit gesteckt als er –, doch sie freute sich über seine veränderte Rolle.

Das erneute, gefühlt noch eindringlichere Vibrieren ihres Handys riss sie aus ihren Gedanken. Sie griff blind aus der Dusche heraus danach, während sie sich noch nach Vanille duftendes Waschgel aus dem Gesicht wischte, und drehte den Bildschirm vorsichtig nach oben: Der Name FRANKIE W blinkte wie eine Warnung auf. Ola konnte auch sehen, dass sie neben den hundertachtundvierzig Meldungen, begraben unter einer Flut von Instagram- und Twitter-Benachrichtigungen, auch noch siebzehn bisher nicht angezeigte verpasste Anrufe hatte. Das war die Bestätigung: Sie hatte es komplett vermasselt. Niedergeschlagen stellte Ola die Dusche aus, wickelte sich in ein flauschiges türkisfarbenes Handtuch und starrte angestrengt auf die Fliesen des Badezimmerbodens.

Bis zu diesem lästigen Arbeitsproblem hatte sie sich zum ersten Mal seit langer Zeit wieder mit sich im Reinen gefühlt. Oder zumindest so nah, wie sie diesem Gefühl derzeit überhaupt kommen konnte. Dieser wirkliche Frieden, im Sinne von: die gesamte Hochzeitsorganisation im Griff, alles im Google-Kalender abgehakt und alle Rechnungen bezahlt, war mittlerweile ein so ungewohntes Gefühl für sie, dass sie ihm nie recht traute. Für gewöhnlich fühlte sie sich im Sturm sicherer als in der Ruhe davor.

An diesem Morgen dachte Ola, der Sturm würde sie in Form von Frankie ereilen, die sie, einmal in der Arbeit angekommen, zu einer als »kurzes Gespräch« getarnten Rüge bitten würde. Tatsächlich aber brach der Sturm wenige Minuten nach ihrer Ankunft im Büro über sie herein, pünktlich um neun Uhr dreißig, als ihr Telefon ihr endlich wieder Zugang zu ihren Apps gewährte. Sie marschierte schnurstracks zu ihrem Schreibtisch, den Blick gesenkt, sodass sie nicht einmal sicher war, ob Frankie schon da war. Sie entsperrte ihr Telefon, und die ersten vier Nachrichten waren, wie sie vermutet hatte, von Celie und Ruth. Ruths Nachricht lautete in für sie typischer Dramatik:

NOTFALL. GEH VERDAMMT NOCH MAL RAN!

FFS OLAIDE!!!!! WARST DU SCHON AUF TWITTER???

RUF MICH AN – ASAP

HAST DU'S SCHON GESEHEN???! HAST DU DIE LISTE GESEHEN?

Celies Nachricht, kurz und direkt wie sie selbst, bestand aus nur vier Wörtern:

Bist du okay, Ola?

3

Noch 26 Tage bis zur Hochzeit

Es war Michael Korantengs erster Tag in seinem neuen Job bei CuRated, als »Die Liste« online ging. Er hasste es, dass die Leute so darüber sprachen, als wäre es ein neuer Sneaker, der gerade herausgekommen war, oder die Veröffentlichung eines Marvel-Filmtrailers.

An diesem besagten Morgen war er bereits vor seinem Wecker aufgewacht; eine Art Lampenfieber vor dem ersten Tag hatte ihn um sieben Uhr siebzehn geweckt, und obwohl er in der Nacht zuvor erst so spät ins Bett gekommen war, fühlte sich Michael fit – er hatte es nicht annähernd so übertrieben wie Ola, die er wie ein Feuerwehrmann in das Uber nach Hause hatte tragen müssen. Bei ihr zu Hause angekommen, hatte er es auch noch geschafft, ihr ein altes T-Shirt überzuziehen und sie ins Bett zu bringen, aber es hatte noch ganze zwanzig Minuten gedauert, bis sie schließlich eingeschlafen war. Sein Handyakku war leer gewesen, sodass er sich kein Taxi hatte bestellen können, und als er nach Olas Passwort fragte, hatte sie es ihm nur geben wollen, wenn er mit ihr zu ihrem Hochzeitssong »Yori Yori« von Bracket tanzte und sie »Mrs. Koranteng« nannte. Glücklicherweise war es ihm noch gelungen, ihr das Passwort zu entlocken, bevor sie weggepennt war und auf ihr Kissen gesabbert hatte.

Davor hatten sie seinen neuen Job gefeiert, indem sie in Soho von Privatclub zu Privatclub gezogen waren und sich ungläubig die Frage gestellt hatten: »Wer zum Teufel sind wir?« Michael spürte, wie er bei dem Gedanken an seine angehende Ehefrau lächeln musste. Ola war außergewöhnlich hübsch – große braune Augen, hohe Wangenknochen, mit der gesunden afrikanischen Schönheit und den Grübchen, denen Afrobeats-Musiker schon ganze Diskografien gewidmet hatten. Mit ihren ein Meter achtzig war sie groß und auf eine Weise schlank, die ihr ihren Erzählungen zufolge als Teenager in Streatham keinen Gefallen getan hatte, denn mit ihrer flachen Brust und den schmalen Hüften hatte sie auf der Begehrlichkeitsskala ganz unten gestanden. Aber später an der Uni wurde das, was einst als »Schlaksigkeit« galt, als »Langbeinigkeit« interpretiert und führte – neben ihrer hohen Stirn – dazu, dass sie gelegentlich für ein Model gehalten wurde. Ihre charakteristischen hüftlangen Zöpfe, die regelmäßig die Farbe wechselten, und ein silberner Ring in ihrer Stupsnase machten sie noch umwerfender.

Aber sie war nicht nur eine Schönheit, o nein. Ola war klug und ehrgeizig und unterstützte ihn, wo immer sie konnte. Außerdem war sie sehr prinzipientreu und fürsorglich. Von den Milliarden von potenziellen Seelenverwandten auf diesem Planeten wusste er, dass seine nur Ola Olajide sein konnte, und in siebenundzwanzig Tagen würden sie dies vor all den Menschen geloben, die sie fast so sehr liebten wie einander. Fast. Sie hatten schon viel zusammen durchgemacht, er und Ola, aber heute, so hoffte Michael, würde der erste Tag sein, an dem er anfangen konnte, sich selbst und allen anderen zu beweisen, dass er sie verdiente.

Als er seinen Kleiderschrank öffnete, griff Michael nach einem der wenigen Hemden, die er besaß, und nach einer schicken schwarzen Hose anstelle seiner üblichen, selbst gewählten

Uniform, bestehend aus dunklem Pullover, passender Jogginghose und Turnschuhen. Er wusste, dass er für das bekanntermaßen lockere Start-up ein wenig overdressed sein würde, aber er konnte die spöttische Stimme seiner Mutter nicht abschütteln, die sich sonst sarkastisch erkundigen würde, warum er an seinem ersten Arbeitstag den Eindruck von Arbeitslosigkeit erwecken wolle. Als er gerade zum Frühstücken nach unten in die Küche gehen wollte, beschloss er, vorher noch sein Handy zu checken. Es hatte über Nacht am Ladekabel gehangen, aber in dem Moment, als der Bildschirm aufleuchtete, wusste er, dass etwas nicht stimmte. Einundzwanzig verpasste Anrufe. Neunundfünfzig WhatsApp-Nachrichten. Sein Magen verkrampfte sich. Wer war gestorben? Michael dachte sofort an seine Großmutter, die er viel zu selten anrief. Als sie das letzte Mal vor über anderthalb Wochen miteinander gesprochen hatten, erholte sie sich gerade von einer kleinen Operation. Seit diesem Eingriff hatte er ihr jeden zweiten Tag eine Nachricht geschickt, und es hatte immer den Anschein gehabt, dass alles in Ordnung wäre. Aber sie war einundachtzig Jahre alt, und in ghanaischen Krankenhäusern starben Patienten oft unerwartet schon nach weniger invasiven Operationen.

Keine einzige Nachricht von seiner Mutter, aber mehrere von diversen Namen, zwischen denen er nur schwer eine Verbindung herstellen konnte. Die erste war von einem Mann namens Ryan, an dessen Gesicht er sich ohne einen Blick auf das Kontaktbild nicht hätte erinnern können und von dem er nur noch vage wusste, dass er ihn einige Monate zuvor bei einem Podcast-Workshop getroffen hatte. Ihre letzte Korrespondenz, ein freundlicher Austausch über das Datum der nächsten Veranstaltung, hätte sich nicht stärker von seiner jüngsten Nachricht unterscheiden können:

Stimmt der Scheiß????

Stimmte welcher »Scheiß«? Michael war sich nicht sicher, ob ihm Ryans vertraulicher Umgangston gefiel. Dann öffnete er eine zweite Nachricht, diesmal von Olas bester Freundin Celie, die einfach sechs Fragezeichen gefolgt von einem Link geschickt hatte. Michael tippte darauf, und seine Twitter-App öffnete sich und zeigte einen Account mit einem ausgegrauten Avatar an: @_DIE_LISTE. Er runzelte die Stirn, als er die Bio las. »Entlarvt die berühmtesten Täter der britischen Medienlandschaft«, hieß es dort. »Nur für 24 Stunden live.« Michaels Stimmung wechselte von Beklemmung zu Ratlosigkeit. Was hatte das mit ihm zu tun? Der Account folgte niemandem, hatte 786 Follower und bisher lediglich zwei Tweets veröffentlicht. Der erste war an den Anfang des Profils gepinnt und trug die Überschrift »Unsere Antwort« mit dem Screenshot eines Textes:

Vielen Dank an alle, die sich gemeldet haben. Wir haben diesen Account eingerichtet, da die offiziellen Kanäle Überlebende von Übergriffen in der Medien- und Unterhaltungsindustrie weiterhin im Stich lassen. Diese Tatsache lässt uns keine andere Wahl, als selbst aktiv zu werden.

Um die Sicherheit und die Identität derjenigen zu schützen, die Meldung gemacht haben, werden wir nicht auf DMs zu #DieListe antworten. Dieses Konto wird nach 24 Stunden deaktiviert.

Michaels Mund war trocken. Auf seinem Telefon gingen weiterhin summend Nachrichten ein, aber das registrierte er kaum noch. Das konnte doch nicht wahr sein ... Der zweite Tweet bestand aus dem Screenshot einer Tabelle mit zwei vollen Spalten. Er atmete tief durch, bevor er draufklickte, und erkannte seinen Namen sofort. Da war er, Nummer zweiundvierzig, eingekeilt zwischen einem Fernsehproduzenten, der der Vergewaltigung beschuldigt wurde, und einem Journalisten, der sich offenbar an junge Mädchen heranmachte. Sein Vorname war falsch geschrieben – »Micheal« stand da und dann »CuRated« neben den Worten »Belästigung und Bedrohung/körperlicher Übergriff bei Firmenweihnachtsfeier«. Darauf folgte in Klammern der Zusatz »einstweilige Verfügung«. In jeder anderen Situation wäre er von der Vorstellung begeistert gewesen, allein durch seinen Vornamen erkennbar zu sein, als wäre er eine echte Persönlichkeit des öffentlichen Lebens. Einen Moment lang fragte er sich, ob er nicht vorschnell in Panik geriet, da er seinen neuen Job ja erst heute offiziell antrat. Vielleicht bestand da irgendeine Verwechslung; ein anderer Michael, in der Produktion vielleicht oder aus der Buchhaltung. Es war schließlich einer der gängigsten Namen überhaupt. Doch der Hoffnungsschimmer dauerte nur Sekunden, denn dann erinnerte er sich sofort wieder an die viel getwitterte Ankündigung seiner Einstellung letzte Woche. Er schloss die Liste und sah sich den Tweet genauer an. Vierunddreißig Retweets. Zweihundertdrei Likes. Gepostet um sechs Uhr dreißig heute Morgen. Ihm wurde schwindelig, und er begann herumzutigern.

Das kostet mich meinen Job, war sein erster Gedanke. Ich verliere den ersten Job, den ich je wirklich wollte, noch bevor ich ihn überhaupt angetreten habe. Mit zitternden Händen klickte er auf das kleine Flaggensymbol unter dem Tweet neben den Worten »Problem melden«. Daraufhin öffnete sich ein Menü mit mehreren Optionen. »Spam«, »Thematisiert Selbstmordabsichten«, »Interessiert mich nicht«. Die Option »Bezichtigt mich der Übergriffigkeit« gab es nicht. Er wählte die Option »Beleidigend und verletzend« und war auf der nächsten Seite noch frustrierter: »Auf welche Weise ist dieser Tweet beleidigend und verletzend?« Obwohl er der Meinung war, dass »Begünstigt Selbstmord oder Selbstverletzung« am ehesten zutraf, entschied er sich für »Beinhaltet gezielte Verleumdung« und drückte auf Senden.

Er sah sich die zunehmenden Reaktionen auf den Beitrag an und suchte unter den Likes nach Namen und Gesichtern, die er wiedererkannte. Es war schwer, den Überblick zu behalten, denn die Zahl der Laienrichter nahm bei jedem Scrollen zu. Jeder Doppelklick fühlte sich für ihn wie ein Schuldspruch an. Es gab jetzt zweihundertsiebzehn Likes; seinen letzten Podcast hatten live zweihundertzehn Zuhörer verfolgt. Ihm wurde ganz mulmig zumute, als er sich diese Anzahl von Menschen in einem Raum versammelt vorstellte. Und das waren nur die Accounts, die öffentlich mit dem Tweet interagiert hatten – wie viele Beiträge hatte er schon gesehen, geteilt und diskutiert, ohne sich sichtbar zu beteiligen? Er erinnerte sich an Ryans Nachricht von vorhin: plumpvertraulich und anklagend. *Stimmt der Scheiß????* Michael kannte den Typen kaum, und er hatte die Dreistigkeit, ihm vor neun Uhr morgens eine Nachricht zu schicken, als wären sie Kumpels, und mit Behauptungen um sich zu werfen. Ihm wurde übel, als er an die anderen Nachrichten dachte, die sich bereits auf seinem Handy auftürmten, von fast Fremden und von solchen, von denen er annahm, dass sie ihn besser kennen sollten.

Vor weniger als einer Stunde war er als neuer Moderator von *Tasted* aufgewacht, am ersten Tag seines neuen Lebens. Und nun ging er zur Arbeit als ein branchenbekannter Täter. Die Etiketten »Belästiger«, »übergriffige Person«, »Täter« trug er noch nicht lange, aber er fühlte sich bereits dauerhaft von ihnen gebrandmarkt. Er wusste nicht, was er jetzt tun sollte.

Alles, was er sich in den letzten sechs Jahren aufgebaut hatte, fiel in sich zusammen. Michael hätte sich am liebsten in Luft aufgelöst oder wäre im Erdboden versunken. Wie um alles in der Welt sollte er so seinen neuen Kollegen gegenübertreten? Wenn sie es nicht schon gesehen hatten, war es sicher nur eine Frage der Zeit. Er war erledigt: Auf dieser Liste befand er sich in berühmter Gesellschaft, und in kürzester Zeit würden die Neuigkeiten ihren Weg finden von einem Thread auf Twitter zu Gossip-Foren, Artikeln und ...

Ola. Er musste mit Ola sprechen. Er tippte auf ihren Namen in seiner Kontaktliste, wohl wissend, dass sie wahrscheinlich erst später antworten würde, da sie vor ein paar Wochen eine App installiert hatte, die Anrufe morgens um diese Zeit blockierte. Er hatte sie gewarnt, dass es im Falle eines Notfalls eine dumme Idee war, obwohl er dabei eher an verlorene Hausschlüssel gedacht hatte und nicht daran, anonym im Internet der Übergriffigkeit beschuldigt zu werden. Bereits nach einem Klingeln wurde die Verbindung unterbrochen. Er versuchte es erneut; diesmal klingelte es ein paarmal, doch dann ging die Mailbox ran. »Hi, Ola, ich bin's«, verkündete er, ohne zu wissen, was er als Nächstes sagen sollte. »Kannst du mich bitte anrufen, sobald du das hörst?«

Er ignorierte alle anderen Nachrichten und begann, eine Antwort an Celie zu tippen.

Das ist nicht wahr. Ich muss so schnell wie möglich mit Ola sprechen.

Celies Online-Status änderte sich augenblicklich in »schreibt ...«, und er konnte beobachten, wie sie immer wieder zu einer Antwort ansetzte und dann wieder zu schreiben aufhörte, bevor sich ihr Avatar in die Standardsilhouette verwandelte. Sie hatte ihn blockiert.

Das Pochen in seiner Brust begann, seine Atmung zu beeinträchtigen. Er und Ola würden in einem Monat heiraten. Zumindest hatten sie das vorgehabt. Er hatte keine Ahnung, was das nun für die Hochzeit bedeutete. Oder ganz einfach für sie als Paar. Bei dieser Liste übergriffiger Täter würde es jeder Frau den Magen umdrehen, aber Ola? Genau so etwas behandelte sie beruflich. Es war genau die Art von Dingen, die ihr das Gefühl gaben, dass die Welt, die sie so verzweifelt zu ändern versuchte, einfach nicht mehr zu retten war. Solche Männer. Was bedeutete »solche Männer«, nun, da sein Name ins Spiel geraten war? War er selbst jetzt die Art von Mann, über die sie berichtete? Er überflog die Liste erneut und versuchte zu begreifen, was er darauf zu suchen hatte. Was hatte er mit den anderen Erwähnten zu schaffen? Ich kann nicht fassen, dass mir das passiert, dachte Michael. Aber tief in seinem Inneren hatte er sich immer gefragt, ob so etwas eines Tages passieren könnte. Karma, vielleicht? Er drückte so lange auf den Einschaltknopf an der Seite seines Handys, bis das Display schwarz wurde.

Dann sank er auf die Bettkante, um sich zu sammeln, und presste die Finger an die Schläfen. Sie pochten. Nach einer Weile stand er langsam auf und spürte, wie seine Knie nachgaben. Er schnappte nach Luft, rannte ins Bad und übergab sich ins Waschbecken. Dann putzte er sich ein zweites Mal die Zähne, knöpfte sein Hemd zu und machte sich auf den Weg zur Arbeit.

Alle Augen waren auf ihn gerichtet, als er das Büro betrat – Michael konnte nicht genau sagen, ob es daran lag, dass er neu war, dass er schwarz war oder weil seine neuen Kollegen schon von der Liste gehört hatten. Die Büroräume von CuRated waren wie die Realität gewordene Online-Präsenz der Plattform. Er wurde von neongelben, grünen und blauen Schildern begrüßt, die Slogans wie »Hustle« und »Level Up« propagierten. Beim Eingang befand sich ein roter Kickertisch, und am Ende jedes Arbeitsbereichs standen Minikühlschränke mit Glastüren voll Evian, Diätcola und Rekorderlig Cider. Im hinteren Bereich befand sich eine schummrige Aufnahmekabine.

»Michael!« Er hörte die dröhnende Stimme von Beth Walker, der Personalchefin von CuRated, bevor er sie sah. Michael fiel auf, wie sehr sich diese neuen Londoner Medientypen in ihrem Versuch herauszustechen doch oft glichen – genauso wie zwei weitere Frauen im Büro trug Beth einen weißblonden Pixie-Cut, eine schwarze Brille mit massivem Rand und silberne Creolenohrringe in wachsender Größe entlang ihrer Ohrläppchen. Sie grinste ihn breit an und zeigte Zähne zwischen einem fast neonfarbenen Lippenstift.

»Wir sind ja sooo begeistert, dass du endlich zu uns stößt!« Begeistert. Okay, sie hat es also noch nicht gesehen, dachte Michael. »Danke, Beth. Ich kann es auch kaum erwarten loszulegen.« Er war es gewohnt, in zwei Zungen sprechen zu müssen, und hatte eine Stimme für seine Freunde und die andere für die Arbeit reserviert, aber heute war er noch befangener. Er hatte damit gerechnet, dass Beth ihm verhalten begegnen würde. Michael war sich sehr wohl bewusst, wie es zu seiner Einstellung gekommen war. Ende Dezember letzten Jahres hatte der inzwischen entlassene Social-Media-Manager ein Foto der Firmenweihnachtsfeier an die 656 000 Follower von CuRated getwittert. Das Bild des komplett weißen sechsundzwanzigköpfigen Teams ging schnell unter dem Hashtag #NotRated viral, der daraufhin zwei Tage lang auf Twitter trendete. Die Digital-Content-Plattform für Männer wurde des »Gatekeepings« und »Whitewashings« bezichtigt. Wie sehr die Plattform oft auf schwarze Kultur Bezug nahm, war dabei nicht gerade hilfreich: von Beiträgen, in denen die kultigsten Rap-Videos aller Zeiten aufgezählt wurden, bis hin zum Sponsoring von Soundsystemen für den Notting Hill Carnival. Nun, einige Monate und zwei weitere Hashtags später, stieß Michael zum Team, um die vierzehntägige Kultur- und Lifestyle-Show *Tasted* auf YouTube zu moderieren. Seine Einstellung war mit großem Tamtam online verkündet worden. Und jetzt war er sich sicher, dass sie noch mehr Wirbel verursachen würde, allerdings aus den falschen Gründen.

»Was für aufregende Zeiten!«, rief Beth aus. »Aber bevor wir ins Detail gehen, möchte ich mich vergewissern, dass ich da ganz richtigliege: dein Nachname ...«, sie setzte vorbeugend ein entschuldigendes Gesicht auf, »spricht man ihn ... Korn ... äh ... Kwran-ting?«

»Ja, genau«, sagte Michael und nickte künstlich begeistert angesichts der Verhunzung. »So ist es.«

»Großartig!« Beth klatschte feierlich in die Hände. »Ich hatte solche Bedenken, dass ich es falsch aussprechen würde! Jetzt, wo das geklärt ist, lass uns Seb begrüßen gehen, okay?«

Der Geschäftsführer und Herausgeber von CuRated, Sebastian Fraser, sah genauso aus wie auf seinen Fotos: wie ein Mitglied der Jugendorganisation der Konservativen Partei. Obwohl es ihm trotz intensiver Google-Recherche nicht gelungen war, sein Alter herauszufinden, war sich Michael sicher, dass er nicht älter als dreiundzwanzig sein konnte. Er hatte rote Haare, war glatt rasiert und ganz anders als seine hippen Kollegen. Ganz konzernmäßig trug er ein Nadelstreifenhemd unter einer grauen Anzugjacke, dazu eine schmal geschnittene Hose und penibel saubere braune Oxford-Schuhe. Sebastian unterhielt sich gerade mit jemandem über die Social-Media-Strategie von CuRated, als Michael und Beth hinzukamen.

»Mike, Kumpel«, rief er. Seine braunen Augen schnellten zu ihm, und er streckte ihm bereits die Hand entgegen, lange bevor Michael ihn erreicht hatte. »Ich bin ein Riesenfan von *Caught Slippin*. Du und deine Kumpels, ihr seid einfach der Hammer! Ich hoffe, du kannst etwas von diesem Humor zu CuRated bringen, ja?«, sagte er und nickte begeistert, um es zu bekräftigen. »Toll, dich an Bord zu haben.«

»Danke«, sagte Michael und hoffte, dass Sebastian bei der Begrüßung seine feuchten Hände nicht auffielen. »Ich freu mich auch, an Bord zu sein.«

»Bestimmt hat Beth es dir schon gesagt, aber wir sind hier bei CuRated eine große Familie. Alles, was uns interessiert, ist, Dinge umzusetzen – eure Dinge. Ihr, die Belegschaft, seid das Hirn. Die Chefs.« Er schüttelte weiter beherzt Michaels Hand, bis sein Arm müde zu werden begann.

»Ich weiß natürlich, dass ich technisch gesehen euer ›Boss‹ bin, aber mehr ist es auch nicht – nur eine Formalität. Letztendlich bin ich ein verdammter Niemand. Ich kümmere mich nur um den langweiligen Zahlenkram. Ich halte unseren kleinen Betrieb am Laufen. Aber ihr macht das hier zu dem, was es ist, also hoffe ich, dass du bereit bist!« Michael nickte, und endlich ließ Sebastian seine Hand los und klopfte ihm stattdessen auf den Rücken.

»Sehr gut! Und jetzt, Kumpel ...«, sagte er und klatschte seine nun etwas feuchteren Hände zusammen, »wollen wir dich mal dem Rest der Gang vorstellen!«

Michael wurde einer Schar von Jacks und Katies und Emmas und Toms vorgestellt, deren Gesichter und Funktionen allmählich verschwammen. Man nahm ihn auf einen Rundgang durch das Büro mit, an den er sich schon nicht mehr erinnern konnte, als er zu seinem Schreibtisch geführt wurde. Er entschuldigte sich für seine Reserviertheit und schob sie auf Kopfschmerzen, was zum Teil ja auch stimmte, und dann verbrachte er den größten Teil des restlichen Vormittags schweigend an seinem Platz und hoffte, dass man es auf seine Nervosität zurückführen würde. Als die Uhr Mittag anzeigte, schaltete er sein Handy wieder ein. Vierunddreißig verpasste Anrufe, einige von Leuten, von denen er seit Jahren nichts mehr gehört hatte, andere von Nummern, die er nicht einmal kannte. Doch keiner war von Ola.

Der Versuch, an etwas anderes als die Liste zu denken, erwies sich als unmöglich; anstatt sich mit der Redaktionssoftware, die er benutzen würde, vertraut zu machen, blätterte er in einer mentalen Rollkartei und ging jedes einzelne Mädchen durch, das er jemals getroffen oder angesprochen hatte, mit dem er jemals verabredet war oder das er geghostet oder betrogen hatte – einfach alles. Der fehlende genauere Kontext zu den Online-Behauptungen brachte ihn dazu, verzweifelt die Lücken zu füllen und sich zu fragen, wer wohl diejenige war, die ihn auf die Liste gesetzt hatte. Gabrielle King kam ihm in den Sinn, ein streng gläubiges Mädchen, das er im College auf einer Studienfahrt nach Zypern entjungfert hatte. Sie hatten sich in ein paar Kursen den Schreibtisch geteilt, weil sie im Klassenbuch nebeneinanderstanden, und sich lose angefreundet. Dann hatte er durch

Gerüchte erfahren, dass sie auf ihn stand. Sie war eigentlich nicht sein Typ gewesen – sie hatte schlechte Haut und noch schlimmere Kleidung. Aber in der ersten Nacht der Reise hatten sie in seinem Bett geschmust, und schon bald hatte er ungeschützten Sex mit einem Mädchen, mit dem er bis dato eigentlich nur gesprochen hatte, wenn er sich einen Stift borgen wollte. Die ganze Sache verlief weitgehend wortlos und war vorbei, bevor er sichs versah. Nicht der Rede wert. Ein paar Nächte später hatte er dann etwas mit ihrer Freundin Martha, dieselbe Reise, dasselbe Bett, und während sie miteinander kuschelten, erzählte sie ihm, dass Gabrielle es bereute und sich benutzt fühlte. Die Pille danach – die er mürrisch bezahlt hatte – hatte bei ihr Übelkeit ausgelöst. Damals hatte er kaum einen Gedanken daran verschwendet. So etwas kam eben vor. Was konnte er schließlich dafür, dass sie früher auf eine katholische Mädchenschule gegangen war und ein komisches Verhältnis zu Sex hatte. Aber vielleicht war es doch mehr als eine Scheißsache, die einem eben mal passierte. Vielleicht war es etwas Ernsteres. War das möglich? Eigentlich eine absurde Vorstellung ... Obwohl, wenn er so darüber nachdachte, war er auch nicht gerade nett mit Toyasi umgegangen, als sie zusammen gewesen waren. Mit Efua auch nicht. Oder Tash. Oder Jackie.

Es hatte auch noch andere gegeben. Bevor er erwachsen geworden war und Ola getroffen hatte, hatte er viele Herzen gebrochen. Hatte das Selbstwertgefühl von Frauen angekratzt und sich dann von ihrer Verunsicherung abgestoßen gefühlt. Er wusste, dass er die Frauen, mit denen er zusammen gewesen war, als er noch jünger und dümmer war, besser hätte behandeln können. Ihn schauderte bei der Erkenntnis, dass viele seiner Ex-Freundinnen ihn wohl für ein Arschloch hielten. Aber wie weit ging das?

Sein Handy vibrierte. »OH LA LA« leuchtete auf dem Display auf. Ola rief ihn an.
Michael ging gleich nach dem ersten Klingeln dran. »Ola«, sagte er und bekam vor Erleichterung kaum Luft.
»Hey.« Ihre Stimme war leise.
»Hey, bist du okay? Tut mir leid, wenn du versucht hast, mich zu erreichen. Es war ... Heute Morgen war alles ein bisschen crazy. Ich schätze, du hast schon gesehen ...«
»Können wir reden?«, unterbrach sie ihn.
Michael verstummte. Hörte er Angst in ihrer Stimme? »Sicher, ja, wir können reden. Wir sollten reden.«
»Nicht am Telefon.« Hätte sie Angst vor ihm, würde sie sich doch nicht von Angesicht zu Angesicht mit ihm treffen wollen, oder? Er wischte sich mit dem Ärmel seines Hemds über die feuchte Stirn. Komm schon, das war Ola. Er war schon ganz paranoid.
»Ja, okay. Das ist vernünftig. Ist das Pret A Manger bei der Victoria Station in Ordnung? Ich könnte dich dort um zwanzig nach zwölf zum Mittagessen treffen?«
»Okay. Bis dann.«
»Cool. Äh, Ola? Ich hoffe, du weißt ...«
Sie hatte bereits aufgelegt. Michael schluckte den Kloß in seiner Kehle hinunter. Dann stand er auf, schnappte sich seinen Rucksack und seine Jacke von der Stuhllehne und stieß auf dem Weg nach draußen beinahe mit Beth zusammen.
»Wohin willst du denn so schnell?«, fragte sie grinsend. »Hast du uns schon satt?«
»Ja, ich meine, nein, tut mir leid. Ich treffe mich mit meiner Freundin zum Mittagessen.«
»Ah.« Sie schloss die Augen und legte gespielt schwärmerisch die Hand aufs Herz. »Muss Liebe schön sein.«

4

Noch 26 Tage bis zur Hochzeit

Ola war an diesem Morgen immer noch verkatert in die Arbeit geschlichen und hatte sich allem Anschein nach unbemerkt hinter ihrem Schreibtisch verkriechen können. Frankie war noch nicht da, und ein zweiter Glücksfall bescherte ihr, dass sich Sophie gerade in der Küche befunden und ihr den Rücken zugekehrt hatte, während sie in einer Tasse grünen Tee mit heißem Wasser übergoss. Kiran saß über ihren Laptop gebeugt, tippte konzentriert vor sich hin und nickte rhythmisch mit dem Kopf zu dem, was auch immer da aus ihren AirPods kam. Ola dankte dem Universum im Stillen dafür, dass es sie verschonte, und machte sich daran, auf Celies Nachricht zu antworten – *Bist du okay, Ola?* Ja, danke der Nachfrage, sie sei okay, aber was zum Teufel war hier eigentlich los? Es verging keine Minute, bis Celie versuchte, sie anzurufen, zweimal. Ola textete ihr schnell:

Kann gerade nicht reden, bin in der Arbeit. Schreib mir.

Die Antwort ihrer Freundin kam postwendend – ein Link zu einem Tweet, gefolgt von: »Ruf mich an, sobald du kannst.«

Als sie den Link öffnete, starrte Ola angestrengt auf ihr Handy, um etwas erkennen zu können. Der Kater hatte zur Folge, dass sich in ihrem Kopf alles drehte, und die Bedeutung der Nachricht erschloss sich ihr nur langsam, als sie den Text über der Liste mit Namen las.

Diese Datenbank dient als vorübergehendes Instrument, um auf das Ausmaß der Übergriffigkeit in der britischen Unterhaltungs- und Kreativszene hinzuweisen. Wir hoffen, dass wir den Überlebenden damit eine Stimme verleihen können, und möchten die gesamte Branche dazu anregen, proaktiver bei der Gewaltprävention zu sein. Ein * bedeutet, dass Anschuldigungen von mehr als einer Person erhoben wurden.

Als Ola die Liste las, empfand sie ein tiefes Gefühl der Niedergeschlagenheit, aber auch der Genugtuung. Fick diese Männer für das, was sie getan haben, und ein *Fuck ja* auf die Frauen, die nicht mehr schwiegen. Schon in wenigen Zeilen waren so viele verschiedene Formen der Gewalt dokumentiert, dass ihr schlecht wurde: von ungebetenen Dickpics über sexuelle Nötigung bis hin zu Vergewaltigung.

Ihr schwante nichts Gutes, ihre Haut kribbelte, so bekannt waren ihr einige dieser Anschuldigungen selbst. Sie hatte einen Flashback und musste an die Umarmung von *Womxxxn*-Direktor Martin Frost bei den Netty Awards vor einiger Zeit denken. Am selben Abend hatte er Kiran gegenüber auch einen plumpen Scherz über das Kamasutra gemacht und sie gefragt, ob er, da sie pansexuell sei, bessere Chancen bei ihr hätte, »da die ja auf jeden stehen«. »Ist das bloß eine Ausrede, um jede Menge Orgien zu feiern?«, hatte er ihr mit vor Trunkenheit geröteten Wangen ins Ohr gesabbert. »Denn wenn das so ist, bin ich dabei!« Und wie könnte sie je ihr allererstes Praktikum vergessen? Den Grund dafür, warum sie zwei Wochen vor Ende das Handtuch geschmissen und damit auf einen Gehaltsscheck verzichtet hatte, auf den sie eigentlich angewiesen gewesen war.

Ola begann, darüber nachzudenken, wie genau ihre Freundinnen heute Morgen versucht hatten, sie auf die Liste aufmerksam zu machen. Celie hatte sie ihr geschickt und eindringlich gefragt, ob es ihr gut ginge. Ruth hatte sie angefleht, sie zurückzurufen, und sie in Großbuchstaben gefragt, ob sie die Liste gesehen hätte. Aber warum? Was hatte das mit Ola zu tun? Was – oder besser gesagt, *wen* – hatten sie darauf entdeckt? Ihr Verstand begann zu rasen. Sie überflog die über sechzig Namen auf der Suche nach jemandem, den sie wiedererkannte. War Martin da drauf? War er endlich geoutet worden? Als sie sich durch die Tabelle arbeitete, erkannte sie schon bald einige Namen: Papi Danks, ein aufstrebender Afroswing-Künstler. Sie und Celie waren vor ein paar Jahren auf einer Party seines Labels gewesen, und obwohl Ola sich kaum an ihn erinnern konnte, war es doch ein relativer Schock, seinen Namen auf dieser Liste zu sehen. Seine Familie besuchte Celies Kirche.

Samson Mackay stand auch auf der Liste, aber sie würde lügen, wenn sie behaupten würde, dass sie das nicht erwartet hätte. Seit Jahren kursierten Geschichten über ihn, ältere Journalistinnen hatten ihr geraten, einen großen Bogen um ihn zu machen. Als Nächstes entdeckte sie Lewis Hale, eine Fußballlegende und ein regelmäßiger Gast der *The One Show*. Hatte er nicht letztes Jahr den zweiten Platz bei *Strictly Come Dancing* gemacht? Ola hatte kein Interesse an Sport, aber Lewis war auch ihr ein Begriff. Seit sie denken konnte, war er als TV-Persönlichkeit und Fußballexperte eine feste öffentliche Größe. Er war der Typ, von dem man hoffte, dass er in Wirklichkeit genauso nett war, wie er im Fernsehen rüberkam. Übergriffigkeit passte eigentlich nicht zu seinem öffentlichen Bild. Aber sie war nicht so naiv zu glauben, dass man es den Typen auf Anhieb ansehen konnte.

Sie las weiter, und ihr Magen krampfte sich heftig zusammen, als ihr Blick auf Eintrag Nummer zweiundvierzig fiel.

Micheal, CuRated, Belästigung und Bedrohung/körperlicher Übergriff bei Firmenweihnachtsfeier (einstweilige Verfügung)

Darauf war sie absolut nicht vorbereitet gewesen. Ihre Hände begannen zu zittern, während auf ihrem Handy weiter ununterbrochen summend Nachrichten eingingen. Wie konnte es sein, dass Michael da draufstand? *Ihr* Michael? Ihr wurde schwindelig, als sie sich die Worte vergegenwärtigte, die auf seinen Namen folgten. Belästigung. Bedrohung. Körperlicher Übergriff; es war wie ein Albtraum. Mit heißem Kopf versuchte sie zu verarbeiten, was sie gerade gelesen hatte, aber mit jeder Sekunde, die verging, ergab es weniger und weniger Sinn.

Die Bürowände begannen nachzugeben, als sie sich von ihrem Platz erhob. So eilig sie vorhin hereingekommen war, drehte sie sich nun um und lief die Treppe hoch zu den Toiletten des veganen Kerzen-Start-ups ein Stockwerk weiter oben. Dort angekommen, stieß sie zunächst die Tür jeder einzelnen Kabine mit der Ellbogenspitze an, um sich zu vergewissern, dass sie allein war. Dann setzte sie sich auf den Deckel einer der Toiletten, zückte ihr Handy und fing an zu scrollen.

Die Zahl der Likes und Retweets für den Beitrag stieg jedes Mal, wenn sie auf Aktualisieren tippte, aber es waren die sich mehrenden Kommentare, die ihren Blick fesselten. Schock und Skepsis, Wut und Zuspruch; die Nachrichten schrien sie lautlos an.

Wer hat diese Menschen erzogen? Volle Solidarität mit denjenigen, die mutig genug waren, die Dinge beim Namen zu nennen. ♥ 🙏

Warum hat @_Matt_Plummer seinen Posten bei @ITVNews noch, obwohl er als Sextäter geoutet wurde?

Ihr wisst schon, dass das den Tatbestand der Verleumdung erfüllen könnte, oder?

#WeStandWithSurvivors #SilentNoMore #BelieveWomen #DieListe

Einige Nutzer lieferten sich einen Schlagabtausch über die Definition von Verleumdung. Viele verzichteten aber auch ganz auf Worte und kommentierten stattdessen mit Emojis mit erhobenen Fäusten und bunten Herzen. Doch die meisten markierten einfach andere Nutzer und sparten sich ihre Kommentare für private Chats auf, was in Ola die nervöse Frage aufwarf, was sonst noch alles geredet wurde. Sie kehrte zu dem ursprünglichen Beitrag zurück, berührte mit zwei Fingern den Text der Liste und zog sie dann auseinander, bis Michaels Name den Bildschirm ausfüllte. Sie starrte ihn an, als würde er sich dadurch auf wundersame Weise in den Namen eines anderen verwandeln. Da stand er, schwarz auf weiß, »Micheal«, ohne den Nachnamen, der bald der ihre sein würde. Glück im Unglück, dachte sie.

Ola schämte sich. Und nach einer Weile schämte sie sich noch mehr dafür, dass ihre erste, vorrangige Reaktion Scham war. Es war eine so egoistische Reaktion, aber sie konnte nichts dagegen tun. Ihre Augen füllten sich mit Tränen und ihre Ohren mit all dem Spott, den sie nun hinter ihrem Rücken vermutete. Sie konnte sich nur allzu lebhaft vorstellen, wie auf ihre Kosten eifrig Twitter-DMs ausgetauscht wurden:

> Hast du gesehen, Olas Mann steht auch drauf. Total irre.

> Meinst du die Ola von Womxxxn???

> Ja, WOMXXXN-OLA. CEO von »mxn are trxsh« twitter! Die ist also mit dem trxshigsten Typen von allen zusammen

> Chr chr chr chr! Du verarschst mich ... die britischen Obamas sind erledigt autschi!!!

Wem könnte sie auch zum Vorwurf machen, so zu denken? Es war so ziemlich das, was sie sagen würde, wenn es jemand anderem passiert wäre. Aber sie widmete sich nun schon fast ein Jahrzehnt lang dem Kampf gegen Patriarchat, Rape-Culture und toxische Männlichkeit. Sie hatte an mehr Protesten, Diskussionsrunden und Demos für Frauenrechte teilgenommen, als sie zählen konnte. Sie war schon als Erstsemester Gründungsmitglied der Black Feminist Society ihrer Universität gewesen, damals, als die Diskussion über Feminismus noch unsexy und gar nicht insta-tauglich war. All die vielen Male, die sie auf ihrem alten Tumblr-Blog dem Gegenwind und dem Trolling durch irgendwelche Sexisten getrotzt hatte, denen nicht gefiel, was sie sagte, aber es waren Olas tiefe Überzeugungen gewesen, die sie stets weitermachen ließen. Sie war doch nun wirklich nicht der Typ Frau, der die Red Flags übersah und den Fehler machen würde, mit jemandem zusammen zu sein, der zu so einem Verhalten fähig war.

Ihr nächster Gedanke war, dass Michael doch unmöglich ... Doch dann riss sie sich schnell zusammen. So fing es an. »Er kann doch unmöglich« war genau das, was über Männer gesagt wurde, die es sehr wohl konnten und es auch taten. Als ihr investigativer Artikel #MCsToo auf *Womxxxn* veröffentlicht wurde, in dem sie Missbrauchsvorwürfe gegen Männer in der Musikindustrie thematisierte, behaupteten Hunderte von Fans, dass ihre »Lieblingsmusiker« doch unmöglich zu den Verbrechen fähig wären, die ihnen da zur Last gelegt wurden. Dass sie sich nun, wenige Jahre später, in den Chor von Leugnern einreihte, war für sie nur schwer zu ertragen. All die Frauen, die ihr geschrieben hatten, nachdem #MCsToo viral gegangen war, mit ihrem Dank, mit ihren Horrorgeschichten ... was würden sie jetzt von ihr denken?

Es fiel ihr schwer, sich auf ein klares Gefühl in dem emotionalen Durcheinander, das in ihr wütete, festzulegen. Sie hätte heulen können, das wusste sie, aber sie war sich nicht sicher, ob aus Angst oder aus Schmerz. Sie war sich nicht einmal sicher, wovor sie am meisten Angst hatte oder über wen sie sich am meisten ärgerte. Sicherlich war auch Wut dabei, ein Hauch von vorausgreifendem Bedauern. Das Einzige, was sie mit Sicherheit wusste, war, dass sich alles in ihrem Leben in einem Augenblick verändert hatte. Sie fühlte sich, als hätte man ihr einen Schlag in die Magengrube versetzt, und Tränen trübten ihre Sicht. Sie zitterte, schluchzte leise in ihr Shirt und betrauerte gleichzeitig das selige Unwissen von vor wenigen Augenblicken und die Zukunft, die sie mit Michael geplant hatte. Mit einem tiefen Seufzer tippte Ola auf die Direktnachrichtentaste des Accounts und schrieb zittrig eine Nachricht.

Ich kenne jemanden, der hier draufsteht ... Ich weiß nicht, was ich tun soll. Könnt ihr mir helfen?

Senden. Und was nun? Ihre Beine fühlten sich an, als würden sie jeden Moment nachgeben, aber sie ging zum Waschbecken, öffnete den Wasserhahn und hielt ihre Hände darunter. Sie spritzte sich das eiskalte Wasser ins Gesicht, fühlte sich aber immer noch kaltschweißig. In einem Monat würde sie einen Mann heiraten, den sie scheinbar gar nicht kannte. Ihr wurde eng um die Brust. »Atmen, Ola«, sagte sie laut. Sie schloss die Augen und kramte in ihrem Gedächtnis nach der einfachsten Atemübung, die Fola ihr gegen Angstzustände gezeigt hatte. Plötzlich hatte sie die Stimme ihrer Schwester im Ohr. »Chaos ausatmen, Frieden einatmen.« Sie legte den Daumen auf ihren rechten Nasenflügel und atmete langsam durch den linken ein. Dann nahm sie ihren Zeigefinger und wiederholte das Ganze auf der anderen Seite, wobei sie durch das rechte Nasenloch ausatmete. Nach drei Runden beruhigte sich ihre Atmung.

Ola schüttelte sich. Sie vergewisserte sich im Spiegel, dass ihre Augen nicht blutunterlaufen waren, und checkte dann auf ihrem Handy, ob sie bereits eine Antwort von dem Account bekommen hatte. Fehlanzeige. Sie holte ein letztes Mal tief Luft und machte sich dann auf den Weg zurück ins Büro.

Als sie, immer noch zitternd, ihren Stuhl erreichte, bemerkte sie auf der Ecke ihres Bildschirms eine Slack-Benachrichtigung, die bevorzugte Messaging-Plattform ihrer Redaktion. Es war eine Nachricht von Frankie, die jetzt wohl in ihrem Büro saß und auf ihren Computer starrte. Olas Magen zog sich nicht noch weiter zusammen, denn er war schon maximal verkrampft.

Können wir uns kurz unterhalten? – FW xxx

Früher hätte sich ein morgendlicher Anschiss durch Frankie angefühlt, als ginge es um Leben und Tod – jetzt war es lediglich etwas, das sie hinter sich bringen musste.

Ja, bin in fünf Minuten da.

Sie las sich Frankies Nachricht erneut durch und sah sich auch ihre eigene noch einmal an. Sie verdrehte die Augen, unterschrieb mit »xx« und klickte auf Senden.

Frankies Büro hatte Glaswände – stellvertretend für *Womxxxns* buchstäbliche und symbolische Verpflichtung zur Transparenz oder so ähnlich, vermutete Ola. Der Nebeneffekt der Überwachung war Olas Ansicht nach wahrscheinlich wirklich unbeabsichtigt, denn das Team konnte Frankie genauso gut sehen wie sie umgekehrt das Team: wenn sie ihrem Ex-Mann am Telefon zähneknirschend die Grenzen aufzeigte, wenn sie um halb vier Uhr nachmittags ihre erste Mahlzeit des Tages hinunterschlang, Wasabi direkt aus der Box.

Wie der Rest von *Womxxxn* war auch Frankies Büro in Pastelltönen gehalten – pfirsichfarbene Wände, eine babyblaue Tischleuchte, fliederfarbene Untersetzer. Ihr Schreibtisch war unordentlich und übersät mit Papieren. Hinzu kamen eine Aloe-Vera-Pflanze im Topf, ein gerahmtes Foto, auf dem sie ein sehr blondes Kind knuddelte, und eine roségoldene Keramikvulva, in der sie ihr Büromaterial aufbewahrte. An der Wand dahinter hing eine vergrößerte Druckversion des digitalen Covers der *Womxxxn*-Ausgabe vom September 2017. Es zeigte US-Model und Aktivistin Jada Smalls, die ihren damals einen Monat alten Sohn stillte. In jenem Jahr hatte die Zeitschrift *Elle*

Geschichte geschrieben, indem sie das erste Mal ein Verbrennungsopfer auf dem Cover gezeigt hatte, und daraufhin buchte Frankie eben Jada, die erste Person mit Albinismus, die je auf dem Cover eines Frauenmagazins zu sehen war.

»Sag ihr, sie soll Zion mitbringen – lass sie uns beim Stillen fotografieren«, hatte sie damals zu Kiran gesagt. »Ist *Free The Nipple* noch ein Ding?«

»So ziemlich seit 2014 nicht mehr, würde ich sagen«, hatte Kiran geantwortet.

»Tja, ziemlich sicher wird es wieder eins, wenn die Brustwarze eine Albino-Brustwarze ist. Schwarz ist das neue Weiß, ist das neue Schwarz, oder so?«

Ola konnte schon durch die Glastür Frankies gerunzelte Stirn über den Bildschirm hinweg sehen. Ihre Vorgesetzte war Ende vierzig und sah für ihr Alter erstaunlich gut aus. Sie nutzte ausgiebig, wenn auch nur ganz privat, all die nichtinvasiven Schönheitsbehandlungen, gegen die sie in ihren Meinungsartikeln gern anschrieb. Allerdings machte sie ihre Vorliebe für Klamotten, die so aussahen, als hätte sie sie direkt von einer Schaufensterpuppe bei Urban Outfitters gerissen – übergroße Boyfriend-Jeans, Anglerhüte und klobige Turnschuhe –, auch irgendwie älter. Sie erinnerte Ola an die Mutter aus *Freaky Friday*, die nach dem Körpertausch als ihre eigene Tochter im Teenageralter verkleidet war. Etwas, das sie zwar nie laut aussprechen würde, weil es altersdiskriminierend wäre, was sie jedoch nicht übersehen konnte. Heute trug Frankie einen gelben Jeansoverall, auf den Ola online selbst schon ein Auge geworfen hatte, und ein Paar weiße Vans.

»Du wolltest mich sehen?«, sagte Ola anstelle einer Begrüßung, als sie Frankies Bürotür öffnete. Dabei steckte sie den Kopf hinein, als ob sie gar nicht wirklich vorhatte einzutreten. Frankie zwang sich zu der dünnen Sorte Lächeln, das man einem ungezogenen Kind schenkt, für dessen Erziehung man nicht zuständig ist.

»Ah, Ola, ja, super! Ich wollte, dass wir uns mal unterhalten«, sagte sie und strich sich eine Strähne ihres glänzenden hellbraunen Haars hinters Ohr. »Nimm Platz. Hattest du heute Morgen Handyprobleme?«

Diesen Tanz hatten sie schon viele Male getanzt. Anstatt zu sagen: »Warum bist du zu spät?«, sagte Frankie lieber Dinge wie: »Dann war in Tooting heute früh also viel los?« Anstatt zu fragen, warum ein Artikel immer noch nicht fertig war, sagte sie: »Ich wollte nur sehen, wie du vorankommst? Sag mir Bescheid, wenn du Probleme hast ...« Anfangs hatte Ola nicht verstanden, dass sich hinter der Doppeldeutigkeit dieser Aussagen eine Anklage verbarg, aber sie hatte die Schritte dieser Tanznummer schnell gelernt. Manchmal ließ sich Ola zu einem kleinen Machtspielchen hinreißen, was sie aber nie offen zugeben würde, und tat so, als könne sie nicht zwischen den Zeilen lesen. Das zwang Frankie dann dazu, die Dinge klar und deutlich zu formulieren, was ihr jedoch nicht gelang, ohne einen zufriedenstellenden kastanienroten Gesichtston anzunehmen. Passive Aggression war die Lingua franca in den Büros von *Womxxxn*.

»Ja, mein Fehler«, sagte Ola zu schnell und ließ sich auf den Stuhl vor dem Schreibtisch plumpsen. »Ich habe jetzt diese App auf meinem Telefon, die mich bis halb zehn überall blockt, also konnte ich deine Anrufe nicht beantworten.« Sie schlang die Arme um sich, um sich körperlich vom Davonschwimmen abzuhalten.

»Ich verstehe! Smart!«, sagte Frankie mit munterer Stimme und immer noch angespanntem Gesicht. »Könntest du in Zukunft bitte darauf achten, dass du mich bei solchen Dingen einweihst? Ich wünschte, wir müssten uns vor neun und nach fünf nicht um die Arbeit kümmern, aber du weißt ja, wie das bei einem so kleinen Team ist. Es ist wirklich wichtig, dass wir da alle an einem Strang ziehen.«

»Kein Problem, ich deinstalliere sie asap«, erwiderte Ola und versuchte, ihre Stimme ganz ruhig klingen zu lassen.

»Super!« Ola spürte ein »Aber« kommen. »Aber ich denke, du solltest es nicht gleich komplett löschen. Vielleicht ließe es sich ja auf die Arbeitszeit beschränken. Es ist großartig, dass du deine Handyzeit eindämmen willst, und ich denke, es könnte nützlich sein, du weißt schon, um sicherzustellen, dass du nicht abgelenkt wirst, wenn du hier bist.«

»Schon kapiert«, sagte Ola. Sie richtete sich in ihrem Sitz auf und versuchte, die magischen Worte zu finden, mit denen sie diesen Teil des Gesprächs beenden konnte. »Ich bin nicht erreichbar, wenn ich es besser wäre, aber telefoniere recht viel, wenn ich es nicht sollte?«, sagte sie und fügte in Gedanken hinzu: vor allem, wenn ich zu Hause nach Feierabend mal wieder deine jüngste neurotische, arbeitsbezogene Schwachsinnskrise über mich ergehen lasse. Frankies Lächeln erreichte endlich ihre grünen Augen. Diesen Kampf hatte ihre Chefin ohne große Gegenwehr gewonnen, eine Seltenheit, was sie eigentlich stutzig hätte machen müssen. Ola sah, wie sich Frankies Schultern entspannten, zufrieden damit, dass das ungezogene Kind nun um eine Lektion reicher war. Sie war eine coole Chefin, keine normale Chefin. Ein cooler Girlboss.

Sie lehnte sich vor. »Kein Ding, Ola. Hör zu, ich versteh das. Eine ausgewogene Work-Life-Balance hinzubekommen, ist nie leicht. Das geht nicht von heute auf morgen. Ich bin da wahrscheinlich noch schlimmer als du«, sagte sie halb flüsternd. »Wenn ich hier nicht die Leitung hätte, müsste ich mir diese App selbst runterladen!« Sie lehnte sich zwinkernd zurück.

Frankie Webb war so leichthin dreist, dass es einem beinahe Respekt abnötigte. Ola beneidete sie irgendwie um ihre inkonsistente, wandlungsfähige Energie, ihr Auftreten, das an jemanden erinnerte, der gerade knapp am Sieg bei *The Apprentice* vorbeigeschrammt war (was ihn nur umso ehrgeiziger, ja geradezu rachsüchtig werden ließ). Trotz ihres wohlhabenden Hintergrunds konnte sie malochen wie ein Händler auf dem Petticoat Lane Market, hatte einen tadellosen Geschmack und ein scharfes Auge für Markenbildung. Doch ihr größtes Rebranding-Projekt war sie selbst. Nachdem sie den größten Teil ihrer Karriere eine ganze Reihe von Frauenmagazinen herausgegeben hatte, die schamlos Essstörungen befeuerten, machte sie sich ganz früh den im Internet aufkommenden »Brand Feminism« zunutze, als klar wurde, dass der Printmarkt im Sterben lag und es immer schwieriger wurde, Selbsthass an die Frau zu bringen. Als dann die Frauenzeitschriftenbranche, wie sie sie kannte, in weiten Teilen zusammenbrach, war sie bereits dabei, das Gegenmittel gegen die Krankheit, die sie mit verbreitet hatte, auf den Markt zu bringen. Diese Entwicklung ging einher mit einer vermehrten Verwendung von Wörtern wie »Empowerment«, »intersektional« und der ständigen Bezeichnung von weißen Männern als »weiße Männer«, was jedoch wenig von der Tatsache ablenken konnte, dass sie selbst weiß war.

2014 launchte sie *Womxxxn*, eine Plattform für die sexuelle Gesundheit von Frauen, die schnell zu einer Lifestyle-Marke wurde und seither jedes Quartal eine richtungsweisende digitale Ausgabe veröffentlichte. Frankie hatte nie einen Gedanken daran verschwendet, wie der Name offline, im wirklichen Leben, ausgesprochen werden sollte – sie entschied sich dafür, nachdem sie auf Twitter gesehen hatte, dass das Wort »women« dort »womxn« geschrieben wurde, und fälschlicherweise davon ausging, dass das »x« rein ästhetischen Zwecken diente. Aber selbst dieses Versehen konnte sie für sich drehen, indem sie erklärte, der Name werde »Wo-minx« ausgesprochen und solle Frauen dazu ermutigen, ihre »innere Minx« – ihr inneres Biest – zu zelebrieren. Was *Womxxxn* dank eines brillanten Teams bot, war wirklich erfrischend und hatte durchaus Purpose, auch wenn Ola angesichts der eklatanten Heuchelei manchmal fast schwindelig wurde. Für jede bahnbrechende Geschichte über Vorsorgeuntersuchungen gab es ein Advertorial über eine Marke, die Schlagzeilen gemacht hatte, weil sie eine Frau vier Monate nach der Geburt ihres Kindes entlassen hatte.

»Also«, fuhr Frankie fort. »Du kannst dir vermutlich denken, warum ich dich heute Morgen zu einem Gespräch gebeten habe ...«

»Ja, und ich kann mich nur wiederholen: Die Verzögerung tut mir wirklich leid«, unterbrach Ola sie und versuchte, einen noch kleinlauteren Ton anzuschlagen, weil sie das Gespräch unbedingt zu einem raschen Abschluss bringen wollte. Sie rutschte auf ihrem Stuhl hin und her. »Du bekommst es morgen, versprochen.«

Frankie sah einen Moment lang verwirrt aus und rief dann in plötzlicher Erkenntnis: »Kalmte Kut! Oh, nein, nein, nein, das können wir ein andermal besprechen. Vergiss die holländischen Dildos ... Die Liste, wir müssen über *Die Liste* berichten!«

Ola stellte fest, dass sich ihr Magen doch noch stärker verkrampfen konnte als angenommen. Sie starrte Frankie sprachlos an und fragte sich, wie jemand über ein so deprimierendes Thema so verzückt sein konnte, selbst dann, wenn es nicht der eigene Verlobte war, der dabei der Körperverletzung bezichtigt wurde.

»Ola!« Frankie schnalzte missbilligend mit der Zunge. »Willst du mir sagen, dass du die ganze Zeit am Telefon hingst, anstatt zu arbeiten, und ich trotzdem besser im Bilde bin als du?«

Ola schaute sie mit großen Augen an, während Frankie in leisem Tratschton weitersprach.

»Okay, also, die Sache ist die: Die Liste ging heute Morgen online. Anscheinend war es zunächst nur ein Google Doc, das von vielen mutigen Journalistinnen, Aktivistinnen, Feministinnen und so weiter zusammengestellt wurde. Und jetzt ist es ein Twitter-Account, der all diese Mistkerle aus der Medienbranche auffliegen lässt. Vergewaltiger, Sexisten. Widerlinge und Gewalttäter, alle geoutet. Ich weiß, dass das genau dein Ding ist, also setze ich dich darauf an.«

Ihre Chefin redete aufgeregt weiter, scheinbar ohne Olas erschrockene Miene zu bemerken. »Aber wir müssen über die bloße Nachricht hinausgehen; wir brauchen Frauen, die bereit sind, offiziell Stellung zu nehmen. Du hast bei MCs Too so großartige Arbeit geleistet, ich bin sicher, dass es dir auch in diesem Fall gelingen wird, Überlebende dazu zu bringen, ihre Geschichten zu erzählen. Und wir müssen schnell sein – die Leute warten nur darauf, dass wir das Thema aufgreifen, und wir sind dafür bestens gerüstet! Wenn du mir also bis heute Nachmittag ein Grobkonzept schicken könntest, wäre das fantastisch.«

Frankie hielt inne, nun doch stutzig geworden von Olas hartnäckigem Schweigen.

»Wie hört sich das für dich an, Ola?«

Manchmal hatte Ola ein schlechtes Gewissen, weil sie bei der Arbeit so wenig von ihrem Privatleben preisgab. After-Work-Drinks mied sie höflich, aber wie die Pest und nutzte ihr Talent fürs Storytelling, um irgendwelche anderen Verpflichtungen nach Feierabend zu erfinden. Außer mit Kiran blieb sie stets ausweichend und vage, wenn es um etwas anderes als Content für das Online-Magazin ging, und wenn ihre Kolleginnen versuchten, offensiv strahlend von rein beruflichen Themen zu Olas Privatangelegenheiten überzugehen, tat es ihr fast ein bisschen leid, wenn sie dem entschieden eine Absage erteilte. Selbst ihre Verlobung hätte sie bei der Arbeit unerwähnt gelassen, wenn Sophie aus dem Mode- und Beautyressort sie nicht auf den dezenten Platinring mit dem kleinen Diamanten im Marquise-Schliff angesprochen hätte, den sie daraufhin widerwillig vorzeigte, bevor sie wieder zu ihrer üblichen Zurückhaltung zurückfand.

Aber in diesem Moment bestätigte sich für sie, dass es richtig gewesen war, die Distanz zu wahren. Ihre Vermeidung tiefer gehender Gespräche mit den *Womxxxn*-Kolleginnen in Verbindung mit Frankies Unfähigkeit, Informationen zu behalten, die sie nicht direkt betrafen, bedeutete, dass sie, wie Ola jetzt klar wurde, nicht die geringste Ahnung hatte, dass Michael auf der Liste stand. Wahrscheinlich erinnerte sie sich nicht einmal an den Namen ihres Verlobten, geschweige denn, dass sie wusste, wo er seinen neuen Job antrat. Zittrig rang sich Ola ein Lächeln für sie ab. »Klar«, sagte sie und nickte. »Ich schick dir bis zwei Uhr einen Entwurf.«

Als sie Frankies Büro verließ und zu ihrem Schreibtisch zurückkehrte, versuchte Ola, sich ihre Bestürzung nicht anmerken zu lassen. Ihre Wangen waren heiß und kribbelten, aber sie schaffte es, keine Miene zu verziehen. Während sie eilig an ihren beschäftigten Kolleginnen vorbeiging, spürte sie, wie sich ihre Verstörtheit langsam lichtete. Sie musste sich zusammenreißen, zumindest für den Moment, und dann würde sie Michael anrufen. Sie musste der Sache auf den Grund gehen. Sie musste die Wahrheit herausfinden.

5

Noch 26 Tage bis zur Hochzeit

Als Michael bei Pret A Manger ankam, hatte der Beitrag bereits 4957 Retweets und 8003 Likes erreicht. Warme Luft umhüllte ihn, als er, aus dem frischen Wind draußen kommend, das Restaurant betrat. Rasch hatte er Ola entdeckt, die in einer der hinteren Ecken saß und unruhig mit den Fingernägeln auf dem Tisch herumtrommelte. Wie sie ihren Rücken durchdrückte, zeigte Michael, dass sie ihn gesehen hatte, aber es war schwer, ihren Gesichtsausdruck von der Tür aus zu lesen. Sie war ganz in Schwarz gekleidet – der einzige Farbtupfer neben ihren Haaren und Nägeln war eine lila Lesebrille. Dies war eine seiner vielen Lieblingsvarianten von Ola. Er mochte sie noch mehr als die zurechtgemachte, figurbetonte Geburtstags-Ola oder die aufgedrehte, angeheiterte Ola – so klischeehaft es auch klang, die grüblerische, belesene Ola mit ihren auffälligen Brillengestellen und etwas zu großen Klamotten (oft verblichene schwarze Pullover, die sie sich von ihm »geliehen« hatte) war sein Kryptonit.

Als er zu ihr an den Tisch trat, sah er, dass ihr Handy außer Reichweite lag und eine rosa KeepCup es strategisch vor ihren trommelnden Fingern abschirmte. Michael wusste, dass sie es nicht mied, weil sie nicht lesen wollte, was über die Liste geschrieben wurde, sondern weil sie nicht wollte, dass er sah, wie sie las, was geschrieben wurde. Eine Welle der Schmach erfasste ihn, die so überwältigend war, dass er kurz erwog kehrtzumachen.

Es fühlte sich seltsam an, sie zur Begrüßung nicht zu küssen, aber er brachte ein leises »Hey« heraus, als er den Stuhl heranzog, um sich zu setzen. Im Stillen verfluchte er sich für die Wahl des Ortes. Im Nachhinein kam es ihm unpassend vor, etwas so Ernstes in einer Restaurantkette zu besprechen, während Berufspendelnde eilig Hähnchen-Wraps aßen und über ihre Vorgesetzten tratschten. Aber was war die Alternative? Er fürchtete, dass sie sich nicht sicher fühlen könnte, wenn sie in seine Wohnung käme oder er in ihre. Er bezweifelte überhaupt, dass sie sich sicher fühlen würde, wenn sie ganz allein mit ihm war. Aber es war unmöglich festzustellen, denn sie saß nur da und sah ihn an, ohne ein Wort zu sagen.

»Es ist ein bisschen voll hier, tut mir leid«, sagte er und brach damit das Schweigen, wenn nicht sogar das Eis. »Keine Ahnung, wo man solche Gespräche führen soll. Man möchte meinen, irgendein Start-up hätte das inzwischen geregelt. So 'ne Airbnb-Sache für Leute, die versuchen, ihren ganzen Mist zu besprechen. Heartbreak Hotel oder so.« Er lachte unsicher. Ola starrte ihn weiter unbewegt an. Sie saßen eine gefühlte Ewigkeit schweigend da, und sein Lachen hing mit jeder Sekunde, die verstrich, unangenehmer in der Luft. Er rieb sich verlegen die Arme.

»Ola, das ist verrückt«, begann er. »Ich kann das alles eigentlich gar nicht glauben …«

»Hör auf. Bitte«, unterbrach sie ihn. Sie schien sich zu stählen. »Michael. Ich will es einfach nur wissen, ehrlich. Warum steht dein Name da drauf?«

Michael beugte sich über den kleinen Tisch nach vorne und stützte den Kopf in die Hände. Obwohl er sich darauf vorbereitet hatte, war er überrascht, wie sehr ihn ihre Frage doch verletzte. Er war sich sicher, dass sie ihre Formulierung, ihren Tonfall überdacht hatte – so war sie eben. Aber hatten sie die Emotionen ihren besten Entwurf vergessen lassen, oder war dies wirklich die am wenigsten verletzende Art, die Sache anzusprechen, die ihr eingefallen war?

»Versetz dich mal in meine Lage«, sagte sie in sein Schweigen hinein. »Ich wache heute Morgen auf und sehe den Mann, den ich in weniger als vier Wochen heiraten werde, meinen zukünftigen Lebensgefährten, zusammen mit Vergewaltigern und Frauenschlägern auf einer Liste potenzieller Täter stehen.« Obwohl sie ihre Stimme dabei senkte, schrillten die Worte in seinen Ohren. Der Kontrast zwischen »zukünftiger Lebensgefährte« und »potenzieller Täter« durchdrang ihn brutal.

»Du kannst nicht erwarten, dass ich nicht nachfrage. Für mein eigenes Seelenheil! Zu meiner eigenen Sicherheit?«

Michael hustete. »Sicherheit? Mein Gott, Ola ...«

»Machen wir es uns nicht noch schwerer. Es ist nicht gerade einfach, dich das überhaupt fragen zu müssen.«

»Du *musst* mich überhaupt nicht fragen. Du bist meine Verlobte. Dass du mich bezichtigst ...«

»Ich habe dich nicht bezichtigt. Aber darf ich dich jetzt nicht einmal danach fragen? Nach etwas, das von Leuten geteilt wird, die ich kenne, und weswegen ich mit Nachrichten bombardiert werde?«

»Nachrichten?« Warum war es ihm bis jetzt überhaupt nicht in den Sinn gekommen, dass auch sie welche bekommen würde?

Ola schluckte. »Ich wurde auf Twitter geaddet«, sagte sie. »Die Leute fragen mich, ob ich weiß, dass ich mit einem Täter zusammen bin, ob ich es die ganze Zeit gewusst habe. Die Liste trendet in London, verflucht noch mal.«

Michael merkte, dass sein linker Fuß heftig gegen den Linoleumboden klopfte, und legte die Hand auf seinen Oberschenkel, um ihn zur Ruhe zu bringen.

»Sag's mir einfach«, meinte Ola leise. »Wer hat dich da draufgesetzt? Und warum?«

Es war eine einfache Frage. Eine, von der er sich zunehmend sicher war, dass er sie beantworten konnte, nachdem er sich den ganzen Vormittag lang den Kopf zerbrochen und über seine nicht gerade perfekte Vergangenheit nachgegrübelt hatte. Auf dem Weg zu Pret hatte er sich überlegt, was er ihr sagen wollte. Jetzt klang nichts mehr davon geeignet. Wie könnte es auch?

Michael sah seine zukünftige Frau an, wie sich ihr Körper von ihm abwandte. Das war's also. Es gab kein Zurück mehr. Er war überzeugt, dass er sie verloren hatte, und deshalb unsicher, ob es überhaupt noch eine Rolle spielte, was er als Nächstes sagte. Natürlich wusste er, dass er ihr die Wahrheit sagen sollte. Die ganze Wahrheit. Das war er ihr schuldig, und das erwartete sie von ihm. Aber das würde ihr Schicksal endgültig besiegeln. Und was war mit ihm? Mit dem, was er wollte? Auch wenn es sich im Moment nicht so anfühlte, war er sich sicher, dass er ein guter Mensch war. Er würde gut zu ihr sein. Er hatte sich geändert. Er würde sie nie verletzen, in keiner Weise. Und die Wahrheit tat weh, nicht wahr? Also log er.

»Hör mir zu«, sagte Michael und hielt ihrem Blick mit Mühe stand. »Ich schwöre dir auf dein und mein Leben – ich weiß nicht, warum ich da drauf bin. Ich habe den ganzen Vormittag darüber nachgedacht, und ich weiß nicht, wer meinen Namen in so einem Zusammenhang nennen würde oder warum ... Ich bin genauso erschüttert wie du.«

Er wartete auf eine Antwort von ihr. Ola schaute ihn weiter

erwartungsvoll an, als ob das nicht alles sein konnte, was er ihr zu sagen hatte.

»Ich habe noch nie in meinem Leben eine Frau geschlagen, bedroht oder belästigt. Ich weiß nicht, was ich dir sonst noch dazu sagen soll«, fuhr er fort. »Ich bin nicht übergriffig. Das weißt du.« Er zögerte, weil er sich nicht sicher war, ob er sagen sollte, was sie nicht hören wollte, nämlich genau die Worte, die all die miesen Typen, deren inakzeptables Verhalten sie bereits dokumentiert hatte, nachplapperten, um Anschuldigungen wie diese abzustreiten. »Du kennst mich doch, Ola.«

Sie schwieg. Er war sich bewusst, dass sein Plädoyer verzweifelter wurde.

»Um ehrlich zu sein, glaube ich, dass jemand versucht, mich aus meinem neuen Job zu drängen. Dass jemand will, dass ich entlassen werde. Anders kann ich mir das alles nicht erklären.« Das laute Quietschen eines Stuhls, der neben ihnen verrückt wurde, ließ sie beide kurz zusammenzucken. Nach einer Weile seufzte Ola und fuhr sich mit der Hand durch die Zöpfe.

»Du versicherst mir also, dass du noch nie in deinem Leben eine Frau geschlagen hast?«, fragte sie und musterte ihn aufmerksam. Ihr Gesichtsausdruck war so gequält, dass Michael es kaum aushielt, sie anzuschauen.

»Niemals«, beteuerte er.

»Aber was ist mit Bedrohung oder irgendeinem Verhalten, das man als solche auslegen könnte? Ich meine, im Streit wirst du schon manchmal etwas lauter. Auch mir gegenüber ist das schon vorgekommen.«

»Komm schon, Ola«, sagte er und schüttelte vehement den Kopf, wobei er sich bewusst war, dass er so wenig bedrohlich wie möglich klingen musste. »Das war mitten in einem Streit. Nicht wie ...«

»Und was hat es dann mit diesem Übergriff bei einer Weihnachtsfeier auf sich? Wann war das?«

»Wo hätte ich bitte jemals gearbeitet, wo ich auf einer ›Firmenweihnachtsfeier‹ gewesen wäre?« Er war fast erleichtert, dass sie danach gefragt hatte. Nach seinem Abschluss hatte er drei Jahre lang im Apple Store in Oxford Circus gearbeitet und dann weitere drei Jahre lang eine Schuhfiliale in Stratford Westfield geleitet. Seine Anstellung bei CuRated war das Ergebnis seiner Nebentätigkeit auf YouTube und eines Podcasts – *Caught Slippin* –, den er zusammen mit Kwabz und Amani machte und der eine Art Kultstatus erlangt hatte. Er war zwar nicht »berühmt-berühmt«, aber in bestimmten Kreisen immerhin so bekannt, dass er den einen oder anderen Blick auf sich zog und hinter seinem Rücken getuschelt wurde.

»Okay, aber wurdest du bei Schuh nicht entlassen?«, hakte Ola nach. »Aus welchem Grund?«

»Ich hab dir doch gesagt, dass mir betriebsbedingt gekündigt wurde und mit mir zusammen noch fünf anderen.«

»Gibt es irgendetwas, das du *irgendwo* getan hast, was als übergriffig missverstanden werden könnte? Hast du mal jemanden unter Druck gesetzt? Irgendetwas in der Art? Das muss ich wissen. Jetzt sofort.«

Vor Ola war Michael ein Player, ein sogenannter Gyallis, gewesen; eine Bezeichnung, die er bis vor ein paar Stunden wahrscheinlich mit einer Art schmunzelndem Stolz betrachtet hatte. Wenn er als Teenager irgendwo unterwegs ein Mädchen mit einem hübschen Gesicht oder einem wohlgeformten Hintern gesehen hatte, hatte er sie angequatscht und ihr gekonnt wie ein Schlangenbeschwörer einen Namen, ein Lächeln und eine Telefonnummer entlockt. Manchmal war er den Mädels auch hinterhergelaufen, hatte ihnen hinterhergerufen, sicher, aber nicht auf eine üble Art. Er kannte Mädchen, die sich unattraktiv fühlten, wenn sie unterwegs nicht wenigstens ein Mal angequatscht wurden. Allerdings hatte Ola mal erzählt, dass sie als Teenager auf dem Nachhauseweg mehr als einmal ängstlich eine falsche Nummer angegeben und dann inständig gehofft hatte, dass der Kerl nicht auf der Stelle bei ihr anrief. Wann wurde aus Anquatschen Catcalling? Er hatte es auch oft gezielt auf Mädchen abgesehen, die eher abweisend waren. Niemand wollte etwas, das jeder haben konnte; man wollte das, wofür man sich ein bisschen anstrengen musste. Die Mädchen, die sich ein wenig zierten, die Arme verschränkten und verächtlich den Mund verzogen, bevor sie Küsse gewährten und ihre Beine öffneten. Obwohl, wenn er jetzt so darüber nachdachte, klang das alles sehr nach ... Belästigung.

»Ich habe nie jemanden belästigt, nein«, sagte er fest. »Ich wüsste nicht, dass ich jemals irgendetwas getan hätte, das man so auslegen könnte.«

»Hier steht, dass jemand eine einstweilige Verfügung gegen dich erwirkt hat.«

»Ich weiß, und ich habe es nachgelesen. Es kann nicht sein, dass eine einstweilige Verfügung gegen einen verhängt wird, ohne dass man davon weiß. Ich habe nie eine solche Verfügung vom Gericht erhalten, und ich versuche gerade, einen Weg zu finden, das zu beweisen, bloß geht das anscheinend nur über eine erweiterte DBS-Prüfung, aber so ein Strafregisterauszug über die kriminelle Vergangenheit eines Arbeitnehmers kann bloß von Arbeitgeberseite beantragt werden, also ...«

»Du kannst es also nicht beweisen«, seufzte Ola. »Natürlich. Großartig.« Sie sank auf ihren Stuhl zurück.

Michael streckte reflexartig die Hände aus und wollte sie ihr auf die Schultern legen, hielt dann aber inne. »Warum glaubst du mir nicht?« Er versuchte, geduldig zu bleiben, aber langsam frustrierte es ihn. ›Ich würde dir nie im Leben wehtun. Das weißt du.«

»Weiß ich eben nicht!«, ihre Stimme brach. »Ich ... ich hab ehrlich Angst.« Ein Schauer lief ihm über den Rücken, als sie das sagte. »Es ist beängstigend, diese Anschuldigungen gegen dich zu lesen, Michael. Ich möchte nicht zu den Frauen gehören, die denken, nur weil er mir nicht wehgetan hat, könnte er nicht ...«, sie verstummte.

Michael räusperte sich, bestürzt über ihre Worte. Sie verletzten ihn, aber er tat sein Bestes, um vernünftig zu wirken. »Ich versteh dich ja. Aber hier steht nicht mein Wort gegen das von einer anderen Person. Es ist mein Wort gegen irgendwen. Es gibt keine Möglichkeit festzustellen, wer was eingetragen hat, keine Kontrolle. Es war ein Google Doc, das jeder bearbeiten konnte. Die Wahrscheinlichkeit, dass sich das jemand zunutze macht, ist riesig?«

Einen Moment lang saß sie reglos da, dann nickte sie, doch ihre Miene blieb versteinert.

»Bitte, glaub mir‹, fuhr er fort, ermutigt durch diesen kleinen Gewinn. »Vertrau dem Mann, den du bald heiraten wirst, mehr als irgendeiner anonymen Person im Internet. Das ist alles, worum ich dich bitte.‹

Ola kramte ein Taschentuch hervor und tupfte sich die Augen ab, bevor sie erneut nickte.

Erst jetzt bemerkte er, wie angespannt sein Körper gewesen war. Erleichtert sank er zurück auf seinem Stuhl. Es war, als hätte sie einen riesigen Stiefel – ihren klobigen schwarzen Doc Martens – von seiner Kehle genommen. Dass Ola ihm glaubte, war nicht nur für das Überleben ihrer Beziehung entscheidend, sondern auch für seine geistige Gesundheit. Er wusste, dass er ein guter Kerl war, und, was am wichtigsten war, Ola wusste es auch. Er beugte sich vor und legte seine Hand auf ihre. Sie zuckte zurück.

Verwirrt fragte er: »Was ist?«

Ola wandte zum ersten Mal, seit er sich hingesetzt hatte, den Blick ab. Ihre Körpersprache verriet nichts Gutes, und sie knetete angespannt ihre Hände.

»Ich brauche ... Wir werden etwas Zeit brauchen.«

»Oh«, war alles, was Michael herausbrachte, und ihr Doc Martens drückte ihm erneut die Kehle zu. »Wenn du Zeit sagst ...«

»Ich hab nicht gesagt, dass ich die Hochzeit abblase. Sie ist in einem Monat«, sagte sie sachlich.

»Das ist der Grund, warum du sie nicht absagst? Weil du die Anzahlung für das Festzelt nicht verlieren willst?«

»Nein.« Olas Kiefer krampfte sich zusammen, als würde sie sich Worte verkneifen, die sie womöglich bereuen würde. »Und ich habe auch nicht gesagt, dass wir es durchziehen können.« Der Boden unter Michael gab nach. Ein Barista rief eine Bestellung auf, aber alle Geräusche im Café wurden vom Klingeln in seinen Ohren verschluckt.

»Ich möchte dir gerne glauben, aber ich brauche Zeit. Und dann wäre da auch noch die Arbeit ...«

»Arbeit?«

Schweigen.

»Frankie will, dass ich einen Artikel über die Liste schreibe«, sagte sie schließlich. Michael blieb der Mund offen stehen. Ola hatte ihren Blick noch immer nicht gehoben.

»Sie weiß nicht, dass du da drauf bist. Ich habe ihr gesagt, dass ich es machen würde, aber in Anbetracht deiner Verwicklung darin kann ich das natürlich nicht. Ich muss mir überlegen, wie ich damit umgehe.«

»Das soll wohl ein Witz sein«, sagte Michael, dem vor Angst der Atem stockte. »Wie wär's, wenn du ihr sagst, dass diese Liste Blödsinn ist und dass du statt über mich eigentlich über das Arschloch schreiben solltest, das mich da draufgesetzt hat?« Jetzt hatte er doch noch die Fassung verloren und sich keine Gedanken mehr darüber gemacht, die Stimme zu senken. Die Leute am Nebentisch begannen zu tuscheln. Hörten sie etwa zu?

»Wie gesagt«, meinte Ola bedächtig. »Ich werde den Artikel nicht schreiben.«

»Aber du wirst zulassen, dass es eine Kollegin tut?«

»Was soll das heißen, ich werde es ›zulassen‹? *Womxxxn* ist ein feministisches Magazin. Wir schreiben über solche Dinge.«

»Selbst wenn es nicht bestätigter, ungeprüfter Blödsinn ist, der Leben ruinieren könnte?«, zischte er. »Du schreibst ständig über ethische Standards und so 'n Scheiß – wie kann das hier ethisch vertretbar sein?«

»Da stehen fast siebzig Leute drauf«, erwiderte Ola. »Meist hochrangige Persönlichkeiten. Wer weiß, wie viele Betroffene es gibt. Ich möchte nicht dafür verantwortlich sein, dass die Frauen, die etwas zu der Liste beigetragen haben, zum Schweigen gebracht werden. Ich weiß nur, was du mir erzählst und was ich über dich glauben will.«

»Was du über mich glauben *willst*?«, wiederholte er verächtlich.

»Mach das nicht«, blaffte Ola ihn an. »Es ist ja nicht so, dass du immer ehrlich zu mir warst, oder? Als ob du es mir leicht gemacht hättest, dir zu vertrauen?« Michael wusste, dass das kommen würde. Es war nur eine Frage der Zeit gewesen, bis sie es ansprach.

»Ich habe Fehler gemacht, ich weiß«, sagte er und nahm sich

in acht davor, sie noch weiter zu provozieren. »Fehler, die wir hinter uns lassen wollten, da waren wir uns einig. Aber ich bin nicht mehr dieser Typ. Ich bin definitiv nicht *so ein* Kerl.«

Ola zupfte an ihren Acrylnägeln. Dabei fiel sein Blick auf den Verlobungsring, für den er monatelang gespart und Fola und Celie damit genervt hatte, ihnen Hunderte von möglichen Alternativen per WhatsApp zu schicken. Er dachte daran, wie stolz er gewesen war, als er schließlich den richtigen Ring gefunden hatte, und an ihr Gesicht, als sie ihn auf Santorin gesehen hatte, wo er ihr auf einem Balkon mit Blick auf die pinterest-perfekte türkisfarbene Ägäis die Frage aller Fragen gestellt hatte. Er versuchte, sich damit zu trösten, dass sie ihn noch trug.

»Lässt dich die Tatsache, dass ich da drauf bin, nicht Verdacht schöpfen, dass vielleicht noch über andere gelogen wird?«, fragte er.

»Michael. Statistisch gesehen ...«

»Komm mir jetzt nicht mit Statistiken, Ola«, unterbrach er sie aufgebracht. »Das ist hier kein Twitter-Thread. Sprich mit mir als Mensch. Als deinem Partner. Da werden ungeniert Lügen verbreitet, und dir ist das scheißegal. Du weißt, dass Celie mich blockiert hat, oder?«

»Kannst du dich bitte beruhigen?«, Ola zischte. »Ich weiß, dass das schwer für dich ist, aber für mich ist es auch nicht leicht. Und mich anzuschreien, ist nicht gerade hilfreich, wenn du beweisen möchtest, dass du nicht der bist, für den diese Leute dich halten.«

»Du bist nicht diejenige, deren Name hier in den Dreck gezogen wird. Und noch dazu von der eigenen Partnerin. In guten wie in schlechten Zeiten, in Krankheit und Gesundheit – aber scheiß auf ihn, wenn er fälschlicherweise beschuldigt wird, oder was?«

»Was willst du von mir?«, fauchte Ola. »Dass ich kündige? Oder soll ich Frankie vielleicht eine E-Mail schicken und ihr sagen, dass ich den Artikel leider nicht schreiben kann, weil mein kack Verlobter auf der Liste steht, oder was? Das kann ich direkt machen.« Sie griff nach ihrem Handy und entsperrte es, doch dann hielt sie vor ihrem nächsten Satz kurz inne. Sie wirkte bestürzt. »Scheiße«, sagte sie.

»Was ist?«

»Die Liste. Sie ist verschwunden. Sie wurde von Twitter heruntergenommen.«

»Oh. Fuck.«

Sie verstummten. Michael sah zu, wie Ola die Seite mehrfach aktualisierte, bis sie ihr Telefon mit der Vorderseite nach unten wieder vor sich hinlegte. Sie hielt ihren leeren Kaffeebecher in der Hand, als bräuchte sie etwas, woran sie sich festhalten konnte. Der besorgte Blick war verschwunden, aber ihr Körper war immer noch starr.

»Tja, hoffentlich hat es sich damit erledigt«, sagte Michael nach einem kurzen Moment. »Jetzt, wo sie weg ist, war es das vielleicht.«

Er legte noch einmal zaghaft die Hand auf ihre. Diesmal ließ sie ihn gewähren, aber sie senkte erneut den Blick, als sie sprach.

»Wenn du mir nicht beweisen kannst, dass da nichts dran ist, Michael, ist die Hochzeit geplatzt.«

6

Noch 25 Tage bis zur Hochzeit

»Sie sehen aus wie ein Engel«, jauchzte die Verkäuferin des Brautmodengeschäfts strahlend, während sie den Reißverschluss von Olas Kleid zuzog. »Und was für eine Taille! Sie waren ja beim letzten Mal schon gertenschlank, aber jetzt sitzt es in der Mitte ein kleines bisschen lockerer als vorher. Sie *Glückliche*. Ich hole mal ein paar Stecknadeln, um zu sehen, ob sich das Abnähen lohnt.«

Hatte sie etwa innerhalb eines Tages abgenommen? Vielleicht hatte Ruth doch recht gehabt, als sie sagte, dass sie noch dünner aussehe als sonst. Unmöglich war es nicht, sie hatte, seit die Liste online gegangen war, nichts mehr gegessen.

»Bist du wirklich okay?«, fragte Celie, sobald die Verkäuferin den Raum verlassen hatte. »Du siehst erschöpft aus.«

»Weil ich erschöpft *bin*«, sagte Ola und schüttelte den Kopf, sodass ihr Schleier wackelte. Sie waren erst seit einer knappen halben Stunde hier, und schon wollte sie nichts lieber, als wieder zu gehen. Sie stand mit ihren hohen Schuhen mitten im Raum auf einem Podium, was sie noch größer erscheinen ließ. Auf den Stangen hinter ihr hing ein Heer von Brautkleidern in verschiedenen Weißtönen (Eierschale, Bone-White, Porzellan) und Stoffen (Satin, Krepp, Chiffon). Es war, als wäre sie deren Befehlshaberin, beleuchtet von dem grellen Kronleuchter über ihr und den Lichterketten, die entlang des großen Barockspiegels angebracht waren.

Jedenfalls fühlte sie sich, als würde sie in eine Schlacht ziehen, auf die sie nicht vorbereitet war, so nervös und unruhig war sie, egal wie sehr sie auch versuchte, sich zu beruhigen.

»Hast du heute überhaupt schon gegessen?«, erkundigte sich Ruth. Ola nickte schroff, und ihre Freundin seufzte. »Ich will nicht lügen, aber ich bin etwas irritiert«, fuhr Ruth fort. »Da erzählt irgendjemand im Schutz der Anonymität irgendeinen Scheiß über Michael, den niemand beweisen kann, und jetzt steht ihr auf Kriegsfuß miteinander? Spinnt ihr jetzt eigentlich beide total?«

Es war nicht der Zeitpunkt für Witze, aber so war Ruth nun mal. Olas zögerliches Lächeln – das erste seit vierundzwanzig Stunden – war hinter ihrem Schleier nicht zu erkennen, doch Celie schüttelte den Kopf heftig genug für sie beide. »Gleichzeitig«, fuhr Ruth mit ernster Stimme fort, »mach ich mir Sorgen um dich, Ola. Das ist so abgefuckt. Ich meine, einen Monat vor der Hochzeit?«

Ola schüttelte den Kopf. »Ich habe keine Ahnung, ob sie überhaupt stattfinden kann.«

»Aber du hast doch selbst gesagt, dass es keine Beweise gibt«, sagte Ruth. »Ich seh echt nicht ein, warum du deine ganze Hochzeit wegen irgendeines Internettrolls absagen solltest. *Die* haben mit der Veröffentlichung der Liste einen Fehler gemacht und nicht Michael.«

»Das weiß sie doch nicht«, mischte Celie sich ein. »Sie kann es nicht mit Sicherheit sagen. Keiner kann das.«

Ola hatte den Brautschleier aufbehalten, um sich vor dem übermäßig grellen Licht im Raum zu schützen. Die Anprobe-Suite erinnerte an einen seltsam schicken Polizeiverhörraum:

Kandelaber auf jeder verfügbaren Oberfläche und an den Wänden billige LED-Leuchten, auf denen »Love« und »Mr & Mrs« stand. Im Schein all der Lichter standen ihr die Schweißperlen auf der Stirn, als befände sie sich in Untersuchungshaft.

Sie hatte diese letzte Anprobe sehnsüchtig erwartet, seit sie zum ersten Mal ihr Hochzeitskleid angehabt hatte – ein rückenfreies, bodenlanges Slipdress aus elfenbeinfarbener Seide, kombiniert mit einem kunstvollen Kopfschmuck aus Perlen, Weißgold und Diamanten an einem Schleier, der so lang war, dass er fast bis zum Saum des Kleides reichte. Als sie Fola die Fotos geschickt hatte, hatte ihre Schwester sie mit Yemọja, einer Yoruba-Gottheit, verglichen und behauptet, Ola würde darin »ihre göttliche Weiblichkeit channeln«, was jedoch jedes Mal ihr Kompliment war, wenn Ola etwas anderes als Hosen trug. Das Kleid fiel zwar dezenter aus, als ihre Mutter es sich gewünscht hätte, die es »schlicht« nannte, aber es war das einzige Kleid, in dem sich Ola wie sie selbst fühlte und nicht wie die Parodie einer guten Fee. Außerdem machten ihr zweites und drittes Outfit den zurückhaltenden Stil des Hochzeitskleides durch ihre Auffälligkeit mehr als wett. Sie hatte sich darauf gefreut, sich in ihrem Kleid wieder so mühelos schön zu fühlen wie beim ersten Mal, aber nach den Ereignissen der letzten vierundzwanzig Stunden konnte sie ihr eigenes Spiegelbild kaum noch ertragen. Seit gestern hatte sich Ola sehnlichst gewünscht, Ruth und Celie persönlich zu treffen, um irgendeine Art von Orientierungshilfe zu bekommen. Sie liebte die beiden sehr, aber ihr wurde schnell klar, wie naiv es gewesen war, zu glauben, dass die beiden ihr helfen könnten.

Ruth Nnadi war, den jamaikanischen Männern zufolge, die bei den Buchmachern in ihrer Straße ein und aus gingen und ihr auf dem Nachhauseweg hinterherriefen, eine »Fluffy«. Sie war nicht nur an den Hüften dick, wie es in den Texten ihrer Lieblingsrapper hieß, sondern überall, und sie war stolz darauf. Von ihrem Nacken zum Rücken verlaufend, prangte ein tätowiertes Sternbild, das sie sich 2008 hatte stechen lassen, nachdem sie das gleiche Design bei Rihanna gesehen hatte. Mittlerweile war sie froh, dass es von glattem, glänzendem Haar verdeckt wurde. Ruth setzte nie einen Fuß vor die Tür, ohne aufwendig geschminkt zu sein, was sie auch gleich zu einer mobilen Werbetafel für ihre Dienste als Teilzeit-Make-up-Artist und Lash Technician machte; matte Foundation bedeckte ihre walnussbraune Haut, sodass keine Pore durchschimmerte, und ihre Lippen waren mit einem Gloss von Fenty Beauty überzogen. Auch heute trug sie wie für gewöhnlich Wimpern aus ihrer eigenen Linie »Cashmere Lash Doll«, die sie über Instagram vertrieb. Sie kaufte billige synthetische Wimpern von chinesischen Händlern, verpackte sie in luxuriöse schwarze Schachteln mit goldener Schleife und der Aufschrift »Nerzwimpern«, erhöhte die Preise um vierhundert Prozent und bedankte sich bei ihren Kundinnen freundlich für ihren Beitrag zur Unterstützung der schwarzen Wirtschaft. Ruth war die Art von Frau, von der afrikanische Schwiegermütter behaupten würden, dass sie von ihr in einem »prophetischen« Traum erwürgt wurden.

Celestina »Celie« Tembe hingegen war die reine Verkörperung ihrer Sehnsucht nach der perfekten Schwiegertochter. Eine Frau, wie sie in Sprüche 31 in der Bibel gelobt wird. Früher war sie äußerst missionarisch unterwegs gewesen, und obwohl sie jetzt weniger gottesfürchtig war, hatte die Frömmigkeit sie nie ganz verlassen. Fließende geblümte Kleider und Röcke umspielten ihren schlanken, ein Meter sechzig großen Körper. Sie trug ihre Röcke stets und bei jeder Saumlänge (die allerdings immer bis mindestens unterhalb des Knies ging) mit blickdichten Strumpfhosen. Celie versprühte die Energie einer Vertretungslehrerin – verkniffene Lippen und passiv-aggressive positive Affirmationen murmelnd, wenn sie nichts Nettes zu sagen hatte, unfähig, überhaupt nichts zu sagen. Sie war ein Fan von christlicher Rockmusik und ging gerne ins Theater, aber ihre erste und größte Liebe galt den Büchern. Sie arbeitete als Lektorin bei einem tapferen Kleinstverlag. Bereits nach ein paar Tagen in diesem Job war Celie aufgefallen, dass es in ihrem Verlag mehr Menschen mit dem Namen Helen gab als Minderheiten, und die Zahl verdreifachte sich noch, wenn man diejenigen mitzählte, die Helena hießen.

Olas beste Freundinnen saßen auf der fliederfarbenen Chaiselongue und versuchten ihr Bestes, um ihren finalen Anprobetag nicht noch schlimmer zu machen, indem sie sich stritten. Es war schwer zu sagen, ob Ruth und Celie zu Freundinnen würden, wenn sie sich heute träfen. Obwohl sie sich seit über zwanzig Jahren kannten, verurteilten sie sich gegenseitig für die gleichen Dinge wie zu Beginn ihrer Freundschaft: ihre Lebensentscheidungen, ihren Kleidungsstil, ihre allgemeinen Ansichten. Celie hielt Ruth für ein Ghettogirl, und Ruth vermutete, dass Celie sie nur deshalb für ein Ghettogirl hielt, weil sie wie im Horrorthriller *Get Out* im »versunkenen Bereich« festhing (allerdings hegte sie auch die Vermutung, dass Celie insgeheim Spaß daran hatte, bei der Arbeit das »brown girl in the ring« zu sein).

Ola schlug den Spitzenschleier vor den Augen zurück und warf Celie einen verächtlichen Blick zu, den diese vorgab, nicht zu bemerken. »Ja, ich weiß, dass es niemand mit Sicherheit wissen kann«, sagte sie und klang dabei defensiver, als sie gehofft hatte. Sie wusste nicht, wen sie überzeugen wollte, sich selbst oder ihre Freundin. »Aber es ist kompliziert.«

»Ich wüsste nicht, warum«, sagte Celie spröde. »Wenn das eine von uns betreffen würde, wärst du doch die Erste, die mit einem Plakat wedeln und ›Mittäterschaft‹ und ›internalisierte Misogynie‹ schreien würde. Wo ist da der Unterschied? Abgesehen von den gut zwanzigtausend Pfund die du für die Hochzeit hingeblättert hast.«

Ola gab sich unbeeindruckt, aber diese spitze Bemerkung traf sie genau da, wo es wehtat. »Erstens geht es hier nicht ums Geld«, sagte Ola, obwohl sie nicht ganz sicher war, dass das stimmte, »und zweitens habe ich euch doch schon gesagt, dass er mir erst beweisen muss, dass er nichts getan hat. Ich habe nicht behauptet, dass die Hochzeit wirklich stattfinden wird.«

»Warum sind wir dann hier?«

Darauf wusste Ola keine Antwort. Warum sie hier vor ihrem bedrückten Spiegelbild stand, eine Art moderne Miss Havisham, die auf ihre eigene Weise vor dem Altar stehen gelassen wurde. Gestern im Pret A Manger hatte sie ihr Ultimatum noch ernst gemeint und die Nachrichten, die Michael ihr danach geschickt hatte, ignoriert. Aber jetzt war sie hier, und ihr Rücken kribbelte von Stecknadeln und Schweiß, während sie ihr Hochzeitskleid entweder zum vorletzten oder zum allerletzten Mal anhatte.

»Weil, wenn ich die Sache erst einmal abgesagt habe, ist sie abgesagt«, sagte Ola schließlich. »Das kann ich dann nicht wieder rückgängig machen.« Das Einzige, was sie noch mehr fürchtete als die Hochzeit, war, diese abzusagen. »Ich brauche einfach noch etwas Bedenkzeit.«

»Du hast aber keine Zeit. Die Hochzeit ist in einem Monat…«

Ruth drehte sich zu Celie um und sah sie böse an. »Glaubst du, sie weiß das nicht?«, sagte sie. »Ist es nicht schlimm genug, dass all diese Feministinnen sie in ihren Beiträgen adden, und jetzt bekommt sie nicht mal mehr von ihrer besten Freundin Rückhalt, Herrgott!«

Ola beschloss, Ruths abfälligen Gebrauch des F-Wortes zu ignorieren, der suggerierte, dass sie selbst keine Feministin war, und nickte. Olas aktuelle Online-Überlebensstrategie war Schweigen. Eine Deaktivierung wäre zu dramatisch, fand sie, also deinstallierte sie Instagram und Twitter lediglich von ihrem Telefon und übergab ihre Zugangsdaten an Fola, die daraufhin die Passwörter änderte. Zum Glück wirkte das nicht verdächtig: Ihre Follower bemerkten selten, wie viel Zeit sie online verbrachte, da sie eher eine stille Beobachterin als eine regelmäßige Posterin war. Auch wenn Ola versuchte, nicht auf Twitter zu schauen, war es ihr manchmal unmöglich zu widerstehen. Mit einem anderen Account, in dem Michaels Name nicht auftauchte, wäre sie eine der Ersten gewesen, die die Liste retweetet hätte. Sie war versucht gewesen, die wenigen Bilder, die sie von sich und Michael auf Instagram hatte, zu archivieren, befürchtete jedoch, dass das erst recht verdächtig wirken würde. Genauso wie das Abschalten der Kommentarfunktion, aber das bedeutete auch, dass der eine oder andere bösartige Kommentar durchdrang. Fola löschte zwar schnell, aber nicht schnell genug – innerhalb der ersten Stunde nach der Übergabe des Accounts registrierte Ola mehr als zwanzig anklagende und wütende Kommentare in unterschiedlicher Heftigkeit.

»Du weißt doch, wie das auf Social Media ist«, hatte Folas Stimme knisternd über Skype aus Panama verkündet, als Ola sie aufgeregt anrief. »Nächste Woche machen sie jemand anderem die Hölle heiß. Sieh es als eine Chance vom Universum, dass du endlich deinen Scheiß geregelt kriegst. Meditieren. Entgiften. Wasser trinken, verdammt.«

Das bedeutete jedoch nicht, dass ihre Schwester nicht besorgt war. Ihre gewohnte tiefenentspannte Haltung war durch das, was Ola ihr erzählt hatte, zutiefst gestört worden. Fola erkundigte sich alle paar Stunden über den Stand der Dinge. Was gab es Neues? Hatte Michael sich schon erklärt? Sie war es auch, die vorgeschlagen hatte, dass er sich von all seinen früheren Arbeitgebern schriftlich bestätigen lassen sollte, dass er nie auf irgendwelchen Firmenweihnachtsfeiern gewesen war. Dadurch fühlte sich Ola zunächst besser. Aber als sie ihrer Schwester dann schickte, was er ihr weitergeleitet hatte – E-Mails von dem Apple Store und der Schuhfiliale, in denen stand, dass sie keine Weihnachtsfeiern veranstalteten –, fragte Fola, ob er vielleicht noch ein unterzeichnetes Schreiben mit offiziellem Briefkopf vorlegen könnte, für den Fall, dass die E-Mails gefälscht seien. »Hör zu, wenn es etwas gibt, was Dad – Gott hab ihn selig – uns gelehrt hat, dann ist es, niemals zu unterschätzen, wie weit Männer gehen, um eine Lüge aufrechtzuerhalten«, hatte sie gesagt. »Das ist die einzige Situation, in der sie multitaskingfähig sind!«

Er sollte jetzt hier sein, dachte Ola. Nicht nur, weil seine kleine »Bíntín« eigentlich bald heiraten sollte, sondern auch, weil ihr Vater ihr das Gefühl zu geben wüsste, dass sie das durchstehen konnte. Sie dachte immer öfter an ihn, je näher die Hochzeit rückte, und hörte, wenn sie allein war, seine typischen Sprüche: »Ein Mann, der beschuldigt wird, eine Ziege gestohlen zu haben, sollte seine Gäste nicht mit Ziegeneintopf bewirten.« Oder: »Ohren, die keinen Rat hören wollen, gehen mit dem Kopf, wenn er abgeschlagen wird.« Wenn sie ihn als Kind nach etwas gefragt hatte, hatte er zu ihrer Enttäuschung gerne mit einer Gegenfrage geantwortet wie: »Warum ist die Banane krumm?« Seine Unfähigkeit, direkt zu sein, hatte sie und ihre

Mutter immer ganz wahnsinnig gemacht. Aber jetzt würde Ola alles darum geben, ihn noch einmal einen seiner kryptischen Sprüche sagen zu hören.

Celie war hinter sie getreten und legte ihr die Hand sanft auf die Schulter, während sie beide traurig Olas Spiegelbild betrachteten. »Ich werde jetzt etwas sagen, was du wahrscheinlich nicht hören willst«, sagte sie. Ruth verdrehte die Augen im Spiegel, sodass nur noch das Weiße zu sehen war. »Du bist wie eine Schwester für mich. Ich kenne dein Herz. Aber das heißt nicht, dass ich immer verstehe, was du tust. Ich bin hier, weil ich dich liebe, aber auch, weil dir das jemand sagen muss. Was Michael vorgeworfen wird, ist ernst – bei ihm zu bleiben, könnte gefährlich sein ...«

Ola spürte einen stechenden Schmerz in der Magengrube. »Ich sage das nicht, um ihn zu verteidigen, aber er ist mir gegenüber nie gewalttätig gewesen, Celie. Nicht einmal annähernd.«

»Heißt das etwa, dass er es nie sein könnte?«, fragte ihre Freundin. »Und selbst wenn er es nie ist, werden viele Frauen, Überlebende, enttäuscht sein, wenn ausgerechnet du dich dazu entscheidest, zu so einem Mann zu stehen.«

Das versetzte ihr einen weiteren Stich. Ola stand nicht zu einem schuldigen Mann, das versicherte sie sich selbst beinahe stündlich. Sie versuchte lediglich, die Wahrheit herauszufinden. Aber wie sie es auch drehte und wendete, sie hatte das ungute Gefühl, zu einer der Frauen zu werden, über die sie sonst bissige Kolumnen schrieb: die Frau eines Fußballspielers, die eine andere Frau, die zu betrunken war, um einzuwilligen, als Schlampe bezeichnete. Die Freundin eines Musikers, die nach der Show dabei half, minderjährige Fans ins Hotelzimmer zu schleusen. Die Verlobte, die versuchte, einen Medienbericht zu verhindern, weil ein Mann darin verwickelt war, den sie liebte.

Ola versuchte, einen kühlen Kopf zu bewahren, aber sie war am Boden zerstört, vor allem, weil sie wusste, dass sie nicht ausschließen konnte, dass Celie vielleicht recht hatte. Trotzdem waren sie lange genug befreundet, dass sie eigentlich im Zweifelsfall für Ola Partei ergreifen sollte. Sie kannten sich, schon lange bevor die scherzhafte Bezeichnung des langsam nobler werdenden Londoner Stadtteils Streatham als »Saint Reatham« zu einer sich selbst erfüllenden Prophezeiung wurde, aus einer Zeit, als ihr Leben noch aus »Just Do It«-Tüten und *What's Up, Dad?*-Wiederholungen bestand. Damals hingen sie an der Schlittschuhbahn herum, wenn sie nicht gerade von Polizeiband abgesperrt war, und saßen immer auf den Plätzen ganz hinten im Bus, wenn diese nicht von älteren, tougheren Jugendlichen besetzt waren. Später studierten Ola und Celie dann beide englische Literatur – Celie in York und Ola in Durham – und besuchten oft den Campus der jeweils anderen. Ruth kam nur selten vorbei, denn sie verabscheute die lange Reise in die »Pampa« und alles, was sie dort erwartete. (»Ihr habt doch behauptet, es gäbe hier Black Nights?«, sagte sie jedes Mal, wenn sie in einen Club gingen. »Aber nur weil zweimal Sean Paul gespielt wird und dann wieder nur »Umpf-Umpf«-Mucke, ist das noch lang keine Black Night.«) An keiner der beiden Universitäten gab es viele schwarze Studierende, und noch weniger kamen von staatlichen Schulen, sodass Celies Besuche für Ola immer ein Stückchen Heimat bedeuteten.

Die drei hatten ihre Traditionen. Traditionen, die auch jetzt noch, da sie älter und ihre Terminkalender voller waren, sicherstellten, dass sie sich weiterhin sahen. So wie ihr jährlicher Ausflug zum Notting Hill Carnival, auch wenn sie inzwischen die Afterpartys ausließen und statt ultrakurzen Shorts nun Hosen trugen, die ihre Pobacken bedeckten. Aber es wurde dennoch immer seltener, dass sie alle zusammenkamen, und so hatte sich Ola ihr jüngstes Treffen nicht vorgestellt.

»Ich habe noch gar nichts entschieden«, sagte sie und zog ihre Schulter unter Celies Hand weg. »Natürlich weiß ich, dass Frauen nicht einfach mit solchen Anschuldigungen um sich werfen. Aber in diese Liste konnte jeder anonym irgendetwas eintragen – und wir reden hier immer noch vom Internet. Ich dachte, wir wären uns mittlerweile einig, dass die Leute im Internet gerne Dinge erfinden? Oder wollen wir jetzt so tun, als hätten wir *Catfish* nicht alle gesehen?« In einer Welt, in der sie eine Tripadvisor-Bewertung für ein Restaurant abgeben konnte, in dem sie noch nie war, war alles möglich.

»Willst du damit etwa sagen, dass da einfach ein paar Frauen langweilig war und sie deshalb beschlossen haben, das Leben von x-beliebigen Männern zu zerstören?«

»Das ist es ja – wir wissen nicht einmal, ob es Frauen sind«, murmelte Ola ohne Überzeugung. Sie hasste es, Michael zu verteidigen, obwohl sie selbst nicht wusste, was sie denken sollte. »Die Liste könnte aus Rache oder für irgendwelche anderen Zwecke gekapert worden sein.«

»Also, diese Ausrede habe ich ja noch *nie* gehört«, spottete Celie und trat einen Schritt zurück. »Sehr bequem.«

»Komm schon, Celie. Das ist nicht fair.« Sie fröstelte. »Lasst uns bitte das Thema wechseln, okay? Ich will nur, dass das Kleid angepasst wird, und dann raus hier. So darüber zu reden, gefällt mir nicht. Es kommt alles ganz falsch rüber und lässt mich wie jemand aussehen, der übergriffige Männer verteidigt.«

Celie zuckte mit den Schultern und schaute auf ihre Schuhe. »Tja, wenn es so aussieht und auch so klingt ...«

»Dann ist es normalerweise auch so, aber in diesem Fall handelt es sich um unsere beste Freundin, die versucht, das Richtige zu tun«, unterbrach Ruth sie mit erhobener Stimme. »Mann, es ist Ola! Die größte Kämpferin für soziale Gerechtigkeit, die wir kennen! Und du weißt, dass ich nicht Michaels größter Fan bin, aber hat er nicht wenigstens eine Chance verdient, sich zu beweisen? Es gilt noch immer die Unschuldsvermutung – und wer auch immer ihn auf die Liste gesetzt hat, hat noch nicht einmal seinen Namen richtig geschrieben!«

Die drei hörten das Klacken der Tür, als die Verkäuferin des Brautmodengeschäfts sie vorsichtig aufschob, als hätte sie gelauscht und auf das Ende eines Satzes gewartet, um kleinlaut einzutreten. Sie suchte ausschließlich Blickkontakt mit der Spiegel-Ola und begann, weitere Stecknadeln am Rücken des Kleides zu befestigen.

»Sieht toll aus, nicht wahr?«, sagte sie leise zu niemand im Besonderen.

Ola räusperte sich verlegen. »Danke.« Sie wandte sich an Ruth und lächelte schwach. »Ich weiß eure Meinung zu schätzen. Und ich kann euch absolut nachvollziehen, was du sagst, Celie. Glaub mir.«

»Genau deshalb erzähl ich ihr nie etwas«, sagte Ruth unbeeindruckt vom neuen Publikum. »Sie tut immer so, als wäre sie eine Heilige.«

»Stimmt doch gar nicht«, flüsterte Celie halb. »Ich finde lediglich, dass es verrückt ist, so zu tun, als wäre nichts passiert.«

»Celie, die Einladungen sind bereits verschickt!«, sagte Ola entrüstet. »Der Termin in der Kirche steht. Der Veranstaltungsort für den Empfang ist reserviert. Die Flüge der Gäste aus Nigeria *und* Ghana sind gebucht. Dieses Kleid für knapp tausend Pfund ist verdammt noch mal komplett bezahlt«, sagte sie und zerrte heftig daran. Die hellblauen Augen der Verkäuferin traten entsetzt hervor. »Du hast mir geholfen, das verdammte

Ding auszusuchen. Die Caterer, der Fotograf, die Hochzeitsfilmer, der DJ, die Live-Band, alles bezahlt ...« Als Ola all das aufzählte, fühlte sie sich plötzlich wie erschlagen. Nigerianische Hochzeiten waren ja schon eine große Sache, aber nigerianisch-ghanaische Hybrid-Hochzeiten von insta-prominenten, unbeabsichtigten Influencer-Paaren waren *gewaltig*. Wochenlang hatte sie sich darüber aufgeregt, wie viel noch zu tun war; jetzt konnte sie nicht fassen, wie viel sie bereits ausgegeben hatte.

Sie zögerte, es war ihr fast peinlich auszusprechen, was sie fühlte. »Letztendlich geht es hier um den Mann, den ich liebe. Ich muss mir darüber im Klaren sein, was ich ihm antue. Uns antue. Wenn es hier um eine von euch beiden gehen würde, wäre ich im Zweifel auf eurer Seite, das wisst ihr. Falls ich die Hochzeit jetzt absage, lautet die Botschaft dahinter im Grunde genommen, dass ich ihn für schuldig halte.«

»Und wenn du es durchziehst, behauptest du damit, dass er unschuldig ist«, sagte Celie.

In diesem Moment begann Olas Telefon auf dem plüschigen Samtschemel zu vibrieren, und sie fuhr so heftig herum, dass die emsige Brautmodenverkäuferin erschrocken aufschrie. »Wer ist das denn jetzt?«, fauchte Ola, raffte ihr Kleid bis zu den Knien hoch und stapfte wütend darauf zu.

»Ich hole dann mal noch ein paar Stecknadeln ...«, murmelte die Verkäuferin und eilte erneut aus dem Raum. Ola schnappte sich ihr Telefon und hielt es sich vors Gesicht.

Heya Ola! Wie kommst du mit dem Artikel voran? Gibt es
Neuigkeiten zu den Interviewpartnerinnen? – FW xx

»An meinem verdammten freien Tag?«, rief Ola aufgebracht. »Während meiner letzten Anprobe? Im Ernst jetzt?« Sie warf ihr Handy zurück auf den Schemel, wo es enttäuschend weich landete. Wütend trat sie gegen die Seite des Hockers. Celie und Ruth sahen sich besorgt an.

Das Verschwinden der Liste hatte bei Frankie nur noch mehr Fragen aufgeworfen, und sie hatte begonnen, wie ein Bluthund jedem Tweet oder Blogpost darüber hinterherzuhecheln. Mit dem Auftauchen rassistischer Tweets der Wellness-Influencerin Morgan Briggs aus dem Jahr 2012 verlor die Liste etwas an Bedeutung, aber in Chatverläufen und Facebook-Gruppen kursierten immer noch genug Screenshots davon. Bislang war über die Liste nur auf Gossip-Seiten oder als reine, knappe Meldung berichtet worden, wobei Namen, Berufsbezeichnungen und Anschuldigungen geschwärzt worden waren. Frankie, die eine ausführliche Hintergrundrecherche im Sinn hatte, befürchtete, dass ihnen jemand zuvorkommen könnte – eine Sorge, die Ola aus ganz anderen Gründen teilte.

Doch auch nachdem die Liste die Timelines nicht mehr beherrschte, bestimmte sie weiterhin den Tagesdiskurs. Frauen mit öffentlichen Accounts räumten ein, dass sie Namen auf die Liste gesetzt hatten, und nannten ihre Gründe dafür. Andere sprachen darüber, dass sie Männer darauf entdeckt hatten, die auch ihnen gegenüber übergriffig geworden waren. »Hallo Leute. Ich kann nicht glauben, dass ich das hier schreibe, aber mein Vergewaltiger steht auch auf der Liste«, lautete ein Tweet, der sich in Olas Gehirn einbrannte. »Nach neun Jahren fühlte ich mich heute zum ersten Mal in der Lage, meinem Partner zu erzählen, wer es war.« Dann folgte der Backslash, prompt und unvermeidlich. Zu Kritik führte insbesondere das Durcheinander von Anschuldigungen: Männer, die als »Widerlinge« bezeichnet wurden, wurden in einem Atemzug genannt mit Typen, die Frauen offensichtlich wiederholt K.-o.-Tropfen verabreicht hatten, um sie gefügig zu machen. Wie definierte man »aggressiven Sexismus«, und sollte er wirklich neben Grooming und versuchter Entführung stehen? Ola hatte sich noch nie so hin- und hergerissen gefühlt – einerseits wollte sie, dass das alles so schnell wie möglich wieder aus dem öffentlichen Diskurs verschwand, war aber gleichzeitig angewidert, dass so viele diese Vorwürfe abtun wollten.

Abgesehen von Frankie wurde sie von niemandem bei *Womxxxn* auf die Liste angesprochen, weder im Arbeitskontext noch im Rahmen des Bürotratschs, aber sie wusste, dass über das Thema geredet wurde. »Ist es zu fassen, dass Matthew auf der Liste steht?«, hatte Ola Sophie gestern auf dem Flur zu Lucy sagen hören, als sie von ihrem Treffen mit Michael zurückkam. »Er ist mir vor ein paar Jahren mal in die DMs gelidet, trotz der Regenbogenflagge und des ›lesbisch‹ in meiner Bio ...«

»Also, ich komm ja nicht drüber weg, dass Lewis Hale draufsteht«, hatte Lucy zurückgeflüstert. »Er schien mir immer so nett zu sein! Ich habe bei *Strictly Come Dancing* für ihn gevotet. Mein Vater wird am Boden zerstört sein, der Arme – er liebt ihn!«

Aber keine Betretenheit gegenüber Ola. Nicht einmal Kiran hatte es angesprochen, obwohl sie Ola in ihrer typisch direkten Art gefragt hatte, warum sie aussähe, als stünde sie kurz vor einem Nervenzusammenbruch. Die Hochzeit war zwar das Letzte, worüber sie sprechen wollte, aber es war eine bequeme Ausflucht. Doch langsam kam es ihr so vor, als würde das Thema ihr gegenüber absichtlich gemieden. Hatten ihre Kolleginnen etwa zwei und zwei zusammengezählt und die Identität des falsch geschriebenen Michael erraten? Warum sprachen sie es nicht an? Aus Ignoranz? Verlegenheit? Oder war es gutes altmodisch-britisches vorgetäuschtes Unwissen, um eine peinliche

Situation zu vermeiden? Nun wünschte sie sich aufrichtig, sie wäre nicht immer so darum bemüht gewesen, all ihre Kolleginnen auf Distanz zu halten.

Das Argument, das sie im Büro im Zusammenhang mit den Vorwürfen am häufigsten zufällig mithörte, war eines, das auch sie in anderem Zusammenhang schon vorgebracht hatte: Es gibt keinen Rauch ohne Feuer. Man landete nicht ohne Grund auf so einer Liste, wenn man sich rein gar nichts zuschulden kommen hat lassen. Als sie sich im Pret A Manger gegenübergesessen hatten, hatte Michael sie angeschaut, als wäre sie eine Verräterin, zutiefst enttäuscht darüber, dass sie die Anschuldigungen nicht mit einem Achselzucken abtat und sich wieder der Diskussion über den Ablauf der Hochzeit zuwandte. Aber er war allgemein gut darin, Fehlverhalten vor sich und vor anderen zu rechtfertigen, was Ola durchaus Sorgen bereitete. Bei ihm verschwammen des Öfteren Linien, er übertrat Grenzen und reagierte dann verblüfft, wenn die Leute sich darüber aufregten. Michael erzählte Ola zwar selten unverblümte Lügen, aber er neigte zu Ausschmückungen; er täuschte durch Beschönigungen oder das Weglassen bestimmter Fakten. Man denke zum Beispiel an den »Vorfall«, gleich zu Beginn ihrer Beziehung. Was, wenn er nun eine ähnlich hässliche Wahrheit verheimlichte?

Im Laufe ihrer Beziehung hatte es immer wieder mal Problemchen gegeben, die dazu geführt hatten, dass sie über eine Trennung nachdachte. In den ersten Jahren ihrer Beziehung hatte sie es vermieden, eine Beziehungspause einzufordern, weil sie wusste, dass er es als willkommene Ausrede nehmen würde, um mit anderen zu vögeln. Michael war ein notorischer Grenzgänger, wenn es um andere Frauen ging, und reizte oft die Möglichkeiten dessen aus, was innerhalb ihrer Beziehung akzeptabel war. Da machte sie sich keine Illusionen. Jahrelang hatte sie ihre Beziehung aufgebaut, ihn aufgebaut, und die Vorstellung, dass es umsonst gewesen sein könnte – oder, schlimmer noch, für jemand anderen, der keinen Finger hatte krumm machen müssen –, erschütterte sie zutiefst.

Ruth schnaubte angestrengt, als sie sich von ihrem Sitz erhob und Ola damit aus ihren Gedanken riss. Sie nahm Olas Handy und hielt es ihr hin.

»Passwort.«

»Warum?«

»Weil ich Sheryl Sandberg schreiben will, dass sie dich nicht an deinem freien Tag nerven soll, deshalb«, sagte sie. »Du bekommst Druck von allen Seiten. Von Michael und deiner Familie und all den Twitter-Aktivisten, aber dann auch noch die Arbeit? Ganz zu schweigen davon, dass ganz Black Britain wackeln wird, wenn ihr euch trennt. Ihr seid das personifizierte Couple Goal. Weißt du, dass eine bei mir in der Arbeit euer Verlobungsfoto auf ihrem Sperrbildschirm hat?«

Ola stöhnte. »Ich habe nie darum gebeten, eine Black-Love-Botschafterin zu sein.«

»Ja, aber aus ausgeprägten Wangenknochen erwächst auch ausgeprägte Verantwortung.«

Ola ignorierte den Scherz – ihr wurde schwindelig von der Schnelligkeit, mit der die Internetgötter geben und dann wieder nehmen. Noch vor wenigen Tagen war sie eine Hälfte eines bewunderten Power-Paares gewesen, und nun war sie eine Ausgestoßene. Sie waren nicht nur als Einheit, sondern auch als Individuen ruiniert; ihr soziales Kapital, das sie einzeln und als Paar erworben hatten, war dahin.

»Ich versuche, mich allen gegenüber anständig zu verhalten«, sagte Ola bedrückt. »Es gibt noch nichts wirklich Überzeugendes, außer dass Michael noch nie auf einer Firmenweihnachtsfeier war, was auch seine beiden Arbeitsstellen bestätigt haben.«

»Eine eventuelle Ungereimtheit in den Anschuldigungen macht also die ganze Sache hinfällig, oder was?«, meinte Celie ungläubig schnaubend.

Da wäre Ola *beinahe* damit herausgeplatzt, dass es genau ihre Abneigung gegen eine solche Logik war, die sie dazu veranlasst hatte, mit dem Rest ihrer bereits vernichteten Ersparnisse einen Privatdetektiv zu engagieren. Dass sie das Ganze fünfundachtzig Pfund pro Stunde kostete, die sie eigentlich gar nicht hatte, und dass sie nicht einmal ihrer Schwester Fola davon erzählt hatte.

Ola hatte irgendetwas tun müssen, also hatte sie einen verschlagenen, barschen Kerl namens Luke zu ihren WhatsApp-Kontakten hinzugefügt, nachdem sie seine Daten in einem Forum gefunden und ihn gebeten hatte, jegliche Informationen über Michael zu sammeln. Er hatte ihr eröffnet, dass er ihn für den vereinbarten Pauschalpreis beschatten, Observierungen vornehmen und ihr Zugang zu all seinen öffentlichen Unterlagen verschaffen könnte (»Etwaige Strafregisterauszüge und Gerichtsdokumente inklusive, falls benötigt, Schätzelein«, hatte er in dem lässigen Tonfall eines Kassierers hinzugefügt, der einem mitteilt, dass die Küchenrolle diese Woche im Angebot ist). Darüber hinaus würde er einen einfachen Backgroundcheck machen, Einsicht in seine sozialen Medienaktivitäten nehmen und noch eine Reihe weiterer Aktionen durchführen, an die sie sich bei dem ganzen Stress jetzt schon nicht mehr erinnern konnte. Er hatte sie noch darauf hingewiesen, dass es zwar nicht legal wäre, sein Telefon abzuhören oder seine Wohnung zu verwanzen, aber »für einen Aufpreis«, den Ola momentan nicht aufbringen konnte, könnte er »sehen, was zu machen ist«. Dass

Celie sie für schwach hielt, war eine Sache, aber besser, sie dachte das von ihr, als dass sie von ihren heimlichen Hintergrundrecherchen wusste. Denn wenn sie Celie die Wahrheit eingestand, würde sie nur bestätigen, was Ola bereits wusste: Das alles war keine gute Grundlage für eine Ehe.

»Das sage ich doch gar nicht!«, rief Ola, die mit ihrer Geduld am Ende war. »Ich sage nur: Warum warten wir nicht, bis wir mehr Informationen haben, bevor wir ihn auf WhatsApp blockieren?«

»Weil ich schon alle Informationen habe, die ich brauche«, erwiderte Celie, ohne zu zögern. »Weil ich den Frauen glaube: Believe women!« Das »Und das solltest *du* auch« war praktisch hörbar. Für Celie war die Sachlage eindeutig. Ihre klare Haltung ließ Ola unter dem grellen Lichtschein des Kronleuchters zusammenschrumpfen.

»Believe women«, sagte Ruth spöttisch. »Und was ist, wenn Frauen Scheiße quatschen? Geht es beim Feminismus nicht um Gleichberechtigung? Frauen wie Männer können arschig sein. Und vergiss nicht, die Leute finden immer einen Weg, um schwarze Männer schlechtzumachen.«

»Und was ist mit all den weißen Männern, die auf der Liste stehen«, konterte Celie, die Irritation in ihrer Stimme war deutlich zu hören. »Wie passen die in dein Verschwörungsszenario? Sorry, Ruth, aber das klingt mir schon ganz schön nach Pick-Me-Girl.«

»HALT, HALT, HALT, verdammt, jetzt reicht's aber!«, rief Ruth und richtete einen messerscharfen Nagel auf Celie, als würde sie sie zu einem Duell herausfordern. »Niemand ist hier ein Pick-Me-Girl, Schwester. Aber mich will wenigstens überhaupt jemand. Du bist bloß sauer, weil dich niemand will. Wie so 'n Bountyriegel aus der Celebrations-Box. Du mit deinem weißen Inneren hast dein Schwarzsein doch erst 2013 auf Tumblr entdeckt und willst jetzt über schwarze Männer reden?«

»Ja, genau, weil's bei dir ja so super funktioniert hat mit den schwarzen Männern, stimmt's?«, fauchte Celie zurück, die die Samthandschuhe endgültig ausgezogen hatte. »Ich schätze, dann ghostet dich Troy jetzt wohl nicht mehr?«

Ruths Unterlippe zitterte, erst, als ob sie nach einer Antwort suchte, und dann, als ob sie gleich losheulen würde. Schließlich zog sie die Luft abfällig durch Lippen und Zähne und setzte sich wieder hin, wobei die Chaiselongue ein leises Quietschen von sich gab.

Es war fast schon komisch, wie furchtbar der heutige Tag bisher gelaufen war. Olas Vorbereitung auf den schönsten Tag ihres Lebens gehörte damit wohl zum Schlimmsten, was sie je erlebt hatte. Ola war am absoluten Tiefpunkt, wie sie da in ihrem Hochzeitskleid vor den verurteilenden und mitleidigen Augen ihrer Trauzeugin und Hauptbrautjungfer stand. Seit zwei Tagen wurde sie von Magenschmerzen geplagt, sie war mit den Nerven am Ende, doch sie versuchte ein letztes Mal, ihre Fassung wiederzuerlangen.

»Ich erwarte ja nicht von euch, dass ihr mich versteht«, sagte Ola. »Aber bitte macht nicht, dass ich mich noch schlechter fühle, als ich es ohnehin schon tue.«

»Ich verstehe dich aber«, sagte Ruth und zog sie an sich. »Und Leute, die selbst noch nie eine richtige Beziehung hatten, sind nicht gerade in der besten Position, um sich das Maul über deine zu zerreißen.« Ruth, die Celies Bemerkung über ihr letztes gescheitertes romantisches Abenteuer noch immer nicht verwunden hatte, war entschlossen, ihrerseits einen Treffer zu landen. Celies geräuschvolles Einatmen war der Beweis dafür, dass sie sie diesmal nicht verfehlt hatte. Celie murmelte noch irgendetwas Unverständliches und schüttelte dann den Kopf.

»Ich verstehe nicht, warum jemand Michael aus dem Nichts heraus beschuldigen sollte«, sagte sie nach einer Weile. »Er hat kein Geld, um das man ihn erpressen könnte, und auch keinen nennenswerten Einfluss, auf den es jemand abgesehen haben könnte. Was soll das also bringen?«

Genau das war auch die große Frage, die Ola umtrieb, seit sie die Liste gesehen hatte: das Motiv, warum ihm jemand so etwas unterstellen würde. Sosehr sie dieser Frage auch aus dem Weg ging, er war immer noch da – der Zweifel. Die Möglichkeiten alarmierten sie. Dass er in seinen eigenen Augen unschuldig sein könnte, aber in den Augen seiner Anklägerin tatsächlich schuldig war. Dass er zwar unschuldig war, aber etwas getan hatte, das abscheulich genug war, um Rachegelüste hervorzurufen. Oder eben, dass er schuldig war.

Von dem Moment an, als sie sich kennengelernt hatten, hatte sie gewusst, dass Michael auch Fehler hatte, und sie hoffte, dass ihr Darüberhinwegsehen kein Anzeichen für eine Charakterschwäche ihrerseits war, ein Ausdruck ihrer Daddy Issues. Michael hatte gute Absichten, aber er verhielt sich durchaus manchmal »machomäßig«, problematisch. Auch wenn sie es sich nicht offen eingestehen wollte, gefiel Ola die Vorstellung, dass sie ihn gezähmt hatte. Zumindest dachte sie das. Er war fähig zu lügen, so viel war sicher. Aber war er auch zu so etwas fähig? Und wenn ja, was sagte das dann über sie selbst aus, über ihre Entscheidungen, ihr Urteilsvermögen, ihre Moral? Ein vertrautes Brennen machte sich in ihrer Brust breit. Michael war nicht der Einzige, der in ihrer Beziehung manchmal unehrlich zu ihr war. Sie war genauso schuldig, sich zu belügen, wie er es war. Als das bange Schwelen in ihr wuchs, redete sie sich ein, dass es mit einer herzhaften Mahlzeit, einem großen Glas Rotwein und einer Nachricht von einem Mann namens Luke vertrieben werden könnte.

7

Noch 19 Tage bis zur Hochzeit

Michael und Ola saßen im Büro des Anwalts nahe beieinander, aber sie berührten sich nicht. Sein Arm schwebte direkt neben ihrem, zurückgehalten von einer Linie, die er nicht überschreiten konnte, unsichtbar für alle außer ihnen beiden.

»Okay, Sie wollen also sagen, dass wir ...«, Ola korrigierte sich schnell, »dass *er* Twitter nicht dafür belangen kann?«

»Das ist richtig«, erwiderte der Anwalt Gary und nickte engagiert. »Abschnitt fünf des Defamation Acts von 2013 besagt, dass Websitebetreiber nicht zur Verantwortung gezogen werden können, wenn sie schnell handeln, um eine verleumderische Äußerung Dritter zu löschen. Laienhaft ausgedrückt: Websites sind nur Vermittler für freie Meinungsäußerung, solange sie nicht wissen, dass der veröffentlichte Inhalt verletzend ist.«

»Aber du hast den Tweet doch sofort gemeldet, oder?«, sagte Ola an Michael gewandt. Dieser machte eine unverbindliche Kopfbewegung.

»Ja, aber genau das ist das Perverse daran«, sagte Gary, stützte die Ellbogen auf den Schreibtisch und verschränkte die Finger vor dem Kinn. »Den Websites wird davon abgeraten, Inhalte aktiv zu überwachen, für den Fall, dass sie verleumderisch sind – im Grunde sollen sie sie ignorieren, es sei denn, sie werden explizit darauf hingewiesen. Sie sagten, dass die Liste ein paar Stunden nach Michaels Hinweis heruntergenommen wurde, richtig? Da hatten sie noch nicht einmal auf seine Meldung reagiert. Da der Inhalt heruntergenommen wurde, bevor sie Kenntnis davon hatten, gibt es kein Vergehen. Zumindest nicht im Falle von Twitter.«

Olas Handy flackerte kurz neben ihr auf. Sie studierte die Benachrichtigung flüchtig und nickte ihm dann zu.

»Verstehe. Und da Michael nicht weiß, wer es gepostet hat ...«

»... müsste Herr Koranteng eine Norwich Pharmacal Order erwirken, die eine dritte Partei – in diesem Fall Twitter – zwingen würde, Informationen über die Person, die es gepostet hat, zu liefern: ihre Registrierungsdaten, ihre IP-Adresse und so weiter.«

Michaels Gedanken drifteten ab. Es war nicht so, dass es ihn nicht interessierte, er war einfach wie benommen. Während sie hier im Büro des Anwalts zusammensaßen, war das einzige Anzeichen dafür, dass Ola »auf seiner Seite« stand, der Platz, auf dem sie saß. Gary Deakins, ein korpulenter Mann mit rosigem Gesicht, zeigte ihm gegenüber mehr Wohlwollen als seine Verlobte. Vielleicht lag das aber auch nur daran, dass er hoffte, ihm Geld aus der Tasche zu ziehen, das er nicht hatte. Ola hatte Michael unterdessen auf jede erdenkliche Weise klargemacht, dass sie nicht hier war, um ihn zu unterstützen.

Seit ihrem Treffen im Pret waren sieben Tage vergangen, und er rang immer noch damit, was er jetzt tun sollte. Er hatte keinen Anspruch auf Prozesskostenhilfe, und das Citizens Advice Bureau war keine Hilfe, aber als er Ola erzählte, dass er jemanden gefunden habe, der bereit sei, ihm dreißig Minuten kostenlose Rechtsberatung zu geben, ging er davon aus, sie würde sich wenigstens freuen. Doch sie schlug ihm in einer recht geschäftsmäßigen Antwort lediglich vor, ihn zu dem Vorgespräch zu begleiten, um sicherzustellen, dass sie »in alles eingeweiht« sei. Zwar hatte er nicht gerade mit Glückwünschen gerechnet, aber auch nicht mit einem solchen Maß an Kälte. Es war, als hielte sie sich für die einzige Person, die darunter litt – oder zumindest unverdientermaßen litt. Konnte Ola nicht wenigstens ein wenig Vertrauen in ihren zukünftigen Ehemann zeigen? Michael verstand nicht, warum sie so bereitwillig das Schlimmste von ihm dachte. Er war nicht immer ein Engel gewesen, aber er hatte ihr nie ein Haar gekrümmt, sie nie auch nur angeschrien. Dennoch schenkte sie offenbar dem Wort einer völlig Fremden mehr Glauben als seinem, nur weil es angeblich das »richtige Verhalten« war.

Die Ungewissheit war es, die Michael in den Wahnsinn trieb. Ein alles verzehrendes Bedürfnis, zu dechiffrieren, was gesagt oder nicht gesagt wurde. Nicht nur im Falle von Ola, sondern auch von allen anderen, besonders bei CuRated. Mischte sich Sebastian immer so wenig in die Belange seines Personals ein, oder ging er ihm aus dem Weg? War das Dauerlächeln, das sich täglich auf Beths Gesicht ausbreitete – aber nicht ihre Augen erreichte –, auf ein allgemeines Unbehagen gegenüber Persons of Color zurückzuführen oder gegenüber Männern, von denen sie glaubte, dass sie Frauen schlugen? Gestern hatte der Manager eines aufstrebenden schwarzen britischen Schauspielers, der eine Hauptrolle in einem Remake von *Die Straßen von Harlem* ergattert hatte, angerufen und in letzter Minute das Interview, das Michael hätte machen sollen, abgesagt. Keine Erklärung, keine Entschuldigung. Der Umgang mit Prominenten war knifflig, aber als Michael um einen neuen Termin bat, wurde er ignoriert.

Eine Reihe von Menschen kehrte ihm den Rücken zu: Menschen, die in seinem Leben eher am Rande vorkamen, die er durch ihre Abwesenheit jetzt jedoch deutlicher wahrnahm. Aber nicht viele hatten ihren Abscheu gegen ihn so deutlich zum Ausdruck gebracht wie Celie, was wehgetan hatte, obwohl sie sich nie sonderlich nahegestanden hatten. Aber etwas hatte sich verändert, und es war schwer zu erklären, ohne verrückt zu klingen. Er wurde zu weniger Veranstaltungen eingeladen. Man mied seinen Blick. Aber nichts davon war handfest; er konnte nicht mit Sicherheit sagen, ob er noch rational dachte oder sich bereits am Rande einer Paranoia bewegte.

Seit sein Name auf der Liste aufgetaucht war, befand er sich in einem andauernden Wartezustand. Es war, als hätte man bei ihm vage eine unheilbare Krankheit diagnostiziert – wie viele Wochen oder Monate er noch zu leben hatte, wusste er nicht, doch die Krankheit würde ihn eines Tages dahinraffen, so viel war sicher. Anfangs dachte Michael, es wäre ihm lieber, wenn Leute, selbst wenn sie die Liste gesehen hatten, es ihm gegenüber nicht erwähnten. Er archivierte jedes Gespräch, in dem er danach gefragt wurde, blockierte und löschte Kontakte, die sich danach erkundigt hatten. Doch jetzt, eine Woche nach der Veröffentlichung und ohne seither eine einzige Nacht durchgeschlafen zu haben, wollte er genau wissen, wie jeder Einzelne zu ihm stand – auch wenn es am liebsten in gebührendem Abstand zu ihm wäre.

Er hörte Garys entfernte Stimme, die etwas sagte, was Ola dann wiederholte, und dann sahen die beiden ihn plötzlich erwartungsvoll an.

»Michael?«, sagte Ola.

»Hmm?«

»Gary hat gefragt, ob der Account von der Liste inzwischen wieder auf Twitter aufgetaucht ist?«

»Nein. Nein, also, nicht dass ich wüsste. Aber ich weiß, dass sie an anderen Stellen geteilt wurde.«

»Okay, dann schlage ich vor, dass Sie sich mit jeder anderen Ihnen bekannten Website, auf der die verleumderischen Inhalte zu finden sind, in Verbindung setzen und um deren Entfernung bitten«, sagte Gary mit einem Nicken.

»Ah. Okay.«

»Was das Original betrifft, ist es unglaublich schwer, ein Posting einer bestimmten Person zuzuordnen«, fuhr Gary fort. »Allerdings ist es in der Regel möglich, es einem bestimmten Computer zuzuordnen, und dann können wir anhand von Indizien die Identität feststellen. Angesichts der Art dieser Liste ist es jedoch möglich, dass der fragliche Absender nicht die Person ist, die die beleidigende Behauptung aufgestellt hat.«

»Klar«, sagte Michael, ohne recht zu begreifen.

»Es ist kein schneller oder einfacher Vorgang.«

»Nein?«

Gary rückte seine Krawatte zurecht. »Es wird auch nicht billig.«

Die Worte hingen in der Luft. Michael konnte Olas bedächtigen Atem hören und nahm wahr, wie sie ihr Gewicht auf dem Sofakissen verlagerte, ihre Beine übereinanderschlug und dann wieder nebeneinanderstellte. Er beobachtete sie aus den Augenwinkeln und sah, dass sie an der Nagelhaut ihres nun kahlen Ringfingers zupfte.

»Du hättest dich wenigstens etwas konzentrieren können«, fauchte Ola, als sie das Büro verließen, und kramte in ihrer Tasche, um ihr iPhone herauszuholen.

»Hab ich doch.«

»Hast du nicht. Ich war diejenige, die alle Fragen gestellt hat«, sagte sie und starrte auf das Gerät.

»Ola, ich habe dich die Fragen stellen lassen, weil du Fragen stellen wolltest.«

Ola antwortete nicht.

»Du checkst ständig dein Handy«, sagte Michael.

Daraufhin schaute sie auf. »Nein, tue ich nicht.«

»Doch, tust du schon.«

Sie schnaubte verärgert. »Okay, und wenn schon? Ich habe einen Job und besorgte Freunde und Twitter-Trolle und eine Hochzeit, die vielleicht stattfindet oder auch nicht, also ja, mein Telefon beschäftigt mich ein bisschen mehr als sonst. Ist das jetzt wirklich dein größtes Problem, Michael?«

Er besann sich. »Du hast recht. Es tut mir leid.« Ola schürzte die Lippen und starrte erneut auf den Bildschirm.

Als Michael ihr vor zehn Monaten einen Heiratsantrag gemacht hatte, hatte er in die Caption des Fotos von ihnen – die beiden, wie sie sich im Sonnenuntergang küssten – #BlackLove geschrieben, nicht nur für die Sichtbarkeit online, sondern auch als Feststellung. Sie war eine *gute* Schwarze Frau™ und er ein *guter* Schwarzer Mann™, und es war zweifellos eine *gute* Sache, dass sie sich gefunden hatten. Und es war schön zu sehen, dass wildfremde Menschen zustimmten – fast dreißigtausend, wenn man nach den Likes auf diesen Beitrag ging. Kurz darauf tauchten er und Ola auf Instagram-Seiten mit Namen wie @melaninmarriages und @blackluv-dontcrack auf, zwischen Bildern von Beyoncé und Jay-Z und den Obamas. Im Laufe dieser surrealen zweiwöchigen Phase gewannen sie zusammen siebenundvierzigtausend Follower. Seitdem hatte er regelmäßig Bilder von ihnen gepostet, die allesamt große Bewunderung erfuhren. Damals hatte er keine Ahnung, dass er eines Tages alles tun würde, um sich weniger sichtbar zu fühlen. Oder dass ihn seine Beziehung zu Ola eines Tages an seine

Eltern erinnern würde mit ihren ständigen Hänseleien und ihrem Gezänk.

»Willst du immer noch zur Polizei gehen?«, fragte Ola, den Blick weiterhin auf ihr Handy gerichtet.

Michael zuckte mit den Schultern. »Je länger ich darüber nachdenke, desto mehr bezweifle ich, dass sie etwas tun können.«

Zur Polizei zu gehen, war nichts, was Michael normalerweise tun würde, egal was es war. Solange er sich erinnern konnte, hatte er immer gesagt: »Scheiß auf die Bullenschweine.« Aber die Zeit und seine Möglichkeiten wurden immer knapper. Als er Ola die Idee unterbreitet hatte, in der Hoffnung, sie damit zu besänftigen, schien sie offen dafür. Doch bei Licht betrachtet, war er sich nicht sicher, ob er es wirklich durchziehen konnte.

Ola hob den Kopf, irritiert. »Du kannst es dir nicht leisten, vor Gericht zu gehen«, sagte sie. »Also, wenn nicht die Polizei, was dann?«

»Ich weiß es nicht, Ola. Aber die Polizei? Die ist nicht gerade dafür bekannt, dass sie die Interessen von schwarzen Männern vertritt, oder?«

»Ja, schlechter wärst du wahrscheinlich nur dran, wenn du als Frau eine Vergewaltigung anzeigen willst«, schnauzte sie zurück.

Michael wich zurück, und Olas Stimme und Blick wurden etwas weicher.

»Ich verstehe deine Befürchtungen«, kam sie ihm entgegen. »Aber wenn du nicht getan hast, was man dir vorwirft, dann könnten sie dir vielleicht eine kleine Hilfe sein?«

Er nickte zögernd. »Also wenn du meinst, dass es sich lohnt.«

»Ich meine, es kann nicht schaden.« Sie zögerte. »Soll ich mit dir hingehen?« Ola fragte nur, weil sie das Gefühl hatte, es tun zu müssen, das konnte er erkennen.

»Schon okay, es wird nicht lange dauern. Es sei denn, du willst...«

»Nein, nein, kein Ding. Du machst das schon.« Sie nickte ihm zum Abschied zu und ging, über ihr Telefon gebeugt, davon. Wahrscheinlich war es besser so, dachte er. Er wünschte sich Rückhalt, den sie ihm nicht geben konnte. Und allein hatte er weniger das Gefühl, zwei Personen von seiner Unschuld überzeugen zu müssen als nur eine.

Es kostete ihn alle Überwindung, zum Bahnhof zu gehen. Der Weg war eine Qual, vor lauter Stress fingen seine Gelenke an zu schmerzen. Das letzte Mal, dass er sich auch nur annähernd so leer gefühlt hatte, so müde, dass er am liebsten eingeschlafen und nie wieder aufgewacht wäre, war, nachdem er bei Schuh entlassen worden war und er sich mühsam einen neuen Job hatte suchen müssen. Zu diesem Zeitpunkt hatte der Podcast Michael bereits zu einer Art Mikro-Promi gemacht, und sein vermeintlicher Online-Erfolg im Gegensatz zu seinem beschissenen Berufsleben zog ihn noch mehr runter. Während ihrer gesamten Beziehung hatte er Olas Erfolge wie seine eigenen gefeiert; er war begeistert, als sie verkündete, dass ihr Blog ihr ein Vorstellungsgespräch bei *Womxxxn* beschert hatte. Aber bei ihrer Beförderung zur Redakteurin für aktuelle Themen fiel es ihm dann schwerer, da sie kurz auf seine Entlassung folgte. Sein Selbstwertgefühl, das bereits durch die Arbeitslosigkeit erschüttert war, musste nun auch noch darunter leiden, dass er ihr Loser-Freund war.

Während seines ersten Jahres an der De Montfort University hatte er schon einmal mit seiner psychischen Gesundheit zu kämpfen gehabt. Er vermisste die Kochkünste seiner Mutter und seine Freunde und alles, was sein Zuhause ausmachte. Er fing an, zu viel Gras zu rauchen und mehr denn je zu trinken. Als er dann auch noch begann, Vorlesungen zu schwänzen und Abgabetermine zu versäumen, nahm ihn sein Tutor zur Seite und schickte ihn zum Studierendenwerk, wo ihm ein Besuch beim Therapeuten auf dem Campus verordnet wurde. Er ging zu drei Terminen und sagte bei jedem Besuch genau das, was man seiner Meinung nach von ihm hören wollte: Ja, er vermisse sein Zuhause und fühle sich an manchen Tagen einsam und von der neuen Umgebung überfordert, aber es wäre nicht allzu schlimm – schließlich hätte jeder mal eine schlechte Phase, und es wäre ja auch tagesformabhängig, genau wie bei der körperlichen Gesundheit. Ja, er habe Freunde, mit denen er sich unterhalten könne, danke, er und sein Mitbewohner Kwabz verstünden sich prächtig. Ein Besuch zu Hause werde auf jeden Fall helfen, und er plane, Ende des Monats heimzufahren. Während seines weiteren Studiums bewältigte Michael diese Gefühle mithilfe von viel Alkohol und vielen Frauen, aber dass sie ihn als gestandenen Mann wieder überkamen, machte ihm Angst.

Das Polizeirevier von Plaistow war ein altes rotes Backsteingebäude, das von außen betrachtet harmlos wirkte, wie eine Schule. Aber als Michael hineinging und die Vermisstenanzeigen und das kugelsichere Glas am Empfang sah, konnte er nicht glauben, dass es so weit gekommen war. Nun war Michael genau dort, wo seine Mutter immer gebetet hatte, dass ihr Sohn niemals landen würde. Sein ganzes Leben lang war er den zwielichtigen Jugendlichen in der Schule und den Polizisten, die auf Ärger aus waren, aus dem Weg gegangen. Doch jetzt war er hier und versuchte, in einem übermäßig klimatisierten Verhörraum das Klappern seiner Zähne zu unterdrücken.

»Und wo wurden diese Nachrichten gepostet?«, fragte der Polizist, der nur mit Mühe folgen konnte. Er saß hinter einem großen Flachbildschirm, der in den Nullerjahren vielleicht futuristisch ausgesehen hatte und jetzt völlig veraltet wirkte. Die Beschichtung des alten Schreibtischs blätterte bereits ab, und die meisten Dinge im Raum waren in einem Blauton gehalten: marineblaue Jalousien, ein kobaltblauer Schreibtischstuhl, der schmuddelige blaugraue Teppich, gesprenkelt mit schwarzem festgetretenem Kaugummi.

»Auf Twitter«, antwortete Michael. Er hörte, wie der Polizist zu tippen begann.

»Was genau stand in den Nachrichten?«

»Es war ein Post, in dem stand, dass ich jemanden belästigt hätte und eine einstweilige Verfügung gegen mich wegen Körperverletzung vorläge.«

Der Polizist machte ein fragendes Gesicht.

»Was nicht stimmt«, fügte Michael zum zweiten Mal hinzu. »Aber offensichtlich wurde es, bevor der Post gelöscht wurde, gescreenshotet und verbreitet sich immer noch.«

»Der betreffende Beitrag wurde also gelöscht?«

»Na ja, schon«, sagte Michael, und man konnte die zunehmende Panik in seiner Stimme hören. »Aber der Schaden ist angerichtet.«

Der Polizist kratzte sich am Kopf. »Es tut mir sehr leid, Herr Koranteng, aber dies scheint eine zivilrechtliche Angelegenheit zu sein, keine polizeiliche.«

»Bitte, Mann, können Sie denn gar nichts tun? Ich soll in zweieinhalb Wochen heiraten. Morgen wollten wir den Sitzplan schreiben, und meine Freundin kann mich nicht einmal mehr ansehen.«

»Haben Sie versucht, Twitter direkt zu kontaktieren?«

»Ich hab denen eine Nachricht geschickt, aber die haben keine Nummer, die man anrufen könnte, oder?«

Der Polizist hörte auf zu tippen, stützte seine Hände auf die Oberschenkel und seufzte.

»Ich bin mir nicht sicher, was wir tun können. Es gibt keinen namentlich genannten Beschuldiger. Es gibt nichts anderes als das, was in einem Tweet geschrieben wurde, der nicht mehr existiert.«

Michaels Fuß begann zu wippen. »Es gab auch noch andere Dinge.«

»Andere Dinge?«

»Ja.« Er räusperte sich. »Ich werde online belästigt.« Als er das sagte, kam er sich dumm vor. Es klang nicht nach etwas Ernstem. Es hatte mit ein oder zwei Kommentaren von demselben Konto angefangen – @mirrorissa92. Die Anzahl war anfangs so gering, dass der flanellhemdtragende Social-Media-Manager von CuRated, Simon mit dem sandfarbenen Haar, sie glücklicherweise sofort gelöscht hatte, ohne es für nötig zu befinden, Sebastian darüber zu informieren.

@mirrorissa92: Micheal Korantengs Verhalten mir und unzähligen anderen Frauen gegenüber kann nicht ignoriert werden #MichealKorantengFeuern #DieListe

@mirrorissa92: Frauenschlägern eine Plattform bieten, echt jetzt CuRated? Immer noch #NotRated wie's aussieht.

@mirrorissa92: Micheal Koranteng ist ein übergriffiges Stück Scheiße. CuRated muss das Richtige tun und ihn entlassen. JETZT.

Simon ging zunächst davon aus, dass es sich beim Urheber dieser Kommentare um irgendeinen leicht labilen Stubenhocker handelte, der auf seinen gut aussehenden neuen Mitarbeiter fixiert war. Das passierte von Zeit zu Zeit – die Leute verbreiteten alles Mögliche unter dem Deckmantel anonymer Wegwerf-Accounts. Dann, ein paar Stunden später, kam ein weiterer Kommentar. Und noch einer. Am Tag drauf blockte Simon den Account, aber offenbar kehrte derselbe Versender umgehend unter dem Namen @mirrorissa90210 zurück. Simon sperrte auch dieses Konto, aber innerhalb weniger Minuten tauchte ein weiteres auf – @mirror_issa. Jedes Mal, wenn er ein Konto blockte, tauchte es unter einer Variation desselben Benutzernamens wieder auf – @mirrorissa29, @mirrorissa_92, @mirrorissa93 und so weiter. Schließlich beschloss Simon, Michael darauf aufmerksam zu machen, der die Kommentare jedoch gleich zu Beginn bemerkt hatte. Er wusste, dass es nicht aufhören würde, konnte Simon aber nicht sagen, warum. An seinem zweiten Tag bei CuRated musste Michael mit ansehen, wie @mirrorissa92 erst seine Entlassung forderte und dann die Veröffentlichung seiner Privatadresse. Wieder überkam ihn das vertraute ungute Gefühl, das ihn auch schon eine Woche zuvor gequält hatte. Er war seit der Veröffentlichung der Liste gnadenlos getrollt worden, aber @mirrorissa92 war anders, unerbittlich. Sie nahm Bezug auf Michaels Privatleben. Sie behauptete, dass er sie missbraucht hätte.

»Und dieses ›mirrorissa92‹-Konto – haben Sie eine Ahnung, wer dahintersteckt?«

»Es ist anonym«, sagte Michael. Dann holte er tief Luft. »Aber ich schätze, ich habe eine Ahnung, wer es sein könnte. Ich glaube, es ist dieselbe Person, die mich auf die Liste gesetzt hat.«

Er war froh, dass Ola nicht da war, aber irgendwie wünschte er sich auch, sie wäre da. Noch ein Streit mit ihr, und er würde wahrscheinlich alles gestehen. Einfach alles. Denn ein Teil von ihm wollte, dass sie es wusste. Dass er gelogen hatte, als er behauptete, er wisse nicht, wer ihn benannt hatte. Dass er entgegen seinen Bekundungen tatsächlich ein Scheißtyp war. Er war kein Missbrauchstäter. Er war kein Frauenschläger oder irgendwie gewalttätig. Aber er war ein Lügner. Er hatte Versprechungen gemacht, die er gar nicht beabsichtigt hatte zu halten. Und jetzt war er sich sicher, dass es das war, was ihm diesen Schlamassel eingebrockt hatte.

Michael würde Ola niemals betrügen. Mit jemand anderem zu schlafen, obwohl er mit ihr zusammen war – das war eine Linie, die er nie wieder übertreten würde. Aber er hatte ihr nie von den Nachrichten erzählt. Den Telefonaten. Dem Sexting. Den FaceTimes. Das, was Kwabz eine »emotionale Affäre« genannt hatte und was Michael immer noch für einen erfundenen Begriff hielt. Wenn er und Ola sich stritten oder er sich zurückgewiesen fühlte – was öfter vorkam, als er zugeben wollte –, schrieben er und Jackie sich Nachrichten, die sie wahrscheinlich nicht hätten schreiben sollen. Nachrichten, von denen er betete, dass Ola sie nie sehen würde. Michael hatte zwar nie ernst gemeint, was er zu Jackie gesagt hatte. Aber er war sich jetzt sicher, dass sie ihm zeigen wollte, wie viel Worte bedeuten – und welchen Schaden sie anrichten können.

ZWEITER TEIL

8

Noch 15 Tage bis zur Hochzeit

Das heißt also, dass du IMMER NOCH nichts vorzuweisen hast???

Frankies Augen waren schmal und ihr Mund zu einem Strich verkniffen, während ihre Finger auf die Tastatur hackten. Ola konnte ihr wütendes Tippen zwar nicht hören, aber sie konnte es durch die Glaswände von ihrem Schreibtisch aus sehen.

Du hast jetzt genug von meiner Zeit verschwendet, also komme ich jetzt mal auf den Punkt: Was zum Teufel ist los???

Olas Finger schwebten über der Tastatur, während sie sorgfältig über ihre Wortwahl nachdachte. Es war wichtig, die Nerven zu behalten – immerhin hatten sie Publikum –, aber sie musste auch sicherstellen, dass sie Frankie nicht noch mehr verärgerte. Heute Morgen hatte sich Frankie auf Slack erkundigt, ob Ola endlich mit ihrem Artikel über die Liste vorangekommen wäre. Ihre Chefin hatte dies absichtlich im Hauptchat von Slack getan, wo alle Mitarbeitenden den Austausch sehen konnten. Als Ola antwortete, dass dies nicht der Fall sei, setzte Frankie den Chat, der sich nun in einen öffentlichen Rüffel verwandelte, auf demselben Kanal fort. Als Olas Zurechtweisung begann, wurden ihre Kolleginnen so steif und stumm wie Schaufensterpuppen. Blass enthielten sie sich jedes Kommentars zu diesem todpeinlichen Szenario. Nur noch das Summen der Laptop-Lüfter war in der Stille des Büros zu hören. Ola begann zu tippen:

> Es tut mir wirklich leid, Frankie. Ich hatte nicht damit gerechnet, dass ich so lange dafür brauche, und ich gebe zu, dass meine Planung lausig war.

> FRANKIE: Lausig? Wohl eher ein komplettes DESASTER. Würdest du mir dann wenigstens die Ehre einer Entschuldigung erweisen? Oder willst du es wieder damit erklären, dass du SO mit deinen Hochzeitsvorbereitungen beschäftigt warst, obwohl ich dir AUSDRÜCKLICH gesagt habe, dass das ABSOLUTE Priorität hat?

Feststelltaste. Frankies Geduldsfaden wurde dünner, als Ola es je erlebt hatte; kein beschwichtigendes »wunderbar« oder »fantastisch« in Sicht. Das war nicht mehr passiv-aggressiv, das war aggressiv-aggressiv. Ola hielt den Blick fest auf ihren Bildschirm gerichtet.

> OLA: Ich will nichts Suboptimales abliefern, ich brauche nur ein bisschen mehr Zeit.

> FRANKIE: Unter diesen Umständen wäre suboptimal besser als nichts. Hast du denn noch ÜBERHAUPT NICHTS, was du mir vorlegen kannst. Nicht einen einzigen Interviewpartner oder irgendeine Spur?

OLA: Es tut mir leid. Es gestaltet sich viel schwieriger, als ich dachte.

Das war nicht gelogen. Es war fast zwei Wochen her, dass Frankie ihr den Auftrag erteilt hatte, über die Liste zu recherchieren. Ein Auftrag, den Ola eigentlich am liebsten jemand anderem aus dem Team übergeben hätte. Aber ihr wurde klar, dass sie auch nicht wollte, dass jemand anderes diesen Artikel schrieb – sie wollte, dass er überhaupt nicht geschrieben wurde. Nicht bevor sie davon überzeugt war, dass Michael schuldig war. Würde sie glauben, dass er schuldig war, redete sie sich ein, würde sie ihn, ohne mit der Wimper zu zucken, den Wölfen zum Fraß vorwerfen. Vielleicht war »ohne mit der Wimper zu zucken« eine Übertreibung, aber trotzdem. Sie brauchte mehr Zeit, damit Luke seine Nachforschungen anstellen konnte. Um Michaels Schuld zu beweisen oder zu widerlegen, für ihre eigene geistige Gesundheit und dann später vielleicht auch für den Artikel. Sie sprach regelmäßiger mit Luke als mit dem Hochzeits-Caterer, um sich auf den neuesten Stand bringen zu lassen, aber bis jetzt hatte er nur den langweiligsten Hintergrundcheck der Welt und ein paar verschwommene Bilder von Michael in seiner Mittagspause geschickt. Sie fühlte sich furchtbar; jedes Mal, wenn er sich mit nichts zurückmeldete, plagten sie Schuldgefühle, aber sie war auch nie wirklich erleichtert, weil keiner wissen konnte, was Luke noch finden würde.

Olas fadenscheinige Ausreden mussten langsam wie ein Affront gegen die Autorität ihrer Chefin wirken, und so war es nur eine Frage der Zeit gewesen, bis Frankie an ihre Zerreißgrenze geriet. Jetzt lieferte sie einen kompletten Ausraster auf Slack. Sie machte Ola so die Hölle heiß, dass ihre unfreiwillig zu Zeugen werdenden Mitarbeitenden gar nicht mehr wussten, wo sie hinsehen sollten.

FRANKIE: Das ist SO enttäuschend. Du warst ja schon immer unorganisiert, aber diesmal muss ich es doch eher als absolute Inkompetenz werten!!!!

OLA: Es tut mir leid, dass ich keine bessere Begründung habe. Ich verspreche dir, dass ich dir bis morgen etwas liefern werde. Das wird nicht wieder vorkommen.

FRANKIE: Stimmt, das wird es nicht, weil Kiran übernimmt.

Ola hätte schwören können, dass sich der Raum zu drehen begann. Sie sprang von ihrem Platz auf. Sie und die Räder ihres Stuhls ächzten dabei gleichzeitig vor Unmut. Sie stürmte zu Frankies Büro, klopfte an ihre durchsichtige Tür und trat ein, bevor ihre Chefin sie hereinrief.

»Aber ich habe schon damit angefangen, Frankie«, sagte sie und schloss die Tür hinter sich. »Ich habe jede Menge recherchiert, also ...«

»So ein Pech, aber leider zu spät«, schnaubte Frankie. »In letzter Zeit bist du total durch den Wind, und ich hab's satt. Du bist nicht der erste Mensch, der eine Hochzeit planen muss, weißt du. Ich hab keine Ahnung, was los ist, aber sobald es deine Arbeitsleistung beeinträchtigt, ist es ein Problem.«

Ola wagte nicht, sich zu bewegen.

»Wir haben demnächst einen schönen Beitrag über ein Plus-Size-Camgirl, das jetzt ein Sport-BH-Business betreibt, und ich bin mir sicher, dass du das fabelhaft machen wirst«, sagte Frankie wieder mit süßlicher Stimme. »Sei verdammt noch mal so lieb und mach damit weiter, ja?«

Kiran stand ganz oben auf der Liste von Leuten in der Arbeit, bei denen Ola das Thema eigentlich nicht sehen wollte. Sie beide arbeiteten fast seit der Gründung bei dem Online-Magazin, und Kiran war die einzige Person bei *Womxxxn*, die sie als Freundin betrachtete. Ihre Kollegin Sophie Chambers war die erste zusätzlich angeheuerte Mitarbeiterin für die einst dreiköpfige »Woke-Force« gewesen, und mittlerweile hatte Frankie die Belegschaft vervierfacht. Sophie war eine stylische, in sozialen Medien bewanderte Journalistin, die sich dank #HeterosKastrieren eine florierende Online-Präsenz mit über achtzigtausend Followern auf Twitter aufgebaut hatte. Sie verwendete den Hashtag immer dann, wenn sie, Zitat, »erschütternde Beispiele von Cis-Heteronormativität« twitterte – Gender-Reveal-Partys für Babys oder *Promposals* statt simpler Einladungen zum Abschlussball –, und er war auch der Grund dafür gewesen, dass sie vorübergehend auf Twitter gesperrt worden war, bis sie mit Glanz und Gloria wieder zugelassen wurde, nachdem eine Petition, die ihren Bann als homophob brandmarkte, viral gegangen war.

Sophie war die extremste Version von »Social Media vs. Realität«, die Ola je erlebt hatte. Sie sah zwar genauso aus wie auf ihren Online-Fotos, mit ihren zuckerwatterosa Haaren und ihren hellgrauen Augen, aber ihr Verhalten in der Realität hätte nicht unterschiedlicher sein können. Online war sie frech und schlagfertig und für jeden Outcall zu haben. Offline war sie so konfliktscheu, dass sie Jada Smalls nicht einmal korrigiert hatte, als diese sie beim Cover-Shooting fälschlicherweise »Sophia« nannte, worauf sie die gesamten fünf Stunden auf einen falschen Namen hörte.

Einige Monate später wurde Kiran Ranaut als Redakteurin sowohl für Kultur- als auch für Lifestylethemen eingestellt, und Ola wurde als Senior-Redakteurin berufen. Mittlerweile leitete Ola das Ressort Aktuelles Zeitgeschehen, aber damals hatte sie noch als Freiberuflerin um ihren Lebensunterhalt gekämpft, indem sie eine sechsmonatige Elternzeitvertretung bei einer inzwischen nicht mehr existierenden digitalen Nachrichtenseite übernommen und gleichzeitig auf ihrem inzwischen eingestellten Blog CumTheFckThru.com über Sex und Beziehungen geschrieben hatte. Nun bildeten die drei das Team der leitenden Redakteurinnen von *Womxxxn* (neben ihren inoffiziellen Aufgaben als Autorinnen, Korrektorinnen, Büroreinigungskräften und Therapeutinnen).

Manchmal war sich Ola ihrer Rolle als »die Schwarze« der Belegschaft bewusst, aber sie nahm an, dass es Kiran und Sophie mit ihren offensichtlichen Rollen als »die Asiatin« und »die Homosexuelle« genauso ging. Nachdem Kiran sich geoutet hatte, scherzte Frankie, dass sie damit die Diversitätsquote von *Womxxxn* im Alleingang erfüllen könnte, da Kiran nicht nur pansexuell und britisch-indischer Abstammung war, sondern auch noch unter Dyspraxie litt. »Wenn ich das gewusst hätte, hätte ich mir die Mühe mit Sophie oder Ola sparen können – mit Kiran habe ich auf einen Schlag gleich eine ganze Handvoll der Buchstaben in LGBT und BAME erfüllt! Fast so wie bei Countdown, dieser elenden TV-Show!« Auf jeder Mitarbeiterparty wiederholte sie eine Version dieses Gags, wie um sicherzugehen, dass es diesmal auch wirklich alle mitbekamen, weil beim letzten Mal keiner gelacht hatte.

Ola entdeckte Kiran in der Küche, wo diese sich gerade mit AirPods in den Ohren ihre nachhaltig produzierte Wasserflasche füllte. Sie hatte einen Undercut, und der Rest ihres dicken schwarzen Haares war auf dem Oberkopf zu einem Haarknoten gebunden. Die aschblonden Spitzen vom ausgewaschenen Bleichmittel führten zu einem ungewollten Ombré-Effekt. Auf den Punkt gebracht, war Kiran genau das – mühelose Coolness. Sie trug ein weites weißes Hemd und eine Hose mit Hahnentrittmuster, die Socken reichten bis knapp unter den Saum und mündeten in schwarzen Wallabees. An ihrem linken Ohr hing ein überdimensionierter Ohrring in Form einer Sicherheitsnadel. Als Ola ihr auf die Schulter tippte, zuckte sie zusammen und ließ die Flasche ins Waschbecken fallen. Vorwurfsvoll wirbelte sie herum und seufzte dann erleichtert auf.

»Aunty! Verdammt, du bist es«, seufzte sie und legte sich die Hand auf die Brust. Der Spitzname »Aunty«, der so viel wie Tantchen bedeutete, war eine der vielen Arten, wie sie Ola gerne wegen ihres Altersunterschieds aufzog; Olas Nummer hatte sie unter dem Oma-Emoji abgespeichert.

»Sophie versucht mich die ganze Zeit dazu zu bekommen, bei einem gesponserten Video mitzumachen, das sie für den Launch des neuen Augenserums von L'Oréal drehen, diese #UnderEyesSoWoke-Kampagne«, meinte Kiran und tat so, als müsse sie würgen, während sie ihre AirPods einsteckte. »Sie dreht total durch, weil sie Angst hat, dass die Wahrheit über unser verdammt weißes Büro ans Licht kommt – so à la CuRated. Wart's ab, das wird die 2019er-Version der Pepsi-Werbung mit Kendall Jenner.«

»Shit«, sagte Ola. »Wie willst du aus der Nummer rauskommen?«

»Ich habe ihr gesagt, dass es gegen meine religiösen Überzeugungen verstößt, aber offensichtlich hat mich jemand verpetzt, weil jetzt bohrt Sophie die ganze Zeit nach und will Details wissen.«

»Was zum Beispiel?«

»Äh, zum Beispiel, welcher Religion ich angehöre! Ich habe es zuvor noch nie erwähnt, also tut sie so, als ob sie interessiert wäre, um ›zukünftige Irritationen zu vermeiden‹. Ich meinte nur, es sei unsensibel, danach zu fragen.« Sie brach in Gelächter aus und hörte Olas Antwort aus ihrem Schweigen und der hochgezogenen Augenbraue heraus.

»Ach *komm*. Das ist es tatsächlich!«, sagte sie grinsend. »Deshalb gibt es auf Formularen ja auch die Option ›möchte nicht antworten‹. Oder, wie es bei mir der Fall ist, die Option: ›Man nimmt aufgrund meiner Hautfarbe an, dass ich religiös bin, aber ich werde es weder bestätigen noch verneinen.‹ Gönn mir doch eine der wenigen Formen von Asian Privilege, die es gibt!« Sie wartete wieder auf Olas Lachen, aber es blieb aus. Kiran rümpfte die Nase.

»Okay, was ist los? Und sag jetzt *nicht*, dass es um die Hochzeit geht, denn wenn du von jetzt an jeden Tag so unglücklich dreinschaust, solltest du wahrscheinlich nicht heiraten.« Sie stupste Ola leicht in die Rippen.

Ola legte die Hände an die Wangen. »Ich weiß nicht, was ich machen soll, Kiran.«

»Worum geht es?«

»Es geht um …«, sie hielt inne. Es gab keinen eleganten Einstieg in dieses Gespräch. »Die Liste.«

»Ach das? Ich habe gerade eine Nachricht von Frankie bekommen, dass ich jetzt darüber berichten soll«, sagte Kiran. »Was ist passiert?«

In der Tat, was war passiert? Ola suchte nach der am wenigsten beunruhigenden Möglichkeit, die Situation für Kiran zusammenzufassen. Es war eigentlich eine sehr kurze Geschichte, aber der Kontext war ellenlang. Ola wollte jede Frage, von der sie wusste, dass sie kommen würde, beantworten, bevor Kiran sie überhaupt stellte.

Kiran, die weiser war, als ihr Alter vermuten ließ, war eine hervorragende Journalistin und eine der wenigen Personen im Büro, die ihren Beruf nicht nur als Mittel zur Erlangung von Pressekarten betrachtete. Als sie das Wunderkind zum ersten Mal getroffen hatte, war Ola ein wenig neidisch auf sie gewesen, was zuzugeben jedoch unmodern und unfeministisch war. Kiran gehörte zu der Sorte Mensch, die das Zeug dazu hatte, es auf die Forbes-Liste der dreißig unter dreißig zu schaffen (sie hatte noch ganze fünf Jahre Zeit, um das zu erreichen). Aber darüber posten würde sie nur, um die Forbes-Liste als altersdiskriminierend, kapitalistisch und als Inbegriff all dessen zu bezeichnen, was an der vorherrschenden »Millennial Hustle Culture« falsch war. Außerdem setzte sie ihre feministische Haltung in die Tat um: Sie arbeitete an den Wochenenden ehrenamtlich in Frauenhäusern und spendete einen großen Teil des Geldes, das sie über Patreon verdiente, für soziale Zwecke. Ola konnte den Gedanken nicht ertragen, dass Kiran schlecht von ihr dachte.

»Ola?«, hakte Kiran nach.

»Ich denke, dass noch niemand etwas über die Liste schreiben sollte.«

Kiran legte verwirrt den Kopf schief. »Warum nicht?«

Ola holte tief Luft. »Ich glaube nicht, dass es richtig wäre, bevor wir alle Fakten kennen.«

»Ähm, aber wir wollen ja gar nicht drüber berichten, als hätten wir schon alle Fakten. Es ist eine sich entwickelnde Geschichte.«

»Sollen wir einer anonymen Liste, die jeder bearbeiten konnte, wirklich einen mehrspaltigen Artikel widmen?« Es war ihr selbst peinlich, als sie das sagte. Sie ertappte sich dabei, wie sie ihren Standpunkt wechselte, je nachdem, mit wem sie gerade sprach, wie ein Fähnchen im Wind.

»Ja, denn wenn diese Männer getan haben, was man ihnen vorwirft, sind wir es den Betroffenen schuldig, Ola. Unseren Leserinnen«, sagte Kiran langsam und überdeutlich, als würde sie einem Kind das Einmaleins erklären. »Was ist denn in dich gefahren? Es ist ja auch nicht so, als wäre es noch nicht bekannt. Der *Guardian* hat einen kurzen Artikel dazu veröffentlicht, *Vice* auch. Sogar auf *BuzzFeed* gab es heute einen Bericht, und ich will verdammt sein, wenn diese Quizfragen scheißenden Trottel ...«

»*Wenn* sie es getan haben«, unterbrach Ola sie. »*Falls*. Und was, wenn sie es nicht getan haben?«

»Dann können sie sich leicht rehabilitieren. Wir beschuldigen sie doch gar nicht. Wir werden jede Menge ›angeblich‹ verwenden.« Kiran machte einen kleinen Schritt zurück. »Du klingst gerade ein bisschen wie eine Anhängerin von diesem Maskulinisten-Guru Jordan Peterson.«

»Ich kenne einen der beschuldigten Männer«, sagte Ola und überraschte sich damit selbst. Schweigen.

»Okay ...«

»Es ist Michael. Ihm werden ein körperlicher Übergriff, Bedrohung und Belästigung vorgeworfen.«

»Woah«, sagte Kiran nach einem Moment. »Ich raff's nicht. Frankie hat es mir geschickt und nichts gesagt.«

»Sie weiß es nicht.«

»O mein Gott. Könnte es nicht ein anderer Michael sein?«

»Nein.«

»Scheiße. Geht es dir gut?«

»Nein.«

Kiran wartete einen Moment ab, weil Sophie und Lucy an

ihnen vorbeigingen, um sich knallbunte Joe-&-The-Juice-Shakes aus dem Gemeinschaftskühlschrank zu holen. Als sie wieder unter sich waren, trat sie näher an Ola heran und senkte ihre Stimme. »What the fuck, Mann.«

Ola seufzte. »Jeden Tag wache ich auf, und mir ist schlecht. Als wäre ich eine Verräterin an der gesamten weiblichen Bevölkerung und auch an meinem Verlobten. Ich war noch nie so lost.«

»Okay ...«, sagte Kiran. Dann schwieg sie einen Moment lang. »Aber ich hoffe wirklich, dass du mir damit nicht sagen willst, dass du zu einem Täter stehst?«

»Kiran ...« Ola sah sie mit flehenden Augen an. »Ich kann ja nicht mit Sicherheit sagen, dass er ein Täter ist.«

»Ach, du liebe Zeit«, sagte Kiran und klang eher enttäuscht als verärgert. »Dein Ernst?«

Ola spürte, wie ihr Gesicht vor Scham brannte. »Es ist ja nicht so, dass ich ihm blindlings glaube«, sagte sie. »Aber einige der Anschuldigungen passen einfach nicht zusammen. Zum Beispiel, dass er auf einer Firmenweihnachtsfeier übergriffig geworden sein soll – er hat mir Belege von seinen früheren Jobs geschickt, die beweisen, dass er noch nie auf einer solchen Feier war.«

»Was, wenn es auf der Firmenweihnachtsfeier von jemand anderem war?«

Ola wurde kalt. Daran hatte sie gar nicht gedacht. Sie starrte niedergeschlagen auf den Vinylboden. »Ich sag ja nicht, dass wir nie darüber schreiben sollen, ich möchte lediglich, dass wir noch etwas warten.«

»Heterofrauen mal wieder«, murmelte Kiran leise vor sich hin. »Die schwächsten Glieder in der Kette.«

»Oh, verdammt noch mal, Kiran.«

»Es ist einfach interessant zu sehen, dass du die ganze Zeit von ›believe women‹ gefaselt hast, aber wenn du dann einmal persönliche Opfer bringen müsstest, knickst du sofort ein. Und mit ›interessant‹ meine ich ›absolut heuchlerische Scheiße‹.«

»Das ist nicht fair«, sagte Ola. Ihre Stimme klang brüchig; sie konnte sich nicht mal mehr die Mühe machen, es zu verbergen. Kirans Augen suchten die Umgebung ab, um sicherzugehen, dass sie nicht belauscht wurden.

»Nichts daran ist fair«, sagte sie. »Nicht dir gegenüber und nicht den Frauen gegenüber, denen er vielleicht Leid zugefügt hat. Was, wenn ihm nicht mal klar ist, dass er schuldig ist? Was, wenn das, was er für einvernehmlich hält, in Wirklichkeit Belästigung ist? In Anbetracht dessen, was wir über die Statistiken wissen und ...«

»Und was ist, wenn eine Frau aufgrund der Statistiken beschlossen hat zu lügen?«, warf Ola ein. »Wenn, sagen wir, 99,9 Prozent der Frauen die Wahrheit sagen, gibt es 0,1 Prozent, die es nicht tun, richtig?«

»Ola, ich fühle mich nicht wohl mit der Richtung, in die dieses Gespräch sich gerade bewegt ...«

»Ich auch nicht«, sagte Ola, und ihre Augen kribbelten. »Aber ist das wirklich so schwer vorstellbar? Auch ich könnte dich mit irgendeinem Wegwerf-Account der Körperverletzung bezichtigen.«

»Okay, also weil die Möglichkeit besteht, dass eine lügt«, schoss Kiran zurück, »macht das die Geschichten von all den anderen Frauen nichtig? Realistisch betrachtet haben die meisten Männer, die auf der Liste gelandet sind, wahrscheinlich auch etwas getan.«

»Ich verstehe einfach nicht, warum wir keine Lösung anstreben können, bei der niemandem unnötig geschadet wird ...«

»Wann war das jemals der Fall, Ola? Etwa wenn Frauen genau das tun, was das System von ihnen verlangt, und dann routinemäßig im Stich gelassen werden? Natürlich müssen wir die Sache selbst in die Hand nehmen. Das Leid von Frauen wird schon viel zu lange als Kollateralschaden hingenommen – es tut mir leid, dass es dieses Mal Michael sein *könnte*, aber es gibt immer wieder Querschläger. Das ändert sich nicht, nur weil man mit einem der Getroffenen eine John-Lewis-Geschenkeliste hat.«

»Aber diese Querschläger treffen mich auch.«

»Also das hat dich nie gestört, wenn es andere waren. Was ist der Unterschied zwischen dem hier und der Gully-TV-Sache?«

Sie hatte auf diesen Vergleich gewartet und hätte wissen müssen, dass Kiran mit ihrem enzyklopädischen Wissen über jedes Online-Cancelling diejenige sein würde, die ihn zog. Im Jahr 2017 ging ein anonymer Blogpost viral, in dem mindestens drei Mitglieder der damals kulturprägenden Grime-Music-Plattform Gully TV der Belästigung beschuldigt wurden. Der Vorwurf wurde von Musikpublikationen und in Künstlerkreisen aufgegriffen, und ein paar Wochen später ging ein Beitrag mit dem Titel #MCsToo von Ola viral, der sich mit dem Niedergang der Plattform und dem Schweigen über Missbrauch in der britischen Musikszene befasste. Drei Monate später war das Ende von Gully TV endgültig besiegelt.

War das unverantwortlich gewesen? Sie hatte versucht, gründlich zu sein: sammelte Nachrichten und E-Mails, wo sie konnte, überprüfte mehrfach den Zeitverlauf und wies auf Unstimmigkeiten hin. Aber die ethischen Fragen, die sie sich nun im Zusammenhang mit der Berichterstattung über die Liste stellte, hatten sie beim Schreiben von #MCsToo nicht beschäftigt. Denn falls jemand in #MCsToo fälschlicherweise genannt worden war, widerlegte das dann gleich den ganzen Artikel? Wenn sie ehrlich war, fand sie das nicht: Im Nachgang zu dem Gully-TV-Artikel hatten sich vier weitere Frauen wegen eines der fraglichen Männer zu Wort gemeldet, der schließlich wegen Entführung und schwerer Körperverletzung angeklagt wurde. Ein anderer wurde verhaftet, nachdem unangemessene Nachrichten und Fotos an einen vierzehnjährigen Fan durchgesickert waren. Er war ein Produzent gewesen, und neulich hatte sie gesehen, dass auch er auf der Liste stand. Ola wusste, dass die Vorwürfe gegen ihn stimmten, und dennoch wurde ihr Verlobter, der vehement seine Unschuld beteuerte, mit ihm zusammen genannt. Wenn sie Michael verteidigte, kam es ihr so vor, als würde sie beide verteidigen und alle anderen genannten Männer.

»Ich bin mir nicht sicher, ob da ein Unterschied besteht«, räumte Ola nach einiger Zeit ein. »Alles, was ich dazu sagen kann, ist, dass ich es damals veröffentlicht habe, weil ich wirklich geglaubt habe, dass das, was mir zugetragen wurde, der Wahrheit entsprach. Aber wenn es um Michael geht, fällt es mir wohl nicht so leicht zu sagen, was wahr ist. Also tue ich mein Bestes, um es herauszufinden. Er war bei der Polizei, er hat sich einen Anwalt genommen ...«

»Bei der Polizei? Einen Anwalt? Er tut also so, als sei er das Opfer!«

»Aber wenn es nicht stimmt, Kiran, dann ist er es doch irgendwie auch, oder? Wenn er etwas tut, sieht er schuldig aus. Und wenn er nichts tut, macht es ihn doch erst recht verdächtig. Er ist so oder so am Arsch.« Ola verstummte und biss sich auf die Lippe. »Ich habe einen Privatdetektiv angeheuert, weißt du.«

Kiran riss Mund und Augen auf. »Was?«

Ola sah sich verstohlen um. Sie sah, dass Frankie von ihrem Schreibtisch aufgestanden war und telefonierte. Ein Schauer lief ihr über den Rücken.

»Er hat einen Backgroundcheck gemacht und beschattet Michael«, sagte sie leise. »Bisher hat er nichts gefunden, aber ich kann ja jetzt nicht damit aufhören, oder? Ich werde mit Nachrichten bombardiert. Fola musste meine Social-Media-Accounts übernehmen. Ob er es nun getan hat oder nicht, ich bezahle so oder so dafür.«

Sie bekam die Worte kaum noch heraus und presste die Hände fest an die Wangen, wie um einen Wasserhahn zuzudrehen, aber ehe sie sichs versah, schluchzte sie unkontrolliert, und die Tränen flossen in Strömen. Kiran zupfte zwei Blätter Küchenpapier von der Anrichte und reichte sie ihr, während sie mit der freien Hand an Olas Schulter rüttelte.

»Reiß dich zusammen. Die anderen fangen sonst noch an, Fragen zu stellen, und ich weiß, dass du es hasst, wenn man sich in deine Angelegenheiten einmischt.«

Ola lachte heiser, während sie sich die Nase putzte.

»Okay, was willst du jetzt eigentlich von mir?«, fragte Kiran mit gequältem Gesicht.

»Ich will einfach nur noch etwas Zeit, bevor der Beitrag rausgeht. Wir kennen noch immer nicht die Wahrheit. Bitte.« Ola merkte, dass sie zitterte. »Lass mich wenigstens schauen, was Luke noch herausfindet«, fuhr sie fort. »Ich bitte dich für mich, nicht für Michael. Aber, Kiran – ich mach mir Sorgen um ihn. Ich habe Angst, was in seinem Kopf vorgeht und was er tun könnte.« Kirans Augen weiteten sich erneut. »Nicht, was er *mir* antun könnte«, stellte Ola erschöpft klar. Sie war hin- und hergerissen zwischen ihrer Sorge um Michaels Wohlergehen und der Befürchtung, dass er sich das hatte zuschulden kommen lassen, was ihm vorgeworfen wurde. Aber sosehr sie auch versuchte, ihre Sorge zu unterdrücken, sie konnte nicht anders. Was würde aus all ihrer Liebe zu ihm werden, wenn sie herausfand, dass er schuldig war? Sie konnte sie nicht einfach wegzaubern, sosehr sie es auch versuchte. »Hör mal, ich weiß, dass ich dich damit in eine beschissene Situation bringe, und es tut mir leid. Aber ich weiß nicht, was ich sonst machen soll ...«

»Ich werde mit Frankie sprechen«, sagte Kiran fest. »Ich werde den Beitrag nicht verhindern, aber ich werde ihn so lange hinauszögern, bis wir etwas mehr nachgeforscht haben und wirklich konkrete Informationen haben ... Aber dank mir nicht dafür«, sagte sie, als sich Olas Lippen öffneten. »Ich habe kein gutes Gefühl dabei.«

»Okay. Das weiß ich zu schätzen. Sehr sogar.«

Kiran warf einen Blick über die Schulter und sah, wie ihre Chefin in ihrem Büro auf und ab ging. Sie schüttelte leicht den Kopf, als sie sich wieder zu Ola umdrehte, wobei sich ein paar Haarsträhnen aus ihrem Dutt lösten.

»Ich traue Cis-Männern einfach nicht, Aunty«, sagte sie. »Aber ich vertraue dir. Allerdings wird mich der Gott, von dem anscheinend alle glauben, dass ich ihn anbete, dafür in die Hölle schicken. Also behältst du besser recht. Ich hoffe, Michael sagt die Wahrheit. Und er sollte es besser auch beweisen können.«

9

Noch 13 Tage bis zur Hochzeit

Es dauerte länger, als Michael erwartet hatte, bis er die E-Mail erhielt, vor der ihm so graute. Die Liste war vor zwei Wochen online gegangen und wieder verschwunden, aber es war klar, dass sie inzwischen seine Kollegen von CuRated erreicht haben musste. Er bemerkte, dass die Gespräche versiegten, sobald er die Küche betrat, und sah so manches starre Lächeln, das an eine Grimasse grenzte, wenn er jemanden begrüßte. Die Atmosphäre war frostig, aber noch schmerzhafter für ihn war, dass sie von Angst geprägt zu sein schien. Es war nur eine Frage der Zeit gewesen, bis in seinem Posteingang eine Nachricht von Beth einging – Betreff: Die Liste.

»Um ehrlich zu sein, wurden wir bereits an deinem ersten Tag darüber informiert, dass du auf der Liste stehst«, sagte sie nach einem Schluck Tee. Sie hatte ihn in Sebastians Büro zitiert, und er fragte sich, wie viele demütigende Unterhaltungen dieser Art ihm noch bevorstanden. »Wir haben einige besorgte E-Mails erhalten. Aber hier bei CuRated geben wir nichts auf Gossip – wir fordern beim Criminal Records Bureau einen erweiterten DBS-Sicherheitscheck an.« Sie lachte verlegen.

»Wir hatten bereits einen Standardcheck gemacht, bevor du hierherkamst, der alle Warnungen, Verurteilungen und alles andere, was in den Polizeiakten steht und relevant wäre, auflistet. Es gab keine einstweilige Verfügung. Nichts.«

Von einem Augenblick zum anderen bekam jede einzelne Interaktion, die sie bisher gehabt hatten, eine neue Bedeutung.

Jedes »Wie war dein Wochenende?«-Gespräch am Kühlschrank, jede angebotene Tasse Tee.

»Ich verstehe«, sagte Michael schließlich. Er versuchte, präsent zu bleiben, aber alles fing an, unscharf zu werden. Beths Worte hörten sich an, als würden sie aus einer anderen Dimension herbeigebeamt werden, und drangen kaum durch seine Gedankenwolke.

»Ich habe zur Sicherheit auch ein paar Anrufe bei deinen früheren Jobs getätigt«, fuhr sie fort. »Es war anscheinend schon das zweite Mal, dass sie nach einer Firmenweihnachtsfeier gefragt wurden, und sie meinten, dass sie so etwas gar nicht machen. Und so sind wir davon ausgegangen, dass nichts an den Anschuldigungen dran ist ... richtig?« Sie sah ihn aufmerksam an.

»Korrekt.«

»Natürlich.« Sie nippte wieder an ihrem Tee. »Wir hatten gehofft, dass wir es zu einem geeigneten Zeitpunkt mit dir besprechen können. Seb wollte es direkt machen, aber du schienst uns ...«, sie kniff die Augen zusammen, »... etwas angeschlagen.«

Michael wand sich auf seinem Stuhl.

»Wir haben gehofft, es würde Gras über die Sache wachsen. Aber angesichts der Kommentare unter deinen Videos haben einige Kollegen ihr Unbehagen zum Ausdruck gebracht. Und das bringt uns in eine ... kompromittierende Position.«

»Verstehe ...«, sagte Michael. »Und was bedeutet das jetzt konkret?«

Die folgende Stille fühlte sich endlos an und wurde nur durch das Ticken der Uhr an der Wand durchbrochen. »Wir wissen es nicht, Mike«, sagte Beth schließlich seufzend, und ihre Stimme klang fremd und beunruhigend, ohne ihren üblichen Elan.

Er nickte. »Ich bin gefeuert.«

»Das habe ich nicht gesagt«, erwiderte sie nervös. »Wir schätzen dich als Mitglied des CuRated-Teams, und genau deshalb sitzen wir hier. Um eine Lösung zu finden.«

Inzwischen umklammerte Beth ihre Tasse, als hinge ihr Leben davon ab. Michaels Gedanken wanderten zu Ola, die vor zwei Wochen im Pret gesessen hatte, an ihrer wiederverwendbaren Tasse herumgefummelt und genauso niedergeschlagen ausgesehen hatte wie Beth jetzt. Und das alles nur wegen seines Schlamassels. Kurz vergaß er, wie sehr er sich selbst bedauerte, und spürte, wie ihn eine Welle des Mitleids überkam. Beth war kein schlechter Mensch. Und Ola auch nicht.

»Okay«, sagte Michael und setzte sich aufrechter hin. »Und was passiert jetzt?«

Er konnte fast die Rädchen in ihrem Hirn rattern sehen. Wie konnte sie die Sache so lösen, dass es online am wenigsten problematisch erschien? Er wusste, dass es CuRated nicht gerade half, dass er schwarz war, was ausnahmsweise mal nützlich für ihn war. Ihren einzigen schwarzen Angestellten nur wenige Monate nach einem Shitstorm wegen mangelnder firmeninterner Diversität zu entlassen, würde sie nicht gut dastehen lassen. Aber dasselbe galt, wenn sie einen mutmaßlichen Täter beschäftigten. So schlicht war das Trumpfspiel, das sie gerade spielte. Wen würde Black Twitter unterstützen? Und Blauer-Haken-Twitter? Und Schwarzer-Feminismus-Twitter? Die waren zwar auch schwarz, aber sie waren Frauen, und Michael, nun ja, ging offenbar nicht gut mit Frauen um ...

»Wie wäre es, wenn du dir eine Auszeit nimmst?«, sagte sie, und ihre Stimme klang wieder beinahe gefasst, als sie die Möglichkeit einer vorübergehenden Lösung sah.

»Eine Auszeit ...«, wiederholte Michael.

»Nur so lange, bis wir wissen, wie es weitergehen soll. Vielleicht sollten wir auch mit einer PR-Agentur sprechen? Wie auch immer – ruh dich in der Zwischenzeit etwas aus. Du siehst aus, als könntest du eine Pause gebrauchen ...« Ihre Augen musterten ihn erneut, und ihr Gesicht verzog sich zu einem Ausdruck des Mitleids.

»In Ordnung. Ich bin also nicht entlassen?«

»Du bist nicht entlassen. Wir beurlauben dich nur vorübergehend, bis wir wissen, wie es weitergehen soll. Bei vollen Bezügen, keine Sorge.«

Da er noch knapp drei Monate Probezeit hatte, war er allerdings sehr besorgt. Aber stattdessen sagte er: »Okay. Gut. Danke, Beth.«

»Gern geschehen, Mike. Das muss sehr hart sein, und wir werden alles tun, um dich zu unterstützen.« Er hatte überhaupt nicht mit Anteilnahme gerechnet, denn niemand sollte Mitleid mit ihm haben, also tröstete es ihn auch nicht, als er sie bekam. Das Gespräch war beendet, und Beth klemmte sich ihre Tasche unter den Arm. Doch dann hielt sie im Aufstehen noch einmal inne und verharrte in einer Art Hockstellung.

»Ich hoffe, es stört dich nicht, wenn ich dich noch etwas frage?«

»Nein, frag ruhig.«

»Hast du eine Ahnung, wer dich dort eingetragen hat? Oder warum?«

Er schluckte. »Keine Ahnung.«

Beth schüttelte den Kopf. »Verdammt. Da draußen laufen echt einige Verrückte herum, oder?«

—

Direkt danach verließ Michael das Büro, und als er zu Hause angekommen war, ging er in die Küche, um sich ein großes Glas Jack Daniel's einzuschenken. Er hatte in letzter Zeit mehr Gras geraucht als sonst, aber seit der Uni hatte er es vermieden, tagsüber zu trinken. Heute war es notwendig; er konnte die alte Schwere in seiner Magengrube spüren, die ihn in die Couch drückte, die Enge in seiner Brust, die er so gut kannte. Seine Aura verdunkelte sich, sein Verstand war wie von einer Rauchwolke vernebelt. Er war schon einmal an diesem Punkt gewesen, und er musste die schleichende Verzweiflung abwehren.

Als er sich einigermaßen beruhigt hatte, informierte er Ola in einer Nachricht über das Meeting mit Beth. Seit ihrem Besuch beim Anwalt letzte Woche hatten sie nicht mehr richtig miteinander geredet; die wenigen Gespräche, die sie dazwischen geführt hatten, fühlten sich von Tag zu Tag gekünstelter an. Die Schuldgefühle wegen der Sache mit Jackie, wegen der Situation, in die er Ola gebracht hatte, fraßen ihn auf. Würde die Hochzeit überhaupt stattfinden? Er hatte keine Ahnung. Wenn er sie darauf ansprach, wiederholte sie, was sie vor vierzehn Tagen gesagt hatte: Er müsse ihr seine Unschuld beweisen. Aber jedes Mal, wenn er glaubte, nah dran zu sein, musste er feststellen, dass er in eine Sackgasse geraten war. Er rief viermal bei der Polizei an, bevor er aufgab, und musste seine Fallnummer jedes Mal einem anderen Beamten nennen.

»Es hat keine Drohungen gegeben«, hatte der letzte Beamte ganz sachlich erklärt. »Solange nicht bewiesen ist, dass das, was da behauptet wird, nicht wahr ist, ist es leider sehr schwierig, dagegen vorzugehen.«

»Wie kann ich widerlegen, was eine Person sagt, die ich nicht einmal identifizieren kann? Ich habe keine Beweise dafür, dass Jackie hinter diesen Nachrichten steckt. Was soll ich denn tun?«

»Es tut mir leid, Herr Koranteng.«

Als Ola schließlich einige Stunden später auf Michaels Nachricht über die Situation in der Arbeit reagierte, klang ihre Antwort lau. Sie schien wenig betroffen. In einer weiteren Nachricht teilte er ihr mit, was Beth ihm über seinen DBS-Sicherheitscheck erzählt hatte und dass es keine einstweilige Verfügung gegen ihn gäbe, aber es war, als ob diese Neuigkeiten rein gar nichts bewiesen. Wenn überhaupt, warf es noch mehr Fragen bei ihr auf.

Für seine Verlobte handelte es sich eindeutig um einen Kampf zwischen ihnen beiden und nicht um einen, den sie gemeinsam führten. Die einzige Person, die sich wirklich Sorgen um ihn machte, war seine Mutter, die Gott sei Dank nichts von der Liste wusste, ihn aber mit besorgten Anrufen über die Hochzeit und sein Wohlergehen bombardierte. Sie hatte sogar seinen Vater dazu bewegt, ihm eine abgedroschene besorgte Nachricht zu schicken. Er wusste, dass das kein leichtes Unterfangen gewesen sein konnte – Michaels Vater war nie besonders engagiert gewesen, was seine Mutter dadurch kompensierte, dass sie ihrem einzigen Kind, ihrem »wunderbaren Michael«, eine ziemliche Glucke war. Es war irritierend, wie er sich als Heranwachsender in ein und demselben Zuhause sowohl erdrückt als auch übersehen gefühlt hatte.

Seine Lage war verzweifelt. Es war schon nach drei Uhr nachmittags, er hockte allein zu Hause, und der Whiskey floss durch seinen Blutkreislauf. Als dann nach einem dicken Joint das Blut in seinen Kopf rauschte, beschloss Michael, seinen Freunden von der Liste zu erzählen.

Er dachte schon darüber nach, das zu tun, seit aus den Kommentaren unter irgendwelchen Videos Nachrichten an seine durchgesickerte Arbeits-E-Mail-Adresse geworden waren. Jedes Mal, wenn er verfolgte, was online geschrieben wurde, und jedes Mal, wenn er eine weitere Gruppe von Followern verlor, schoss seine Angst sprunghaft in die Höhe. Allerdings war sie genauso groß, wenn er sein Telefon ausschaltete und im Dunkeln hockte. Vielleicht hatte er ja wenigstens, wenn es um seine Freunde ging, eine gewisse Kontrolle.

Er hatte den Gruppenchat tagelang gemieden und Hunderte von Benachrichtigungen verpasst. Niemand hatte nachgefragt, warum er sich nicht meldete, wahrscheinlich nahmen alle an, er wäre mit der Hochzeitsplanung beschäftigt. Michaels Freunde, seine echten Freunde, hatten die Liste bisher nicht erwähnt, und er wusste, dass das daran lag, dass sie sie nicht gesehen hatten. Sie war in einem Bereich des Internets viral gegangen, in dem sie sich nicht aufhielten. Die Liste existierte in einer Welt, zu der seine echten Freunde nicht gehörten, in einer anderen Dimension, aber der ganze Horror spielte sich dennoch ab. Manchmal hatte er schon daran gedacht, Kwabz darauf anzusprechen, aber er war sich nicht sicher, wie er es ins Gespräch bringen sollte – persönlich sahen sie sich in letzter Zeit nur noch an Geburtstagen oder auf einen spontanen Absacker bei Amani. Und es kam ihm seltsam vor, das Ganze per Nachricht zu thematisieren, zumal er seit mehr als zwei Wochen nur noch mit Emojis kommuniziert hatte. Aber mit wem sollte er sonst sprechen?

Er öffnete den Gruppenchat, der momentan TRÄUM WEITER, KWABZ hieß – die Jungs waren gerade dabei, seinen Trauzeugen wegen irgendetwas aufzuziehen. Anstatt einer wortreichen Erklärung schickte Michael einfach einen Screenshot der Liste mit den Worten: »Jemand hat mich da draufgesetzt.«

»Was ist das?«, schrieb Kwabz zurück. Sie waren zu viert im Chat, einschließlich Michael. Er und Amani waren auf dieselbe weiterführende Schule in Canning Town gegangen und hatten Seun (oder Sean, je nachdem, mit wem er sprach) und Kwabz an der Uni kennengelernt. Gleich nach dem Abschluss hatten sie aus einer Laune heraus mit dem Podcast *Caught Slippin* begonnen – es herrschte Uneinigkeit darüber, ob es Amanis oder Michaels Idee gewesen war, aber alle stimmten darin überein, dass sie nie erwartet hätten, dass der Podcast so groß werden würde. Amani arbeitete als Physiotherapeut in Teilzeit, und seine bisher engagierteste Beziehung hatte er mit dem Fitnessstudio, das er leitete. Mit seinen hellbraunen Augen und den Haaren, die ihm zu Zöpfen geflochten bis zu den Schultern reichten, war er der Schwarm ihres Jahrgangs gewesen und immer mit Omarion, Bow Wow, Lil' Romeo und all den anderen hellhäutigen Babyface-Lieblingen auf den Covern der Black-Music-Magazine verglichen worden.

Kwabz war der moralische Kompass der Gruppe, der sich immer wieder über das Verhalten seiner Freunde empörte, was ihn häufig zur Zielscheibe ihrer Witze machte. Er hatte ein Talent für Worte, das er als Englischlehrer an der Waldegrave Manor einsetzte und drei Jahre lang auch bei *Caught Slippin*, bevor er den Lehrerjob bekam und komplett offline ging, um von seinen Schülern nicht ausgekundschaftet werden zu können. Michael war der Durchschnittstyp, Amani der Witzige und

Kwabz derjenige, der verhinderte, dass die Sendung komplett aus den Streaming-Diensten genommen wurde. Er sah zwar nicht so gut aus wie Amani oder Michael, aber was ihm in dieser Hinsicht fehlte, machte er mit Charme, Humor und seinen Dreads wieder wett.

Seun/Sean hingegen hatte, wie viele Männer in der Geschäftswelt von Canary Wharf, die Arroganz von jemandem, der eigentlich viel besser aussah, und sein Alleinstellungsmerkmal bestand darin, dass er »keinen Filter« hatte. Er war ein Mann, der es schaffte, in jeder erdenklichen Situation einen Blazer und eine schicke Hose zu tragen, sei es bei einer Taufe oder im Kino. Die Tatsache, dass seine hinreißende, leidgeprüfte On-off-Freundin Rachel ihm noch immer nicht den Laufpass gegeben hatte, verblüffte die gesamte Gruppe, was sie ihn auch bei jeder Gelegenheit wissen ließen. Er kam manchmal als Gast in den Podcast, meist für die Folge »Hintern des Quartals«, in der sie die Pos von Prominenten und Normalsterblichen bewerteten. Aber er hat sich nie dazu verpflichtet, richtig mitzumachen, da er, wie er den anderen gern in Erinnerung rief, in der realen Welt lebte, in der er »aufstehen und schuften« musste.

»Lies es«, schrieb Michael zurück. Er schämte sich zu sehr, um in Worte zu fassen, was ihm passiert war.

AMANI: Hey komm schon Alter. Als ob wir uns den ganzen Text reinziehen würden lol

MICHAEL: Es ist eine Liste von Leuten aus den Medien, die sich übergriffig verhalten haben.

Die Tippbenachrichtigungen erstarben auf einen Schlag. Seun war der Erste, der schließlich antwortete.

SEUN: Bro whaaat???

AMANI:?????

AMANI: Was geht ab??? Warum bist du da drauf?

MICHAEL: Keine Ahnung. Ich hab im Leben noch nie jemanden bedroht/belästigt/angegriffen und schon gar nicht Frauen.

AMANI: Definitiv nicht. Das brauchst du mir nicht zu sagen. Das ist doch verrückt, Bro.

SEUN: Yo, soll das irgendein bescheuerter Witz sein, oder was???

MICHAEL: Nope. Bin an meinem ersten Arbeitstag aufgewacht und hab's gesehen.

SEUN: Ola ist bestimmt ausgerastet.

AMANI: Wie kommt jemand dazu, dich auf eine scheiß Triebtäter-Liste zu setzen, sind die durchgeknallt, oder was?

»Keine Triebtäter-Liste«, schrieb Michael schnell zurück und spürte, wie sein Kopf heiß wurde. Er war zu high für so etwas. Er war nicht stolz auf das, was ihm vorgeworfen wurde, aber er fand, dass die Differenzierung wichtig war und oft verloren ging.

MICHAEL: Es hat nichts mit Kindern oder sexuellem Missbrauch zu tun. Da steht, ich hätte jemanden belästigt/körperlich angegriffen. Was ich nicht getan habe.

SEUN: Du musst dir 'n Anwalt nehmen, Kumpel

MICHAEL: Hab ich schon versucht. Ich war sogar bei der Polizei, aber die können nichts machen.

SEUN: War doch klar, dass die Bullen nichts machen! Aber schwöre, das ist Verleumdung. Du musst die verklagen. Ich kenn da 'n paar Leute, die dich unterstützen könnten.

MICHAEL: Wen verklagen? Es wurde auf einem anonymen Account gepostet von einer anonymen Person. Wen soll ich da verklagen? Twitter?

SEUN: Können die keine IP-Adressen tracken?

MICHAEL: Egal was ihr vorschlagt, glaubt mir, ich hab schon alles versucht. Sogar schon überlegt, ein öffentliches Statement abzugeben.

AMANI: Nahhh, vergiss es, Mann. Das ist es doch, was die Leute tun, die son Scheiß machen. Stimmt's, Seun?

SEUN: Tatsache. Das reißt dich nur noch mehr rein.

AMANI: Yoooo, mein Nigga Danks steht auch da drauf! Jetzt ist klar, dass die Scheiße nicht stimmt. Schaut euch das Timing an, gleich nachdem sein Mixtape rauskam smh

SEUN: Bro, ich seh da Lewis Hale drauf. Diesen Typen Abe auch! Total irre. Das sieht nach 'ner Falle aus, glaub mir. Das Böse Auge, ohne Witz

AMANI: Kein Witz Hab ich euch schon von der Tussi aus Dagenham erzählt, die meinte, ich hätte sie emotional missbraucht, weil ich gesagt hab, ihre Schwester ist heißer als sie? 😂😂😂

SEUN: Ich schwör, du wolltest ihre Schwester anbaggern

AMANI: kr kr krrr 💨 jepp, aber die mit ihren Pseudobegriffen, ey. Als sie meinte, das wäre Gaslighting, was ich mache, hab ich sie ganz schnell blockiert. Die benutzen medizinische Begriffe für plumpe Lügen.

SEUN: Mal Realtalk: Warum zum Henker steht Mike da drauf und nicht Amani. Der Typ ist 'ne Plage looool

Daraufhin entluden sich Dutzende Lols mit Dutzenden Os, und Amani fing an ihnen eine Urban Legend zu erzählen, die er vom Freund eines Freundes gehört hatte. Es ging um ein Mädchen aus Finsbury Park, das angeblich innerhalb von ein paar Jahren bei drei seiner Jungs Löcher in die Kondome gestochen hat. Anscheinend hat sie alle daraus entstandenen

Babys behalten und kassiert jetzt Unterhalt von den Typen. »Was hat das bitte mit Consent zu tun?«, schrieb er. »Wo ist die Liste für Mädels, die so 'n Scheiß machen?« Dann beschwerte sich Seun darüber, dass schwarzen Männern, selbst wenn sie schuldig wären, keine Fehler zugestanden würden und sie nicht einfach so weitermachen dürften wie alle anderen und dass Chris Brown seine Schuldigkeit getan hätte. Und überhaupt, hatte Rihanna ihn nicht zuerst geschlagen? Und kurz darauf verfielen sie in weinende und lachende Emojis, und das Thema war gegessen, als hätte Michael ihnen überhaupt nichts anvertraut.

Doch dann schrieb ihm Kwabz noch einmal separat über WhatsApp.

»Bro«, hieß es bloß schlicht in seiner Nachricht.

»Ich weiß«, antwortete Michael.

KWABZ: Das ist alles ein bisschen verrückt.

MICHAEL: Jap. Ich weiß.

KWABZ: Hör zu. Du weißt, dass du mein Homie bist. Aber ich muss dich das fragen. Ist da was dran? An den Anschuldigungen?

MICHAEL: Kwabz, ich hab in meinem ganzen Leben noch nie eine Frau geschlagen oder belästigt. Oder bedroht. Ich schwör's bei meiner Mutter.

KWABZ: Ok. Aber dir ist schon klar, wie irre das aussieht?

MICHAEL: Ich weiß. Ich versteh, wenn du nicht weißt, was du denken sollst, ich wüsste es wahrscheinlich auch nicht. Schließlich war ich nicht immer ein Heiliger.

Kwabz wusste das besser als jeder andere. An der De Montfort University hatte ein neidischer Kwabz im Studentenwohnheim oft verzweifelte Mädchen abwimmeln müssen und Michael widerwillig gedeckt, der nicht zur Tür kommen und sich selbst darum kümmern konnte, da er normalerweise gerade mit jemand anderem vögelte. Michael hatte sich an der Uni oft beschissen gefühlt, und auch wenn er sich schämte, das zuzugeben, fühlte er sich durch Frauen oft besser, was das Leben und auch ihn selbst betraf. Während einer ihrer dramatischeren Auseinandersetzungen hatte eine Freundin mit gewissen Vorzügen ihm vorgeworfen, er würde sie »benutzen«. Aber was sollte das überhaupt heißen? Er hatte nie etwas von ihr verlangt, war nie absichtlich grausam gewesen. Aber wo war die Grenze zwischen »benutzen« und emotionalem Missbrauch? Zwischen jemandem, der einen anderen Menschen emotional missbrauchte, und einem unreifen Teenager oder jungen Mann Anfang zwanzig? Vielleicht gab es gar keinen, und das war das eigentliche Problem?

MICHAEL: Wer auch immer mich da draufgesetzt hat, behauptet, dass er eine einstweilige Verfügung gegen mich erwirkt hat – verdammt, das ist nicht wahr, es taucht auch nicht in meinem DBS-Check auf.

MICHAEL: Du kennst mich schon so lange, Bruder. Ich hoffe einfach, du weißt, dass ich zu so was nicht fähig bin.

KWABZ: Keine Sorge. Das, was ich da gelesen habe, passt nicht zu dem Typen, den ich kenne. Aber es wäre doch ein bisschen komisch, wenn ich nicht nachfragen würde.

> MICHAEL: Nee, schon klar. Tbh ich bin irgendwie froh, dass du gefragt hast. Den anderen ist es anscheinend komplett egal, labern von Chris Brown und allem Möglichen.

Dass Kwabz sich die Mühe machte nachzufragen, war möglicherweise ein Hinweis darauf, dass es zu einem Bruch zwischen ihnen gekommen wäre, wenn er Michaels Antwort nicht geglaubt hätte. Aber die bedingungslose Unterstützung von Seun und Amani bestätigte nur, was Ola immer sagte: dass Männer nur Probleme mit Tätern außerhalb ihres engeren Umfelds hatten. Je näher sie ihnen standen, desto blinder waren sie. Wahrscheinlich hatte sie recht. Obwohl er über die Jahre gereift war (und in den letzten zwei Wochen möglicherweise besonders schnell), war er genauso schlimm wie Amani und Seun gewesen, wenn nicht noch schlimmer. Vor ein paar Jahren hatten sie Nacktfotos, die sie von *Caught Slippin*-Hörerinnen geschickt bekommen hatten, in den Gruppenchat gestellt. Die Frauen konnten nicht wissen, dass sie das tun würden – und heute würde er es auf keinen Fall mehr machen –, aber damals hatte er mitgemacht. Wohlgemerkt wurde er von seinen Fans nie gefragt, ob er diese Bilder haben wollte, sie schickten sie ihm einfach unaufgefordert. Doch die Ungeniertheit von Amani und Seun stieß ihm heute übel auf. Ebenso wie die Tatsache, dass Kwabz' Nachfrage, so direkt sie auch gewesen war, nicht dieselbe Enttäuschung und Wut bei ihm hervorgerufen hatte wie damals, als Ola nachgehakt hatte.

> KWABZ: Ja, muss man so sagen, die beiden kann man echt nicht ernst nehmen. Aber trotzdem. Meinst du, da könnte Du-weißt-schon-wer dahinterstecken?

> MICHAEL: J?

> KWABZ: Jap.

> MICHAEL: Ich wollte es gar nicht erwähnen, aber ngl, ich weiß, dass sie es ist. Wer sonst?

> KWABZ: Mann ... Genau deshalb habe ich dir gesagt, du sollst den Scheiß lassen. Das ist es doch nicht wert.

Amani und Seun machten Witze über ihn und Jackie, seit sie bei ihren Live-Shows aufgetaucht war, aber nur Kwabz wusste, was wirklich los war. »Hey, da ist wieder diese Jackie mit dem dicken Arsch für dich, Michael!«, frotzelten sie jedes Mal, wenn sie sie sahen. Er tat es immer mit einem Lachen ab. Die Jungs hatten ein loses Mundwerk, und er konnte nicht riskieren, dass Ola etwas davon erfuhr. Kwabz hingegen war derjenige, der es zwar am wenigsten guthieß, es aber auch am ehesten für sich behielt, das wusste Michael. Er nahm einen weiteren Schluck aus seinem Glas, bevor er tippte, und der Whiskey brannte in seiner Kehle.

> MICHAEL: Ich weiß. Und das hab ich auch gemacht, sobald die Nachrichten anfingen, in eine komische

Richtung zu gehen. Bevor Ola und ich uns verlobt haben, habe ich sie auf allen Kanälen blockiert. Ich wusste, dass sie wütend sein würde, aber nicht, dass sie so weit geht.

MICHAEL: Ich hab Angst, dass sie, wenn ich sie drauf anspreche, behauptet, ich würde ihr nachstellen oder so 'n Scheiß. Ich weiß nicht, wie weit sie das noch treiben will.

Es war ein DM-Slide, der die Sache zwischen ihm und Jackie ins Rollen gebracht hatte. Er und Ola waren noch nicht lange zusammen oder noch gar nicht, je nachdem, wen man fragte. Die Gespräche während ihrer unklaren sechsmonatigen »Redephase« waren uneindeutig. Seiner Meinung nach war die erste Regel für eine Situationship, dass es keine Regeln gab. Damals war er noch im Einzelhandel tätig gewesen, und es hatte letztendlich viel länger gedauert, bis er in der Moderation Fuß gefasst hatte, als es ihnen beiden lieb war. Sie hatte es nie offen ausgesprochen, aber er wusste, dass Ola dachte, sie hätte es besser treffen können. Manchmal war er sich nicht ganz sicher, ob Ola ihn überhaupt mochte, auch wenn sie ihn liebte. Es war, als ob sie mehr in die Vorstellung verliebt war, wer er sein könnte, als in das, was er war. Sie sprach eher von seinem »Potenzial« als von seinem gegenwärtigen Zustand. Jackie war da ganz anders gewesen. Sie hielt ihn für klug. Lustig. Jemanden.

Jackie hatte ihm eines Tages das »Eyes«-Emoji geschickt, kommentarlos, aber spät genug am Abend, sodass die Botschaft laut und deutlich rüberkam. Sie war eine frühe Zuhörerin von *Caught Slippin*, jemand, den er aus den Kommentaren unter den YouTube-Videos kannte. Er war ihr sofort auch auf Instagram gefolgt, nachdem er ein paar Dutzend Likes auf Fotos, die bis ins Jahr 2014 zurückreichten, von ihr erhalten hatte. @jackie_ayyx – die anderen nannten sie nicht umsonst »Jackie mit dem fetten Arsch«. Aber er war vorsichtig. Reagierte auf ihre Thirst Traps nur in privaten DMs: Flammen-Emojis, die nur sie sehen konnte.

Wenn Ola die ersten Instagram-Nachrichten gesehen hätte, die sie sich geschrieben hatten, wäre das kein Problem gewesen. Es war offensichtlich, dass Jackie auf ihn stand, und er reagierte höflich, ermutigte sie aber nicht weiter. Doch das änderte sich, als er ihr seinen WhatsApp-Kontakt gab. Ungeachtet dessen, was er sich einredete, wusste er, dass er eine Grenze überschritt, als er sie einlud, nach einer Live-Show noch mit ihm und den Jungs zu chillen. Der Punkt, von dem aus es kein Zurück mehr gab, war erreicht, als sie zum ersten Mal miteinander schliefen, nur wenige Stunden nachdem er mit Ola im Boxpark in Shoreditch Bubble Tea getrunken hatte. An diesem Abend hatte Jackie ihre Nägel tief in seinen Rücken gegraben und ihn seitdem nicht mehr aus ihren Krallen gelassen.

In Kwabz' Worten war Jackie »bereit, alles zu riskieren«. Michael konnte sie behandeln, wie er wollte. Es war, als würde sie nur für seinen Nutzen existieren, wie ein Wasserkocher oder ein Toaster. Er wusste, was sie für ihn empfand, und doch ignorierte er sie manchmal tagelang. Und wenn er dann wieder mit ihr reden wollte, war sie genau da, wo er sie zuvor zurückgelassen hatte. Stand wieder parat. Als hätte sie nur auf ihn gewartet. Nachdem Ola es herausgefunden hatte und alles aufgeflogen war, fand Jackie letztendlich doch den Weg zurück zu ihm. Obwohl es zu dem Zeitpunkt mit einem anderen Mann ernst wurde, einem Mann, der ihr die Beständigkeit und emotionale Verfügbarkeit zu bieten schien, um die sie Michael anflehte. Nach einem Jahr ohne jeglichen Kontakt schickte Jackie Michael aus heiterem Himmel ein »Frohe Weihnachten«. Er war eine Woche zuvor entlassen worden. Sie kam genau zum richtigen Zeitpunkt. Als er ihr antwortete, war ihre Dynamik wie immer. Er reagierte auf seine Gefühle, nicht auf ihre.

Beim ersten Mal hatte es gut drei Monate gedauert, beim zweiten Mal fast zwei Monate. Als Jackie anfing, ernsthaft davon zu reden, sich von ihrem Freund trennen zu wollen, begann Michael, sie langsam kaltzustellen. Er reagierte immer später auf ihre Nachrichten, schickte halbherzige Antworten auf ihre Nudes. Er wusste, dass es arschig von ihm war, anders konnte man es nicht nennen. Und diesmal nahm sie es auch nicht tatenlos hin. Sie schrieb ihm immer wieder. Sie rief ihn pausenlos an und hinterließ hysterische Sprachnachrichten, in denen sie ihn anschrie. Bei einer *Caught Slippin*-Show tauchte sie sogar mit ihrem neuen Typen auf, weil sie dachte, Michael würde eifersüchtig werden. Stattdessen schaute er direkt durch sie in der ersten Reihe hindurch, mischte sich nach der Show nicht wie sonst unter die Leute und ging direkt nach Hause. Dort angekommen, hatte sie ihm per WhatsApp eine ganze Abhandlung darüber geschickt, auf welche Weise er sie verletzt hatte. Er dachte, damit sei die Sache erledigt.

Doch dann, ein paar Wochen später, ein verpasster Anruf um zwei Uhr nachts, gefolgt von einer weitschweifigen Nachricht, die sie vermutlich im betrunkenen Zustand getippt hatte. Sie klang anders als ihre Nachrichten davor. An manchen Stellen beängstigend. Irgendetwas in ihr musste durchgeknallt sein. Sie sagte Dinge wie, sein Leben wäre vorbei, er solle verrecken und seine Mutter auch. Es gab sogar eine vage Drohung mit einem Säureanschlag; wenn er nicht ihre gesamte Korrespondenz gelöscht hätte, damit Ola sie nicht zu Gesicht bekäme, hätte er sie der Polizei gezeigt. Es war heftig. Sogar Kwabz, der normalerweise seine Dreadlocks in andächtiger Missbilligung über Michaels Verhalten schüttelte, hatte die Nachrichten wieder und wieder gelesen und war vollkommen baff von der Wucht ihrer Reaktion. Aber dass sie ihn nun, mehr als ein Jahr später, auf die Liste gesetzt hatte? Es war schwer zu glauben, dass sie ihn so sehr hasste. Während die Gedanken an Jackie weiter in seinem Kopf herumwirbelten, ging auf Michaels Handy vibrierend eine weitere Nachricht ein.

> KWABZ: Es tut mir echt leid für dich, Mann. Kein Plan, was ich tun würde.
>
> KWABZ: Sitz es einfach aus. Lass den Kopf nicht hängen, aber halte dich bedeckt. Was sagt Ola? Sie ist bestimmt außer sich.
>
>> MICHAEL: Sie sagt, dass es keine Hochzeit geben wird, wenn ich nicht beweisen kann, dass ich nichts getan habe.
>
> KWABZ: Fuck, Bro. Hoffentlich kennt sie dich mittlerweile gut genug, um zu wissen, dass du kein gewalttätiger Mensch bist.
>
> KWABZ: Aber bist du so weit okay?

Michael hielt inne, bevor er seine Antwort tippte:

>> MICHAEL: Nicht wirklich
>
> KWABZ: Mit mir kannst du reden.

Er wollte es. Ihm sagen, dass er nachts nicht mehr schlafen konnte. Dass er sich manchmal durch ganze Tage kiffte, bis sie in einem Dunst aus Rauch und Netflix verschwammen. Dass er sich dabei ertappte, wie er googelte (und es dann aus seinem Suchverlauf löschte), was es bedeutete, wenn man den Wunsch hegte, vielleicht nicht direkt zu sterben, aber »nicht mehr zu existieren«. Dass die ersten Suchergebnisse dann Suizid-Hotlines waren. Er hätte ihm wahrheitsgemäß versichern können, dass er nicht sterben wollte. Vielmehr war es eher so, dass er sich wünschte, gar nicht erst geboren worden zu sein, was zwar erschreckend klingen mochte, aber nicht so beängstigend, wie ihm seine Zukunft erschien. Er hoffte, dass Kwabz es verstehen würde, denn wenn nicht, hatte Michael vielleicht doch ein Problem? Es fiel ihm schwer, sich einen Ausgang der Misere vorzustellen, der ihn nicht als Raubtier auf Lebenszeit brandmarkte – und er war sich nicht sicher, ob ein solches Leben noch lebenswert war. Michael griff mit der freien Hand nach seinem Drink und begann, mit der anderen zu tippen:

> MICHAEL: Es ist einfach irre stressig.

> KWABZ: Hör zu, Bro, das ist nur Online-Scheiß. Wenn du es nicht in den Gruppenchat geschrieben hättest, hätte ich keine Ahnung davon. In der realen Welt hast du immer noch deinen Job. Deine Jungs. Dein Mädchen. In ein paar Tagen werden die Leute sich auf jemand anderen stürzen.

> MICHAEL: Ich hoffe es, Mann.

KWABZ: Du musst aufhören, das Schlimmste zu denken, Kumpel. Gott ist für dich da, und wir sind es auch. Du weißt, dass du immer mit mir reden kannst, k?

MICHAEL: Ja, Mann. Danke, Bro

Michael rief den Screenshot der Liste im Gruppenchat auf. Er studierte sie täglich und verglich die vermeintliche Wahrscheinlichkeit seiner Schuld mit der der anderen Genannten. Einige von ihnen hatte er anfangs nicht erkannt, was in seinen Augen vernichtend war – wenn die Leute wegen Erpressung, Einflussnahme oder »Hass« genannt wurden, warum wählte man dann irgendwelche Nobodys aus? Andere kannte er gut; sogar wenn er selbst nicht auf der Liste gestanden hätte, wäre Michael geschockt gewesen, da Lewis Hale, einer seiner absoluten Lieblingsfußballer, darauf war. Nach einer Woche kannte er jedoch alle, die auf der Liste standen. Wenn Nachnamen geführt wurden, sah er sich ihre LinkedIn-Konten an, las ihre Tweets wieder und wieder. Begutachtete eingehend ihre Instagram-Beiträge, in der Hoffnung, etwas zu finden, das bewies, dass sie gute Menschen waren und er deshalb auch ein guter Mensch war. Es musste andere wie ihn geben. Männer, die es getroffen hatte, weil sie sich einfach irgendwie uncool verhalten hatten. Einige der Genannten hatten nichts mehr gepostet, seit die Liste veröffentlicht worden war, aber die meisten taten so, als wäre nichts passiert. Während die Liste ihn jeden wachen Moment verfolgte, schienen viele von ihnen einfach ungerührt weiterzumachen und damit durchzukommen. Falls sie schuldig waren, kamen sie ungeschoren davon. Warum also fühlte er sich so unbarmherzig bestraft?

In der Ecke der Küche erblickte Michael die Dutzenden von leeren Tütchen, die darauf warteten, mit den Hochzeitsgastgeschenken befüllt zu werden, und spürte, wie ihm Tränen in die Augen traten. Er schaltete sein Handy aus. Ein mentaler Schmerz, der so stark war, dass er körperlich spürbar war, erfasste ihn. Während er einen weiteren Schluck aus seinem Glas nahm, starrte er auf die beigen Ziegelsteine seiner Küchenwand und stellte sich vor, wie er mit dem Gesicht dagegenschlug, bis seine Lippen aufplatzten und seine Nase brach. Seine Augen wurden feucht, und er holte mit der linken Faust aus und schlug, so fest er konnte, gegen die Wand. Wieder und wieder. Der Schmerz durchfuhr seine Hand jedes Mal, wenn sie aufprallte, und ein Gefühl der Ruhe durchströmte ihn, als würde ihm Morphium gespritzt. Als er sich schließlich erschöpft hatte, troff ihm Blut von den Fingerknöcheln. Er beobachtete, wie es auf den Boden tropfte.

10

Noch 11 Tage bis zur Hochzeit

Als sie das vierte Mal die Romilly Street hinaufhinkte, bedauerte Ola ihre Schuhwahl gehörig. Ihre Füße wären in Stiefeln viel besser aufgehoben gewesen als in den spitzen hochhackigen Schuhen, die sie trug und in denen es sich anfühlte, als würden alle fünf Zehen zu einer einzigen großen zusammengequetscht.

Sie hatte nicht damit gerechnet, so viel zu laufen. Und Google Maps auch nicht. Ola schob ihre Brille hoch und berührte mit der Nasenspitze fast das Display, während sie beunruhigt auf die App blickte. Die behauptete nämlich, sie hätte ihr Ziel bereits vor elf Minuten erreicht. Je länger sie herumlief, desto deutlicher wurde ihr, dass sie sich in Soho wie eine Touristin fühlte. Es war eine Gegend, in der sie das Gefühl hatte, schöne Schuhe tragen zu müssen, auch wenn sie des Öfteren verschiedenen gelblichen Flüssigkeiten am Straßenrand ausweichen musste – Pisse oder Bier, das genauso schmeckte. Heute war sie mit den Gedanken woanders, sie war damit beschäftigt, wie das Gespräch heute Nachmittag verlaufen würde und ob ihr Lebenslauf auf dem neuesten Stand war, für den Fall, dass Frankie davon erfuhr.

Obwohl es ihm nicht gelungen war, belastende Beweise gegen Michael zu finden, hatte Luke endlich etwas Handfestes vorzuweisen. Zwar nicht das, worum sie ihn gebeten hatte, aber er hatte angefangen, eine Nebenspur zu verfolgen, als langsam klar wurde, dass er ansonsten alle Möglichkeiten bezüglich ihres Verlobten ausgeschöpft hatte. Durch eine Art dunkle Internetmagie, die Ola nicht verstand, hatte Luke die Urheberin der Liste ausfindig gemacht. Und das auch noch zur rechten Zeit: Michael hatte Verdacht geschöpft, als sie ihn das letzte Mal beim Anwalt gesehen hatte und ständig aufs Handy geschaut hatte. Seitdem hatten sie sich ein paar Nachrichten geschrieben, in fast schon förmlichem Ton, aber sie hatten seit Tagen nicht mehr miteinander gesprochen. Die einzigen möglichen Gesprächsthemen zwischen ihnen waren die Liste oder die Hochzeit, und über beides machte es wenig Sinn zu sprechen, bevor sie nicht die Wahrheit herausgefunden hatten. Die fehlende Kommunikation mit ihrem Verlobten war nicht zweckdienlich, das wusste sie, aber die ganze Situation war nun mal verfahren.

Es wurde auch immer schwieriger, die Augen vor der sich auftürmenden Hochzeitsorganisation zu verschließen. Ola hatte bisher weder zugesagt noch sie abgesagt, und es waren nur noch anderthalb Wochen Zeit. Im Moment waren die Nachrichten von Luke die einzigen, die sie garantiert beantwortete; Celie erkundigte sich andauernd, ob sie der Druckerei nun grünes Licht für die Tischkarten geben sollte, und Ruth nervte sie unaufhörlich wegen der Shotlist und hatte heute Morgen in den Gruppenchat geschrieben:

> HEY. Was ist jetzt der Plan?? Der Fotograf geht mir auf den Sack, und Bella Naija will wissen, ob sie die Fotos auf Insta teilen dürfen.

»Nicht Bella Naija«, hatte Ola einfach geantwortet, ihre erste Antwort seit Tagen. Bisher gingen noch fast alle Eingeladenen davon aus, dass sich hinsichtlich des 8. Juni nichts geändert hatte. Jeden Tag fragte sich Ola, wie lange sie noch mit dem Herumtelefonieren warten konnte. Aber der heutige Tag würde zwangsläufig zu einer Entscheidung führen. Luke hatte ermittelt, dass es sich bei der Urheberin der Liste um Rhian Mcintosh, die stellvertretende politische Redakteurin des *Observer*, handelte, und als Ola und Kiran etwas weiter gruben, wurde ihnen klar, dass es längst ein offenes Geheimnis war. Die Wahrheit war in die gefährlicheren Teile des Internets gedrungen, und unter Männerrechtlern ging das Gerücht, dass es entweder Rhian oder die ehemalige BBC-Mitarbeiterin Louisa Meade war. Es wurde gemunkelt, dass Masc On, ein von Pick-up-Artists betriebener Blog, bereits plante, eine oder beide zu outen.

Es war nicht einfach gewesen, mit Rhian in Kontakt zu treten, die sich online schon eher bedeckt gehalten hatte, bevor rechtsextreme Websites damit drohten, sie zu doxen. Sie hatte kein öffentliches Profil auf Instagram, Facebook oder LinkedIn, und ihr Twitter-Account war seit 2015 inaktiv. Aber nach langem Drängen von Kiran über gemeinsame Bekannte und der Zusicherung, dass es sich nur um ein inoffizielles Gespräch handeln würde, stimmte sie schließlich einem anonymen Interview mit *Womxxxn* zu. Rhian schien überraschend gesprächsbereit, um zu verhindern, dass Louisa ins Fadenkreuz geriet, und um ein bereits aus dem Ruder gelaufenes Narrativ unter Kontrolle zu bringen.

Natürlich war das mit dem Interview in der Redaktion nicht abgesprochen. Wenn Frankie dahinterkäme, dass sie nicht nur ein Fake-Interview arrangiert hatten, sondern auch noch eines, für das Frankie töten würde, würde sie sie zweifellos umbringen. Kiran hatte bereits ihren Kopf riskiert, indem sie Frankie dazu gebracht hatte, die Veröffentlichung des Artikels zu verschieben. Sie hatte ihrer Chefin – nicht ganz unwahrheitsgemäß – erzählt, dass sie vage Verbindungen zur Urheberin der Liste hätte, und dann glatt gelogen, dass sie sich möglicherweise einen exklusiven Videochat vor der Kamera sichern könnte. »Ich glaube, ich habe gesehen, wie sie sich den Sabber von der Unterlippe wischte«, erzählte Kiran Ola. »Sie meinte, ich solle meine ganze Energie darauf verwenden, und hat mir noch weitere vierzehn Tage Zeit gegeben!«

Als Ola mit fünfzehn Minuten Verspätung endlich den Women's-only-Club Venus fand, sah sie, dass es sich um eine unscheinbare schwarze Tür handelte, an der sie schon mehrmals vorbeigelaufen war. Sie drückte auf den kaum sichtbaren Summer, und aus der Gegensprechanlage ertönte eine Stimme, die einem ASMR-Video würdig war. »Guten Tag bei Venus«, hauchte sie.

»Hi. Ich bin mit Rhian Mcintosh verabredet.«

Auf das Knacksen des Lautsprechers folgte das Klicken der Tür, und Ola wurde in einen Raum gelassen, der wirkte wie das Produkt eines Marketing-Agentur-Brainstormings im Mädchen-, nein, *Frauen*-Himmel. Rosafarbener Marmorboden, verspiegelte Wände, ein cremefarbener Empfangstresen voller Vasen mit weißen Orchideen. An der auffälligen terrakottafarbenen Wand dahinter hingen Line-Art-Bilder, die Brüste in verschiedenen Größen, Hautfarben und Formen zeigten. Darüber prangte ein Schild in großen rosa Neonbuchstaben: »Venus: A home for the homegirls«, und die Göttin der Liebe saß auf einem Planeten und blickte in einen muschelförmigen Spiegel, den sie in ihrer ausgestreckten Hand hielt. An einem Verkaufsstand auf der linken Seite wurden Babylätzchen, Wasserflaschen, T-Shirts und Tragetaschen mit demselben Bild verkauft, und daneben stand ein Schild, auf dem in schicken roségoldenen Buchstaben vermerkt war, was es auf jeder Etage zu entdecken gab. Im fünften Stock befand sich offenbar ein Kosmetikstudio namens Dollhouse neben dem Fitnessstudio Im/Perfect. Es war schon komisch, dachte Ola kurz, dass sich Feminismus und Patriarchat nun auf halbem Wege trafen und sich scheinbar vollkommen einig waren, dass Frauen alles nur in Rosa wollten und es darauf ausgerichtet sein musste, sie gut aussehen zu lassen.

Man wies ihr den Weg zum Bar-Restaurant Sirenum Scopuli im ersten Stock, wo sie Rhian treffen sollte. Ola machte sich entschlossen auf den Weg zu den Aufzügen und ging im Geiste noch einmal ihre Fragen durch. »Wer hat Michael auf die Liste gesetzt?«, war ein guter Anfang. Mit einem mulmigen Gefühl wurde Ola klar, dass das, was Rhian darauf antworten würde, ihr Schicksal besiegeln würde, so oder so.

Rhian saß an der Bar in einem korallenfarbenen Stuhl, der wie eine Muschel geformt war, und hatte ein Glas Mineralwasser vor sich stehen. Hätte sie sie nicht vorher zwanghaft gegoogelt, wäre sie Ola nie aufgefallen. Sie war eine vollkommen unscheinbare Brünette – blass, die Haare zu einem tief sitzenden strengen Dutt gebunden, mit dünnen Lippen und schmalen Augenbrauen. Sie trug ein gestreiftes Longsleeve und ein abgetragenes Paar weiße Converse Chucks. Als sie sich ihr näherte, verspürte Ola einen leichten Anflug von Bitterkeit dieser Frau gegenüber, die ihr Leben auf eine so abstrakte Weise ruiniert hatte, dass sie nicht recht wusste, wohin mit ihrer Wut. Als sie Platz nahm und sie sich knapp begrüßten, nahm Ola die Überreste eines nordenglischen Akzents wahr, der sie überraschte. Rhian sprach so leise, dass sie sich anstrengen musste, sie zu verstehen. Sie schien überhaupt nicht erstaunt darüber zu sein, dass sie von Ola und nicht von Kiran begrüßt wurde.

»Ich hoffe, es macht dir nichts aus, dass wir uns hier treffen«, sagte Rhian, als sie sich die Hand gaben. »Eigentlich ist es nicht wirklich mein Ding, es ist ein bisschen ...«, sie verstummte. »Jedenfalls ist es um diese Zeit leer, also ...«, sie zuckte mit den Schultern. »Außerdem sind die Fettuccine hier ganz anständig.«

Ola sah sich im Restaurant um. Meerjungfrauenmotive säumten den unteren Rand der Tapete, und hinter der Bar hing ein Porträt von einer als Matrosin interpretierten Rosie the Riveter, die man von dem berühmten »We Can Do It!«-Poster aus dem Zweiten Weltkrieg kannte. Abgesehen von einer Kellnerin und ein paar körperlosen braunen Brüsten, die sie an der Wand hinter der Rezeption erspäht hatte, war Ola hier die einzige nicht weiße Frau.

Sie schlug einen möglichst plauderhaften Ton an. »Ich glaube, ich weiß, was du meinst ...« Auch Ola beendete ihren Satz nicht.

Rhian schaute an Ola vorbei und begutachtete den Raum wie eine Immobilienmaklerin.

»Du hast es eher mit dem Soho House Club, was?«

Ola stieß ein leises abgehacktes Lachen aus. »So offensichtlich?«

»War nicht wertend gemeint«, Rhian nahm grinsend einen Schluck und hob die Hand. »Ein Venus-Mitglied, das seinen Geordie-Akzent vor viel zu langer Zeit verloren hat, um sich ein Urteil zu erlauben. Und zu schnell.«

Ola lachte wieder, dieses Mal richtig. Michael machte sich immer über sie lustig, wenn sie sagte, dass die Mitgliedschaft in dem ein oder anderen privaten Club in ihrer Branche ein »notwendiges Übel« sei. Es war ein Running Gag, ihre zunehmende

Boujieness, ihre Vorliebe für Pulled Pork aus Jackfrucht und für Kurkuma Latte. Wenn sie sich selbst als Arbeiterklasse bezeichnete, zog er sie auf und nannte sie die »Stimme der Straßen, in denen du nicht mehr lebst«. Wenn sie ihn dann darauf hinwies, dass sie in Tooting lebte, sagte er, sie sei genau wie die Gegend, die immer nobler werde.

Ola warf einen Blick auf die Uhr an der Wand. »Ich möchte dich nicht zu lange aufhalten ...«, kam sie zum Thema.

»Ja, natürlich.« Rhian öffnete eine kleine Speisekarte in Form einer Muschel. »Das geht auf *Womxxxn*, richtig? Ich nehme nämlich auf jeden Fall einen Gin Tonic für dreizehn Pfund.« Sie zog eine Grimasse, als sie es las.

»... mit ›Reclaiming my time‹-Limette«, sagte Ola und nickte.

»Der war gut.« Rhian überflog die Speisekarte. »Also, worüber willst du reden? Über die Liste im Allgemeinen oder speziell über deinen Verlobten?«

Ola sah vermutlich aus, als würde sie gleich aus den Socken kippen. Rhian legte die Speisekarte wieder hin und platzierte ihre Hände flach auf dem Tisch, als ob sie ihn stabilisieren wollte. »Das sollte übrigens keine Fangfrage sein«, sagte sie. »Aber ja, ich weiß, mit wem du verlobt bist.«

Eine vertraute Angst machte sich in Olas Brust breit. Wer wusste es noch? Etwa Frankie? War das alles etwa Teil eines Plans, um sie auf Twitter outzucallen? Aber Rhian benutzte Twitter ja gar nicht mehr. Oder etwa doch? Vielleicht streamte sie das Ganze live auf Facebook, während sie hier miteinander sprachen?

»Du weißt es?«, stammelte Ola. »Aber warum hast du nicht ...«

»Hör zu, es gibt Leute, die mir ernsthaft schaden wollen. Hauptsächlich Männerrechtler, aber ich muss jeden überprüfen, bevor ich ihn treffe. Und zwar gründlich.« Sie machte ein finsteres Gesicht, dann fuhr sie fort. »Recherchieren ist mein Beruf – das war nicht schwer. Du hast zwar die meisten Fotos von euch gelöscht, aber eure Urlaubsschnappschüsse tauchen immer noch auf den Fanseiten auf, sobald man genug Suchergebnisse durchgesehen hat. Übrigens, herzlichen Glückwunsch. Wann ist denn der große Tag?« Ihr Blick wanderte zu Olas nacktem Ringfinger.

Es war naiv von ihr gewesen zu denken, dass Rhian es nicht herausfinden würde. Immerhin war sie Journalistin. Aber es brachte Ola aus dem Konzept, wie immer, wenn jemand außerhalb des anderen »Dark Web« – also Black Twitter oder dem Hashtag #BlackLove auf Instagram – von ihrer Beziehung und ihrem surrealen Online-Ruhm wusste. Ein weiterer Running Gag zwischen Michael und Ola war, dass sie der Fuckboy in ihrer Beziehung war, da er regelmäßig Fotos von ihnen mit überschwänglichen Bildunterschriften postete, während sie, wenn man sich ihr Profil anschaute, Single zu sein schien.

Ola mochte keine Aufmerksamkeit, weder im Guten noch im Schlechten. Es war ein Wunder, dass sie die Nachwirkungen ihres Verlobungsposts überlebt hatte. Aber auch wenn sie die nicht enden wollende Flut von Herz-Emojis unter den vereinzelten Fotos, die sie von ihnen beiden postete, ziemlich cringe fand, konnte sie die Besessenheit auch irgendwie verstehen. Sie war die Hälfte eines erfolgreichen, attraktiven schwarzen »#CoupleGoals«-Paares – ein seltener Anblick ab einem gewissen Level, besonders in Großbritannien. Sie wusste, dass dies in einer Welt, in der man automatisch davon ausging, dass ein Mann wie Michael – gut aussehend, aufstrebend, schwarz – eher mit einer helleren oder weißen Frau zusammen sein würde, eine Bedeutung hatte. Aber die endlosen Benachrichtigungen, die darauf folgten, überforderten sie. Das bange Gefühl, das sie überkam, wenn sie online über ihren braunen Körper im Bikini stolperte, in diesem kostbaren persönlichen Moment, der auf der Explore-Page von Instagram für Fremde sichtbar war. Die Kommentare, die nach Michael fragten, wenn sie eine Weile nichts von ihm gepostet hatte, die wissen wollten, ob sie noch zusammen wären, und wenn nicht, wie seine Nummer lautete. Oder ob er einen älteren Bruder hatte? Oder einen jüngeren? Die ständige Projektion der Erwartungen anderer, nur weil sie einmal ein hübsches Foto zusammen gemacht hatten. Sie hatte diese Sichtbarkeit nie gewollt, hielt sich selbst kaum für eine »Influencerin«. Und jetzt, trotz all ihrer Vorsicht, ihrer Zurückhaltung und der Löschung und Archivierung, die Fola später durchgeführt hatte, saß Rhian ihr gegenüber und bestätigte Olas Befürchtung, dass alles, was man einmal ans Internet verfüttert hat, nie mehr wirklich einem selbst gehörte.

»Am 8. Juni. Aber ich bin mir nicht hundertprozentig sicher, was daraus wird«, sagte Ola kurz und versteckte ihre Finger im Ärmel.

Rhians Augenbrauen schnellten in die Höhe, und sie stieß einen lang gezogenen Pfiff aus. »Mann, da bist du aber knapp dran, oder?« Ihr Akzent kam so schnell, wie er verschwand. »Wann hast du denn vor, dich zu entscheiden? Am Altar?«

»Wenn ich ehrlich bin, hab ich keinen Plan«, sagte Ola. »Und, auch ehrlicherweise, deshalb bin ich hier.«

Rhian räusperte sich. »Ich hatte schon vermutet, dass es um mehr geht als um ein Interview.«

»Es überrascht mich, dass du trotzdem bereit warst, mich zu treffen.«

Rhian zuckte fast unmerklich mit den Schultern. »Zwar nicht gerade mit Freuden, aber ich habe ein wenig nachgeforscht, einige deiner Sachen gelesen. Du scheinst vernünftig zu sein. Du bist nicht die Einzige, die sich an mich wendet, aber die Erste, mit der ich mich treffe.«

»Das weiß ich zu schätzen. Ich denke, es hat keinen Sinn, um den heißen Brei herumzureden.« Ola atmete tief durch. »Ich muss wissen, wer Michaels Namen auf die Liste gesetzt hat. Bitte.« Sie hob schnell beide Hände, um Rhian von einer vorschnellen Antwort abzuhalten. »Ich hab den Disclaimer in dem Post gelesen, und ich versteh das. Ich weiß, dass man sich absichern muss. Aber ich muss auch wissen, ob der Mann, den ich nächste Woche heiraten soll, jemand ist, der sich Frauen gegenüber übergriffig verhält.«

Rhian nahm einen kleinen bedächtigen Schluck von ihrem Mineralwasser und schnalzte dann mit der Zunge. »Tut mir leid, aber da kann ich dir nicht helfen.«

Ola verspürte heftigen Zorn. Diese Frau hatte ihr die letzten zweieinhalb Wochen praktisch unerträglich gemacht, ganz gleich, wie edel ihre Beweggründe sein mochten, und jetzt weigerte sie sich, ihr zu helfen? Sie spürte, wie sich ihre Nasenflügel auf und ab bewegten und die Vernunft mit jedem Ausatmen aus ihrem Körper schwand.

»Okay«, sagte Ola und versuchte, die Fassung zu bewahren. »Und warum nicht?«

»Weil ich nicht weiß, wer ihn da draufgesetzt hat«, antwortete Rhian. »Ich wüsste auch nicht, wie ich an die Namen der Leute herankommen sollte.«

»Du hast keinerlei Möglichkeit, auf etwas zuzugreifen, das hilfreich sein könnte? Auch wenn nur ich diese Information nutzen würde, um herauszufinden, ob das, was behauptet wird, wahr ist oder nicht? Zu meiner Sicherheit?«

Rhian schüttelte den Kopf. »Selbst wenn ich diese Informationen hätte, könnte ich nicht behaupten, dass es richtig wäre, sie dir zu geben. Ich muss auch an die Sicherheit der Betroffenen denken.« Sie hielt inne. »Ich nehme an, du glaubst, dass Michael unschuldig ist?«

Ola kaute an der Innenseite ihrer Wange. Sie wollte gehen, denn es war nun klar, dass Rhian ihr keine Hilfe sein würde. Aber sie blieb sitzen.

»Ich bin mir nicht sicher«, sagte Ola. »Deshalb bin ich ja hier.«

Sie war sich nicht sicher, obwohl sie es laut Michael eigentlich sein müsste. Anscheinend hatte CuRated bestätigt, dass in seinem Strafregister kein Hinweis auf eine einstweilige Verfügung zu finden war – das ließ er sich auch gerade schriftlich von ihnen bestätigen. Schade, dass dies nicht auch für die Anschuldigungen wegen Belästigung und Bedrohung galt. Vor dem Hintergrund von Michaels früheren Lügen brauchte sie unwiderlegbare Beweise. Es war zwar etwas, aber nicht genug.

»Kann ich mir vorstellen«, sagte Rhian und klang dabei fast gelangweilt, als hätten sie dieses Gespräch schon einmal geführt. »Sonst wärst du nicht hier ...« Sie hielt wieder inne. »Gehe ich recht in der Annahme, dass du schon einmal über diese Thematik geschrieben hast? MCs Too warst doch du, oder?«

»Ja.« Ola fühlte sich unwohl, als sie das sagte. Es war erschreckend, wie anders sie an diese Situation herangegangen wäre, wenn Michael nicht involviert wäre. Sie war so stolz auf #MCsToo gewesen. Jetzt fühlte es sich wie ein Beweis für ihre eigene Verlogenheit an.

»Es war und ist immer noch wichtig«, stellte sie eilig klar. »Aber ganz abgesehen von Michael weißt du so gut wie ich, wie wichtig Faktencheck, Verifikation und Quellen sind.« Ihr Tonfall veränderte sich nur minimal, aber nun klang sie weniger plaudernd, sondern mehr wie eine Reporterin. »Für mich ist dieses Gespräch auch als Journalistin von Bedeutung.«

Rhian wirkte ungerührt und verzog nur leicht die Lippen. »Tja, diese Überzeugung teilen wir«, sagte sie. »Deshalb habe ich die Liste überhaupt erst ins Leben gerufen.« Dann erklärte sie, dass sie genau genommen bereits seit 2017 darüber nachgedacht hatte, dem Jahr, als Harvey Weinstein zu Fall gebracht wurde und Geschichten über systematischen Missbrauch in erschütternden Wellen an die Öffentlichkeit drangen; zuerst aus Hollywood, dann aus der Musikindustrie, der Modebranche und von überall sonst. Auf der ganzen Welt. Unter #MeToo wurden Männer in der Presse namentlich genannt, vor Gericht gebracht oder online zur Rechenschaft gezogen. Frauen aus allen Zeitzonen tauschten in Facebook- und WhatsApp-Gruppen ihre Erfahrungen aus und warnten sich gegenseitig vor den schlimmsten Tätern. Das hatten sie zwar schon zuvor auf persönlicher Ebene getan, aber die Macht des digitalisierten Flüsternetzwerks hatte eine ganz andere Reichweite.

Rhian war damals in Washington gewesen, um über das erste Jahr der Trump-Präsidentschaft zu berichten, und erhielt Google Docs mit Namen von Männern, deren Arbeit sie ehrfürchtig verfolgt hatte, von Männern, mit denen sie zusammengearbeitet hatte. Sie hatten sich des Stealthing schuldig gemacht, Frauen bedroht, sie bedrängt und vergewaltigt. Es war auch deshalb besonders schmerzhaft, da Rhian sich selbst einmal in einer missbräuchlichen Beziehung mit einem ehemaligen Kollegen befunden hatte. Sie waren sieben Monate zusammen gewesen, bevor er sich zum ersten Mal an ihr vergriffen hatte. Das erste Mal, dass sie ihn als Täter nannte, war über ein anonymes Google Doc.

Die Frauen tauschten noch viele Monate lang ihre Geschichten aus, auch nachdem #MeToo aus den Schlagzeilen verschwunden war. Der Kipppunkt für Rhian war, als der besagte Ex-Freund und angesehene Journalist in einer Facebook-Gruppe zur Sprache kam – das Opfer postete Fotos von ihren blauen Flecken. An diesem Abend erstellte sie eine Tabelle, die von Frauen aus der britischen Medienlandschaft ausgefüllt werden konnte.

»Ich habe sie nur an neun Personen geschickt«, sagte sie. »Alle sind aus der Branche, und alle sind vertrauenswürdig. Sie sind die Einzigen, deren Namen ich kenne. Wir haben uns darauf geeinigt, dass sie es nur an Leute schicken sollten, denen sie vertrauen. Und diese Leute schickten es dann an Leute, denen sie vertrauen. Die Sache wurde immer größer und schwieriger zu kontrollieren.«

»Kein Wunder«, sagte Ola und klang dabei abfälliger, als sie beabsichtigt hatte »Du hast es auf Twitter veröffentlicht.«

»Das war ich nicht«, sagte Rhian. »Einige Frauen haben beschlossen, damit an die Öffentlichkeit zu gehen. Ich war dagegen, aber sie haben zu Recht argumentiert, dass wir damit möglicherweise Frauen außerhalb unseres Netzwerks gefährden würden. Wie auch immer, ich habe das Dokument gelöscht, aber natürlich waren zu diesem Zeitpunkt bereits Kopien im Umlauf. So etwas kann man nicht lange in seinem ›Besitz‹ behalten«, sagte sie und machte mit ihren Fingern Anführungszeichen.

Die Liste war nur zwei Tage lang online. Aber schon bald waren nicht mehr nur männliche Journalisten verzeichnet, sondern auch Schauspieler, Musiker, Podcaster und Influencer. Je mehr Leute die Liste erreichte und je mehr Namen hinzugefügt wurden, desto mehr geriet Rhian »in Panik«, wie sie sagte.

Die Tabelle war nicht passwortgeschützt; sie war nicht davon ausgegangen, dass das nötig wäre. Als die Liste auf Twitter auftauchte und sie mitbekam, dass sie salopp als »Vergewaltigungsliste« bezeichnet wurde, bekam sie Schlafprobleme. Ein Mann, mit dem sie zusammengearbeitet hatte, wurde beschuldigt, eine Kollegin ohne deren Zustimmung geküsst zu haben. Daraufhin twitterte er, dass sie ein Date gehabt hätten und er die Situation ehrlich, wenn auch angetrunken, falsch eingeschätzt hätte.

Ola machte ein skeptisches Gesicht. »Wie konntest du nur das offensichtliche Risiko außer Acht lassen, dass die Liste manipuliert werden könnte?« In Anbetracht von #MCsToo fühlte sie sich wie ein Scharlatan, weil sie diese Frage überhaupt stellte, aber das hier war anders. Oder etwa nicht?

»Natürlich war mir bewusst, dass es Risiken gab«, sagte Rhian und klang dabei unverkennbar defensiv. Zum ersten Mal wirkte sie unsicher und nestelte an ihrem Ärmel herum. »Das übliche Slutshaming und Gaslighting. Die meisten, die es gelesen haben, hatten zu viel Angst, selbst etwas hinzuschreiben. Sie fürchteten, die beschuldigten Männer könnten herausfinden, wer sie da draufgesetzt hat, und sich rächen.«

»Tja, ich hatte auch Angst«, sagte Ola. Sie hielt einen Moment inne, weil es ihr unangenehm war, wie verächtlich sie klang. »Ich weiß, das ist etwas anderes. Aber wenn man seinen eigenen Bruder oder Vater auf so etwas sieht, ohne Erklärung, ohne Beweise ... wie soll man damit umgehen?« Ola kam der Gedanke, dass dies der Grund war, warum sie nicht früher gegangen war. Wen hätte sie sonst fragen können?

»Ich weiß, es ist schwer.« Rhian hatte sich wieder gefasst und war in ihrem Element. »Aber ich glaube nicht, dass dieser Schmerz unbedingt den Schmerz der Betroffenen übertrumpft. Die große Mehrheit dieser Anschuldigungen ist wahr. Wir wissen, d...«

»Auf einem Polizeirevier, ja«, unterbrach Ola sie. »Vor Gericht, ja. Aber online? Wäre es für dich auch in Ordnung, wenn andere Straftaten über das Twitter-Gericht verhandelt würden?«

»Ich sage, dass diese Verbrechen überhaupt verhandelt werden sollten«, sagte Rhian.

»Schau, ich glaube den Frauen ja«, sagte Ola. »Aber dass falsche Anschuldigungen in diesem Zusammenhang äußerst selten sind, heißt nicht, dass sie nicht vorkommen. In der Geschichte gab es zum Beispiel eine Periode, in der schwarze Männer ins Gefängnis kamen oder sogar gelyncht wurden, weil weiße Frauen fälschlicherweise behaupteten, dass sie sie angegriffen hätten. Emmett Till? Die Scottsboro Boys? Wenn ich dir sagen würde, dass es eine Rassistin sein könnte, die Michael auf die Liste gesetzt hat, würde ihm dann die weiße liberale Sympathie zuteil?«

Rhian begann sich zu winden. Es war klar, dass sie sehr genau überlegte, was sie darauf sagen wollte.

»Ich verstehe deinen Einwurf«, räumte sie schließlich ein. »Die Liste war als ein Ort gedacht, an dem Frauen ihre Wahrheit sagen können, ohne der Lüge bezichtigt zu werden. Aber genau das passiert jetzt.« Sie schüttelte den Kopf. »Ich kann nur sagen, dass ich es nicht böswillig getan habe. Oder leichtfertig. Viele dieser Männer haben Geld. Das Schlimmste, was passieren kann, ist nicht, dass sie frei herumlaufen, sondern dass sie ihre Beschuldigerinnen verklagen. Und da ich den Anstoß dazu gegeben habe, wäre ich die Nummer eins auf dieser Liste.«

Ola dachte an Kiran, was sie gesagt hatte, als sie erwähnt hatte, dass Michael mit einem Anwalt gesprochen hatte. Sie fühlte sich durch und durch schmutzig. Rhian sollte nicht von Männern, die sie nicht einmal selbst beschuldigt hatte, verklagt werden, weil sie versucht hatte, ein Ventil zu schaffen.

Ola hatte das gleiche Ziel verfolgt, als sie #MCsToo verfasst hatte. Aber gleichzeitig musste sie auch wieder an die Hülle von einem Menschen denken, neben der sie an jenem Tag in der Anwaltskanzlei gesessen hatte. Das war das letzte Mal gewesen, dass sie Michael gesehen hatte. Ein völlig gebrochener Mann. Vor zwei Wochen hatte sie ihm gesagt, wenn er seine Unschuld nicht beweisen könne, sei es aus. Und was hatte er seitdem unternommen? Ola hatte nie behauptet, dass es einfach werden würde, aber der Unterschied war, dass sie einen verdammten Privatdetektiv angeheuert hatte und vierzehn Tage nach der Veröffentlichung der Herausgeberin der Liste gegenübersaß. Und das, wo sie doch eigentlich gerade als Bridezilla unterwegs sein und ihre Hochzeitsschuhe einlaufen sollte.

Indessen hatte Michael aufgehört, ihr Nachrichten zu schreiben, mit ihr zu reden. Er verkroch sich. Verhielt sich so ein unschuldiger Mann? Aber so war Michael eben: Als er arbeitslos gewesen war, war es da nicht Ola gewesen, die Jobangebote für ihn durchforstet hatte? Nächtelang hatte sie ihm geholfen, sein Demo-Reel zu schneiden und sein Motivationsschreiben zu überarbeiten. In seiner Bewerbung für CuRated hatte sie ihn als »unermüdlich« bezeichnet – sie war sich sicher, dass er sich nicht einmal die Mühe gemacht hatte, darüber nachzudenken, was das bedeutete. Und jetzt war sie selbst so müde, dass sie sich nicht einmal mehr daran erinnern konnte, wann sie das letzte Mal durchgeschlafen oder einen Tag ohne Tränen verbracht hatte.

Sie hustete und spürte ein Kribbeln in ihren Tränenkanälen.
»Belastet dich das alles denn gar nicht?«

Rhian erwiderte, dass es sie belaste, das Gefühl zu haben, die Menschen, denen sie eigentlich helfen wollte, enttäuscht zu haben. Denn schon nach kurzer Zeit erreichten sie panische E-Mails von Frauen, die in dem Glauben gehandelt hatten, dass die Liste nur privat geteilt werden würde. Obwohl die Behauptungen nicht mit ihnen in Verbindung gebracht werden konnten, fühlten sie sich gedemütigt. Schließlich mussten sie einen Kommentar nach dem anderen lesen, der ihre Geschichten zerpflückte und sie als aufmerksamkeitsheischende Lügerinnen bezeichnete. Sie erzählte von einem YouTuber und einem inzwischen viralen Video über seinen Lügendetektortest, das bereits über siebzigtausend Views hatte. Es war nicht beweiskräftig, weckte jedoch weitere Zweifel an den Geschichten der Frauen, die so viele bereits eifrig widerlegen wollten.

»Wenn *eine* Frau der Lüge überführt wird, werden wir alle zu Lügerinnen«, seufzte Rhian. »Und wenn ein Typ beschließt, sich deswegen umzubringen oder in einem Kino um sich zu schießen, dann geht es nur noch darum, dass der Feminismus unschuldige Männer tötet, ungeachtet der unzähligen unschuldigen Frauen, die ihr Leben durch männliche Gewalt verloren haben. Deshalb belasten mich vielleicht einige Aspekte davon, aber nicht die Sache an sich.«

Ola, die es langsam gewohnt war, dass ihr die Worte fehlten, schwieg dazu. Es war, als würde sie einer Version von sich selbst aus einem Universum zuhören, in dem ihrem Verlobten das nicht passiert war. Insgeheim hatte sie gehofft, dass ein Troll oder irgendein anderer böswilliger Akteur die Liste erstellt hatte, um die gesellschaftliche Debatte anzuheizen. Nicht jemand, mit dem sie in einem anderen Leben nur zu gern etwas trinken gegangen wäre, während sie beide sich dabei ein wenig für ihren gut gemeinten Champagnersozialismus geschämt hätten. Ola hatte der Liste von Anfang an attestiert, dass sie mit guten Absichten erstellt worden war. Es brach ihr das Herz, als sie nun feststellen musste, dass sie recht hatte.

»Ich muss zurück ins Büro«, sagte sie nach ein paar Sekunden des Schweigens. Als sie sich zum Gehen erhob, nickten die beiden Frauen sich in düsterer Anerkennung zu.

»Alles klar. Tut mir leid, dass ich dir nicht wirklich weiterhelfen konnte.«

Es lag eine Spannung in der Luft, die Ola zurückhielt, etwas, das Rhian offensichtlich noch sagen wollte. »Weißt du, bevor mein Ex mich geschlagen hat, hätte ich nie geglaubt, dass er dazu fähig ist«, sagte Rhian. »Also ... pass einfach auf dich auf, ja?«

Ola erwiderte ihr Lächeln nur schwach und nickte ihr zum Abschied zu, bevor sie das Restaurant verließ.

Als sie das Foyer des Venus Clubs betrat, gab Olas iPhone das leise Vibrieren von sich, das eine Nachricht ankündigte. Sie nahm es heraus und war im Geiste bereits dabei, ihre Antwort an Luke zu verfassen, um ihm mitzuteilen, dass seine Arbeit noch nicht erledigt war, als sie bemerkte, dass die Nachricht von einer unterdrückten Nummer kam.

> Ich weiß nicht, wer Michael auf die Liste gesetzt hat. Aber es geschah unter dem Namen mirrorissa92. Ich weiß nicht, ob du damit etwas anfangen kannst. Was auch immer du beschließt zu tun, ich hoffe, du entscheidest dich für dich.

Ola machte, so schnell sie konnte, auf ihren immer noch schmerzenden Fersen kehrt und hämmerte wie wild auf den Aufzugknopf ein, bevor sie die Treppe in den ersten Stock hinaufrannte. Nur wenige Sekunden später kam sie mit schweißglänzender Stirn und schwer atmend im Sirenum Scopuli an, aber es war zu spät. Rhian Mcintosh war nirgends mehr zu sehen.

11

Noch 7 Tage bis zur Hochzeit

Normalerweise nervte Michael nichts mehr, als wenn die Anzeigetafel an der Bushaltestelle genau das machte: diese lästige Sache, bei der in orangefarbener Leuchtschrift ganz deutlich angekündigt wurde, in wie vielen Minuten der Bus kommen werde, und dann, wenn darauf die Null erschien und man sich schon einsteigen sah, startete der Countdown einfach wieder von vorne, obwohl der Bus nie da war. An der Haltestelle Aintree Avenue passierte das ständig, und es war immer der schlimmste Teil von Michaels Woche gewesen. Wie glücklich er damals doch gewesen war.

Normalerweise hätte ihn die Verspätung des Busses wütend gemacht, aber heute empfand er nichts. Er hatte sich nicht einmal die Mühe gemacht, im Nieselregen seine Kapuze hochzuziehen, obwohl sein ungeschnittenes Haar jetzt komplett durchnässt war und seine Nase zu laufen anfing. Es war, als würde er schlafwandeln. Als stapfe er durch den Morast seines Lebens, widerwillig getrieben von etwas, das er nicht recht benennen konnte.

Aber heute war dieses »Etwas« wohl das Treffen mit Ola. Sie hatte ihm gestern Abend eine knappe Nachricht geschickt, um ihm mitzuteilen, dass der Hochzeitsstoff, bei dessen Bestellung sie seiner Mutter geholfen hatte, bei ihr angekommen war, und er hatte sich eilig angeboten, ihn abzuholen. Es war ein Vorwand, um sie zu sehen, denn sie ging ihm immer noch aus dem Weg und meldete sich nur, wenn es unbedingt nötig war. Sie würden sich das erste Mal seit zwei Wochen wieder gegenüberstehen, und er war seit fast einem Monat nicht mehr in ihrer Wohnung gewesen. Er vermisste ihr mit dekorativem Schnickschnack vollgestopftes Schlafzimmer, das ihn an ein Kaleidoskop erinnerte und das von einem weitaus chaotischeren Pinterest-Board inspiriert zu sein schien als ihr Wednesday-Addams-Kleiderschrank.

Auch im Büro war er schon eine Ewigkeit nicht mehr gewesen, und langsam fühlte es sich wirklich so an, als wäre er krankgeschrieben. Seine Hochzeitsnervosität hatte sich in eine regelrechte Hochzeitsübelkeit verwandelt. In einer Woche war es so weit – eigentlich zu knapp, um noch etwas anderes zu tun, als die Sache einfach durchzuziehen, aber Ola konnte immer noch den Stecker ziehen. Vielleicht wäre das ja das Beste?

Als der 115er eintraf, war Michael klatschnass bis auf die Haut. Er stapfte die Bustreppe hinauf, faltete sich in die hinterste Ecke und zog sich die Kapuze über den Kopf, denn die grelle Beleuchtung im Bus machte ihn verlegen. Seine Hände und sein Gesicht spannten, als der Regen auf seiner Haut trocknete, und er kaute an den abgestorbenen Hautfetzen seiner Unterlippe, die sich nicht abzupfen ließen, weil das zu schmerzhaft wäre.

Eine Textnachricht seiner Mutter lenkte ihn vorübergehend von seinem miesen Zustand ab. Jeden Tag schickte sie Nachrichten in den Äther, die von Michael routinemäßig ignoriert wurden, kommunizierte also praktisch mit sich selbst. Wenn er nicht auf ihre Anrufe reagierte, hinterließ sie flehende Sprachnachrichten, von denen sie wissen musste, dass er sie nicht beantworten würde. Hin und wieder reagierte er mit einem laschen »Alles gut bei mir«, aber das machte sie nur noch fanatischer, und sie bohrte nach und wollte wissen, was er nur getrieben habe und warum er ihr unbedingt einen Herzinfarkt bescheren wolle. Dabei war seine Zurückhaltung ihr gegenüber gar nicht persönlich gemeint. Auch im Gruppenchat häuften sich die Nachrichten. Seun hatte ein paarmal versucht, ihn anzurufen, und auch Amanis Einladungen, mit ihm in seinem Fitnessstudio zu trainieren, blieben unbeachtet. Kwabz hatte sogar damit gedroht, persönlich bei ihm vorbeizukommen, aber Michael konnte ihn zum Glück davon überzeugen, dass das nicht nötig war. Wäre Kwabz wirklich bei ihm aufgetaucht, hätte er sich nur noch mehr Sorgen gemacht. Er hätte all die leeren Flaschen gesehen, die das wahre Ausmaß des Alkoholkonsums seines Freundes verrieten. Das schmutzige Geschirr, das überall herumstand, und den Abfall, der es nicht in den Mülleimer seiner normalerweise makellosen Wohnung geschafft hatte.

Wie jedes Mal, wenn er sein Handy in die Hand nahm, klickte Michael auf das Kaffeetassen-Icon unter den meistbesuchten Seiten in seinem Webbrowser. Er hielt den Atem an. Erleichterung überkam ihn, als sich die Seite öffnete. Keine neuen Beiträge über ihn auf KaffeeKlatsch, seit er am Morgen das letzte Mal nachgesehen hatte. Das Augenmerk lag nun auf einem YouTuber namens »That Guy Abe«, der sich einem Lügendetektortest unterzogen hatte, um, wie er behauptete, seine Unschuld in Bezug auf die Anschuldigungen von der Liste zu beweisen. Er dokumentierte sein Vorgehen in einem monetarisierten Video, und als das Ergebnis »uneindeutig« war, kickte ihn seine Agentur raus. Die lukrative Kooperation mit dem Fast-Fashion-Anbieter Boohoo Man blieb davon jedoch unangetastet, sehr zum

Ärger der KaffeeKlatsch-User. Sie waren sich einig, dass er, wenn es nach ihnen ginge, auch das verlieren sollte.

Michael schloss den Tab und entspannte seinen Kiefer. Er lehnte den Kopf gegen das Busfenster, gegen das der Regen therapeutisch trommelte. Er war dankbar, dass der neueste Post nicht von ihm handelte, obwohl das sicher bald wieder der Fall sein würde. KaffeeKlatsch (oder @Kffee_Klatsch, wie es auf Social Media geschrieben wurde) war Großbritanniens größtes schwarzes Gossip-Forum und hatte Zehntausende von Abonnentinnen und Hunderttausende von Followern auf Instagram. Seine Währung waren Skandale: alles von geleakten privaten Nachrichten bis hin zu schlechten Selfies mit Clickbait-Bildunterschriften.

Die Vermutung lag nahe, dass KaffeeKlatsch hauptsächlich von Menschen ohne Freunde, Jobs oder eigenem Leben bevölkert war, aber Michael war sich da nicht mehr so sicher. Er war verblüfft, wie normal die Kommentatoren zu sein schienen, besonders auf der Seite über die Liste. Viele von ihnen waren offensichtlich der Meinung, dass sie das Richtige taten. Erst neulich hatten sie die Produktionsfirma ins Visier genommen, die die Sendung eines beschuldigten Podcasters machte. Sie fluteten die Kommentarspalten mit den Vorwürfen und sorgten dafür, dass sein Podcast auf unbestimmte Zeit ausgesetzt wurde. Das Forum war begeistert gewesen, und Michael war das Blut in den Adern gefroren. Jeden Tag las er, wie die Mitglieder des Forums seine Bewegungen online beobachteten und über sein Verhalten offline spekulierten. Sie beschimpften ihn auf jede erdenkliche Weise. Sie beratschlagten taktisch darüber, wie sie ihn aus seinem Job drängen und seine Privatadresse herausfinden und veröffentlichen könnten. Sie registrierten sogar, welche Accounts mit blauem Haken ihm nicht mehr folgten oder, was noch bedenklicher war, ihm wieder folgten. Das stellte er letzte Woche eines Abends mit Schrecken fest, als er eine Unterhaltung zwischen Nutzern las:

@Poison_Ivy_Carterrr: Die Jays folgen M!chael K wieder 👎

@incog_negro: Beide?

@Poison_Ivy_Carterrr: Der Typ ja und ihr Pärchen-Account 🐽 Ihr persönlicher noch nicht

Die Jays waren Bekannte, die Michael aus seinen Podcast-Tagen kannte – beide hübsch, mit haselnussbraunen Augen, toffeefarbener Haut und lockerem, lockigen Haar. Die Frau war eine Influencerin für Haarpflegeprodukte, und der Mann war Zweitplatzierter bei *The Voice UK* gewesen. Aber sie waren besser bekannt durch ihren gemeinsamen Kanal »Jay and Jay 4 Life«. Nachdem die Liste online gegangen war, sind sie ihm auf allen Social-Media-Plattformen entfolgt. Vor ein paar Tagen war er ihnen vor dem großen Topshop in Oxford Circus begegnet. Als klar wurde, dass ein Blickkontakt unvermeidlich sein würde, war der Typ Jay wie ein Labrador auf ihn zugesprungen.

»Was geht, Mann, lange nicht gesehen!« Er hatte gegrinst und ein perfektes Gebiss offenbart. Michael musste an eine Instagram-Story denken, in der er und das Mädchen Jay auf ein merkwürdiges LED-Mundstück gebissen hatten, und seitdem strahlten ihre Zähne geradezu fluoreszierend weiß.

»Ich habe die Bekanntmachung über deinen neuen Job bei CuRated gesehen«, fuhr er fort, bevor Michael Zeit hatte zu antworten. »Gratuliere! Riesending!«

»Hey, ich versuch nur, dir nachzueifern, Bro«, erwiderte Michael wenig überzeugend.

»Und wir können es kaum erwarten, die Hochzeitsbilder zu sehen«, meldete sich das Mädchen Jay mit wippenden Locken zu Wort.

»Danke«, sagte Michael. »Um ehrlich zu sein, hatte ich ganz schön Herzrasen, als ihr auf mich zugekommen seid. In letzter Zeit waren nicht alle Bekanntmachungen über mich gut. Oder wahr.«

Die Jays verlagerten gleichzeitig ihr Gewicht von einer Seite zur anderen und lachten nervös. »Tja«, meinte der Typ Jay nach einer Weile. »Ich weiß ja nicht, wie andere das sehen, aber ich habe es nie für möglich gehalten, Kumpel. Man kann nicht alles glauben, was man im Internet liest, oder?«

Das Mädchen Jay nickte. »Wie oft habe ich nach einem üppigen Mittagessen schon gehört, dass ich schwanger bin? Die Leute sind verrückt!«

Als er nach Hause kam, öffnete er zum ersten Mal seit Tagen wieder Instagram, und tatsächlich, ihr gemeinsamer Account folgte ihm wieder und hatte eine Spur von Herz-Likes hinterlassen. Aber es ging ihm einfach nicht aus dem Kopf, dass das Mädchen Jay ihm mit ihrem persönlichen Account nicht wieder folgte.

Die KaffeeKlatsch-User bemerkten alles – einmal postete jemand, dass er Ola ohne ihren Ring gesehen hatte. Dabei war doch eigentlich keiner von ihnen beiden berühmt genug für so etwas, oder? Fand er. Doch die berühmteren Männer waren wohl viel schwieriger zu stürzen. Ein bekannter Kolumnist eines Männermagazins wurde seit Jahrzehnten von Missbrauchsvorwürfen verfolgt, aber trotz einer Flut von E-Mails an seine Redaktion blieb für ihn alles beim Alten.

»Canning Town Station«, verkündete die automatische Ansage des 115er-Busses plötzlich.

Michael sprang auf, als der Bus an der Haltestelle anhielt. Als er ausgestiegen war, machte er sich auf den Weg zum Bahnhof. Es hatte wieder aufgehört zu regnen, aber der Himmel war immer noch grau und unfreundlich. Michael war erleichtert, dass er in der U-Bahn angekommen war; bald würde er keinen Empfang mehr haben und nicht mehr in der Lage sein, Kaffee-Klatsch zu durchforsten. Stattdessen würden ihn die Songs von Vince Staples auf der Jubilee Line bis London Bridge begleiten und J Hus auf der Northern Line bis Tooting Broadway.

Wenn man bei Ola aus der U-Bahnstation kam, war die Gegend normalerweise eine einzige Reizüberflutung: Obst- und Fischhändler, Stoffläden und Blumenstände, die alle um den immer knapper werdenden Platz im Stadtteil SW17 konkurrierten. Doch heute war Michael so angespannt und zerstreut, dass er den gesamten Weg zu ihrer Wohnung in einem Zustand der Benommenheit zurücklegte und nur versuchte, seine aufdringlichen Gedanken von der Musik aus seinem Handy übertönen zu lassen. Als sie ihm die cremefarbene UPVC-Tür zu ihrer Wohnung öffnete, erschrak er. Sie war zwar von Natur aus dünn, aber in dem riesigen schwarzen Kapuzenpullover von ihm wirkte sie geradezu ausgezehrt. In dem schmalen Gesicht wirkten ihre Augen riesig, und sie waren blutunterlaufen. Sie trug weiterhin keinen Ring am Finger, aber auch keine Nägel; ihre üblichen knallbunten Krallen waren verschwunden.

»Hey«, sagte Michael leise.

Sie nickte als Antwort. Er wollte sie so gerne umarmen, aber Ola blieb wie versteinert im Türrahmen stehen und hatte die Arme vor der Brust verschränkt. Ihre Augen weiteten sich nur kurz, als sie ihn ansah, und Michael blickte an seinem ungewaschen T-Shirt hinunter, auf der Suche nach einem Wein- oder Blutfleck. Alles an ihm sah verschlissen und zerknittert aus: seine Turnschuhe, seine untypisch trockene Haut, gräulich und aschfahl. Sie bat ihn nicht herein, und Michael fragte auch nicht danach. Stattdessen trat sie nur etwas zur Seite und griff hinter sich. Als sie sich abwandte, spähte Michael über ihre Schulter in die Wohnung und spürte einen Anflug von nostalgischem Kummer. Ungeöffnete Pakete stapelten sich im Flur, die gerahmten Poster und Drucke ließen nur wenig Platz an den Wänden des Wohnzimmers. Die Kissen in absichtlich sich beißenden Farben, die Patchworkdecke, die ihre Couch von Gumtree-Kleinanzeigen aufpeppte – er hatte das Gefühl, als wäre er seit Jahren nicht mehr hier gewesen. Das letzte Mal waren sie verliebt gewesen und hatten sich auf ihre gemeinsame Zukunft gefreut. Damals hatte es so viel gegeben, worauf sie sich freuen konnten, mit der bevorstehenden Hochzeit und dem neuen Job, den er am Tag darauf antrat. Michael hustete, in der Hoffnung, damit den wachsenden Kloß in seinem Hals loszuwerden.

Ola reichte ihm wortlos die Sainsbury's-Tüte mit dem Hochzeitsstoff für seine Mutter, und dabei streifte ihre Hand den Schorf, der sich auf seinen Fingerknöcheln gebildet hatte, sodass er vor Schmerz zusammenzuckte. Sofort, wahrscheinlich ohne nachzudenken, zog sie seine Hand zu sich heran.

»Was hast du mit deiner Hand gemacht?«

Die Wunde war auf seiner Kakaohaut nicht deutlich zu erkennen. Er wollte eigentlich nicht, dass sie sie sah, aber er ließ zu, dass sie sie mit ihren Fingern nachzeichnete, nur damit er sie spüren konnte. Einen Moment lang überlegte er, ob er ihre Hand ergreifen sollte, aber er entschied sich dagegen.

»Ach, das ...«, winkte Michael ab. »Ich bin neulich auf dem Weg zum Laden an der Ecke gestolpert. Verdammt peinlich.«

Sie sah ihn fragend an, unfähig, ihre Sorge zu verbergen. Michael spürte ein Stechen in seiner Brust. Sosehr er es auch hasste, die Sorge in ihrem Gesicht zu sehen, so war es doch eine willkommene Erinnerung daran, dass sie sich noch um ihn sorgte. Dass sie ihn liebte.

»Wie läuft's mit der Arbeit?«, erkundigte er sich und stellte die Tasche behutsam auf ihrer Fußmatte ab. Er wusste nichts Besseres zu fragen, aber er musste die Stille überbrücken, um sie an der Türschwelle zu halten. Es war schon so lange her, dass sie richtig miteinander geredet hatten. In letzter Zeit hatte es im besten Fall Small Talk zwischen ihnen gegeben. Auf seine Frage hin ließ sie seine Hand los und verschränkte die Arme wieder vor der Brust.

»Passt schon. Danke.« Sie zögerte. »Wir bringen übrigens keinen Artikel über die Liste, falls du dich das gefragt hast.«

»Oh. Wirklich?« Etwas löste sich in ihm.

»Ja«, murmelte Ola. »Frankie wollte, dass Kiran ihn schreibt, aber wir haben beschlossen, dass es besser ist zu warten. Es gibt noch eine Menge Fragen.«

»Echt jetzt?« Er stieß mit aufgeblasenen Wangen geräuschvoll die Luft aus. »Mann, das kommt überraschend. Aber ich bin froh, dass ihr das Richtige tut.«

Ola reagierte gereizt auf seine Formulierung »das Richtige«. »Na ja. Frankie hat die Story jetzt nicht komplett verworfen.«

»Tja, dann wollen wir einfach hoffen, dass es nicht dazu kommt.«

Sie machte einen kleinen Schritt rückwärts. »Du hoffst also, dass es uns nicht gelingen wird, die Leute vor Tätern aus der Branche zu warnen?«

»Ola. Das hab ich doch so nicht gesagt.« Ohne drüber nachzudenken, fasste er sie an den Schultern. Er war überrascht, dass sie ihn gewähren ließ. Die Knochen ihrer Schultern bohrten sich auf eine Weise in seine Handflächen, die ihn erschreckte. Sie hatte noch mehr Gewicht verloren als er.

»Ich weiß nicht, wie ich mit dir darüber reden soll«, seufzte Michael. »Ich habe das Gefühl, dass ich immer das Falsche sage.«

Ola schaute ihn mit einer Sanftheit an, die er seit Wochen nicht mehr gesehen hatte. »Geht mir genauso. Es ist unmöglich.«

Sie starrten sich an, und zum ersten Mal seit langer Zeit, wenn auch nur kurz, hatte Michael das Gefühl, dass Ola ihn sehen konnte. Den Michael, zu dem sie Ja gesagt hatte, nicht den vermeintlichen Täter, als der er bezichtigt wurde. Er spürte, dass ihre Vorstellung davon, wer er war, von Tag zu Tag mehr verzerrt wurde. Dass sie vergaß, warum sie eigentlich zusammen waren. Es war jetzt schwer zu glauben, aber sie hatten sich einmal gegenseitig glücklich gemacht. Michael hatte noch in seinem Kinderzimmer gelebt, als sie sich zum ersten Mal begegnet waren, und noch auf seine große Chance gewartet. Er hatte sie auf dem Networking-Event, bei dem sich ihre Wege kreuzten, von Twitter wiedererkannt und war erstaunt gewesen, dass sie genau wie ihr Avatar aussah, und doch ganz anders. In natura lag etwas Verspieltes in ihrem allgegenwärtigen Grübchenlächeln, das online etwas selbstgefällig wirkte.

Ihr erstes Date fand an einem Monatsende statt, und er war pleite, also schlenderten sie am Southbank Centre herum und debattierten darüber, wer der beste Grime-Musiker aller Zeiten war, ohne jemals wirklich uneins zu sein (sie schwankten zwischen Kano und Ghetts und kämpften abwechselnd in der jeweils gegnerischen Ecke). Dann lud sie ihn zum Abendessen in ein nahe gelegenes Tapas-Restaurant ein, wo sie ihn fragte, welches biblische Gleichnis ihm so viel Angst gemacht hätte, dass es ihn bis ins Erwachsenenalter hinein prägte. Er antwortete mit dem Verlorenen Sohn und gab die Frage zurück. »Das mit dem habgierigen Typen, der auf seiner ganzen Ernte hockt und dann mit einer Scheune voll Zeug stirbt, das er gar nicht verbrauchen konnte«, sagte Ola zwischen zwei Bissen von dem gebratenen Baby-Tintenfisch.

Sie persönlich zu treffen, war seltsam, denn er hatte schon vorher mehrmals in Gedanken mit ihr debattiert. Lange bevor sie sich kennenlernten, landete der eine oder andere Blogbeitrag von ihr in seinem Gruppenchat mit den Jungs, mit einem einsamen »Was haltet ihr davon?« neben dem Augen-Emoji. Amanis und Seuns Kommentare bezogen sich in der Regel nur auf die Überschriften, sie jammerten über eine »feministische Agenda« und kamen zu dem Schluss, dass die meisten ihrer Probleme, wenn nicht sogar die der Frauen weltweit, mit »einem Schwanz« gelöst werden könnten. Ab und zu ertappte sich Michael dabei, dass er sich im Nachhinein darüber ärgerte, wie sie über die Frau gesprochen hatten, die er nun zu heiraten gedachte. Als er sie zu daten anfing, hörten seine Freunde mit den Witzen auf. Aber die Erinnerung daran machte ihn wütend, auf sich selbst und auf sie. Sie waren keine üblen Kerle, seine Jungs. Aber war das nicht das Problem? Warum war »nicht übel« so oft gut genug?

Ein leichtes Grummeln am Himmel holte ihn aus seinen Gedanken, und Michael blickte hoch, um festzustellen, dass die Wolken wieder dichter geworden waren. Er würde es nicht riskieren zu fragen, aber die Art, wie sich Olas Kiefer und Schultern entspannt hatten, ließ ihn hoffen, dass sie ihn vielleicht doch noch hereinbitten würde. Er seufzte tief. »Was sollen wir bloß tun, Mann?«

»Ich weiß es nicht, Michael. Keine Ahnung.«

Er versuchte sich an einer witzigen Bemerkung. »Ich dachte echt, die größte Herausforderung bei dieser Hochzeit würde sein, welchen Jollof-Reis wir servieren sollen.«

Ola verdrehte die Augen und lächelte. »Du bist so bescheuert.«

Sie lachten beide matt. Michael hatte die Hände noch immer auf ihren Schultern und drückte sie leicht, bevor er sich wappnete, es zu sagen. Er wusste, dass er es besser lassen sollte, es würde den Moment nur ruinieren. Aber er tat es trotzdem.

»Du weißt, dass ich so was nie tun würde, Ola. Stimmt's? Ich weiß, dass du ein guter Mensch bist, und deshalb versuchst du, das Richtige zu tun. Aber bitte sag mir, dass du weißt ... dass du weißt, dass ich kein schlechter Mensch bin.«

Ihre großen Augen leuchteten fast sofort auf. Doch als sich ihre Lippen öffneten, vibrierte ihr Handy in der Tasche ihres Trainingsanzugs. Sie griff danach und befreite sich aus seinem Griff. Einen Moment lang betrachtete sie aufmerksam das Display und wandte ihre Aufmerksamkeit dann wieder ihm zu, ihr Gesicht erneut ernst.

»Ich muss los.«

»Oh ...«, er konnte seine Enttäuschung nicht verbergen. »Jetzt sofort?«

»Jap.« Sie schaute wieder auf ihr Handydisplay. »Aber wir sehen uns, ja? Grüß deine Mutter von mir.«

Ehe er sichs versah, stand Michael vor der verschlossenen Eingangstür ihrer Wohnung. Es ging alles so schnell, und die Unterhaltung war vorbei, bevor sie richtig begonnen hatte. Aber er hatte es gespürt, diese Veränderung in der Atmosphäre, nachdem sie auf ihr Telefon geschaut hatte. Ihr Äußeres verhärtete sich, die Zugbrücke ging wieder hoch. Diese Nachricht hatte etwas verändert. Plötzlich war sie wieder verschlossen, ausweichend. Wie damals, als sie dachte, er hätte nicht bemerkt, dass sie beim Anwalt den Bildschirm ihres Handys von ihm abgewandt hatte. Er schüttelte den Kopf. Solche Gedanken konnte er im Moment nicht gebrauchen. Es war zu gefährlich. Aber als er sich von ihrer Wohnung entfernte, konnte er nicht aufhören, darüber nachzudenken, was diese Veränderung in ihr bedeuten könnte. Immer wenn er sich selbst so benommen hatte, bedeutete das nur eines. Er schrieb mit jemandem, mit dem er eigentlich nicht schreiben sollte.

Er steckte die Hände in die Taschen und ging eilig zurück zur Tooting Broadway Station, in der Hoffnung, dem drohenden Regenguss zu entgehen. Allein bei der Vorstellung, dass Ola ihn betrog, wurde Michael übel, aber wenn er daran dachte, dass er ihr genau das angetan hatte, fühlte er sich noch schlechter. Dann musste er an Jackie denken. Was ging bloß in ihrem Kopf vor? Es ergab für ihn noch immer keinen Sinn. War es möglich, dass sie wirklich glaubte, er hätte sich ihr gegenüber missbräuchlich verhalten? Glaubte sie wirklich, dass er sie bedroht hatte, als er … Ihm fiel nichts ein, sosehr er sich auch bemühte. Wenn jemand Drohungen ausgesprochen hatte, dann war sie es gewesen. Er konnte nicht vorhersagen, was sie als Nächstes tun würde. Ein immer wiederkehrender Albtraum in diesem ganzen Albtraum war, dass, falls er und Ola es tatsächlich zum Traualtar schafften, Jackie in der Kirche auftauchen und sich zu Wort melden würde, wenn der Pastor die Gäste aufforderte, jetzt zu sprechen oder für immer zu schweigen.

Michael zog sich beim Gehen die Kapuze fester über den Kopf und fischte mit der anderen Hand sein Handy aus der Tasche. Er öffnete die Seite über die Liste auf KaffeeKlatsch. Der Account @mirrorissa92 – hinter dem sich höchstwahrscheinlich Jackie verbarg – kommentierte von Zeit zu Zeit auf Kaffee-Klatsch und stimmte in die Beschimpfungen und Aufrufe ein. »Mirror Issa« – das war eine Anspielung auf die HBO-Serie *Insecure*. Ola verpasste keine Folge davon. Jackie auch nicht? Er war sich ziemlich sicher, dass sie 1992 geboren worden war, wie es der Benutzername andeutete.

Zu seinem stündlichen Ritual gehörte es, sich ihre Seite im Forum anzusehen, wobei er sich nie sicher war, was er dort zu finden hoffte. Vielleicht würde sie aus Versehen ihren Vornamen verraten oder versehentlich ihren Aufenthaltsort angeben. Der Thread zur Liste umfasste inzwischen dreiundsiebzig Seiten, also ging er ein paar Seiten zurück und scrollte, bis er ihren letzten Kommentar fand.

»Dieser miese Narzisst M!icheal K muss komplett aus dem Verkehr gezogen werden«, hatte @mirrorissa92 vor einem Tag geschrieben. »Dafür, wie er Frauen behandelt, muss er zur Rechenschaft gezogen werden. RIP M!cheal K – du hast genug Böses angerichtet!«

Vielleicht war er wirklich böse? Trotzdem hatte er sich gegen diesen Vorwurf gewehrt. »Wie wär's, wenn du uns allen mal erzählst, was angeblich passiert ist?«, hatte er geantwortet, als er das erste Mal auf einen solchen Kommentar gestoßen war. »Oder kannst du das nicht, weil eigentlich gar nichts passiert ist?« Heute kommentierte er bloß mit dem Daumen-nach-unten-Symbol, auch wenn er sich dabei komplett bescheuert vorkam, und wechselte dann auf ihr Profil.

mirrorissa92
Aktives Mitglied
Aus: dem All
Mitglied seit: 10. Mai 2019

Beiträge: 34
Zuletzt gesehen: vor 2 Minuten

Als er die letzte Zeile ihres Profils las, blieb Michael wie angewurzelt auf der Straße stehen. Vor zwei Minuten. Wahrscheinlich war Jackie noch immer online. Mittlerweile hatte es zu tröpfeln angefangen, und sein Handydisplay war mit winzigen Wasserspritzern übersät. Er drückte eilig auf das Nachrichtensymbol und fragte sich, wie er es angehen sollte. Was könnte er versuchen, was er nicht schon getan hatte?

»Ich weiß, wer du bist«, tippte er langsam, während sich Passanten, denen er den Weg versperrte, genervt und kopfschüttelnd an ihm vorbeibugsierten. »Ich weiß, dass du Michael Koranteng auf die Liste gesetzt hast.«

Bis jetzt hatte er es vermieden, seinen Namen zu erwähnen, aber drauf geschissen, dachte er. Er wusste, dass es Jackie war; sie wusste vermutlich auch, dass er es war.

»Warum tust du das?«

Senden. Er schloss die Seite und beschleunigte seinen Schritt.

Als er die Tooting Broadway Station erreichte, vibrierte das Telefon in seiner Hand, weil er eine weitere Nachricht von seiner Mutter erhalten hatte. Michael dachte an sie. Daran, dass Tante Abena irgendwie auf die Liste gestoßen sein könnte und sie ihr geschickt hatte. Artikel über die Liste hatten noch niemanden namentlich erwähnt. Noch nicht. Sie hatten jedoch bereits begonnen, auf Berufe anzuspielen, von »ehemaligen Sportlern« und »Reality-TV-Stars« war die Rede. Also konnte es jeden Moment passieren, dass sein Name aus den Untiefen des Internets in die Nachrichten, in die echten Nachrichten schwappte. Um sicherzugehen, dass die Behauptungen über ihn nur auf Gossip-Seiten und Blogs kursierten, aktualisierte er unablässig einen anderen Tab, den er ständig geöffnet hatte und in dessen Suchleiste er seinen vollen Namen eintippte. Jedes Mal, wenn er daraufging, erschien nichts. Keine Schlagzeilen, keine Neuigkeiten. Ein paar Links zu einer Pressemitteilung über seine Anstellung bei CuRated. Bisher war sein Name nur in bestimmten Winkeln des Internets angekratzt. Wie Kwabz sagte: Er hatte immer noch seinen Job. Ola hatte ihn noch nicht verlassen. Und doch gab es auf KaffeeKlatsch alle paar Stunden eine neue Flut von Hass gegen ihn. Wie konnte es sein, dass, obwohl lediglich eine Minderheit von Leuten über die Liste sprach, es sich für ihn so anfühlte, als würde die ganze Welt über ihn tuscheln? In gewisser Weise war es auch eine ganze Welt, seine Welt. Michael schaltete sein Telefon aus und steckte es ein, in der vergeblichen Hoffnung, dass alles für einen Moment stillstehen möchte. Er steckte sich die Kopfhörerstöpsel in die Ohren und verschwand durch den Eingang der U-Bahnstation, während sich draußen der Himmel auftat.

12

Noch 5 Tage bis zur Hochzeit

Kiran nickte eifrig, ihr blonder Haarknoten wippte auf und ab, während Abi vor Dankbarkeit übersprudelte. Sie redete wie ein Wasserfall, Dutzende winzige schlangenartige Zöpfe umspielten ihre runden Wangen.

»Wir haben nicht mit einer so großen Beteiligung gerechnet«, sagte Abi. »Und dann noch die Spenden, die zusätzlich zu den Eintrittskarten eingegangen sind? Ich glaube, wir haben insgesamt über siebenhundert Pfund eingenommen!«

»Das ist unglaublich! Nicht wahr, Ola?« Kiran drückte ihr leicht den Oberarm. Olas Augen blickten verlegen hinter ihrer Brille hervor, und ihr Blick schnellte durch den überfüllten Raum. Die heutige Veranstaltung fand in einem kleinen Gemeindezentrum statt, und sie standen mitten in dem Gedränge von etwa vierzig Personen. Der Raum war zweckdienlich, aber schon etwas abgenutzt. An den Wänden hingen verblasste und zerknitterte Veranstaltungsflyer aus dem Jahr 2011, und auf dem verkratzten Ahornboden waren die weißen Markierungen eines Badmintonfeldes zu erkennen. Olas Blick blieb an einem Notausgangsschild hängen, das durch die schnatternde Menge hindurchschimmerte. Sie hatte bereits im Vorfeld deutlich gemacht, dass sie nicht beim Networking-Teil des Abends dabei sein wollte, und hatte eigentlich vor, so schnell wie möglich von hier zu verschwinden.

»Siebenhundert Pfund«, wiederholte sie und visierte noch immer die Tür an. »Ja. Das ist irre.«

Ola war abgelenkt. Seit Tagen konnte sie das Bild von Michael an ihrer Tür nicht abschütteln. Er hatte schrecklich ausgesehen, als wäre alles in ihm von einer aggressiven Krankheit ausgelöscht worden. Die Augen ausgehöhlt, die Wangen eingefallen, die Schultern so eng am Körper. Durch seinen verfilzten Bart hindurch wirkten seine Lippen welk und dunkel wie Baumrinde. Er roch nach Alkohol, und dann war da noch diese üble Verletzung an seiner Hand. Er hatte offensichtlich gelogen, als er sagte, er sei gestolpert. Was hatte er also wirklich damit angestellt?

Ihre Sorge war jedoch fast augenblicklich einer Abwehrhaltung gewichen, als er sie nach ihrer Arbeit fragte. Wollte er witzig sein? Bis gestern hatten sie jede Erwähnung von *Womxxxn* vermieden. Eigentlich sprachen sie über gar nichts mehr so richtig; er hatte sogar aufgehört, nach der Hochzeit zu fragen. Früher hatte sie ihm die langweiligsten Kleinigkeiten ihres Tages erzählt bis hin zu der Sorte Chips, die sie zu Mittag gegessen hatte. Aber jetzt war jeder Satz, den sie wechselten, aufgeladen, nur ein Wort entfernt vom nächsten Streit. Und es fühlte sich an, als ginge es bei diesen Streitereien um immer höhere Einsätze. Ihre Beziehung hing am seidenen Faden, und an ihrer Türschwelle hatte sie sehen können, dass es um Michael ebenso stand. Sie hatte ihn schon öfter am Boden gesehen. Aber die schlimme Zeit, als er seinen Job verloren hatte, verblasste im Vergleich zu dem, wie es ihm momentan ging. Eine Auseinandersetzung zur falschen Zeit könnte ihm den Rest geben. Sie hatte Angst um ihn.

Und sie hatte auch Angst um sich selbst. Sie fürchtete sich vor dem, was passieren könnte, wenn sie sich stritten. Vielleicht hatte sie in der Vergangenheit einfach nur Glück gehabt, hatte ihn nicht zu sehr herausgefordert. Aber wenn sie ihn fragen würde, ob der Name »mirrorissa92« ihm etwas sagt, würde er dann ausrasten? Wer weiß, was er tun würde, wenn er wüsste, dass sie sich mit Rhian getroffen hatte, geschweige denn, wenn er das mit Luke herausfände. Wie würde er dann reagieren? Die Lügen häuften sich und ihre Schuldgefühle deswegen ebenso. Als er sie angefleht hatte, ihm zu sagen, dass sie ihm glaubt, war sie nicht in der Lage gewesen zu antworten. Aber sie konnte nicht ignorieren, wie sehr sie sich insgeheim wünschte, sie könnte ihm sagen, was er hören wollte.

»Wie kommt ihr Mädels zurück?«, hörte Ola Abi fragen. »Sollen wir euch ein Taxi rufen, oder nehmt ihr ein Uber?«

»Das wird nicht nötig sein«, warf Ola ein. »Es ist nicht so weit.«

Kiran runzelte die Stirn. »Wir sind hier in Islington? Du wohnst in Tooting ...«

»Es ist immer noch London, oder?«, sagte Ola schnell. »Mehr als dreißig Pfund für ein Uber kann das nicht kosten. Mach dir keine Sorgen, Abi.«

Kiran fletschte die Zähne, und was ein überzeugendes Fake-Lächeln sein sollte, verkam zur Grimasse. »Das läuft doch eh über Spesen, Babe. Es macht also keinen Unterschied«, sagte sie durch ihre Zähne.

Abi, die nun auch nicht klüger war als vorher, tippte auf die Citymapper-App auf ihrem Handy. »In Ordnung, sag mir Bescheid, dann kann ich das klar... Ach!«, sie schnippte mit den Fingern, weil ihr plötzlich noch etwas eingefallen war. »Bevor ihr geht, muss ich euch noch unsere Assistentin Nour vorstellen. Sie schreibt tolle Texte und möchte nach ihrem Abschluss in den Journalismus einsteigen – sie ist ein großer Fan von euch beiden. Macht es euch was aus?«

Kiran schüttelte den Kopf, und bevor Ola protestieren konnte, war Abi bereits in der Menge verschwunden. Kiran trat näher an Ola heran und zerrte an ihrem Shirtsaum.

»Aunty. Hör auf damit.«

»Womit soll ich aufhören?«, erwiderte Ola. Der Raum war voll mit einer Mischung aus Journalistinnen, Influencern und Aktivistinnen, von denen sie einige aus ihrem Twitter-Feed wiedererkannte, andere aus der Rubrik »Accounts, denen man folgen sollte«, womit sie sich jedoch nie aufgehalten hatte. Alle standen in Grüppchen herum und plauderten miteinander, während sie an dem kostenlosen Fingerfood, bestehend aus Samosas und Krabbensticks, knabberten. Sie konnte nicht umhin, sich zu fragen, ob sie gemieden wurde.

»Mit *dem* hier«, zischte Kiran ihr ins Ohr. »Allem.«

Ola begriff, dass ihre angestrengten Versuche, zu beweisen, dass sie kein Stück Scheiße war, Kiran langsam auf die Nerven gingen. Und zu allem Übel hatten ihre Bemühungen den gegenteiligen Effekt.

Rhians Textnachricht nach ihrem Treffen hatte sie erschüttert. Sie hegte eindeutig einen Verdacht gegen Michael. Ola hatte bereits alles gewusst, was Rhian über die Liste gesagt hatte, theoretisch, aber das Gespräch mit ihr hatte es unerträglich real gemacht. Von da an beherrschten die Frauen, die daran mitgewirkt hatten, ihre Gedanken, sowohl im wachen Zustand als auch, wenn sie abends im Bett lag und in einen unruhigen Schlaf sank. In ihren Träumen sah sie ihre Gesichter. Also hatte Ola sich vorgenommen, sich und der Welt zu beweisen, dass sie tatsächlich ein guter Mensch war. Sobald sie nach dem Treffen mit Rhian ins Büro zurückgekehrt war, hatte sie sich bei Kiran über deren ehrenamtliche Arbeit in einem Frauenhaus in Tower Hamlets erkundigt und ihr angeboten, sie dorthin zu begleiten.

Sie durchforstete GoFundMe nach guten Zwecken und spendete zweihundert Pfund für eine alleinerziehende Mutter in Clapton, deren Mietvertrag von ihrem Vermieter vorzeitig gekündigt worden war. Dann drückte sie auf den Button »Ähnliche Kampagnen« und spendete für acht weitere Zwecke, wobei sie jedes Mal darauf achtete, den Button »Meine Spende öffentlich anzeigen« anzuklicken. Doch das nagende Gefühl in der Magengrube blieb.

Ebendiese nagende Angst hatte sie auch in das Gemeindezentrum geführt, wo die von *Womxxxn* gesponserte Podiumsdiskussion stattfand, die Kiran moderierte. Kiran hatte geholfen, die Veranstaltung zu organisieren, um Spenden für die Iwosan-Gruppe zu sammeln, eine Wohltätigkeitsorganisation, die geflüchtete Frauen berät. Einige Tage vor der Diskussionsrunde hatte sich Ola dann direkt an Abi gewandt, um sich ebenfalls für die kleine geplante Veranstaltung zu engagieren, und die Organisation dann schnell an sich gerissen. Sie hatte kostenlosen Alkohol, mit Merchandise gefüllte Tragetaschen besorgt und eine hochkarätige Aktivistin als Panel-Teilnehmerin gewonnen. Ola hatte sogar eine kleine hippe Instagram-Bäckerei angeschrieben und angefragt, ob sie für den Anlass gebrandete Cupcakes zur Verfügung stellen würde. Doch die Bäckerei lehnte ab und erklärte in einer schroffen E-Mail, dass sie nicht mit Personen zusammenarbeiten wolle, die in die Art von Missbrauch involviert seien, die sie angeblich beseitigen wollten.

Anfangs hatte Kiran ihre Wiedergutmachungsversuche sehr unterstützt, doch der Austausch mit Abi hatte sie verärgert. Ola drehte sich um und sah sie an.

»Ich weiß nicht, wovon du sprichst.«

»Doch, das weißt du«, flüsterte Kiran über das Geschnatter hinweg. »Und ich verspreche dir, wenn du der Iwosan-Gruppe dreißig Pfund für ein Taxi spa rst, macht das die Tory-Kürzungen bei den Frauenorganisationen auch nicht wieder wett. Und es wird dir auch nicht gegen deine Schuldgefühle wegen alldem helfen.«

Kiran hatte nicht unrecht. Dass Ola sich durch die Übernahme von Transportkosten langsam weiter in den Ruin treiben wollte, war nur ihre seltsame Art, Buße zu tun. »Ich bin einfach so ruhelos«, sagte sie schwächlich.

»Ola. Du fühlst dich gerade wie Wackelpudding. Das versteh ich. Aber kannst du bitte versuchen, dich wie ein menschliches Wesen zu verhalten? Nicht wie so ein ... feministischer Fembot, der so sehr darum bemüht ist, das Richtige zu tun und zu sagen, dass er gleich einen Kurzschluss bekommt.«

»Leichter gesagt als getan. Besonders hier. Ich könnte schwören, dass das Mädchen vom *New Statesman* vorhin zu mir rübergeschaut und getuschelt hat ...«

Kiran warf einen verstohlenen Blick in die Richtung, die Ola signalisierte. »Was, die knackige Brünette mit dem Pony?«, fragte sie. »Also, jetzt, wo du's erwähnst, fällt es mir auch auf ... Aber woher willst du wissen, dass sie nicht mich ansieht?« Sie warf der fraglichen Frau ein breites Lächeln zu, die ihr daraufhin kurz zuwinkte.

»Kiran, ich mein's ernst!«

»Ich auch!«

Ola schnaubte, und Kiran verdrehte die Augen.

»Ich weiß auch nicht, ich habe einfach ein ungutes Gefühl«, sagte Ola. »Als sollte ich gar nicht hier sein. Je länger ich bleibe, desto wahrscheinlicher wird es, dass jemand die Liste erwähnt.«

»Redet ihr über die Liste?« Nour tauchte ganz plötzlich neben ihnen auf, nur Zentimeter von Ola entfernt und ohne Abi. Sie konnte nicht älter als zwanzig sein und war von einer Art biblischer Schönheit – etwas, das einen an Milch und Honig und unser tägliches Brot denken ließ. Sie hatte einen frischen Teint, volle, markante Augenbrauen und von Natur aus dichte, dunkle Wimpern, die selbst Ruths Nerzwimpern spärlich und drahtig erscheinen ließen.

»Nour?«, fragte Kiran und gab ihr damit die Gelegenheit, sich selbst vorzustellen.

»Ja, und ich werde nicht so tun, als hätte ich gerade keinen totalen Fangirl-Moment! Deine Fragen bei der Podiumsdiskussion heute Abend waren einfach ... äh, genial.« Sie wandte sich an Ola. »Und deine Sachen lese ich eigentlich schon seit ›CumTheFckThru‹, viiiel früher, als ich eigentlich sollte«, sagte sie lachend. »Wegen dir wäre ich beinahe in den Libanon geschickt worden! Ich habe erst gestern einer Freundin dein Interview mit dem Lehrer für achtsame Masturbation geschickt – immer noch eines der lustigsten Dinge, die ich je gelesen habe. Du bist echt begabt!«

Ihr Dad hatte sie so genannt. Seine »begabte Gabe«. Er hatte ihr Schreibtalent schon als Kind erkannt. Ihr Name, hatte er gesagt, war von jeher dazu bestimmt gewesen, gedruckt zu werden – »Olaide Olajide«.

Sie erschrak über die Geschwindigkeit, mit der Nours Schmeicheleien sie für sie erwärmten. Sie verdiente es zwar nicht, aber sie brauchte es gerade. Mit der Aussicht darauf, angehimmelt zu werden, merkte sie, wie sie plötzlich etwas aufrechter dastand, in ihr Kostüm der »anständigen Person« schlüpfte und sich darauf vorbereitete, etwas zu sagen, das zu gleichen Teilen klug und lässig war. Bei *Womxxxn* schrieb Ola oft über Frauen, insbesondere Women of Color, die unter dem Impostor-Syndrom litten. Aber im Vergleich zu jetzt, mit dieser Gen-Z-Mentee, die an jedem ihrer Worte hing, als stammten sie aus einem heiligen Buch, hatte sie sich noch nie so sehr wie eine Betrügerin gefühlt.

»Oh, cool«, war alles, was sie herausbekam. »Danke.«

»Ich danke *dir*«, erwiderte Nour, legte die Handflächen aneinander und verbeugte sich gespielt. »Also, habt ihr jetzt über die Liste gesprochen?«

Ola spürte, wie ihr Körper kalt wurde.

»Ja, haben wir. Sie hat auf jeden Fall für Wirbel gesorgt«, räumte Kiran halbherzig ein. »Na ja, genau genommen eher für ein dringend nötiges, überfälliges Erdbeben statt nur einen Wirbel.«

»Auf jeden Fall. Da waren ein paar Typen dabei, von denen ich schon einiges gehört habe.« Nour zögerte, dann senkte sie die Stimme. »Auch einer, mit dem ich selbst schon einmal aneinandergeraten bin.«

»Wirklich?«, meldete sich Ola zu Wort.

Nour nickte. »Kennt ihr Matthew Plummer? Den Sportjournalisten?« Ola kannte den Namen von Twitter, wo er mit einem blauen Häkchen versehen war. Aber sie hatte ihn immer nur von den Schultern aufwärts gesehen, auf seinem Profilfoto mit einem halbherzigen Lächeln hinter einem dichten blonden Bart.

»Da klingelt was«, sagte Kiran. »Was ist passiert?«

Nour sah sich im Raum um und trat dann näher an sie heran. »Natürlich ist anderen Leuten schon viel Schlimmeres passiert«, sagte sie. »Aber als ich im letzten Jahr auf der weiterführenden Schule war, hab ich eine Veranstaltung besucht, auf der er gesprochen hat. Hinterher kam er auf mich zu und meinte, wir sollten doch nach draußen gehen und uns ein wenig unterhalten.« Sie schluckte. »Sobald wir draußen waren, hat er mich total angegraben. Ich dachte erst, ich würde vielleicht zu viel hineininterpretieren. Aber dann hat er mich geküsst. Danach hat er mir geschrieben und angeboten, mir bei einem Drink eine persönliche Beratung zu geben, wenn ich das wollte. Ich habe ihm gesagt, dass ich noch nicht trinken darf, und er meinte, wir könnten stattdessen auch was rauchen oder schnupfen.«

Ola unterdrückte ein Schnauben. Matthew Plummer musste auf die fünfzig zugehen. Bei dem Gedanken an eine pubertierende Nour, die im Grunde noch ein Baby war und kichernd heimlich ihren alten Blog las, während im Hintergrund Justin Bieber lief, und gleichzeitig die aufdringlichen Annäherungsversuche eines alternden Mannes abwehren musste ... lief ihr ein Schauer über den Rücken.

In Kirans Gesicht zeigte sich blankes Entsetzen. »Gottverdammte Scheiße. Es tut mir so leid, dass dir das passiert ist, Nour. Was für ein Mistkerl. Bist du ...?«

»Ich bin nicht hingegangen, nein«, sagte sie. »Er hat mir ein Dickpic geschickt, daraufhin habe ich ihn blockiert. Aber ich habe mir jahrelang Gedanken gemacht, weil ich dachte: ›Vielleicht ist das in der Medienbranche einfach so? Vielleicht habe ich mir damit meine Chancen verbaut?‹« Nour seufzte. »Mir wird ganz anders, wenn ich daran denke, was hätte passieren können«, sagte sie, kniff die Augen zusammen und schüttelte den Kopf, als wolle sie das Bild von dem, was hätte sein können, verscheuchen.

Was hätte Ola gemacht, wenn die Worte neben Michaels Namen auf der Liste »hat Minderjährige begrapscht« gelautet hätten? Wenn es sexualisierte Gewalt, Nötigung, Grooming oder Vergewaltigung gelautet hätte? Hätte sie ihn dann sofort verlassen, oder wäre sie trotzdem da, wo sie jetzt war, mit einer noch nicht abgesagten Hochzeit, während sie versuchte, seine Unschuld zu beweisen? Sie war sich sicher, dass sie die Sache beendet hätte, keine Frage. Aber wenn das bei dieser Art von Anschuldigungen der Fall war, was machte dann die aktuelle Situation so anders?

»Das mit Matthew war offensichtlich allgemein bekannt«, fuhr Nour fort. »Auf der Liste hatte er sechs Sternchen neben seinem Namen!«

Olas Kehle war wie zugeschnürt. Die Botschaft ist angekommen, Universum, dachte sie. Noch mieser als jetzt kann ich mich gar nicht mehr fühlen.

»Es kotzt mich an, dass der Fokus jetzt schon wieder auf den Männern liegt: auf ihrer Not«, fuhr Nour fort. »Anstatt darüber zu sprechen, wie es dazu kam, dass wir so eine Liste überhaupt brauchen, oder was wir jetzt tun können, damit so etwas nicht noch einmal nötig ist. Im Grunde ist es doch das erste Mal, dass die Branche überhaupt über den Missbrauch spricht, der in ihr stattfindet. Das ist wichtig.«

Natürlich kann ich mich noch mieser fühlen, dachte Ola. Viel mieser. Das war alles so treffend. War Nour ein Spitzel? Oder aber Olas Schuldgefühle waren mittlerweile so akut, dass sie schon unter Halluzinationen litt und ihr schlechtes Gewissen sich als ihr persönlicher Tyler Durden in Form einer Studentin mit tollem Haar manifestierte.

Kiran zuckte mit den Schultern. »Das Patriarchat bleibt das Patriarchat.«

»Ja, oder?«, sagte Nour. »Ich fühle mich schrecklich, wenn ich daran denke, bei wie vielen Mädchen der Typ es nach mir noch versucht hat. Und wie viele weniger es sein könnten, wenn ich etwas gesagt hätte.« Nour rieb sich die Augen.

Daraufhin änderte sich Kirans Tonfall schlagartig von schwesterlich zu lehrerhaft. Auch sie wurde emotional, das merkte Ola.

»Das alles war nicht deine Verantwortung, Nour. Gib dir nicht die Schuld für die Taten eines erwachsenen Mannes – du warst ein Kind.«

»Ja, das war ich«, sagte Nour, und ihre Stimme wurde leiser. »Aber jetzt bin ich es nicht mehr.« Sie tupfte sich mit dem Handgelenk über die äußeren Winkel ihrer dunklen Augen und lächelte traurig.

Nachdem sie sich verabschiedet hatten, machten sie sich auf den Weg zum Parkplatz, und Kiran hakte sich bei Ola unter. Sie gingen schweigend durch die warme Abendluft, und die entfernten Drum-'n'-Bass-Klänge und das leise Miauen einer Straßenkatze schafften eine seltsam beruhigende Atmosphäre.

Ola verlangsamte ihr Tempo. »Ich habe mein allererstes Praktikum zwei Wochen vor Ende abgebrochen«, sagte sie. »Einer der Journalisten, der mich in der Redaktion betreuen sollte, hat versucht, beim Feierabenddrink seine Hand in mein Oberteil zu stecken.«

Sie spürte Kirans Arm in ihrem. »Verdammte Scheiße.«

»Ich hab Angst, Kiran«, gab Ola zu. »Dass ich Teil des Problems bin. Dass ich dazu beitrage, dass diese Kloake von einer Branche noch schlimmer für sie wird. Für uns alle.«

Ola wartete verzweifelt darauf, dass der Zuspruch ihrer Freundin die Stille und die Leere in ihr füllen würde. Darauf, dass Kiran ihr sagen würde, dass ein Stück Scheiße sich niemals so viele Gedanken darüber machen würde, wie sie das Richtige für alle Beteiligten tun könnte. Aber der Klang der weit entfernten Feiernden und das Maunzen der kläglichen Katze, ihrer verwandten Seele und unglücklichen Vertrauten, wurden nur noch lauter, ebenso wie das Schweigen zwischen ihr und Kiran.

13

Noch 3 Tage bis zur Hochzeit

Als Michael die Ankunftshalle des Flughafens Heathrow erreichte, unternahm er einen letzten vergeblichen Versuch, sich präsentabel zu machen, zupfte an seinen zerzausten Haaren herum und schmierte sich Vaseline auf die rissigen Lippen. Er kramte nach einem Kaugummi, in der Hoffnung, dass der seine Alkoholfahne überdecken würde, und wünschte sich im Stillen, er hätte eine Sonnenbrille dabei. Alles im Terminal war zu hell. Er blinzelte auf die Ankunftstafel. British Airways. Aus Accra. BA078. Gelandet um zehn Uhr siebenundvierzig.

Sie war hier, aber Michael konnte sie in dem ganzen Trubel von Terminal fünf nirgendwo entdecken. Er watete durch Rucksäcke und Blumensträuße, drängte sich vorbei an den Warteschlangen für Kaffee und an Fahrern, die laminierte Schilder oder Handydisplays mit den Namen von Passagieren hochhielten. Überall um ihn herum hörte er das leise Kratzen von Rädern auf dem Terrazzoboden; Koffer, Gepäckwagen, Kinder, die auf knallbunten Aufsitzkoffern saßen. Er schob seinen Ärmelbund zurück, um auf die Uhr zu sehen. Der Drang, dies auf seinem Handy zu tun, war überwältigend, aber er versuchte, sich sein obsessives Durchstöbern des KaffeeKlatsch-Forums abzugewöhnen. Er hatte sogar schon erwogen, #BLOCKED herunterzuladen, so schlimm war es geworden. Ihm war aufgefallen, dass er die Seite sogar an guten Tagen mehrmals pro Stunde gecheckt hatte. Michael fummelte nervös an den Kordeln seines Kapuzenpullis herum, unfähig, stillzuhalten. Vielleicht konnte ein kurzer Blick nicht schaden, nur um zu sehen, was ...

»Kweku!« Die Stimme seiner Großmutter, die von der anderen Seite der Flughafenhalle zu ihm herüberschallte, war unverkennbar. Sie stand vor dem WHSmith neben einem Haufen Koffern, die kaum kleiner als sie selbst waren. Sie trug ein überlanges afrikanisches Wickelkleid, den Wrapper, und ein dazu passendes gewickeltes Kopftuch, blau mit orangefarbenen Tupfen und mit eingestreuten größeren lilafarbenen gebatikten Klecksen. Sie winkte ihm frenetisch zu, mit der Energie von jemandem, der halb so alt war wie sie. Er wäre zu ihr gelaufen, wenn er die Kraft dazu gehabt hätte.

»Mafe wo!«, rief sie und umfing ihn mit der ungestümen Umarmung, die einst der Fluch seiner Jugend gewesen war. Die Haut an seiner Unterlippe riss leicht auf, als er lächelte.

»Ich habe dich auch vermisst«, sagte Michael, und für einen Moment vergaß er alles andere.

Seine Freude, sie gesund zu sehen, überwältigte ihn. Sie hatte sich noch immer nicht ganz von ihrer Operation erholt, und eine Weile hatte es auf der Kippe gestanden, ob sie überhaupt herfliegen konnte. Michael drückte sie an sich und genoss die Sekunden, bevor sie zur Seite trat, ihn mit ihren vor Glück und Sorge leuchtenden Augen ansah und ihr jüngstes Enkelkind fragte: »Biribiara bɔkɔɔ deɛ?«

Zum Glück schlief sie dann den ganzen Weg von Heathrow nach Enfield. Es war eine lange Reise von Ghana gewesen, und als der Taxifahrer das letzte Gepäckstück in den Kofferraum eingeladen hatte, war sie auf dem Rücksitz bereits wie ausgeknipst eingeschlafen. Doch auf dem Weg zum Taxistand hatten sie noch munter geplaudert – über ihre Unterleibsschmerzen, die Hochzeit, Ola. Aber er hatte gewusst, dass sich ihre Art der Befragung ändern würde, sobald sie im Auto saßen. Sie hatte schon die ganze Zeit seine verletzten Fingerknöchel beäugt, doch der Schlaf hatte sie übermannt, bevor sie ihn deswegen löchern konnte. Hätte sie es geschafft, wach zu bleiben, wäre die Fahrt unerträglich geworden. Sie sprach nur auf Twi mit ihm, und er konnte nur auf Englisch antworten, was all seine Beteuerungen, dass es ihm gut ginge, noch weniger überzeugend gemacht hätte.

Als sie vor dem Haus seiner Eltern – einem hellen Backsteingebäude mit zwei Schlafzimmern in Enfield – hielten, schob er sich einen weiteren Kaugummi zwischen die Zähne und sprühte sich leicht mit einem billigen Deodorant ein, während seine übermüdete Großmutter ihn aus den Augenwinkeln beobachtete. Noch bevor er anklopfen konnte, stand seine Mutter auch schon im Morgenmantel vor der Tür, und die Begrüßung der beiden Frauen fiel überschwänglich aus, inklusive Schulterklopfen und stürmischen Umarmungen. Sie sahen sich so ähnlich mit ihren kleinen, drallen Körpern und den runden Augen, obwohl die Haut seiner Großmutter am Hals bereits leicht erschlafft war und ihre linke Pupille durch etwas getrübt wurde, das wie der Anflug eines Grauen Stars aussah. Schließlich löste sie sich aus der Umarmung und deutete auf Michael.

»Yaa«, sagte sie der Name seiner Mutter, »ɛdeyɛbɛn na ayɛ me nana yi?«

Er versteckte die Hand in der Hosentasche, aber seine Mutter beäugte ihn wachsam, als würde sie ihn erst jetzt richtig wahrnehmen. Sie sagte nichts, sondern zog ihn nur einmal fest an sich, dann führte sie die beiden hinein.

Kein Zweifel, das war ein Gespräch, das sie später führen würden. Er hatte sich innerlich schon darauf vorbereitet, noch bevor seine Großmutter ihre Sorge äußerte. Seine Mutter bemerkte alles an ihm; wenn er ein paar Pfunde zu- oder abnahm, wenn er zum Friseur musste und wann immer etwas nicht stimmte. Aber was nun mit ihm los war, darüber konnten sie einfach nicht sprechen. Michael konnte mit Bestimmtheit sagen, dass er sich mehr Sorgen über die möglichen Auswirkungen der Anschuldigungen auf seine Mutter machte als auf ihn. Sie verstand das Internet nicht wirklich, die Vorstellung, dass Leute veröffentlichen konnten, was sie wollten. Angesichts der vielen Kettenbriefe, die sie ihm ständig weiterleitete, in denen behauptet wurde, irgendein Pastor in Obuasi hätte einen Mann wieder zum Leben erweckt, der zwölf Tage lang tot gewesen wäre, oder Nana Akufo-Addo sei mit einer mysteriösen Krankheit ins Krankenhaus eingeliefert worden, machte er sich nicht mehr die Mühe, mit ihr über deren Wahrheitsgehalt zu diskutieren.

»Wenn es nicht wahr ist, warum schickt es Tante Abena mir dann?«, pflegte sie zu protestieren. »Ist sie nicht eine gottesfürchtige Frau?« Wenn er versuchen würde, ihr zu erklären, was ihm gerade widerfuhr, würde sie das vermutlich umbringen. Er konnte es sich lebhaft vorstellen: wie sie sich weinend auf dem Boden wälzte und auf Twi jammerte, dass man versuche, ihren einzigen Sohn zu vernichten.

Schweigend schleppte Michael das Gepäck seiner Großmutter ins Wohnzimmer, wo sein Vater in seinem Sessel saß, in der rechten Hand die Fernbedienung und in der linken ein Malzgetränk.

»Hey, Dad.«

Sein Vater grunzte als Antwort und nickte, ohne den Blick von CNN abzuwenden. Inzwischen hatte Michael gelernt, es nicht persönlich zu nehmen, aber als Kind war das noch eine andere Geschichte gewesen. Damals hatte sein Vater viel gearbeitet und war abends meistens unterwegs gewesen, um mit Gott weiß wem das zu tun, was jeder vernünftige Erwachsene vermuten würde. Die wenige Zeit, die sein Vater zu Hause war, verbrachte er so, wie er es jetzt tat: schweigend vor dem Fernseher. Michael hatte schon vor langer Zeit erkannt, dass die Neugierde seiner Mutter auf sein eigenes Leben zum Teil von ihrer Einsamkeit herrührte. Das war die brutale Wahrheit, warum Michael nicht zulassen konnte, dass ihm etwas zustieß – er war alles, was sie hatte. In letzter Zeit hatte er oft nur deshalb die Kraft gefunden, aus dem Bett hochzukommen, weil ihn die Schuldgefühle übermannten, wenn er sich den mentalen Zusammenbruch vorstellte, den seine Mutter erleiden würde, wenn die Polizei ihr mitteilte, dass man seine Leiche identifiziert hätte. Er wusste, dass er sich für sie zusammenreißen musste. Aber wie lange konnte er diese Scharade noch aufrechterhalten? Er gab sich als glücklicher Bräutigam aus, der schon bald den Rest seines Lebens beginnen würde, während er nachts nur daran denken konnte, es zu beenden. Er wusste wirklich nicht, wie lange er das noch durchhalten konnte.

Er hatte sich geschworen, nie so zu werden wie sein Vater. Niemals wollte er der Mann sein, der seiner Frau das Leben schwer machte, der ihr das Gefühl gab, allein zu sein, weil sie mit ihm zusammen war. Er hatte es mit Ola versucht, so sehr. Aber er konnte sich des schleichenden Gefühls nicht erwehren, dass ihm dieses Versagen in den Genen lag. In seiner DNA und nicht in seinen Händen. Als Kind hatte er die Pfarrer vom »Fluch Evas« sprechen hören, aber tatsächlich waren es die Männer, die wirklich verdammt waren, dachte er, von Natur aus oder durch ihre Erziehung oder beides. Es klang wie eine Ausrede, aber Michael hatte keine rationalen Gründe, warum er so egoistisch handelte. Die Person, die er am meisten liebte, litt wegen seiner Handlungen, und es war nicht das erste Mal. Er hatte noch nie für jemanden so viel empfunden wie für Ola, aber er befürchtete, dass er sie mit der gleichen Verachtung behandelte. Michael ließ sich von seinen Gefühlen leiten wie ein Tier. Und doch war sein Vater, der überhaupt keine Gefühle zu haben schien, genauso.

Michael sah sich im Wohnzimmer um. Die Einrichtung war noch dieselbe wie in seiner Kindheit. Auch der Geruch war der gleiche: das schwache, aber allgegenwärtige Aroma von Paprika und Knoblauch. Die Anzeichen des Verschleißes waren unübersehbar, die einstmals beigefarbene Couch war braun geworden, die Vorhänge an den Rändern ausgefranst. Das Poster eines grinsenden, ein Kleid aus Kente-Stoff tragenden Mädchens unter dem Wort »Akwaaba«, willkommen, hatte im Laufe der Jahre Feuchtigkeit gezogen. Von den Wänden und dem Kaminsims aus grinsten ihn gerahmte Fotos von ihm selbst in verschiedenen Lebensabschnitten an: von Michael in der Vorschule mit zahnlückigem Lächeln bis hin zu ihm mit Doktorhut und Talar bei der Abschlussfeier. Bald sollten auch seine Hochzeitsfotos in die Galerie aufgenommen werden, aber er konnte sie sich dort nicht vorstellen.

Seine Mutter trat neben ihn und legte ihm ihre kleine Hand um die Taille. Er drehte sich um, um ihr die Sainsbury's-Tüte zu reichen, die er von Ola mitgebracht hatte, und schüttelte angesichts ihres erheblichen Gewichts den Kopf. Auf afrikanischen Hochzeiten wurde gerne dick aufgetragen. Zwei Outfit-Wechsel für ihre Mütter, drei für ihn und Ola. Ihre Mütter hatten sich dafür eingesetzt, ihre Kulturen in einer Mischung aus nigerianischer und ghanaischer Hochzeit zu verschmelzen, inklusive traditionellen Gewändern und Stoffen, zwei Arten von konkurrierenden Jollof-Reisgerichten und Hunderten von entfernten Verwandten auf beiden Seiten. Ola und Michael hatten sich etwas Kleineres gewünscht, aber schließlich »traf man sich in der Mitte«, was bedeutete, dass sie genau das taten, was ihre Mütter sich wünschten. Die Hochzeit würde ein ziemliches Spektakel werden, wenn sie denn stattfand.

»Hallo, Mummy«, sagte er so fröhlich wie möglich und legte seine Hand auf ihre. »Wie geht's?«

Er versuchte nicht daran zu denken, wie dünn sich ihre Haut anfühlte, wie geädert ihre Hände waren. Er hasste es, wie sehr sich seine Eltern jedes Mal verändert hatten, wenn er sie sah. Auch wenn er sich sehr rar gemacht hatte, konnte es nicht länger als zwei Wochen her sein, dass er mit seiner Mutter das letzte Mal gefacetimt hatte. Bei dem Telefonat hatte sie ihr Telefon so gehalten, dass sie wie ein braunes Ei ausgesehen hatte: Ihr Gesicht war am Kinn abgeschnitten, und sie filmte direkt in ihre Nasenlöcher, die sich vor Wut aufblähten, weil sie nicht recht wusste, wie das mit diesen Videoanrufen funktionierte. Ihre rötlich braune Haut war noch straff und jugendlich, aber um ihre braunen Kulleraugen herum waren bereits kleine Fältchen zu sehen. Das Haar seines Vaters, das heißt, was davon übrig war, war grau und lugte aus seinen Ohren und Nasenlöchern hervor. Es war schön, die beiden mal wieder außerhalb des kleinen Quadrats auf seinem Handydisplay zu sehen.

Seine Mutter starrte ihn an, hielt mit geschürzten Lippen inne und gab ein glucksendes Geräusch von sich.

»Ich bin okay, Kweku«, sagte sie mit schwerer Stimme, als käme sie gerade von einer Schicht in einer Kohlemine zurück, obwohl sie heute eigentlich ihren freien Tag von der Boots-Drogerie hatte. Doch plötzlich erhob sie dramatisch den Finger.

»Auch wenn mein Sohn versucht, mich vor Stress ins frühe Grab zu bringen. Wie viele Nachrichten muss ich verschicken, damit du mir antwortest?«

Und schon geht's los, dachte Michael.

»Es tut mir leid. Die Arbeit hat mich so in Beschlag genommen.«

Sie stieß ein schnaubendes Geräusch durch die Nase aus, das einem Lachen ähnelte. »Ist schon okay«, sagte sie, aber der Tonfall ihrer Stimme verriet, dass es das ganz sicher nicht war.

»Mum, komm schon, Mann. Ich hab doch gesagt, es tut mir leid.«

»Ich bin nicht dein ›Mann‹«, meinte sie schroff. »Und ich hab gesagt, es ist okay. Es ist ja meine eigene Schuld. Schließlich waren es dein Vater und ich, die dich hierhergebracht haben. Du bist nach England gekommen und unter *Obronis* aufgewachsen, kein Wunder also, dass du dich wie ein *Obroni* benimmst?« Sie schüttelte den Kopf. »Und eines Tages wirst du mich einfach ins Altersheim abschieben, wie sie es tun.«

Zu Beginn ihrer Beziehung hatte Ola ihn gewarnt: sie wisse alles über »ghanaische Mütter und ihre Söhne«. In den Augen ihrer Mütter, hatte sie gesagt, konnten sie nichts falsch machen; sie verhätschelten sie, schmeichelten ihnen. Sie machten ihnen bis ins Erwachsenenalter die Wäsche, und wenn sie könnten, würden sie ihnen wahrscheinlich immer noch die Hintern abwischen. Das stimmte nur zum Teil. Als ihr einziges Kind, ihr perfekter »am Mittwoch geborener Junge«, war Michaels Mutter ganz vernarrt in ihn und ohnehin überzeugt, dass niemand gut genug für ihren Sohn war. Aber den Rest ihrer Zeit verbrachte sie damit, so zu tun, als sei er der Fluch ihrer Existenz.

»Ich hätte dir zurückschreiben sollen, Mummy.« Michael war plötzlich wieder sechs Jahre alt, als seine Mutter in Twi vor sich hin murmelte. Es überschritt seine Sprachkenntnisse, aber er war sich ziemlich sicher, dass über ihn geschimpft wurde. »Es tut mir leid, dass du dir meinetwegen Sorgen gemacht hast.«

Seine Mutter schüttelte den Kopf. »Es ist ja nicht nur heute, Kweku. Jeden Tag, wenn ich dir eine Nachricht schreibe, sehe ich einen Haken. Wenn ich dich anrufe, erreiche ich nur die Mailbox. Ich war krank vor Sorge! Und bin es immer noch.«

»*Kafra, wai*«, stöhnte er. Wie sollte er ihr erklären, dass sein Handy ihm Angst einflößte, dass ihn jedes Mal, wenn es vibrierte, Panik erfasste? »Wie dem auch sei, jetzt bin ich ja hier. Wollen wir wirklich die ganze Zeit darüber reden, wie beschäftigt ich war?«

Sie schaute ihn noch eine Weile über ihre Lesebrille hinweg an und stieß dann ein schnalzendes Geräusch aus.

»Wie läuft's denn in der Arbeit?«

»Ganz gut«, sagte er, auch wenn er eigentlich nicht gerne über CuRated reden wollte, aber er war froh, dass sie sich einem anderen Thema zuwandte. »Ein Video, das ich gemacht habe, ist viral gegangen. Es wurde über eine Million Mal angeschaut.« Er versuchte, begeistert zu klingen, obwohl er nicht einmal reagiert hatte, als Simon ihn ganz aufgeregt per E-Mail darauf hingewiesen hatte.

Wie er es vermutet hatte, machte sich auf dem Gesicht seiner Mutter ein Lächeln breit, das die Zahnlücke entblößte, die er und sie gemein hatten. »Dem Herrn sei's gedankt!«, sagte sie und klatschte in die Hände. »Wo können wir es uns anschauen?«

»Ich schicke dir später den Link.«

»Okay, mein Sohn. Gelobt sei Gott. Wir sind stolz auf dich.«

Die Dramatik des Verhörs kurz zuvor hatte sich verflüchtigt. Er wusste, dass sie ihren Freundinnen aus der Kirche später auf WhatsApp eine vollkommen übertriebene Geschichte über seinen Job auftischen würde, die er anschließend dementieren müsste. Wie einmal, als er in der Sendung *BBC Breakfast* über die Darstellung schwarzer Männer in den Medien gesprochen hatte und sie ihren Freundinnen erzählte, dass er dort arbeitete.

Die Anspannung hatte sich gelöst, und sie schaute zu den Taschen seiner Großmutter. »Wir sollten *Nanabaas* Gepäck nach oben bringen, ja?«

Michael warf einen kurzen Blick auf seine Uhr. Es war noch Zeit. »Cool.«

Er sammelte die Taschen ein und fragte sich, wie seine Großmutter es geschafft hatte, sie allein durch den Zoll am Flughafen zu schleppen. Sie schlichen an ihr vorbei, während sie auf der Couch lag und im Schlaf pfeifend durch die Nase atmete, und machten sich auf den Weg zu Michaels ehemaligem Kinderzimmer. Dies war der einzige Teil des Hauses, der sich wirklich verändert hatte. Ein Heimtrainer verstaubte in der Ecke, in der er als Kind mit seiner PlayStation 2 gespielt hatte und dann mit seiner PlayStation 4, als er nach der Uni für eine Weile wieder hierhin zurückziehen musste. Auf dem Schreibtisch am Fenster stapelten sich Aktenordner voller Papiere. Ein kaputter Fernseher stand am Ende des Bettes, umgeben von Müllsäcken voller Kleidung. Das Zimmer diente hauptsächlich als Gästezimmer und als Aufbewahrungsort für Dinge, die sie eines Tages nach Ghana schicken wollten, es aber nie taten. Er stellte die Taschen neben dem Bett ab, und als er sich umdrehte, sah er, dass seine Mutter ihn aufmerksam beobachtete.

»Du siehst krank aus, Kweku, sehr krank. Dein Gesicht ist ganz eingefallen. Hat Ola dafür gesorgt, dass du ordentlich isst?«

Sie und seine Großmutter waren die Einzigen, die ihn bei seinem ghanaischen Namen nannten. Ola auch, aber nur, wenn sie sich über seine Mutter lustig machte. Er versuchte zu lächeln.

»Mum, es geht mir gut. Ich bin nur gestresst von der Arbeit und dem ganzen Hochzeitskram.«

Sie schloss leise die Tür hinter sich. »In Ordnung. Also, was hast du mit deiner Hand gemacht? Hm?«

»Ich bin gestolpert. Es ist alles in Ordnung.«

»Ich weiß nicht, warum du nicht mit mir reden willst«, murrte sie. »Ich wollte nicht vor deinem Vater fragen, aber du und Ola – ihr seid okay, oder? Ist alles in Ordnung?« Sie knetete einen Moment lang ihre Hände. »Kweku, keine Ehe ist perfekt, aber wenn man sich auf Gott besinnt, kann man nicht scheitern, okay? Er hilft uns, alles zu meistern. Dein Vater und ich sind der Beweis dafür. Wir hatten unsere Probleme, aber wir haben es geschafft.«

Sie waren noch nicht einmal verheiratet, und doch war die Verbindung von Ola und Michael schon mit mehr Problemen belastet als die langjährige lieblose Ehe seiner Eltern. Er sehnte sich nach einem Drink, um diesem Gespräch den Schrecken zu nehmen. Seit der Uni war er kein großer Trinker mehr – das war Ola –, aber er war der Typ, dessen Zunge sich auf gute Art lockerte, wenn er ein paar getrunken hatte. Im Moment hätte er dringend einen Schluck vertragen können, um die richtigen Worte zu finden.

»Bei uns ist alles in Ordnung. Es war nur alles ein bisschen stressig.«

Die Stirn seiner Mutter legte sich vor Sorge in Falten. »Bist du sicher? Ich weiß, ich bin deine Mutter, aber du kannst mit mir reden.«

Michael hätte beinahe laut gelacht. Er war sich sicher, dass es in anderen Haushalten hieß: »Ich bin deine Mutter – du kannst mit mir reden.« Nach neunundzwanzig Jahren, in denen alle in der Familie Koranteng so getan hatten, als hätten sie keine anderen Gefühle als Wut, sollte er nun anfangen, über seine Gemütsbewegungen zu sprechen? Er liebte seine Mutter von ganzem Herzen – sie hatte alles für ihren Sohn, ihre Familie geopfert. Aber das bedeutete nicht, dass er sich ihr anvertrauen konnte.

»Glaub mir«, sagte Michael. »Es läuft alles gut.«

Sie seufzte. »Kweku, wann warst du das letzte Mal in der Kirche?«

»*Mum!*«, sagte er mit erhobener Stimme. »Mir geht's gut!«

»Okay, okay«, sagte sie beschwichtigend. »Wenn du es sagst«, schniefte sie. »Und meine Schwiegertochter – geht es ihr gut?«

Michael dachte an das letzte Mal zurück, als er sie gesehen hatte. Wie zerbrechlich sie ausgesehen hatte, wie sie sich verhalten hatte. Dort an ihrer Tür hatte er die Anspannung in ihrem Schweigen gespürt. Er hatte die Anstrengung gesehen, die es sie gekostet hatte, demonstrativ, aber wenig überzeugend, entspannt zu wirken. Dennoch war ihm ihr Zögern aufgefallen, ihr Zweifeln, bevor sie Dinge sagte, die ihm das Gefühl gaben, ein Axtmörder zu sein. Während sie überlegt hatte, was sie sagen könnte, wirkte sie wie ein Goldfisch, der nach Luft schnappt. Er war sich sicher, dass er ihr Angst machte – oder zumindest die Ungewissheit, wie er auf Dinge reagieren könnte. Dass sie, wie die Geisel in einem Thriller, abwartete, was passieren würde. Sich bemühte, das zu sagen, was ihr Peiniger hören wollte, damit sie ihm, sobald er abgelenkt war, ein Messer in den Rücken jagen und entkommen könnte.

»Ja, ihr geht's gut. Uns geht es gut.«

»In Ordnung«, sagte seine Mutter mit einem Nicken. »Auch wenn es ihr nichts auszumachen scheint, dass ihr Mann verkümmert.«

Es schien, dass er doch nicht so leicht davonkam, wie er dachte. Seine Mutter hatte einige Hühnchen zu rupfen; jetzt, wo sie mit ihm fertig war, stürzte sie sich auf seine Verlobte.

»Ich verkümmere nicht«, sagte er ruhig und wich den offen ausgelegten verbalen Fallen aus, so gut er konnte. »Und Ola hat, genau wie ich, viel zu tun.«

»Du meinst diese Website, auf der sie über Gummipenisse schreibt?«

Jetzt war sie so richtig in Fahrt. Michael biss die Zähne zusammen.

»Mum.«

»Was?«, fragte sie unschuldig. »Sie schreibt doch über Gummipenisse in diesem Sexshop, oder? Und über bunte Kondome.«

Für seine Mutter bewies die Tatsache, dass man auf der *Womxxxn*-Website auch Vibratoren bestellen konnte, deren Eigenschaft als Sexshop. Ein Jahr nachdem sie zusammengekommen waren, hatte ihr Tante Abena Olas Testbericht über einen Dildo aus dem 3-D-Drucker geschickt. In Anbetracht des Wutanfalls, den sie damals bekommen hatte, überraschte es ihn, dass sie überhaupt an der Hochzeit teilnahm. »Wo es doch so viele nette Ashanti-Mädchen in der Kirche gibt, die kein Metall in der Nase haben«, hatte sie geklagt. Doch mit der Zeit war Ola ihr ans Herz gewachsen. Sie mochte sie so sehr, wie das bei einer nigerianischen Schwiegertochter eben sein konnte. Aber natürlich hatte sie so ihre Anmerkungen.

»Bitte sag deiner Frau, dass sie das lassen soll. Mir zuliebe, ja?«, fuhr sie fort. »Keine Gummipenisse mehr, keine Kondome. Nicht, solange ich noch keine Enkelkinder habe.«

Als Michael Ola schließlich die Frage aller Fragen gestellt hatte, feierte seine Mutter es mehr als die beiden. Sie war eine von fünf Schwestern, die alle drei oder mehr Kinder hatten, und sie hatte vor und nach Michael Schwierigkeiten gehabt, schwanger zu werden, eine Schande, die sie weiterhin zu seinem Problem machte. So traditionell sie auch war, ihr Wunsch nach Enkelkindern übertrumpfte ihre konservativen Einstellungen. Sie versicherte ihnen stets, dass sie, falls Ola außerehelich schwanger werden sollte, im Handumdrehen eine traditionelle Hochzeitszeremonie organisieren könnte, samt hochtailliertem Kente-Rock, der durch ein kaschierendes Wickeltuch verstärkt würde.

Michael spürte, wie sich sein Magen zusammenzog. Wann immer er über seine Zukunft mit Ola nachdachte, dachte er zuerst an die Kinder, die sie haben würden. Wie viele Mädchen sie sich wünschten und wie viele Jungen. Wie er ihr die geschwollenen Füße und ihren Bauch massieren würde, während sie darüber diskutierten, ob die Kinder Ashanti- oder Yoruba-Vornamen haben sollten.

Er verzog den Mund. »Kannst du bitte damit aufhören?«

»Ihr müsst das mit dem Kinderkriegen möglichst bald angehen«, flehte seine Mutter. »Als ich in ihrem Alter war, hatte ich bereits einen Vierjährigen!«

»Cool. Danke.«

»Weißt du, die Eizellen und die Muttermilch von Frauen haben ein Verfallsdatum wie alle anderen auch, Kweku.«

»Okay, Mum, ich hab's verstanden.«

»Ist es das, was ihr jungen Leute wollt? Dass ihre Milch sauer ist, bitter für das Baby? Das ist nicht schön!«

Ein Baby. Sie hatten seit fast einem Monat nicht mehr Händchen gehalten, geschweige denn gekuschelt. Sex war natürlich gar kein Thema mehr – quasi der Elefant im Schlafzimmer eines Paares, das in dieser Hinsicht einst so aktiv war. Aber er hätte es sowieso nicht auf die Reihe gekriegt, selbst wenn er gewollt hätte. Er war viel zu deprimiert. Aber Ola arbeitete bei *Womxxxn*, verdammt; sie bekam kistenweise Willy-Wonka-artiges Gleitmittel und ferngesteuerte Cockrings von allen möglichen Marken zugeschickt. Früher hatten sie das Zeug mindestens alle drei Wochen zusammen ausprobiert. Aber neulich hatten sie die ungeöffneten Pressepakete von Ann Summers und Lovehoney in Olas Hausflur nur verlegen ignoriert.

Im Bett waren sie immer experimentierfreudig gewesen. Aber die Hand an ihrem Hals, der Klaps auf den Hintern, das spielerische Fesseln oder Beißen ... Er hatte das Gefühl, als könnte das Sexleben, mit dem er einst vor seinen Jungs geprahlt hatte, jetzt als Beweis für seine Abartigkeit gewertet werden. In den Anschuldigungen gegen ihn war zwar nicht von sexuellen Übergriffen die Rede gewesen, aber da sein Name auf *der* Liste stand, lag der Verdacht durchaus nahe. Und wer erinnerte sich am Ende schon an die Einzelheiten? Er fragte sich, wie Ola das jetzt im Nachhinein sah, in diesem neuen Kontext. Falls sie überhaupt auf ihr Sexualleben zurückschaute. Sie konnte es sich natürlich auch woandersher holen. Er könnte es ihr kaum verdenken. Michael war mehr und mehr davon überzeugt, dass dies das Geheimnis war, das sie vor ihm verbarg. Würde er ihr das jemals verzeihen können, falls es so wäre? Und was sagte es über ihn aus, dass er sich nicht sicher war, ob er es könnte, nach allem, was er selbst getan hatte?

Das eine Mal, als sie keinen Sex mehr hatten, war auch seinetwegen gewesen. Als er und Jackie in der Anfangsphase seiner Beziehung mit Ola angebandelt hatten, hatte Ola es herausgefunden. Aus seiner Sicht war damals fraglich, ob sie überhaupt schon »offiziell« ein Paar waren. Ola war der Meinung, dass sie es waren, und sie hatte die Nachrichten und die Bilder gesehen. Wie auch immer man es betrachtete, hatte Michael sich hinterhältig verhalten: Er schlief mit beiden, obwohl er Ola erzählt hatte, dass er sich mit niemandem sonst traf.

Bis heute behauptete er hartnäckig, dass er mit Jackie nicht wirklich »etwas« hatte. Nicht richtig, nicht so wie mit Ola. Ja, er hatte ihr zwar geschmeichelt, zwischen einem Streicheln übers Gesicht und einem Kuss auf die Schulter von Gefühlen gesprochen, die er nicht wirklich hatte. Aber das war im Überschwang des Augenblicks gewesen, als sie im Bett waren. Trotzdem war Jackie durchgedreht, als er Schluss gemacht hatte, und hatte Michael eine Nachricht nach der anderen geschickt und in einer DM sogar an Kwabz appelliert. Michael hatte sie einfach ignoriert und war, im Nachhinein betrachtet, nicht gerade stolz auf sein Verhalten. Noch weniger stolz war er darauf, dass er, als Ola ihn mit ihrem Wissen über Jackie konfrontierte, zunächst gelogen und es abgestritten hatte. Und als er es dann nicht mehr leugnen konnte, war er defensiv geworden. Seine Weigerung, Verantwortung zu übernehmen, hatte sie noch mehr verletzt als die Unaufrichtigkeit. Bis heute erstaunte es ihn, dass es ihm damals gelungen war, Ola zu überzeugen, ihm noch eine Chance zu geben.

Als klar wurde, dass er und Ola sich wieder zusammenraufen würden, hatte Jackie seine Freundin ins Visier genommen. Sie bombardierte Ola mit belästigenden Nachrichten, Fotos und Screenshots von Nachrichten von ihm, sodass es zum zweiten Mal fast zur Trennung gekommen wäre. Wie er es geschafft hatte, das Ruder noch einmal herumzureißen, wusste er bis heute nicht. Kwabz hatte Ola irgendwie ans Telefon bekommen: Sie hatten darüber geredet und es irgendwie hingebogen. Sie ließ Michael auf ihrer beider Leben schwören, dass er nie wieder mit Jackie reden würde, und er meinte es auch ernst, als er es tat. Aber dann verlor er seinen Job, und die Unsicherheiten sickerten langsam wieder ein. Die Verlockungen. Es war dann auch gar nicht so schwer, wie er gehofft hatte, doch zu antworten, als Jackie ihm im Jahr darauf diese Nachricht schickte. Es wäre besser gewesen, wenn er Jackie geliebt hätte. Oder wenigstens gemocht. Aber es ging nicht um sie. Es ging um ihn.

Natürlich hatte er erwogen, Ola gegenüber reinen Tisch zu machen, als es zum zweiten Mal passiert war. Und hätte er das getan, hätten sich die hartnäckig haltenden Fragen, die sie über die Liste hatte, direkter beantworten lassen. Vielleicht könnte Ola einen Weg finden, über seinen erneuten Betrug hinwegzusehen, wenn er klarstellen würde, dass er und Jackie keinen Sex gehabt hatten, als sie erneut Kontakt hatten, dachte er. Zwar hatten er und Jackie ihr Verhältnis wieder aufgewärmt, aber er hatte sie nie mehr berührt. Es klang lächerlich – sie hatten gefacetimt, sich gegenseitig Nudes geschickt und in allen Einzelheiten beschrieben, was sie miteinander anstellen würden, wenn sie die Gelegenheit dazu bekämen, aber sie hatte inzwischen auch einen Freund, und sie waren sich einig, dass sie diese Grenze nicht überschreiten würden.

Je mehr er darüber nachdachte, es Ola zu beichten, desto mehr spürte er, dass ihre bereits brüchige Verbindung die Last eines weiteren Verrats nicht verkraften könnte. Es war so schwer gewesen, sie beim ersten Mal zurückzugewinnen. Er wollte nicht riskieren, dass sein Eingeständnis eines zweiten Techtelmechtels mit Jackie sie als Paar endgültig aus der Bahn warf. Außerdem musste er bei einem solchen Geständnis damit rechnen, dass Ola ihn verließ, konnte sich im Gegenzug aber keinesfalls sicher sein, dass sie die Anschuldigungen gegen ihn endgültig abtat. Eine hohe Gesinnung war zwar ehrenhaft, aber da war er lieber ein mieser Typ, der noch eine Beziehung mit der Frau hatte, die er liebte.

Das Knurren von Michaels Magen bemerkte nicht nur er selbst, sondern machte auch seine Mutter hellhörig.

Sie schnalzte erneut missbilligend mit der Zunge. »Und dieser Junge will mir weismachen, dass er nicht verkümmert«, sagte sie. »Bleib doch wenigstens zum Essen. Es gibt Waakye.«

Dieses ghanaische Reisgericht mit Bohnen würde er niemals ablehnen, nicht einmal an seinem absoluten Tiefpunkt. Das wusste sie.

Michael sah noch einmal auf die Uhr. »Okay, gut. Aber ich kann nicht lange bleiben.«

»Kann Ola jetzt endlich Waakye machen?«, fragte seine Mutter rhetorisch.

Michael ignorierte die weitere Stichelei und machte sich auf den Weg nach unten, wo sein Vater noch immer wie eingefroren in der gleichen Position verharrte, als wäre überhaupt keine Zeit vergangen. Als Michael nach dem Treppengeländer griff, sah er, wie kleine Staubkörnchen aufwirbelten und in der Luft das Licht einfingen. Er betrachtete den ganzen Kram unten im Wohnzimmer. Im Geiste stellte er eine klare Verbindung her zwischen der Angewohnheit seiner Mutter, Dinge zu horten, und seinem eigenen minimalistischen Ansatz, was das Wohnen betraf. Früher hatte sein Vater gerne gescherzt, dass seine Mutter eigentlich einen Teil der Rechnungen aus der Wotaa-Ba-Ba Bar übernehmen müsste, einer Bar, in der »Onkel« eines gewissen Alters Frauen anquatschten, die deutlich jünger waren als sie, da ihr Genörgel ihn ständig dorthin triebe. Michael musste sich eingestehen, dass es ihm fast lieber war, als seine Eltern immer gegeneinander gestichelt hatten. Heute interagierten sie kaum noch miteinander. Ihre Ehe zeichnete sich nicht durch ihr gemeinsames Glück aus, sondern durch die Tatsache, dass sie überhaupt noch bestand.

War das seine Zukunft? Ola, die den Mann verachtete, den sie geheiratet hatte. Er zu deprimiert, als dass es ihn kümmern würde. Die ganze Zeit hatte seine größte Angst darin bestanden, dass sie die Hochzeit abblasen würde, aber nun, da klar war, dass sie in drei Tagen heiraten würden, wurde ihm bewusst, dass dies lediglich der Anfang ihrer Probleme sein würde.

Michael folgte seiner Mutter in die Küche und begann, ihr beim Tischdecken fürs Abendessen zu helfen. Ein schnelles Essen, noch ein paar Worte über die Hochzeit und dann nichts wie raus hier. Er musste sich beeilen. Er konnte Lewis Hale, den ehemaligen Mittelstürmer von Crystal Palace und Mitglied des Ordens des British Empire, nicht länger warten lassen.

14

Noch ein Tag bis zur Hochzeit

Der Waschlappen erwärmte sich durch die Hitze ihrer brennenden Haut, also drehte Ola ihn auf die kühlere Seite. Sie zuckte zusammen. Es funktionierte nicht. Die Kosmetikerin hatte ihr versichert, dass sie sich nach einer Paracetamol und einer kalten Kompresse wieder »pudelwohl« fühlen würde, aber sie hatte Mühe, den kurzen Weg zu ihrem Laptop zu bewältigen.

Im Stehen übte sie leichten Druck auf den Waschlappen aus und begutachtete dabei ihre Nägel. Lang, eckig zugefeilt und perlmuttfarben, mit einem Glitzerstein am Rand. Heute Morgen hatte sie sich auch noch die Zehen in demselben Farbton lackieren und ihre Wimpern verlängern lassen. Die gesamte Prozedur hatte insgesamt sechs Stunden gedauert, die Anfahrt nicht mitgerechnet. Das Waxing der Bikinizone hatte am meisten Zeit gekostet, sogar länger als das Styling ihres Haars, das jetzt glatt zurückgekämmt und schwarz war. Doch langsam fing ihr Nacken an zu schmerzen, der Kopf fühlte sich schwer an vom Gewicht des langen krausen Pferdeschwanzes, den die Friseurin befestigt hatte.

Das Waxing hatte auch deshalb so lange gedauert, weil Ola auf eine zwanzigminütige Pause bestanden hatte. Die Lautstärke ihrer Schreie, guttural und durchdringend, hatte sowohl die Kosmetikerin als auch sie selbst schockiert.

»Wartest du normalerweise immer so lange mit dem Waxing, Herzchen?«, fragte die Kosmetikerin mit missbilligend gekräuselter Nase. Mit ihren behandschuhten Händen schmierte sie Aloe vera auf Olas Leistengegend. Rasch verwandelte sich das Brennen in ein milderes Pochen entlang ihrer Bikinizone.

»Nein«, sagte Ola heiser und blinzelte die Tränen des Schmerzes weg. Angesichts der blondierten Haare und des dunklen Ansatzes der Kosmetikerin malte Ola sich ein Szenario aus, in dem sie sie fragte, ob sie normalerweise so lange mit dem Nachfärben wartete, Herzchen. »Ich war nur sehr beschäftigt. Ich heirate morgen.«

»Oooooh, herzlichen Glückwunsch!«, sagte die Kosmetikerin und schwenkte voller Begeisterung den Holzspatel mit Wachs, das an Honig erinnerte. Sie trug die warme Masse auf die linke Seite von Olas äußeren Vulvalippen und klebte einen weißen Stoffstreifen auf die letzten Härchen. »Okay, meine Liebe, auf drei. Eins ... zwei ...«

Sie riss daran, und wieder brannte Olas Haut wie ein Streichholz.

»Fertig!«, gurrte die Kosmetikerin und zeigte ihr einen dunklen Fleck erstarrter Haare auf der Rückseite des Streifens.

»Keine Sorge, das klingt in ein paar Tagen ab«, sagte sie und quetschte erneut Aloe vera auf ihre Fingerspitzen, um es entlang der äußeren Vulvalippen aufzutragen. »In der Hochzeitsnacht könnte es noch ein bisschen wund sein, aber aus anderen Gründen, was?« Sie kicherte.

Ola konnte sich kein Lächeln abringen. Es fiel ihr schwer, zu lange über irgendeinen Aspekt ihrer und Michaels Beziehung nachzudenken, vor allem aber über Sex. Es war schwierig, seine Vorlieben im neuen Licht der Geschehnisse nicht als etwas Bedrohliches zu werten. Die blauen Flecken an ihren Oberschenkeln und die Bissspuren an ihren Schlüsselbeinen, um die sie ihn angebettelt hatte. Was sagte seine Bereitschaft, ihr Verletzungen zuzufügen, über ihn aus? Über sie selbst? Über sie als Paar?

Humpelnd, mit der kalten Kompresse zwischen den Beinen, fischte sie ihren Laptop unter dem Chaos auf ihrem Schreibtisch hervor. Der Probedurchlauf für die Hochzeitszeremonie war in ein paar Stunden, und sie hatte keine Ahnung, wie sie sich dem stellen sollte. Wie sie sich als funktionierende Frau in einer funktionierenden Paarbeziehung verkleiden sollte.

Sie öffnete Skype. Fola antwortete bereits nach einem Klingeln, leicht pixelig durch die schlechte Verbindung, aber unverkennbar grinsend.

»Alles klar, Zwilling!«

Das Bild war unscharf, aber Ola konnte erkennen, dass sie auf dem Rücksitz eines Autos saß. Sofort machte sich Erleichterung in ihr breit; Fola zu sehen, beruhigte sie immer. Wäre die Verbindung besser gewesen, würde sie in eine nur geringfügig andere Version ihres eigenen Gesichts blicken, ohne die Grübchen, dafür mit einer Stupsnase. Ihre körperlichen Unterschiede waren minimal, abgesehen von den Nasen und der Körpergröße (Fola hatte mit eins fünfundsiebzig zwar Gardemaß, war aber etwas kleiner als ihre ältere Schwester, wie Ola sie immer wieder gerne erinnerte). Außerdem rasierte sich Fola seit ihrem siebzehnten Lebensjahr den Kopf, was sie mit übermäßig viel Schmuck kompensierte: riesige Jade-Ohrringe, die ihre Ohrläppchen nach unten zogen, Ringe mit Quarzsteinen vom Fingerknöchel bis zum Nagelansatz – jedes Stück gab eine bestimmte Energie frei oder wehrte eine andere ab. Ola bekam regelmäßig hübsche Kristalle per Post zugeschickt, mit einem hingekritzelten Zettel ihrer Schwester, auf dem stand, wie man sie »aktiviert«, obwohl sie sie nur als Buchstützen benutzte. Heute hingen ein gesprenkelter rosa Stein und ein glatter trüber Kristall an zwei verschiedenen Ketten um Folas Hals.

Ola schob ihren Laptop nach hinten, in der Hoffnung, dass sich dadurch die Verbindung verbessern würde.

»Hey! Bist du bald da?«

»Bin gerade in London gelandet. Auf dem Weg zu dir, Bitch!«

Fola zögerte kurz. »Geht es dir gut?«

»Ach, Schwesterchen. Heute war verrückt. Hab mir die Nägel und Haare machen lassen und hätte bei einem Monster-Waxing-Unfall fast 'ne Vulvalippe verloren.«

»Die Frisur ist süß! Aber ich weiß echt nicht, wie du diesen Bikiniwachs-Scheiß aushältst«, sagte ihre Schwester. »Die einzige Körperstelle, an der bei mir die Haare runterkommen, ist mein Kopf, àṣẹ.« Sie schlug die Hände vor der Stirn zusammen wie zum Gebet.

»Ich weiß auch nicht, warum ich mir überhaupt die Mühe gemacht habe«, räumte Ola ein. »Es ist ja nicht so, als ob es irgendjemand sehen würde.«

»Du wolltest wohl nicht mit einem Busch im Hafen der Ehe einlaufen, was?«, zog Fola sie auf. »Ich weiß, dass Audre Lorde dich vom Himmel aus schräg anschaut.«

Ola lachte. Vor einem Monat hätte ihre Schwester damit noch recht gehabt, aber in letzter Zeit fühlte Ola sich wie ein wandelnder Widerspruch, sodass sie nicht einmal sicher war, dass es als Heuchelei zählte. Es war schwer zu sagen, wer sie jetzt war, auf wessen »Seite« sie stand, obwohl sie diese vereinfachende Darstellung verabscheute. Aber es war die Wahrheit: Rhians Worte liefen täglich wie in einer Endlosschleife in ihrem Kopf, und wenn sie nicht gerade daran dachte, quälte sie der Gedanke an Nour. Das Mädchen schaute zu ihr auf, wäre jedoch bestürzt, wenn sie die Wahrheit erfahren würde. Bei der Arbeit hatten weder sie noch Kiran seitdem über das gesprochen, was Nour ihnen erzählt hatte, und Ola schämte sich jeden Tag mehr. Sie stieß einen müden Seufzer aus.

»Fola«, sagte sie nach einem Moment. »Ich fühle mich wirklich schlecht, Mann.«

»Hör zu. Das war mir klar!«

Ola spürte, wie sich ihr Mund unwillkürlich zu einem Grinsen verzog. »Die Ahnen haben es dir wohl geflüstert, was?«, sagte sie mit einem gespielten kanadischen Näseln und genoss die letzten flüchtigen Momente der Unbeschwertheit zwischen ihnen.

»Nein, dieses Mal nicht, obwohl sie das normalerweise tun«, schalt Fola sie. »Hab ich vorhergesagt, dass *Love & Hip Hop* als Nächstes nach Miami kommen würde, oder nicht? Von allen fünfzig Staaten!« Selbst mit der schlechten Verbindung konnte Ola sehen, wie sich die Augen ihrer Schwester vor Begeisterung über ihre »Gabe« weiteten.

»Aber es waren meine Zwillingssinne«, fuhr sie fort. »Meine Zwillingssinne haben es gespürt.«

Ola und Fola waren nicht wirklich Zwillinge. Sie sahen sich zwar ähnlicher als so manche eineiigen Zwillinge und waren gleich alt, aber Fola war sieben Monate jünger und hatte eine andere Mutter. Sie hatte auch einen anderen Akzent, da sie in Ontario in Kanada aufgewachsen war. Das Einzige, was sie gemeinsam hatten, war der Vater, aber sie wussten weder davon noch voneinander, bis sie vierzehn waren. Ihr Vater reiste viel und flog regelmäßig zwischen Lagos und London hin und her, um »Geschäfte« zu machen, die jedoch über seine Arbeit hinausgingen, wie sich später herausstellte. Er reiste auch viel nach Nordamerika und versprach Ola immer, dass er ihr eines

Tages die Freiheitsstatue und das Lincoln Memorial zeigen würde. Als Kind war sie davon überzeugt gewesen, dass die beiden Statuen ein Liebespaar waren – ihr Vater redete immer davon, sie zu ihrer Hochzeit mitzunehmen. Er hatte sie auch einmal nach seiner Rückkehr aus Adelaide davon überzeugt, dass die australische Stadt einen Yoruba-Namen trug, nur weil er ihrem eigenen Namen ein bisschen ähnelte. Er war so albern. Wie Fola.

Hatte Ola jemals etwas von seinem Geheimnis geahnt? Hatte es Anzeichen gegeben? Das waren die Fragen, die man ihr stellte, bei der seltenen Gelegenheit, wenn das Thema mit jemandem zur Sprache kam, den sie nicht gut kannte. Die Wahrheit war, dass Ola nicht behaupten konnte, sie hätte eine Ahnung davon gehabt, dass ihr Vater noch eine andere Familie hatte. Sie hatte keinen hinterlistigen Betrüger in ihm gesehen. Ihre Mutter jedoch hatte es nicht geahnt – sie hatte es gewusst. Obwohl Ola ihre Mutter liebte, fiel es ihr deswegen schwer, sie zu respektieren. Sie war immer eher ein Papakind gewesen – und sie erkannte in Michael das gleiche Charisma, den gleichen Humor und die gleiche Großzügigkeit, die sie so sehr vermisste, seit ihr Vater tot war. Ihre Mutter hingegen war traditionell, unterwürfig, ein Fußabtreter; die »Stütze« ihres Vaters als Haushaltsvorstand – alles, was Ola schon damals ablehnte. Manchmal machte sie sich Sorgen, dass sie die Passivität ihrer Mutter geerbt hatte, und kämpfte hart dagegen an. Und obwohl sie intellektuell wusste, dass einzig ihr Vater für seine Fehltritte verantwortlich war, konnte sie sich des Gedankens nicht erwehren, dass man nur respektlos behandelt werden konnte, wenn man es zuließ.

Ihr Vater war 2002 an Prostatakrebs gestorben, und das erste Mal, dass sie und Fola einander vorgestellt wurden, war wenige Tage vor seiner Beerdigung gewesen.

»Das ist deine Schwester Folake«, hatte ihre Mutter gemurmelt, als sie alle in dem feuchten, beengten Wohnzimmer ihrer Familie in Streatham saßen, umgeben von Familienporträts, zu denen Folas Blick immer wieder wanderte. »Sie kommt aus Kanada.«

Anscheinend waren sie in der Familie, schon lange bevor sie sich kennengelernt hatten, als »die Zwillinge« bezeichnet worden. An Folas Gesicht erkannte Ola, wie sehr sie ihrem Vater ähnelte. Er hatte ihnen seine glatte dunkle Haut und die Rehaugen vererbt. Die Verfehlungen ihres Vaters waren seinen beiden Töchtern ins Gesicht geschrieben.

Dass er sie beide manchmal aus Versehen mit dem Namen der jeweils anderen gerufen hatte, wurde zu etwas, worüber sie als Erwachsene lachen konnten. Ebenso wie über die Entdeckung, dass sie beide als einsame Einzelkinder in den Neunzigerjahren die Sitcom *Sister, Sister* geschaut und sich sehnlich gewünscht hatten, auch einen verlorenen Zwilling zu finden. Sie scherzten darüber, dass es höchstwahrscheinlich noch mehr Geschwister über die ganze Welt verteilt geben musste, die wohl eines Tages aus der Versenkung auftauchen würden. Vielleicht eine »Bola« in Kentucky oder eine »Lola« in Neuseeland.

»Und die *Dreistigkeit*, uns Namen zu geben, die sich reimen?«, gackerte Fola dann. »Nigerianische Männer haben echt Nerven!«

»Wie oft denn noch – Olaide und Folake reimen sich nicht!«, hielt Ola dann immer dagegen.

»Du weißt ganz genau, was ich meine. Dad war echt krass.«
»Ja«, lachte Ola dann. »Er fehlt mir.«
»Mir auch.«

Mit der Zeit erinnerte Fola ihre Schwester Ola nicht mehr auf eine schmerzhafte Weise an ihren Vater. Auch Olas Mutter schloss Fola nach einer Weile ins Herz, und die Mutmaßungen bei Besuchen, dass es sich bei den beiden Mädchen um ihre Zwillingstöchter handelte, machten die Sache weniger belastend. Aber es war auch schwer, Fola nicht zu mögen: Sie war die Verkörperung eines sonnigen Sonntagmorgens, und sie hatte die gleiche gewinnende Ausstrahlung wie ihr Vater. Ola sah sie nicht so häufig, wie sie es sich gewünscht hätte – Fola hatte das Reisefieber ihres Vaters geerbt und unterrichtete derzeit Englisch in Panama –, aber sie sprach öfter mit ihr als mit den meisten Menschen, die mit ihr in derselben Stadt wohnten.

»Also, was ist los?«, fragte Fola, stützte das Kinn auf die Hand und lehnte sich in Richtung Display vor, als säße sie ihr in einem Costa-Coffeeshop gegenüber. »Die Probe ist um siebzehn Uhr dreißig, oder? Weißt du schon, wie man deinen neuen Nachnamen ausspricht? Ich weiß das nämlich hundertpro nicht!«

Olas Schneidezähne bohrten sich so fest in ihre Unterlippe, dass sie fast damit rechnete, gleich Blut zu schmecken, weil sie sie versehentlich aufschlitzte wie das Segment einer Satsuma.

»Ich weiß nicht, ob ich das kann.«

Die Verbindungsqualität verschlechterte sich noch, und Bild und Ton wurden unsynchron, als ihre Schwester mit dem Oberkörper ruckartig zurückwich und sagte: »Warte ... warte mal. Was kannst du nicht? Die Probe heute Abend? Oder *morgen*?«

Ola nickte stumm.

Ihre Schwester zog die Augenbrauen hoch. »Schwester, ich bin extra aus ...«

»Weißt du noch, als du mir gesagt hast, ich solle jemanden beauftragen, der herausfindet, wer hinter der Liste steckt?«, unterbrach sie sie. »Damit ich Fragen stellen kann und so?«

Fola dachte einen Moment lang nach. »Ja, gewissermaßen. Ich meine, das war ein Scherz, aber klar.«

»Na ja, das hab ich gemacht, aber für Michael. Ein Privatdetektiv verfolgt ihn seit einem Monat.«

Folas Augen traten hervor, ihr blieb der Mund offen stehen, und sie presste die Hände an ihre Wangen. Sie wurde zu einem gespenstisch genauen Abbild von Edvard Munchs *Der Schrei*, mit ihrem kahlen Kopf und dem cartoonartig erschrockenen Gesichtsausdruck.

»Er hat nichts gefunden«, beteuerte Ola schnell. »Aber irgendwie ist das auch ein Problem, weil ich wohl nie erfahren werde, was wirklich dahintersteckt, oder, Fola? Ich werde nie die Wahrheit herausfinden. Wie kann ich ihm jemals wieder vertrauen? Wie kann er mir vertrauen, wenn ich ihm nachspioniert habe?« Und dann kamen ihr die Tränen.

Fola stützte sich mit der Hand auf ihre Oberschenkel und senkte kraftlos den Kopf, ein Abbild ihrer schwer angeschlagenen Schwester. »Ach du Scheiße. Ich ... ich weiß gar nicht, was ich sagen soll«, stammelte sie. »Ich dachte, es wäre jetzt okay, nach den E-Mails von seinen früheren Arbeitsstellen? Ich bin davon ausgegangen, dass du deshalb nicht mehr darüber redest, verstehst du? Wo doch schon morgen die Hochzeit ist und so? Scheiße! Verdammt.«

Als hörte sie die Hysterie in ihrer eigenen Stimme, zwang sich Fola, ruhiger zu atmen, um sich wieder zu beruhigen, und schloss die Augen. Sie strich über den rosa Stein, der an ihrem Hals baumelte. Wahrscheinlich beschwört sie Kraft für uns zwei herauf, dachte Ola, von ihren Steinen oder ihren Vorfahren oder von beiden.

»Okay.« Mit einem weiteren tiefen Atemzug war Fola wieder voll da und wechselte wie üblich in den Problemlösungsmodus.

»Heul nicht. Das kommt alles wieder in Ordnung, okay? Okay. Wen muss ich anrufen? Was soll ich tun?«

Genau dafür brauchte Ola ihre Schwester jetzt: Sie übernahm die Kontrolle in einer Sache, die vollkommen außer Kontrolle geraten war. Sie nahm den Platz in der Realität ein, den Ola schon lange geräumt hatte. Sie brauchte ihre Schwester, um einzugreifen, um voranzugehen. Aber was Ola *wollte*, war etwas anderes: Sie wollte, dass ihre Schwester sich ihre wirren Gedanken anhörte, dass sie ihr nicht unbedingt half, sie zu verstehen, sondern sie einfach zur Kenntnis nahm, damit sie nicht die ganze Zeit mit sich selbst redete. Keine Aufmunterung, nur ein unparteiischer Gast ihrer Selbstmitleidsorgie.

»Ich weiß nicht. Mann ... ich bin so blöd.«

»Du bist nicht blöd«, fuhr Fola sie an. Ihre Schwester war immer bereit, gegen Olas Feinde zu kämpfen, selbst wenn es sich dabei um Ola selbst handelte.

Ola schüttelte den Kopf. »Vielleicht hätte ich es direkt beenden sollen, als ich die Liste gesehen habe. Aber ich kann ihn nicht einfach fallen lassen, ohne die Wahrheit zu kennen. Ich liebe ihn, Fola. Zu sehr. Es klingt dumm, aber ich liebe ihn.«

»Das heißt nicht, dass du dumm bist, sondern einfach menschlich«, sagte Fola. Ihre Worte waren eine hörbare Umarmung. »Was würden wir für Entscheidungen treffen, wenn uns die Liebe nicht um den Verstand bringen würde? Das Leben wäre perfekt. Gut, es gäbe Beyoncés *Lemonade*-Album nicht. Oder *Ctrl* von SZA. Geschweige denn irgendwas von Adele ... Okay, uns würden ein paar Herzschmerz-Burner fehlen, aber du weißt, was ich meine!« Sie wurde still, im Hintergrund dudelte leise Kiss FM vor sich hin. »Aber, Schwester, was auch immer du vorhast, du musst etwas tun. Und zwar schnell.«

Das musste sie, und sie wusste es. Aber Ola fühlte sich vollkommen kraftlos, allein, wenn sie an die komplizierten Telefonate dachte, die sie mit jedem einzelnen Gast würde führen müssen, wenn sie die Hochzeit jetzt noch absagte, denn den wahren Grund dafür könnte sie sowieso niemandem erklären. Und dann waren da ja auch noch die erdrückenden Schulden und ausstehenden Zahlungen. Ganz zu schweigen von der Schande. Michael zu heiraten, war zum jetzigen Zeitpunkt der einzige Weg, der Sinn machte. Sie hatte keine Beweise für seine Unschuld, aber auch keine dafür, dass er schuldig war. Und abgesehen von dem logistischen Albtraum und dem finanziellen Verlust fühlte sich die Vorstellung, ohne Michael zu leben, für sie so an, als hätte sie überhaupt kein Leben mehr – wie ein pechschwarzes Nichts. Er war die Liebe ihres Lebens, ob es ihr nun gefiel oder nicht.

Vor alldem hatten sie sich bereits überlegt, wo sie zusammen ein Haus kaufen würden, und sie hatten den Zeitplan besprochen, wann sie das mit dem Kinderkriegen angehen wollten. Konnte sie das hier wirklich beenden und noch einmal neu anfangen? Wieder all die Dating-Apps installieren, eine Version von sich präsentieren, die ein Vorläufer ihres wahren Ichs war, erst den Small Talk und dann die großen Gespräche führen, nur um dann geghostet zu werden und alles bis zum nächsten Mal zu deinstallieren? Allein der Gedanke daran ermüdete sie genauso, wie wenn sie diese Geschichten von Ruth hörte.

Von all den geschlechtsspezifischen »Gaps«, über die sie bei *Womxxxn* schrieb – dem Pay-Gap, dem Orgasmus-Gap –, war es der Zeit-Gap, der sie am wütendsten machte. Und zwar nicht nur in Bezug auf die Freizeit, die Männer im Vergleich zu Frauen im Durchschnitt hatten. Sie sträubte sich gegen die Vorstellung, dass »Mädchen schneller reifen als Jungen«, aber Tatsache war, dass Michaels neunundzwanzig und ihre einunddreißig Jahre praktisch Lichtjahre auseinanderlagen. Ihr Altersunterschied war so klein und doch so groß. Er hatte noch ein weiteres Jahrzehnt, vielleicht sogar mehr, bevor er sich ernsthaft Gedanken über Kinder machen musste. Seine Dreißiger würden das sein, was ihre frühen Zwanziger gewesen waren: ein Alter der Erkundung, Jahre, die er sich leisten konnte zu verschwenden. Theoretisch glaubte sie an die Vorzüge des Singledaseins: Frauen lebten länger und waren statistisch gesehen glücklicher. Aber vielleicht war sie Frankie ähnlicher, als sie dachte: Die Kluft zwischen dem, was sie war, und dem, was sie glaubte zu sein, war groß. Und die Kluft zwischen dem, was sie selbst dachte zu sein, und dem, was die *Leute* von ihr dachten, war die größte von allen. Selbst sie war erstaunt, wie viel ihr eine Hochzeit ganz in Weiß offensichtlich bedeutete.

»Ich weiß es einfach nicht, Fola.«

Ihre Schwester richtete sich auf. »Traust du ihm?«

Schweigen. »Manchmal. Meistens ... Glaube ich wirklich, dass er zu dem fähig ist, was ihm vorgeworfen wird? Nein. Aber das heißt doch nichts, oder?« Ola traute sich ja selbst kaum noch über den Weg; sie war sich nicht sicher, wie sehr die Liebe möglicherweise ihr Urteilsvermögen vernebelte. Aber es war ihr auch unmöglich, das Gefühl abzuschütteln, dass es sich bei alldem nur um einen schrecklichen Irrtum handeln konnte. Und die Vorstellung, dass das der Wahrheit entsprach und Michael wirklich unschuldig war, war oft noch schlimmer. Was er dann hatte durchmachen müssen.

Fola nickte, als würde sie sich Notizen machen. »Macht er dich glücklich?«

Michael machte sie glücklich. Aber er machte sie auch oft traurig. Nicht in gleichem Maße. Er hatte sie mit seinen Lügen verletzt und ihr Vertrauen erschüttert. Aber er gab ihr auch das Gefühl, dass sie alles tun konnte. Als *sollte* sie alles tun. Sie dachte an damals, als sie auf Santorin gewesen waren und sie darauf bestanden hatte, den Vulkankrater zu erklimmen, nur um dann festzustellen, dass Havaianas nicht das beste Schuhwerk dafür waren. Am Ende trug er sie fast den ganzen Weg auf dem Rücken und gab kein einziges Mal ein selbstgefälliges »Ich hab's dir ja gesagt« von sich, wie sie es an seiner Stelle getan hätte. Michael liebte sie, mit all ihren Macken und Fehlern. Und deshalb gab es eine Seite an ihr, die niemand außer ihm sah und die nur er ihr entlocken konnte. Vielleicht hatte er diese Seite an ihr überhaupt erst erschaffen? Er bestärkte sie, sorglos und albern zu sein. Er kitzelte die ulkige Seite an ihr heraus, eine Eigenschaft, die man ihr nicht mal als Kind zugesprochen hätte.

Bei Michael bekam sie nicht nur weiche Knie, sondern wurde auch schwach; sie hatte so wenig Standhaftigkeit, wenn es um ihn ging. Der Apfel fällt nicht weit vom Stamm, dachte Ola, als ihr die Beziehung ihrer Mutter zu ihrem Vater in den Sinn kam.

»Er macht mich nicht so traurig, wie ich ohne ihn wäre«, sagte sie wahrheitsgemäß. Sobald das Geständnis ihre Lippen verlassen hatte, war die Entscheidung gefallen, das wussten sie beide. Folas Gesicht sah aus, als hätte sie gerade in eine Zwiebel gebissen, die sie mit einem Apfel verwechselt hatte. Trotzdem blieb sie besonnen und fasste erneut nach ihrem rosa Stein.

»Hör zu, ich werde dich unterstützen, was auch immer du tust, okay? Dafür bin ich da. Außer du versuchst wieder, mich neben Michaels geisteskranke Cousine zu setzen – das ist etwas anderes.«

Ola verdrehte die Augen. »Okay, lass uns bitte nicht leichtfertig psychische Krankheiten stigmatisieren.«

»Das ist die Ola, die ich kenne!«, rief ihre Schwester mit einem erfreuten Händeklatschen. Die ganze Anspannung war aus ihrer Stimme gewichen. »Sie ist zurück!«

Ola musste leicht schmunzeln. »Gifty ist nicht geisteskrank. Sie verbreitet bloß starke Hexen-Vibes.« Sie nickte ins Display. »Nichts gegen die übernatürliche Community.«

»Ist klar«, sagte Fola scherzhaft.

»Danke«, sagte Ola ernst, als ihr Kichern verklungen war.

»Ja, ja, ich bin die Größte, das wissen wir ja«, lachte Fola. Dann wurde auch ihr Gesicht wieder ernst. »Aber ich bin für dich da. Immer. Das weißt du, oder?«

»Ja«, sagte Ola unter Tränen und voller Sehnsucht, nicht nur ihre Schwester, sondern auch ihren Vater in den Arm nehmen zu können. »Danke, Zwilling.«

15

Noch ein Tag bis zur Hochzeit

Michael schrieb eilig eine Nachricht an Ola, während er den Kiesweg zu Lewis' Haus im gediegenen Orpington entlangging. Aus den Augenwinkeln bemerkte er unbewusst, wie grün die Gegend war.

> Hab die Programmheftchen für die Hochzeit bei mir vergessen. Kannst du sie bitte mitbringen? Sie sind in einer Tüte auf dem Küchentisch.

Er war direkt vom Barbershop weiter zu Lewis gefahren und hatte sie in der Eile einfach vergessen. Wenn er jetzt noch mal zurückfahren und sie holen würde, würde er die komplette Ablaufprobe verpassen.

Michael war sich sicher, dass die Begegnung mit der Crystal-Palace-Legende Lewis Hale heute Nachmittag noch der am wenigsten surreale Teil seines Tages sein würde. Bei der Probe heute Abend würden alle dabei sein: Kwabz, Amani, Seun. Celie, Ruth, Fola. Olas Mutter, seine eigene Mutter, sein Vater und Pastor Oyedepo. Geteilt in zwei Lager von entweder Unwissenden oder widerwilligen Helfern, die nur aus Loyalität die Fassade aufrechterhielten. Insgeheim rechnete er damit, eine leere Kirche vorzufinden. Seit dem schicksalhaften Tag, an dem die Liste online gegangen war, hatte er von Ola nichts mehr zu den Hochzeitsvorbereitungen gehört. Er fragte sich sogar, ob sie überhaupt auf seine Nachricht antworten würde, denn wenn ja, wäre das die Bestätigung dafür, dass sie es wirklich durchziehen würden.

Als er die Einfahrt erreichte, bemerkte Michael zwei Range Rover, die vor dem Haus geparkt waren, einer schwarz, einer silbern. Der Kies unter seinen Füßen wurde immer feiner, und schon bald stand er vor einem Anwesen, das an einen BBC-Sonntagabendfilm erinnerte. Er wusste, dass Lewis sehr wohlhabend war, aber das änderte nichts daran, dass ihn dieser Anblick umhaute. Dies war kein normales Haus, sondern ein Anwesen, das sich endlos ausdehnte und von einer üppigen Vegetation umgeben war.

Ursprünglich hatten sie sich vor zwei Tagen im Walworth Arms treffen wollen, einem Pub in Beckton, das aussah, als stamme es direkt vom Set einer Soap aus den Midlands. Lewis schrieb ihm einen Tag vor dem geplanten Treffen eine Nachricht:

> Michael, Kumpel ich werde mit einer schwarzen
> Schiebermütze an der Bar auf dich warten :)

Michael wusste, dass Lewis wusste, dass Michael genau wusste, wie er aussah. Schließlich war er ein sehr berühmter Mann, selbst für Nicht-Fußballfans. Es war klar, dass Lewis die Nachricht nicht geschickt hatte, weil er Angst hatte, Michael würde ihn nicht erkennen, sondern weil er befürchtete, dass er nicht kommen würde.

Am Ende hatte er es wirklich nicht geschafft, aber nicht, weil er es nicht gewollt hatte. Von seinen Eltern wegzukommen, war kein leichtes Unterfangen. Nachdem seine Mutter ihn mit Waakye, Shito und gekochten Eiern vollgestopft hatte, machte sie ihrer Sorge darüber Luft, wie müde und erschöpft er doch aussähe, und versicherte ihm, dass ein kurzes Nickerchen ihm keinesfalls schaden würde – sie würde ihn auch in einer halben Stunde wecken. Er ließ sich nicht lange bitten, wachte allerdings erst gegen ein Uhr nachts wieder auf, mit neun verpassten Anrufen auf dem Handy, zugedeckt und mit Abdrücken des Couchkissens auf seiner Wange.

Diesmal hatten sie vereinbart, sich bei Lewis zu Hause zu treffen. In ihren kurzen Gesprächen war es bisher immer ausschließlich um die Liste gegangen und um ein mögliches Treffen, um sich darüber auszutauschen, aber Lewis beendete jede Nachricht zwischen ihnen mit einem Smiley aus Doppelpunkt und Klammermund, als ob ihm nicht nur die Einführung von Emojis, sondern auch der Ernst der Lage entgangen wäre. Michael war sich nicht ganz sicher, wie Lewis überhaupt an seine Nummer gekommen war, aber er ging davon aus, dass es wohl für einen pensionierten Fußballer, der so berühmt war wie Lewis Hale, keine große Schwierigkeit darstellte, so etwas zu arrangieren. Es war früh am Morgen gewesen, als Lewis ihm zum ersten Mal eine Nachricht geschickt hatte:

> Hi, Lewis Hale hier. Ist das die richtige Nummer von Michael Koranteng? Hoffe, es macht dir nichts aus, dass ich dich kontaktiere :)

Natürlich war Michael erst einmal überzeugt gewesen, dass es sich gar nicht wirklich um Lewis Hale handelte. Er dachte, es wäre irgendein Troll, der ihn wegen der Sache mit der Liste beschimpfen würde, sobald er antwortete. Erst als Lewis' Agent sich mit ihm in Verbindung setzte, wurde ihm klar, dass es sich um eine ernst gemeinte Nachricht handelte. Der Agent teilte Michael mit, dass Lewis es vorziehen würde, am Telefon mit ihm zu sprechen, und kurz darauf rief Lewis ihn persönlich an und schlug vor, dass sie beide sich für »ein Gespräch« auf ein Bier treffen sollten.

»Wenn du ›Gespräch‹ sagst, meinst du dann über die Liste?«, erkundigte sich Michael, der leichte Schwierigkeiten hatte, das gegenwärtige Szenario zu begreifen.

»Genau«, sagte Lewis. Seine Stimme klang wie aus einer Zeitkapsel. Nur schwarze britische Männer eines bestimmten Alters sprachen mit diesem Pseudo-Cockney-Akzent, bei dem das »H« verschluckt wurde und der so mühelos in einen karibischen Singsang überging.

»Du willst mit *mir* darüber reden?«, hakte Michael erneut nach.

»Gut erkannt, Junge.«

»Darf ich fragen, warum? Ich will nicht respektlos sein, aber du weißt doch gar nichts über mich.«

»Stimmt, das tue ich wirklich nicht«, räumte Lewis ein. »Aber ich weiß ein bisschen was über deine Freundin. Ich hab sie gegoogelt.« Das sagte er, als wäre es das Normalste der Welt.

»Na ja, eigentlich hat meine Assistentin das gemacht, nachdem sie alle anderen überprüft hatte. Als sie bei dir angekommen war, ist sie auf sie gestoßen. Ola, die Journalistin, richtig? Eine der Guten, so wie es aussieht. Sie schreibt über einige ... *interessante* Dinge!« Lewis begann zu lachen, und Michael wartete darauf, dass er endlich auf den Punkt kam. »Jedenfalls gehe ich davon aus, dass es einen guten Grund dafür gibt, wenn sie sich als Feministin für dich verbürgt.«

Michaels Magen zog sich zusammen, als er das sagte. Olas

Anwesenheit in seinem Leben war anscheinend wie ein Schwamm, der entweder seinen Dreck wegwischte oder die gegen ihn gerichteten giftigen Anfeindungen aufsaugte. In den Augen der Leute war er ein besserer Mensch, weil sie mit ihm zusammen war – und sie beurteilten sie aus demselben Grund schlechter. Er wusste, dass sie, wenn sie ihn verließe, ungewollt seine Schuld bestätigen würde, aber es war das erste Mal, dass das von außen so deutlich an ihn herangetragen wurde. Wahrscheinlich war es das Beste, dass sie nicht wusste, dass er sich mit Lewis traf. Wie könnte er ihr auch erklären, dass er sich mit jemandem zusammentat, dem »homophobe Übergriffe« und »Beschimpfungen« vorgeworfen wurden, wenn er es kaum vor sich selbst rechtfertigen konnte? Und spielte an diesem Punkt ein weiteres Geheimnis überhaupt noch eine Rolle?

Michael konnte sich nicht erklären, warum Lewis überhaupt mit ihm Kontakt aufnahm. Lewis war nicht wie er; er war schon wegen aller möglichen Dinge in den Zeitungen gewesen. Die Liste kursierte nur in bestimmten Kreisen und hatte den durchschnittlichen *Strictly Come Dancing*-Zuschauer noch nicht erreicht. Sie saßen bei Weitem nicht im selben Boot.

Lewis stand am Fuß der großen Steintreppe, die zur Haustür hinaufführte, als Michael ankam. Das Erste, was Michael auffiel, war seine Körperhaltung. Er stand kerzengerade mit zurückgenommenen Schultern da wie ein Anwalt, der vor Gericht sein Eröffnungsplädoyer hält. Nur sein Gesicht verriet Sorge. Michael überragte ihn fast um einen Kopf, aber Lewis in seinen Vierzigern wirkte noch genauso stark und athletisch, wie Michael ihn als Kind auf dem Spielfeld erlebt hatte. Er hatte eine Glatze – kein einziges Haar war auf seinem Kopf zu sehen –, aber seine kaum vorhandenen Bartstoppeln waren grau meliert. Er hatte recht helle Haut, deren Farbe ein wenig an geröstete

Cashewnüsse erinnerte, und einige Sommersprossen. Krähenfüße saßen an den Rändern seiner freundlichen Augen, und feine Lachfalten umrahmten einen breiten Mund, in dem etwas zu große Verblendschalen saßen.

»Michael, wie läuft's, mein Sohn«, rief Lewis ihm entgegen, als er auf ihn zukam, und sein Gesicht fing vor Erleichterung zu strahlen an. Er streckte ihm die Hand entgegen. »Lewis.«

Michael fand es seltsam, dass sich jemand vorstellte, der genau wusste, dass man wusste, wer er war. Michael kannte Lewis nicht erst von der Liste. Er kannte ihn von Fußballsammelkarten und Plakaten zum Black History Month in der Grundschule, breit lächelnd zwischen einer schlecht gezeichneten Mary Seacole und einem Richard Blackwood. Michael und Amani hatten beide sein Trikot mit der Nummer 9 getragen. Er wusste, dass er 115 Tore in 263 Spielen für Crystal Palace geschossen hatte und vierzehn Hattricks zu verzeichnen hatte. Er war der zweitbeste Torschütze in der Geschichte von Palace, Kommentator bei der langjährigen BBC-Sendung *Match of the Day*, und Michaels Mutter liebte ihn in der *The One Show*.

»Das weiß ich, Mann.« Michael war ein bisschen beeindruckt. »Du bist eine Legende.«

Lewis lächelte nervös. »Danke, Kumpel«, sagte er und ging die Treppe hinauf zu den Steinsäulen, hinter denen eine riesige Eingangstür aus massivem Eichenholz wartete. »Komm rein.«

Michael fiel auf, wie hoch die Decke der Eingangshalle war, auch die mächtigen Bögen. In der Mitte hing ein enormer Kristallkronleuchter, und auf der linken Seite befand sich eine beeindruckende Treppe mit originalem antikem Holzgeländer. An den Wänden hingen überall Schwarz-Weiß-Porträts seiner Frau Samantha, die Michael aus der *Daily Mail* und aus irgendeiner Realityshow, in der Prominente irgendetwas machten, kannte.

Lewis sah zu, wie Michael gaffte. »Willst du die große Tour?«

In den letzten Jahren hatte es in den Medien Gerüchte über Lewis' schwindendes Vermögen gegeben, aber ein Blick auf sein Haus führte diese Gerüchte sofort ad absurdum. Trotz seines klassischen Äußeren war die Innenausstattung des Hauses höchst modern. Die meisten Wände waren in gebrochenem Weiß gehalten, und die Böden bestanden aus grauem Eichenparkett. Jeder Raum wirkte wie aus einem Luxushotel – der Fitnessraum, der Swimmingpool, der Fernsehraum –, und es duftete nach Sandelholz. Das galt sogar für die Küche, in der es nicht so roch, als hätte jemals irgendwer darin gekocht. Michael war eingeschüchtert von der strengen Form der Wasserhähne an der Spüle, die an das Tesla-Logo erinnerten und aussahen, als wären sie von einem der Ingenieure dort entworfen worden. Im Wohnzimmer waren geschmackvolle Pseudoakte von Samantha zu sehen. Dünn und mit weitgehend ausdrucksloser Miene war sie praktisch Teil der Einrichtung, wie das sprechende Inventar in *Die Schöne und das Biest*. Man hätte meinen können, sie wäre einst ein anthropomorphes Bügelbrett gewesen, bis der Kuss der wahren Liebe sie in eine sehr schlanke litauischstämmige Frau mit glasigen grauen Augen, tiefschwarzem Haar und schneeweißer Haut verwandelt hatte, die fast ausschließlich beigebraune Athleisure Wear trug.

Wie alle anderen Gemeinschaftsbereiche war die Küche schnittig, cremefarben und schmutzempfindlich. Samantha war nicht anwesend, aber selbst die Dinge, die auf ihre Existenz hinwiesen – die aufgefächerten Modemagazine auf dem Couchtisch, die Louboutins im Flur –, wirkten rein dekorativ. Michael wollte nur ungern irgendwelche Spuren seiner Anwesenheit hinterlassen, die so gar nicht zu der sterilen Ästhetik passten.

Er war dankbar, als sein Handy summte und er etwas mit seinen Händen anfangen konnte. Es war Ola. Sie hatte auf seine Nachricht mit einem »Daumen hoch«-Emoji geantwortet. Nun war es klar. Die Hochzeit fand statt.

»Alles okay?«, erkundigte sich Lewis, der Michaels beunruhigten Gesichtsausdruck bemerkt hatte.

»Äh, ja, alles klar. Ola holt die Programmhefte für die Hochzeit bei mir zu Hause ab. Heute Abend ist der Probedurchlauf. Morgen die Trauung.«

»*Morgen?*«

Michael nickte und konnte es selbst kaum glauben. Lewis gab ein anerkennendes Schnalzen von sich. »Tja, dann brauchst du ja dringender einen Drink als ich«, sagte er und blickte zu der mit Wein gefüllten Vitrine an der Wand hinüber.

Er fragte Michael, was er wolle, und holte dann zwei Flaschen Guinness aus einem Kühlschrank, der so groß war wie ein Kleiderschrank. Er war mit Fotomagneten übersät, auf denen zwei lächelnde Heranwachsende mit krausem Haar abgebildet waren. Er stellte die Flaschen auf Glasuntersetzer auf dem großen Quarz-Couchtisch im Wohnzimmer ab.

»Danke fürs Kommen, Kumpel«, sagte er zu Michael. Er ließ sich auf die Couch sinken. »Ich weiß, es ist nicht gerade deine Gegend.«

»Es ist schön ruhig«, sagte Michael.

Lewis erklärte, er sei in Elephant and Castle aufgewachsen. Im Herzen war er ein »Junge aus Südlondon«. »Obwohl mir das The Glades auf jeden Fall lieber ist als das Elephant-and-Castle-Einkaufszentrum«, sagte er lachend. »Ich weiß, dass ich das eigentlich nicht sagen darf.«

Sein Team hatte ihn am Tag der Veröffentlichung der Liste auf die Anschuldigungen aufmerksam gemacht, in denen die

Rede von »homophoben Übergriffen« und »Beschimpfungen« war. Seither verfolgten sein Agent, sein Manager und sein Pressesprecher das Geschehen, wie sie es auch bei jeder anderen öffentlichen Berichterstattung über ihn taten. Bis dato fand das Thema wenig Beachtung – Lewis war älter und weniger online unterwegs. Aber er war auch einer der berühmtesten Männer des Landes.

»Nur eine Frage der Zeit, bis sie anfangen, Namen zu veröffentlichen«, erklärte er. »Die Zeitungen bringen eine Titelgeschichte über einen Tweet, der von einem Satire-Account stammt, und fragen sich dann, woher die ganzen Fake News kommen. Von ihnen! Es kommt verdammt noch mal von ihnen! Ich hätte nie gedacht, dass es noch schlimmer werden könnte als zu meiner Glanzzeit – jede zweite Woche wurde ich beschuldigt, einen Absacker mit irgendeiner Prostituierten genommen oder einen Dreier mit ein paar Spielerfrauen gehabt zu haben. Aber heutzutage? Heute sind alle Zeitungen quasi Boulevardblätter, und ihre Quellen? Twitter!«, sagte er verächtlich. »Aber was rede ich. Du hast es ja auch nicht leichter, oder?« Er hielt einen Moment inne. »Was ist deine Geschichte? Wie ist ein netter Kerl wie du da drauf gelandet? Oder bist du ein mieser Kerl wie der Rest von den Genannten?«

Michael starrte auf seine Flasche.

»Ein Mädel, mit dem ich was hatte«, sagte er und wusste, wie es klingen musste. »Ein Fan von meinem alten Podcast. Wir hatten eine Weile was am Laufen, während ich mit meiner Freundin zusammen war. Ich war nicht ganz korrekt zu ihr, aber in keiner Weise wie das Zeug, was auf der Liste steht. Als ich mich zurückgezogen habe, fing sie an, mir zu drohen, dass sie ›mein Leben ruinieren‹ würde. Scheint, als hätte sie es ernst gemeint. Aber ja. Ich hab's verbockt.«

Lewis warf ihm einen wissenden Blick zu. »Derjenige, der ohne Sünde ist, und so weiter.« Er hielt kurz inne. »Weiß sie es? Deine bessere Hälfte?«

»Nein.«

»Shiiit.« Er zog das I dramatisch in die Länge und nippte dann an seinem Guinness, als ob er versuchen wollte, das Gesicht zu verbergen, das er unweigerlich ziehen musste.

»Es war nichts Körperliches«, sah Michael sich veranlasst zu sagen, »zwischen mir und dieser Frau. Wir haben nicht miteinander geschlafen.«

Er zuckte zusammen, als er sich selbst hörte. Für den ehemaligen Premier-League-Fußballer war unverhohlene Untreue vermutlich begreiflicher.

Je redlicher er sich zu präsentieren versuchte, desto absurder klang er. Als hätte er seine Beziehung für läppisches Sexting aufs Spiel gesetzt. Lewis nickte trotzdem.

»Kommt vor«, sagte er und kratzte sich im Nacken. »Und wie sieht's jetzt aus?«

»Na ja, wie's scheint, werden wir morgen heiraten, obwohl Ola im Grunde gesagt hat, dass sie mir nie wieder vertrauen wird, wenn ich ihr nicht meine Unschuld beweise. Was ich nicht kann, ohne ihr von Jackie zu erzählen.«

»Tut mir leid, Kumpel. Klingt nach 'ner echten Zwickmühle.« Lewis nahm einen weiteren traurigen Schluck. Er verzog betrübt den Mund, sobald er die Flasche absetzte. »So kann's laufen.«

Michael fühlte sich unbehaglich, als er Lewis so niedergeschlagen sah. Es war, als müsse er mit ansehen, wie sein eigener Vater einen Kampf verlor; ein Teil seiner Kindheit wurde vor seinen Augen niedergeknüppelt. Er veränderte nervös seine Sitzposition, und die cremefarbenen Lederbezüge quietschten leise.

»Weißt du, was das Schlimmste für mich ist?«, fuhr Lewis fort. »Ich kann mich nicht mal verteidigen, sagt mein Agent. Wenn ich ein Interview gebe und sage, dass ich nicht homophob bin, werden die meisten Leute, die noch gar nichts davon mitbekommen haben, sagen: ›Wer hat das denn behauptet?‹« Er schüttelte fassungslos den Kopf. »Es würde der Sache nur mehr Aufmerksamkeit bringen.«

»Aber es ist ja nicht wahr, oder?«, meinte Michael fast reflexartig.

Lewis blickte vom Tisch auf. »Stimmt das mit dir etwa?«

»Nein.«

»Na dann«, schnaubte er. »Glaubst du, wir würden hier sitzen, wenn das über mich wahr wäre?« Er nahm einen weiteren Schluck aus seiner Flasche. »Wenn du mich das fragst, klingst du wie all die Idioten im Internet.«

Michael hob abwehrend die Hände. Er hatte doch nur eine Frage gestellt. Hatte er auf Olas Frage genauso übertrieben reagiert?

Lewis schloss die Augen und lehnte sich zurück. »Tut mir leid. Ich wollte nicht sauer werden.« Er starrte auf sein Getränk. »Du kennst mich ja überhaupt nicht – wer sagt denn, dass ich nicht irgendeine arme Tunte verprügelt habe?« Er holte eine Zigarette und ein Zippo-Feuerzeug aus Edelstahl aus der Innentasche seines Blazers und hielt es an das Ende der Zigarette. »Macht es dir was aus?« Michael schüttelte den Kopf, und Lewis schnippte den Deckel des Feuerzeugs nach oben. Dann nahm er einen tiefen Zug und schloss wieder die Augen.

»Als meine Verlobte mich gefragt hat, ob die Behauptungen über mich wahr sind, war ich auch sauer«, gestand Michael nach einer Weile. »Dass sie dachte, ich könnte so einen Scheiß machen ... Das macht mich immer noch fertig. Ich weiß ja, dass

ich nicht perfekt bin. Ganz und gar nicht, aber ich bin nicht ...«
Er verstummte, und Lewis nickte.

»Du scheinst ein anständiger Kerl zu sein, Michael«, sagte er. »Klingt, als wärst du in eine Situation geraten, in der du eigentlich nicht sein solltest. Ich bin sicher, sie weiß das.«

»Ich bin mir da aber leider gar nicht mehr so sicher, Mann. Und die Wahrheit ist ja auch nicht viel besser. Ich hab sie hintergangen.«

»Versteh ich«, sagte Lewis. »Die Wahrheit tut weh.« Er führte die Zigarette wieder an seine Lippen und sah Michael dann direkt an, prüfend. Er wirkte plötzlich richtig gequält. »Kann ich dir was sagen, Kumpel?«

Michael zuckte mit den Schultern. »Schieß los.«

Lewis senkte den Blick, bevor er sprach, die Stirn in Falten gelegt. »Als deine Frau dich das gefragt hat, warst du wütend auf sie, weil du diese Dinge nicht getan hast, richtig?« Michael nickte kurz. »Aber weißt du, als ich jetzt sauer wurde, weil du mich gefragt hast, dann deshalb, weil ich es getan habe.«

Michael sank verblüfft auf seinem Sessel zurück. Hatte er sich verhört? Oder wollte Lewis ihn mit einem schlechten Scherz schockieren? Michael hatte keine Zeit für so etwas.

»Ich bin in die Defensive gegangen«, fuhr Lewis fort, »weil es kompliziert ist.«

Nur das Klirren von Lewis' Guinness auf dem Glasuntersetzer war zu hören. Michael wartete ab und wurde von einem plötzlichen Unbehagen gepackt. Lewis schien in diesem Moment ernster zu sein als während ihres gesamten Gesprächs bisher, und Michael hatte Angst, wohin das Ganze führen könnte. Mit wem hatte er sich da unterhalten, wem hatte er sich anvertraut?

»Also, hast du jemanden ...«, begann Michael.

»Angegriffen?«, unterbrach Lewis ihn und drückte seine Zigarette im Aschenbecher aus. »Nein, mein Sohn. Definitiv nicht. Bin ich homophob? Das könnte man meinen, ja. Zumindest bin ich dafür bekannt. Ich habe einige beleidigende Ausdrücke benutzt, die ich nicht hätte benutzen sollen. Habe Leute während einer Schlägerei entsprechend beschimpft. Wie die meisten Kerle in meinem Alter. Aber ich bin eben auch selbst schwul, was die ganze Sache wahrscheinlich komplizierter macht.«

Michael saß da und wartete auf die Pointe. Er wartete auf eine sarkastische Nachbemerkung oder ein schiefes Grinsen. Aber es kam nicht. Lewis nahm einfach einen weiteren Schluck von seinem Getränk. Michael bemühte sich sehr, jeden Ausdruck zu vermeiden, der verraten hätte, wie sehr ihn das, was er gerade gehört hatte, umhaute. Wieder herrschte Schweigen.

»Keine Sorge, Kumpel, du bist nicht mein Typ«, sagte Lewis schließlich. »Ich steh mehr auf blonde Männer.«

Michael hustete und versuchte, irgendetwas in ähnlich lässigem Tonfall zu erwidern. Schließlich gelang es ihm, sarkastisch die Augen zusammenzukneifen. »Dann sind Mischbeziehungen bei schwarzen Fußballern also auch an der Tagesordnung, wenn sie schwul sind?«, sagte er und legte den Kopf schief. »Was tun die euch denn auf dem Trainingsplatz in die Flaschen?«

Lewis lachte, und die Spannung in der Luft und in ihren Körpern löste sich. Er erzählte Michael, dass er schon schwul – nicht bisexuell, wie er betonte – war, solange er denken konnte. Er war in einem Haushalt von protestantischen Adventisten groß geworden und hatte sich nie geoutet, auch nicht später während seiner mittlerweile siebzehnjährigen Ehe mit Samantha, die er innig liebte. Es war immer riskant für ihn gewesen, Beziehungen zu Männern zu pflegen, und in seinen besten Jahren hatte er viele wechselnde Affären gehabt, aber immer sehr diskret.

»Ich war mir nicht einmal sicher, ob ich mich mehr als nur, na ja ... körperlich zu Männern hingezogen fühle«, erzählte er Michael verlegen. ›Ich habe mir immer wieder eingeredet, dass es nur um Sex geht und dass ich Sam liebe.«

Lewis schaffte es auch fast, sich selbst davon zu überzeugen, bis Cris auftauchte. Als sie sich kennenlernten, verliebte er sich sofort in ihn. Eineinhalb Jahre lang begnügten sie sich damit, sich nur im Geheimen zu treffen. Cris war der einzige ernsthafte Partner, den er neben Samantha je gehabt hatte. Doch schließlich trennten sich die Männer, nachdem Lewis sich geweigert hatte, seine Frau zu verlassen.

»Wir stritten uns deswegen, und ich habe auch einige sehr unschöne Dinge gesagt. Aber es gab nie irgendwelche verdammten Übergriffe, weder von der einen noch von der anderen Seite.«

Michael wurde schwer ums Herz. »Und jetzt hat er dich aus Rache auf die Liste gesetzt?«

»Nein, nein, nein«, sagte Lewis und kratzte geistesabwesend mit dem Fingernagel an der Ecke seines Getränkeetiketts herum. »Cris würde so etwas nie tun. Aber seine Junkie-Schwester Jo schon. Sie wollte fünfzigtausend Pfund, damit sie den Mund hält. Ich habe sie ihr schon vor Ewigkeiten gezahlt und gehofft, dass ich sie nie mehr sehen würde. Aber jetzt will sie noch mal das Doppelte und versucht, mich zu provozieren, mich zu verarschen. Das sind nichts als Psychospielchen, mir Homophobie zu unterstellen, obwohl sie weiß ...«

Lewis verstummte und fuhr erst nach einer Pause fort. »Ich glaube, dass es ihr gar nicht mehr nur ums Geld geht, diesem kranken Miststück, aber sie weiß, dass ich es ihr geben werde, wenn ich muss. Und Samantha ist nicht dumm. Sie hat angefangen, Fragen zu stellen, die ich nicht beantworten kann. Ich weiß, dass sie denkt, ich hätte eine Geliebte. Aber das hier? Das würde sie mir nie verzeihen. Und Sienna und Melanie, wenn die mitbekommen, dass ihr alter Herr ...«, Lewis räusperte sich ergriffen. »Ich bin total verzweifelt. So verzweifelt, dass ich mich vor einem fast Fremden geoutet habe, der mich auch noch erpressen könnte.« Er lachte verächtlich. »Aber ich weiß im Moment einfach nicht, was ich sonst tun soll. Man möchte meinen, dass es nach über vierzig Jahren leichter würde, diesen Scheiß mit sich herumzutragen. Wird es aber nicht.«

»O Mann«, sagte Michael, dem die Worte fehlten. Er hatte Lewis gerade erst kennengelernt, und sie führten ein Gespräch, das tiefer ging als das, was Michael normalerweise mit seinen engen Freunden teilte. Es war klar, dass Lewis sich das unbedingt von der Seele reden musste, sich jemandem anvertrauen wollte, irgendjemandem. »Ich weiß gar nicht, was ich sagen soll.« Michael war einen Moment lang still. »Hast du mal daran gedacht, ihr auch zu drohen? Vor Gericht zu gehen?«

»Hab ich. Aber vor Gericht müsste ich beweisen, dass es Jo war. Und dann würde zwangsläufig öffentlich werden, dass ich Sam betrogen habe. Mit einem Typen.«

Eine tiefe Angst erfasste Michael. Lewis' Hilflosigkeit in dieser Situation erinnerte ihn sehr an seine eigene. Der Rauch von Lewis' Zigarette hatte sich mit dem Duft des Diffusors vermischt, sodass die Luft im Raum dick wurde.

»Ich war bei der Polizei«, sagte Michael. »Hab's auch bei einem Anwalt versucht. Zeitverschwendung.«

»Bei mir hat es auch keinen Sinn, zur Polizei zu gehen. Das mit den ›homophoben Beschimpfungen‹ könnte bei meiner Vergangenheit ja technisch zutreffen. Aber in meinem Fall bräuchte es da eben schon etwas mehr Kontext als einen Tweet und ein Kästchen in einer Excel-Tabelle.«

»Hast du schon mal daran gedacht …«, Michael hielt kurz inne, »… diesen Kontext zu liefern?«

»Du meinst, mich zu outen?«, fragte Lewis. »In einem kurzen Anflug von Wahnsinn habe ich darüber nachgedacht. Cris hat tausendmal gesagt, dass er sich sofort outen und klarstellen würde, dass ich nie gewalttätig war. Aber das würde meiner Karriere mehr schaden, als wenn ich als Schwulenhasser gelte. Das war noch vor deiner Zeit, aber du hast sicher von Justin Fashanu gehört, in den Neunzigern? Johns Bruder?« Michael nickte, aber Lewis fuhr unbeirrt fort. »Er war Großbritanniens erster offen schwuler Fußballer. Und schwarz. Und das damals, stell dir vor. Bevor er sich geoutet hat, war er der erste schwarze Spieler mit einer Ablösesumme von einer Million Pfund. Das war 1981. Er hätte eine Legende werden können. Du warst wahrscheinlich noch in der Grundschule, als die Nachricht von seinem Selbstmord bekannt wurde. Meine Freunde sprachen damals darüber, als hätte er es verdient zu sterben.«

Lewis erzählte auch, dass er sich noch lebhaft an die vernichtenden Kommentare des Profifußballers John Fashanu über seinen eigenen Bruder in der Presse erinnern könne. Johns Worte hatten auch in Lewis eine Heidenangst ausgelöst. Er musste befürchten, dass seine eigenen Geschwister, denen er sehr nahestand, genauso reagiert hätten, wenn er sich geoutet hätte. Oder seine Eltern. Sie waren gottesfürchtige, stolze Jamaikaner, die als Angehörige des Commonwealth mit der Windrush-Generation Mitte des 20. Jahrhunderts nach England gekommen waren und ihren vier Kindern christliche Werte und ein starkes Gefühl für ihre Kultur vermittelt hatten. Und wenn nicht gerade ein Pastor in der Kirche, die seine Familie regelmäßig besuchte,

Menschen wie Lewis zur Hölle schickte, dann rief der jamaikanische Reggae-Musiker Buju Banton in seinem Song »Boom Bye Bye« zum Töten von Homosexuellen auf. Oder Lewis musste mit ansehen, wie seine Geschwister zustimmend nickten, als Shabba Ranks einmal live im Freitagabendprogramm sagte, schwule Männer sollten gekreuzigt werden. Und an dem Tag, an dem Justin Fashanus Suizid bekannt wurde, vernahm Lewis die Abscheu in der Stimme seines Vaters, als er in der Küche mit seiner geliebten Mutter über Justins »verwerflichen Lebensstil« diskutierte. Er hörte ihr Mitleid, als sie ihn »eine verlorene Seele« mit einer Krankheit, einer Perversion nannte. Seitdem hatte sich kein weiterer Profispieler in Großbritannien mehr als schwul geoutet.

»Warum sollten sie auch?«, meinte Lewis. »Wozu? Als ich ein Kind war, gab es diese ganzen HIV-Witze. Ich wäre ein Lügner, wenn ich behaupten würde, dass ich nie mit dem Finger auf andere gezeigt habe, um mich aus der Schusslinie zu bringen. Und als ich dann mit dem Fußballspielen anfing, wurde es nur noch schlimmer. Die Neunzigerjahre waren der Höhepunkt der Fußball-Hooligans, der Lad Culture und von all dem Zeug. Egal was Jo macht – es kann nie so schlimm werden, wie wenn ich mich öffentlich oute.«

Michael mied Lewis' Blick, während er sprach. »Klar, ich versteh schon«, sagte er. »Es ist echt beschissen, Mann. Aber wenn du nichts unternimmst, könnte Cris' Schwester dich für immer erpressen. Oder dich einfach outen, wenn sie Bock drauf hat.« Michael spürte, wie sich seine Kehle zuschnürte, als er an Jackie dachte; er gab hier Ratschläge, die er selbst berücksichtigen sollte. »Ich meine, ich sag ja nicht, dass es einfach wäre, ganz und gar nicht. Aber wäre es wirklich schlimmer als all das hier? Du bist ja kein aktiver Spieler mehr, und die TV-Branche ist ...«, er suchte nach dem richtigen Wort, »liberaler als der Fußball. Es gibt bestimmt immer noch viel, was in dieser Welt im Argen liegt, aber wir sind nicht mehr in den Neunzigern. Heutzutage ist das doch anders.«

»Ja, jetzt schreien alle ›Pride‹ und dass man ja schon so geboren wird«, sagte Lewis mit einem freudlosen Glucksen. »Man reibt es den Leuten regelrecht unter die Nase.« Er senkte seine Stimme, als ob sie unerwünschte Zuhörer hätten. »Aber wenn die Leute es wüssten, wäre ich für sie nicht mehr ich selbst. Es wäre, als wäre ich ein anderer, auch wenn ich immer noch derselbe bin, verstehst du? Ich will bloß ein normales, friedliches Leben. Mit Sam und den Kindern. Ich würde alles verlieren.«

»Aber du bleibst doch *du*, Mann«, betonte Michael. »Ja, die ganzen Idioten würden Scheiße quatschen, kein Zweifel. Aber ich glaube nicht, dass sich *alle* von dir abwenden würden. Du bist eine Legende, das wird sich nie ändern. Ich persönlich halte ja auch nicht weniger von dir, jetzt, wo ich es weiß.«

»Wirklich?«, sagte Lewis. Er sah nicht überzeugt aus. »Wie redest du mit deinen Kumpels denn normalerweise über ›Schwuchteln‹, hm?«

»Da halt ich mich raus«, beteuerte Michael. »Was geht es mich an, was ein erwachsener Mann in seinem Privatleben macht.«

»Na gut.« Lewis nahm einen weiteren Schluck von seinem Getränk. »Aber deine Kumpels. Was machst du, wenn sie die üblichen Schwulenwitze reißen? Sagst du ihnen, dass das nicht in Ordnung ist?«

Michael dachte an Amani und Seun. Ihre verschlüsselten Bemerkungen im Podcast über Männer, die sie für »vom andern Ufer« hielten, ihre schamlosen Kommentare im Gruppenchat.

Und wie in diesen Fällen, so sagte Michael auch jetzt nichts, als er Lewis gegenübersaß.

Lewis reagierte mit einem knappen Nicken. »Genau«, seufzte er. »Und das ist übrigens kein Vorwurf von mir an dich. Ich sage in solchen Fällen auch nichts. Aber all das Gerede darüber, wie anders die Dinge heutzutage doch seien ... Tja, für mich fühlt es sich so an wie immer.«

Michael wurde es eng in der Brust. »Aber was wäre die Alternative? Die ganze Scheiße einfach so stehen lassen?«

Lewis sah ihn teilnahmslos an, bevor er leicht mit den Schultern zuckte.

»Nee, Mann«, sagte Michael, seine Stimme zitterte. »Das ist nicht richtig. Es ist mir scheißegal, was andere sagen. Warum sollten wir still vor uns hin leiden? Weil irgendwelche Idioten im Internet sagen, dass wir es verdient hätten? Und es geht ja nicht nur um uns beide. Wie viele andere unschuldige Männer könnten noch auf der Liste stehen? Wie viele Leben sollen noch von diesen Leuten ruiniert werden?«

Lewis sah unruhig aus, legte die Fingerspitzen aneinander und führte sie an die Lippen. »Nicht so voreilig, Junge«, sagte er. »Vorsicht.«

Michael schnitt eine Grimasse. »Wie meinst du das? Du hast mich wegen meiner Situation kontaktiert – es könnte doch auch noch andere Typen geben, die sich in einer ähnlichen Lage befinden.«

»Ich habe es dir schon gesagt – wenn deine Frau nicht wäre, hätte ich es nicht getan«, erwiderte Lewis. »Auch wenn das nicht gerade als Beweis für deine Unschuld taugt; viele Frauen bleiben bei Arschlöchern, oder nicht? Also vertu dich da nicht, auf der Liste stehen viele abscheuliche Mistkerle. Von diesem Rapper, Papi Danks, habe ich schon Sachen gehört, lange bevor die Liste rauskam. Vor ein paar Tagen wurde ich zu einer WhatsApp-Gruppe hinzugefügt, voller Typen von der Liste, die behaupten, dass man sie nur verleumden will. Wenn überhaupt, hat das nur noch einmal deutlich gemacht, dass sie es verdienen, da draufzustehen. Alles Frauenhasser, der ganze Haufen. Wie nennt meine Sienna die noch gleich ... Incels. Das war's. Ein Haufen Incels «

Einen Moment lang sprach keiner von beiden, Lewis' Nägel zupften wieder an dem Flaschenetikett, und das Geräusch erfüllte die Stille. Dann schlug Michael plötzlich mit der Hand hart auf den Tisch, sodass Lewis zusammenzuckte.

»Verdammt!«, rief er. Seine Handfläche begann, vor Schmerz zu pochen, sobald sie auf die Oberfläche traf, und seine Finger wurden taub. »Was sollen wir bloß machen?«

Lewis setzte die Flasche an die Lippen, neigte den Kopf ganz nach hinten und trank den restlichen Inhalt in einem Zug leer. Dann sah er Michael an. »Deshalb habe ich dich heute hergebeten«, sagte Lewis mit einer Gelassenheit, die ihn beunruhigte. »Hör zu, ich hab da eine Idee. Aber sie wird dir wahrscheinlich nicht gefallen.«

16

Noch ein Tag bis zur Hochzeit

Michael bewahrte den Ersatzschlüssel mit Klebeband unter den linken Blumentopf getapt auf. Oder war es der rechte? Ola vergaß jedes Mal, welcher es war, und musste am Ende beide anheben. Das war schwieriger, als es sich anhörte, denn es waren große gusseiserne Ungetüme, die ihr bis zu den Schienbeinen reichten, und sie musste sich auf den Boden knien, um sie nach hinten kippen zu können. Sie hockte sich hin, um den linken Topf nach hinten an die Wand zu lehnen, und scannte den Boden. Fehlanzeige. Sie trat an den zweiten heran und tat dasselbe. Jackpot. Ola klopfte sich den Schmutz von Michaels Veranda von ihren Knien und schloss die Haustür auf.

Als sie den Flur betrat, war sie unter den Achseln feucht vor Anstrengung und Sorge. Sie war dankbar, dass man den Schweiß nicht an ihrem Oberteil sehen konnte, ein schwarzes T-Shirt mit Louis-Theroux-Aufdruck im Stil der Neunzigerjahre, gepaart mit dunklen, künstlich abgewetzten Jeansshorts. Die legere Kleidung passte weder zu ihrer extravaganten, extralangen Hochzeitsfrisur noch zu ihren Nägeln und Wimpern, die ebenfalls daran erinnerten, dass ihre Trauung vor der Tür stand. Ola war sich nicht sicher, wie sie es geschafft hatte, einen ganzen Monat verstreichen zu lassen, ohne eine Antwort auf die Frage zu finden, was aus der Hochzeit werden sollte. Wie sollte sie sich auf die Reihenfolge der Prozession konzentrieren, auf das Tempo ihres Einzugs, wenn sie das Gefühl hatte, eigentlich gar nicht dort sein zu sollen? Aber als Michael ihr eine Nachricht geschrieben und sie gebeten hatte, die Programmheftchen mit dem Ablauf der Zeremonie aus seiner Wohnung zu holen, hatte sie es als Zeichen genommen. Es war *die* Gelegenheit, ungestört bei ihm zu Hause zu sein, allein mit seinem Laptop. Die Gelegenheit, so tief zu graben, wie sie nur konnte. So schuldig sie sich auch fühlte, welche Wahl hatte sie denn? Seit sie vor ein paar Wochen Luke engagiert hatte, um Licht in diesen Schlamassel zu bringen, war vernünftiges Handeln für sie nicht mehr unbedingt selbstverständlich. Die Hochzeit war bereits morgen, und ihre totale Verwirrung überlagerte im Moment die Scham über ihr Tun. Dies war ihre letzte Chance. Wenn sie auf seinem Computer nichts fand, würde sie es als Zeichen des Universums werten, dass sie ihr Menschenmögliches getan hatte. Und wenn doch ... Das würde sie sich dann überlegen. Kommt Zeit, kommt Rat.

Ola eilte zu Michaels Schlafzimmer hinauf. Die Luft darin war dunstig und abgestanden. Auf dem Boden stapelten sich Teller mit angetrockneten Essensresten, und auf dem Beistelltisch standen zu viele leere Whiskeyflaschen. Es war schwer, angesichts dieses Trauerspiels nicht betroffen zu reagieren. Sie riss ein Fenster auf und beugte sich dann über das geöffnete MacBook auf seinem Bett. Ihr Herz schlug schneller, als sie das Passwort eintippte. Sie war sich sicher, dass er es nicht geändert hatte. Dann war sie drin.

Als sie dort so auf dem Bett saß, nachdem sie sich unerlaubterweise in seinen Laptop eingeloggt hatte, wurde Ola bewusst, dass sie keine Ahnung hatte, was sie zu finden hoffte. Ein fein säuberlich notiertes Protokoll seiner Übergriffigkeiten war eher unwahrscheinlich. Und alles, was auch nur auf ein Fehlverhalten seinerseits hätte hinweisen können, war höchstwahrscheinlich bereits gelöscht. Sie klickte sich trotzdem durch seinen E-Mail-Posteingang und fühlte sich dabei schäbig. Obwohl sie ihr Bauchgefühl durch das Grauen dieser ganzen Situation nur noch schwer einschätzen konnte, sagte ihr irgendetwas, dass sie nach einer Antwort suchte, die sie bereits hatte. Tief in ihrem Inneren glaubte sie, dass Michael nichts falsch gemacht hatte. Wenn das tatsächlich der Fall war, dann war die einzige Person, der man in ihrer Beziehung nicht trauen konnte, sie selbst. Sie wühlte sich so schnell wie möglich durch den digitalen Stapel: durch Bewerbungen und Schuhbestellungen bis hin zu den Mailwechseln zwischen ihm und seinem Vermieter zu Unizeiten. Sie tippte »einstweilige Verfügung«, »Belästigung« und »Weihnachtsfeier« in das Suchfeld ein, für den Fall, dass sie eine elektronische Kopie der Vorladung verpasst hatte, die ihm die Polizei geschickt hatte. Sie tippte »mirrorissa92« ein. Nichts.

Ärgerlicherweise war sein Schreibtisch auch nicht aufschlussreicher; Michael hasste Unordnung und attestierte sich selbst, sehr zu Olas Verdruss, eine »Zwangsstörung«, wie so viele ordentliche Menschen. Abgesehen von einer Handvoll beruflicher Dokumente gab es überhaupt nichts. Sie öffnete seinen Browser und klickte sich durch zu den »kürzlich geschlossenen Tabs« – und sofort öffneten sich drei davon. Einer war ein von ihm moderiertes Video über die besten Bartöle, das bisher gut eine Million Aufrufe verzeichnete. Als sie zum nächsten wechselte, bekam sie ernsthafte Gewissensbisse: Er hatte bei The White Company nach Präsentkörben gestöbert, und ihr Lieblingsduft, Seychelles, lag bereits im Einkaufswagen. Sie seufzte und klickte auf den nächsten Reiter.

Als der letzte Tab den Bildschirm von Michaels Laptop ausfüllte, war Olas erste Reaktion Verwunderung. Das Clipart-Symbol einer Kaffeetasse prangte oben auf der Landingpage, darunter stand in Brush-Script-Schriftart »KaffeeKlatsch«. Natürlich wusste sie, was KaffeeKlatsch war – sie folgte dem entsprechenden Account auf Instagram wie jeder andere auch. Aber genau wie Celie behauptete sie, sie verachte das Konzept und nutze es nur zu journalistischen Zwecken. In Wahrheit ging es ihr jedoch eher darum, sich über den neuesten Klatsch und Tratsch über berühmte Paare mit unterschiedlicher Hautfarbe, sogenannte »Swirl«-Paare, und einige Realitystars auf YouTube auf dem Laufenden zu halten. Sie hatte jedoch nicht gewusst, dass es dazu auch ein Forum gab.

Als sie auf der Seite nach unten scrollte, entdeckte sie jede Menge Threads, die sich von A bis Z mit Promis und Macro- sowie Micro-Influencern beschäftigten. Mit jeder Sekunde, die verging, wurde ihr klarer, um was für eine Plattform es sich dabei handelte. Frankie hatte einmal einen Beitrag über ein ähnliches Forum namens Butter-Stuten gemacht, auf dem Hate-Follower bissige Kommentare über weiße »Mumfluencer« aus der Mittelklasse schrieben. Viele Mitarbeiterinnen von *Womxxxn* gaben damals zu, dass sie die Seite schon heimlich gelesen und sich über die Zuschreibungen amüsiert hatten, die darin über das Leben abgehobener weißer Bloggerinnen gemacht wurden, die nur wenig besser situiert waren als Olas Kolleginnen selbst.

Ola blieb an einem Verschwörungs-Thread hängen, der sich auf das ehemalige *Womxxxn*-Titelbild von Jada Smalls bezog und den Titel »JAD@ SM@LLZ – Rachel Dolezal 2.0???« trug. Ihre Maus verweilte über dem Link, doch noch bevor sie ihn anklicken konnte, fiel ihr Blick direkt darunter auf einen Thread mit dem Titel »D!e L!ste«.

Mit klopfendem Herzen wappnete sich Ola innerlich und klickte darauf.

»Pap1 D@nk$ bekommt immer noch Sendezeit«, lautete der erste Kommentar von einem Account namens @Na1ra_Bab£. »Ich habe BBC 1Xtra schon 4x geaddet und mich beschwert.«

»Ein Journalist von der *Times* hat anscheinend Klage eingereicht«, vermeldete ein Account mit dem Benutzernamen @Poison_Ivy_Carterrr. »Er behauptet, die L!ste sei Verleumdung. Er hat ein Crowdfunding gestartet.«

Der nächste Kommentar jagte Ola ein Kribbeln über die Haut. »Journalisten sind die Schlimmsten in dieser ganzen Sache. Mit diesem Micheal und seiner magersüchtigen Komplizin bin ich fertig«, hatte @Na1ra_Bab£ zurückgeschrieben. »Ol@ ist 'ne HOCHSTAPLERIN. Voll die Nigeria Connection Scammerin, die sich als Feministin ausgibt, während ihr Mann Frauen belästigt.«

»Hey, ich bin neu hier!«, lautete eine Nachricht von @just_preeing. »Ich habe Ol@s Texte echt geliebt. Früher bin ich ihrem Blog CumTheFckThru gefolgt und hab mich für sie gefreut, als sie bei *Womxxxn* groß rauskam. Aber jetzt bin ich sooo enttäuscht von ihr, OMG! Sie muss sich endlich dazu äußern!«

Es war, als hätte Ola links und rechts eine Ohrfeige bekommen; ihre Wangen brannten, die Worte hinterließen einen stechenden Schmerz. Es fiel ihr schwer zu begreifen, dass man über sie sprach.

@Poison_Ivy_Carterrr: Jetzt zieht sie den Schwanz ein und steht brav hinter ihrem Typen! Aber als es um Gully TV ging, hat sie voll draufgehauen. Tbh, mit der stimmt was nicht. Sie hat auch nie Bilder von M!cheal auf Insta gepostet – ich frage mich, ob sie es wusste? 🙄🙄🙄🙄

@Na1ra_Bab£: Natürlich wusste sie es! Manche Paare machen diesen Scheiß sogar zusammen … Ian Brady und Myra Hindley. Fred und Rose West. Das kommt häufiger vor, als man denkt! Hab genug True-Crime-Podcasts gehört, ich kenn mich aus lol

@cicely_bye_son: Meine Mädels waren mit Michael in der Oberstufe, und jeder wusste, dass er Frauen schlecht behandelt. Er hat immer voll damit angegeben, dass er einer von den Caught-Slippin-Schwachköpfen war 🙄 #TheNorthLondonRemembers

@Poison_Ivy_Carterrr: *Womxxxn* boykottieren idc. Die müssen wir als Nächstes outcallen

Ein Account namens @incog_negro hatte ein GIF von der tanzenden Beyoncé auf ihrer *I AM*-Welttournee 2009 mit der Caption »Somebody's getting fired« gepostet. Siebzehn Daumen hoch, neun LOLs.

Ola klappte den Laptop zu und versuchte zu atmen. Sie legte den Finger erst an das linke Nasenloch und dann an das rechte und wiederholte die Atemübung, die sie von Fola gelernt hatte. Ganz ruhig, Ola, dachte sie. Du wusstest, dass so etwas geredet wird. Diese Leute kannten sie nicht. Sie dachten, ihr Verlobter sei ein Täter und sie würde ihn decken. Wurde sie getrollt? So fühlte es sich an. Aber in Wahrheit wurde sie nicht schikaniert. Tatsächlich hatten die Nutzer des Forums, genau wie beim Titel des Threads, ihren Namen absichtlich unkenntlich gemacht, damit sie ihn nicht finden konnte. Meistens schrieben sie ihn »Ol@«; vielleicht aus Feigheit oder zum beidseitigen Schutz? Sie konnte sich des Gefühls nicht erwehren, dass ein Troll ein Troll blieb, ob er nun im Verborgenen agierte oder nicht, aber war es wirklich so anders, als wenn der Austausch auf WhatsApp stattgefunden hätte, wo sie ihn nicht hätte entdecken können? In Gruppenchats hatte sie selbst auch schon Gemeines über Fremde geäußert. War es lediglich eine Frage des Anstands?

Ola zweifelte erneut an sich selbst, etwas, zu dem sie zunehmend neigte. Für sie fühlte es sich nach mehr als nur mangelndem Anstand an. Sie fühlte sich verletzt, gedemütigt. Man wollte sie für die Sache verantwortlich machen, aber was bedeutete das? Dass sie ihren Job verlieren würde? Ihr Name endlos durch den Dreck gezogen würde? Als sie auf die Startseite zurückklickte, tauchte in der unteren Ecke eine Benachrichtigung mit einem eindringlichen roten Punkt auf. Sie erschrak – Leute schickten sich hier private Nachrichten? Zitternd öffnete sie sie und stieß ein hörbares Keuchen aus, das in der leeren Wohnung widerhallte. Eine Nachricht von @mirrorissa92 hatte sich auf der Seite geöffnet.

Michael hatte dem Account zuerst geschrieben.

> Ich weiß, wer du bist. Ich weiß, dass du Michael Koranteng auf die Liste gesetzt hast. Warum tust du das?

Die Antwort jagte ihr Gänsehaut über die Arme.

> Weil ich es kann, Mikey x

Ola sprang vor Schreck von ihrem Stuhl auf und taumelte rückwärts in dem Versuch, so viel Abstand wie möglich zu dem zu gewinnen, was sie da gerade auf dem Bildschirm gelesen hatte.

Michael wusste, wer ihn auf die Liste gesetzt hatte. Er wusste, wer @mirrorissa92 war. Es war ein Austausch, den sie nicht geglaubt hätte, wenn sie ihn nicht mit ihren eigenen Augen gesehen hätte. Sie konnte es nicht ganz begreifen. Aber da stand es, in seinen eigenen Worten.

Durch den Dunstschleier des Schocks hindurch war nur eine Sache klar. Ola konnte Michael nicht heiraten. Sie musste die Hochzeit absagen. Und sie musste es sofort tun.

-

Ahmaud, der Uber-Fahrer, zuckte zusammen, als Ola auf dem Rücksitz seines Wagens vor sich hin schimpfte und Gift und Galle spuckte. Noch immer keine Antwort von Michael; auch Fola ging nicht ran. Ola hatte ihnen zusammen bestimmt schon mehr als elf Sprachnachrichten hinterlassen. Auch die Flut von Textnachrichten, die sie verschickt hatte, war noch nicht abgerufen worden. Sie überlegte, ob sie Ruth oder sogar Celie anrufen sollte, kam dann aber zu dem Schluss, dass ihre Freundinnen sie nur eines Besseren belehren würden, auch wenn sie selbst glaubte, dass die Situation nicht noch schlimmer werden könnte.

Vom Rücksitz aus spähte sie auf die voraussichtliche Ankunftszeit, die Ahmauds Uber-App anzeigte. Noch neun Minuten, bis sie da waren, aber die Probe begann in vier. Vor einer halben Stunde war sie auf zittrigen Bambi-Beinen zu dem silbergrauen Prius gesprintet, nachdem es ein umständliches Hin und Her bezüglich seines Standorts gegeben hatte, und hatte darüber die Programmheftchen für die Hochzeit auf Michaels Küchentisch liegen lassen. Als Ahmaud schließlich auf dem Parkplatz vor dem Veranstaltungsort hielt, stürzte sie praktisch aus dem Wagen und rannte drauf zu. Selbst in ihrer Eile fiel ihr die Schönheit der Kirche auf und all die Details, die sie daran so reizvoll gefunden hatte, rückten beim Näherkommen wieder in ihr Blickfeld. Wie herrlich der strahlend weiße Kirchturm vor dem wolkenlosen Himmel aussah und wie majestätisch die Spitze mit dem Kreuz darauf wirkte. Die hohen verschnörkelten Fenster und die gepflegten Hecken, die den Weg säumten. Ein großer Torbogen bildete den Eingang, mit einem fein gemeißelten, moosbewachsenen Fries, der Jesus umringt von seinen Jüngern auf einem Hügel darstellte. Davor stand Fola und nahm gerade einen langen, kräftigen Zug von einem Joint, ihr Zeigefinger geschmückt mit einem Mondstein, ihr Daumen mit einem Türkis.

»Ich habe mein CBD-Öl vergessen«, sagte sie, als Ola auf sie zukam, und blies den Rauch über ihre Schulter nach hinten. »Und von Celie soll ich dir ausrichten, dass sie krank ist, aber morgen wird sie sicher hier sein, also keine Panik.«

Sie muss wirklich schlimm krank sein, dachte Ola, oder ihre Abwesenheit hatte etwas anderes zu bedeuten. Als sie noch zur Schule gingen, glänzte Celie immer so sehr mit Pünktlichkeit und Anwesenheit, dass sie am Ende jedes Schuljahres eine laminierte Urkunde dafür erhielt. In der achten Klasse kam sie sogar einen Tag nach ihrer Mandeloperation wieder in die Schule, weil sie sich ihre Bilanz nicht versauen wollte.

»Warum gehst du nicht an dein Scheißtelefon?«, rief Ola keuchend.

»Hey!«, schnauzte Fola zurück. »Schrei mich nicht an, okay? Der Pfarrer hat uns gezwungen, sie in unseren Taschen zu lassen, weil *einzelne* Leute während des Eröffnungsgebets auf Snapchat unterwegs waren. Und wenn ich ›einzelne Leute‹ sage, meine ich Ruth.« Fola musterte ihre Schwester und setzte den

Joint-Stummel wieder an ihre Lippen. »Was ist los, Ola? Du zitterst ja.«

»Ich muss mit Michael sprechen.«

»Er ist drinnen bei den anderen. Hey, ist alles ...«

»Ich muss mit ihm reden, Fola. Jetzt sofort.«

Ihre Schwester nahm hastig einen letzten Zug, schnippte den Joint auf den Boden und trat ihn mit ihrem Birkenstocklatschen aus. »Ich hol ihn.«

Sie wollte gerade die Eingangstür öffnen, da hielt Ola sie zurück.

»Gibt es irgendwo eine Ecke, in der wir uns ungestört unterhalten können? Allein? Meine Mutter darf nicht wissen, dass ich hier bin. Keiner darf es wissen.«

»Da wäre das Büro auf der linken Seite, wo wir unsere Taschen abgestellt haben. Ich kann ihm sagen, dass er dich dort treffen soll.« Fola musterte sie noch einmal besorgt. »Schwester, was ist denn los? Ist alles in Ordnung?«

»Ich erklär's dir später, versprochen«, sagte Ola. »Aber jetzt muss ich mit Michael sprechen.«

Über der Tür des Kirchenbüros hing ein kleines hölzernes Kruzifix, und Ola tat ihr Bestes, um dem Berg von Handtaschen dahinter auszuweichen. Neben dem Fenster stand ein großer Ahornschreibtisch mit einem klobigen Dell-Computer und einem zerschlissenen Lederdrehstuhl dahinter. Die anderen beiden Stühle im Raum waren aus Plastik, recht niedrig und rot, so wie sie sie seit der Grundschule nicht mehr gesehen hatte. Sie ließ sich auf eine der Sitzgelegenheiten sinken, wobei ihr Blick auf ein Holzschild ganz hinten im Raum fiel, auf dem die Worte »Seid dankbar in allen Dingen« standen.

Michael wirkte sehr nervös, als er ein paar Minuten später hereinkam.

»Hey, Fola meinte, du brauchst mich? Hast du die Programmheftchen?«

Die Beine des roten Stuhls scharrten über den Boden, als er ihn zu sich heranzog; er sah komisch riesenhaft aus, als er sich daraufsetzte. Erst dann sah er sie zum ersten Mal seit seinem Eintreten richtig an. Er zog die Augenbrauen hoch.

»Wow. Du siehst umwerfend aus.«

Ola fasste sich geistesabwesend mit den Fingerspitzen an ihren Pferdeschwanz. Sie hatte dasselbe über ihn gedacht; er sah zwar dünner und müder aus als sonst, aber es war beeindruckend, was ein Besuch beim Barbershop bewirken konnte. Sein Kompliment brachte sie einen Moment lang aus dem Konzept. Die seltenen Unterredungen, die sie in letzter Zeit geführt hatten, schwankten zwischen sachlichem Informationsaustausch per Textnachricht und explosiven emotionalen Auseinandersetzungen. Sie hatten sich erst vor einer Woche zum letzten Mal gesehen, aber es fühlte sich an, als wäre es schon Jahre her, als wäre er jemand, von dem sie sich täglich mehr entfernte.

»Wir müssen reden.«

Michael stöhnte und ließ den Kopf sinken.

»Jedes Mal, wenn du das sagst, ist irgendeine Scheiße passiert. Was ist es denn diesmal?«

Ein Zittern machte sich von Olas Bein ausgehend breit – es war das Vibrieren ihres Telefons. Sie holte es hervor. Eine Nachricht von Luke.

Ruf mich asap an.

Nicht das, nicht jetzt. Lukes Timing hätte nicht schlechter sein können, wenn er ihr die Nachricht vorm Altar geschickt hätte.

Aber wenn es so wichtig war, würde er ihr schon eine Nachricht mit dem schreiben, was er ihr zu sagen hatte. Sie schickte ein stilles Gebet zum Himmel und legte das Handy so auf den Tisch, dass sie es aus den Augenwinkeln im Blick hatte. Ihre Hände waren schweißnass. Sie wischte sie an ihrem T-Shirt ab und hätte schwören können, dass sie dabei das Klopfen ihres Herzens gegen ihre Brust spürte. Falls es einen Gott gab, wäre jetzt ein guter Zeitpunkt, sie zu erhören, und in einer Kirche standen ihre Chancen dafür sicher besser.

»Okay«, sagte Ola und drückte den Rücken durch. »Ich sag's einfach, Michael. Ich weiß, dass du weißt, wer dich auf die Liste gesetzt hat. Ich habe die Nachricht gesehen, die du auf Kaffee-Klatsch an mirrorissa92 geschickt hast.«

Entsetzen machte sich auf Michaels Gesicht breit, sein Mund blieb offen stehen.

»Bevor du anfängst – ja, ich habe deinen Laptop durchforstet«, sagte sie schnell. »Ich musste mir einfach sicher sein, dass ich vor dem morgigen Tag alles getan habe, was ich konnte, und nichts unversucht gelassen habe. Das ist der Grund. Also musst du mir jetzt sagen, wer …«

Das leichte Beben des Tisches ließ sie innehalten. Ihr Handy klingelte erneut, Lukes Name erschien auf dem Display. Was hatte er herausgefunden, das er nicht in eine Textnachricht packen konnte? Sie versuchte, über den Lärm hinweg weiterzusprechen.

»Wer ist mirrorissa92?«, fragte Ola. »Was hast du getan? Ihre Antwort auf deine Nachricht – ›Weil ich es kann, Mikey‹ –, was soll das bedeuten? Wirst du erpresst? Jetzt sag mir ausnahmsweise mal die Wahrheit.«

Michael runzelte die Stirn. »Mikey?«

»Beantworte einfach meine Frage!«

Ola hielt kurz inne und versuchte, ihren Tonfall zu regulieren. Vor all dem hier hatten sie zweifellos auch schon ihre Probleme gehabt, aber sie waren nie eines dieser Paare gewesen, das sich seine Standpunkte nur mit Geschrei deutlich machen konnte. Sie waren besser als das.

»Sag es mir, Michael.«

Er drehte seine Handflächen zum Himmel. »Ich ... ich versteh nicht, was du glaubst, da gefunden zu haben«, stammelte Michael. »Ja, ich habe einen Account auf KaffeeKlatsch angeschrieben, um zu sehen, ob derjenige etwas über die Anschuldigungen weiß ...«

»Irgendeinen Account? Oder einen, der zufällig genau denselben Usernamen benutzt wie die Person, die dich auf die Liste gesetzt hat?«

»Wie kommst du da drauf?« Seine Verwirrung war echt, das konnte sie sehen. »Wer hat dir das gesagt?«

Ola rückte den Halsausschnitt ihres Oberteils zurecht und ignorierte das wilde Vibrieren ihres iPhones, als Luke erneut anrief.

»Die Frau, die die Liste ins Leben gerufen hat«, sagte sie. »Die Journalistin, die hinter dem ursprünglichen Google Doc steckt. Kiran hat mich mit ihr in Kontakt gebracht, und wir haben uns getroffen.«

Er sah sie aus großen Augen an. »Wow. Du hast also die Person getroffen, die geholfen hat, mein Leben zu ruinieren, und mir nichts davon erzählt?« Er stieß ein kurzes geschocktes Lachen aus.

»Ja und?« Ola spannte trotzig die Schultern. »Es ist ja nicht so, dass sie dich da draufgesetzt hat. Und einer von uns musste schließlich etwas tun, weil du, ehrlich gesagt, überhaupt nichts dazu beigetragen hast, mich zu beruhigen. Aber ich denke, unser größtes Problem ist im Moment deine Lüge, dass du nicht wüsstest, wer dich da draufgesetzt hat.«

Michaels Blick wanderte zu ihrem vibrierenden Handy und verharrte dort, bis der Anruf wieder verstummte. Dann sah er Ola aus schmalen Augen an.

»Jemand mit dem Benutzernamen mirrorissa92 belästigt mich seit Wochen im Kommentarbereich von *Tasted*«, räumte er ein. »Die Person behauptet, ich sei übergriffig, und all so 'n Scheiß. Ich habe gesehen, dass sie dasselbe auf KaffeeKlatsch unter demselben Benutzernamen verbreitet, also wollte ich versuchen, sie aus der Reserve zu locken. Ich dachte, sie würde vielleicht etwas preisgeben oder Schiss kriegen und aufhören. Ich wusste nicht einmal, dass sie geantwortet hat.«

Jetzt, wo er es sagte, klang es beinahe stimmig. Es klang plausibel, dass er versucht hatte, dem Account Informationen zu entlocken, ohne etwas anderes als den Benutzernamen zu kennen. Ola blinzelte schnell.

»A... aber das hast du mir nie erzählt. Warum hast du mir nichts davon gesagt, wenn es nichts zu verbergen gibt?«

Er konnte nicht antworten, bevor das Telefon wieder laut zu vibrieren begann. Sie starrten es beide an.

»Willst du nicht mal rangehen?«, fragte Michael.

Ola sah zu ihm auf. »Wir sind hier gerade mitten in einem ziemlich wichtigen Gespräch, meinst du nicht?«

»Es klingt, als wäre das auch ziemlich wichtig.«

Bevor sie ihn aufhalten konnte, griff Michael nach dem Handy. Ihre hektischen Versuche, es ihm wieder zu entreißen, waren vergeblich; er betrachtete bereits das Display. Dann drehte er das Gerät zu ihr hin.

»Wer ist Luke?«

Ola versuchte weiter, das Telefon wieder an sich zu reißen,

während Michael es sich an die Brust drückte. Seine Augen glühten. »Gib mir mein Handy zurück!«, schrie sie.

»Sag mir erst, wer Luke ist. Ist er der Grund, warum du ständig am Telefon hängst, warum du dich so ausweichend verhältst?«

Olas Stuhl kippte nach hinten um, als sie sich wie eine Katze über den Tisch streckte und nach dem Telefon angelte. Der Schrecken und die Verzweiflung in ihren Augen schienen Michael nur zu ermutigen, das Telefon noch fester zu umklammern.

»Betrügst du mich etwa, Ola?«

Sie hielt inne und stieß ein bitteres Lachen aus. »Wie bitte?«

»Betrügst du mich, ja oder nein?«

»Ob *ich dich* betrüge?« Sogar in ihrer Panik fand sie noch den Raum, sich gekränkt zu fühlen. »Wie kannst du es wagen, mich das auch nur zu fragen?«

»Ich frage dich ein letztes Mal. Wer ist Luke?«

Sie beugte sich noch einmal über den Tisch in dem Versuch, ihm das Handy aus den Fingern zu reißen. Michael stand auf und begann zu scrollen, während sie nur hilflos zusehen konnte und ihr das Herz fast in den Ohren klopfte. Sein Gesichtsausdruck blieb unverändert, während er auf dem Display herumtippte und las, ohne auch nur zu blinzeln.

»Ola«, sagte er, während er weiter das Telefon untersuchte. »Was ist das?«

»Michael ...«

»Da sind Bilder von mir beim Mittagessen. Auf meinem Heimweg von der Arbeit. Was soll das?«

»Lass es mich ...«

»Warum hat dieser Kerl eine Kopie von meinem DBS-Check? Und Screenshots von meinem Insta-Account ... Ola?«

Sie starrte hinunter auf den Tisch, unfähig, allein den Gedanken an die Bestürzung in seinem Gesicht zu ertragen.

»Ich kann es erklären, wenn du mich lässt.« Ola öffnete den Mund und schloss ihn dann wieder, zusammen mit ihren Augen. »Luke ist ein Privatdetektiv. Ich hab dich überprüfen lassen.«

In allmählicher Erkenntnis kniff Michael die Augenbrauen zusammen, sein Gesicht drückte pure Enttäuschung aus.

»Überprüfen?«

Sie nickte, den Kopf immer noch gesenkt. »Ich habe ihn vor einem Monat engagiert und dafür bezahlt, dich zu beschatten und Informationen über dich zu sammeln. Dinge, die bereits zugänglich sind, weißt du? Und dann sollte er noch ein paar Backgroundchecks und so machen, weil auf der Liste stand, dass es eine einstweilige Verfügung gegen dich gäbe und … Wie dem auch sei, er hat mich jeden Tag auf den neuesten Stand gebracht und … er konnte nichts finden. Aber ich musste weitermachen, Michael, damit ich mir sicher sein konnte. Ich konnte es doch nicht einfach auf sich beruhen lassen, oder? Ich war hin- und hergerissen. Ich wusste einfach nicht, was ich sonst tun sollte.« Der Stuhl knarrte unter Michaels Gewicht, als er sich ganz langsam wieder hinsetzte und Ola ihr iPhone zurückgab. Im Kirchenbüro war es vollkommen still, obwohl Ola Pfarrer Oyedepos Stimme aus der Kirche hören konnte, der ihren Freunden und ihren Familienangehörigen gerade lautstark etwas verkündete. Michael ließ den Kopf hängen.

»Warum tun wir das überhaupt?«, sagte er nach einer Weile mit hörbar erstickter Stimme. »Wir kriegen das nicht hin, oder? Ich hasse es, dass du das tun musstest, Mann. Ich hasse es, dass ich uns in diese Situation gebracht habe. Ich will dich nicht verlieren, aber das hast du nicht verdient.« Seine Schultern begannen zu zittern, als er versuchte, sein Schluchzen zu unterdrücken.

Das iPhone vibrierte. Michael rührte sich nicht, als Ola es vorsichtig zu sich heranzog und die Nachricht von Luke öffnete.

> Habe versucht anzurufen. Muss den Job mit sofortiger Wirkung kündigen. Es gab seit einem Monat keine nennenswerten Ergebnisse, und ich habe einen anderen Auftrag bekommen. Viel Glück für die Hochzeit

Ola wusste, dass seine Chancen, etwas herauszufinden, von vornherein gering gewesen waren, egal ob Michael nun unschuldig war oder nicht. Die meisten Straftaten dieser Art wurden einfach nirgends erfasst. Es war ja nicht so, als hätte sie selbst Beweise für all die Situationen, in denen sie sexuell belästigt oder eingeschüchtert worden war. Aber bedeutete das, dass die Vorfälle während ihres Praktikums nie stattgefunden hatten? Jedes Mal, wenn sie in einem Club betatscht worden war, war das nur ein Hirngespinst gewesen? Einbildung, denn sie hatte den gesichtslosen Mann ja nicht angezeigt, der in einem überfüllten Zug sein Genital an ihr gerieben hatte. Jede Frau, die von ihrem Mann bedroht wurde, jede Frau, die geweint und ihr Date gebeten hatte aufzuhören, während er trotzdem weitergemacht hatte: alles bloß Spuk. Beglaubigte, abgestempelte Protokolle waren von vornherein unwahrscheinlich gewesen, aber sie wollte wenigstens wissen, ob ihre Einschätzung dieses Mannes, des einzigen Mannes, den sie je geliebt hatte, völlig falsch war. Falls sie ihn überhaupt kannte.

Als Michael sich die feuchten Augen wischte, tat Ola dasselbe. Während ihrer gesamten Beziehung hatte sie ihn nur ein einziges Mal weinen sehen – als er die Nachricht vom Tod seines Großvaters erhalten hatte –, und wie damals pochte auch heute sein Schmerz in ihrer eigenen Brust. Ihre Liebe zu ihm verflog nicht einfach, auch wenn sie sich noch so sehr bemühte. Sie war in den letzten Wochen auf eine harte Probe gestellt worden, aber sie war profund und instinktiv. Einen Moment lang war nichts anderes von Bedeutung, als ihn genau daran zu erinnern, so wie er es schon oft getan hatte, wenn es ihr schlecht ging.

Ola legte ihr Handy zurück auf den Tisch, nahm ihren Verlobten in die Arme und legte ihren Kopf auf seine zitternde Schulter. Er legte seine unsichere Hand auf ihre, und sie hielten sich gegenseitig fest und vergossen stille Tränen.

17

Die Hochzeit

Das Bett im Marriott war die ganze Nacht über unberührt geblieben, so frisch und makellos wie direkt nach dem Einchecken von Michael. Das Zimmer war schön, wenn auch charakterlos; eine monotone Einrichtung in unauffälligen Beige- und Brauntönen. Er hatte kein Auge zugetan, nicht einmal ein Nickerchen gemacht, war nur im Zimmer auf und ab gelaufen und hatte sich in den Sessel fallen lassen, wenn ihm alles zu viel wurde. Er rückte die Blume im Knopfloch seines Revers zurecht, warf einen Blick auf die Minibar unter dem Breitbildfernseher und verspürte einen schmerzhaften Drang. Der erste Morgen seit Wochen ohne Alkohol machte ihn nervös, aber er konnte es nicht riskieren. Er war bereits so müde, dass er nur noch auf Adrenalin lief. An diesem Morgen hatte er sich in einem zombiehaften Zustand rasiert, seine Schnürsenkel wie auf Autopilot gebunden und versuchte nun unbeholfen, seine Manschettenknöpfe zu schließen – Perlmutt mit einer Einfassung aus Weißgold.

Bald würde Kwabz hier sein, um die Ringe zu übernehmen und ihn zur Kirche zu begleiten. Diese ganze Situation fühlte sich einfach nicht real an, sondern eher so, als ob er sich selbst mit schwachem Interesse von draußen durch das Hotelzimmer dabei beobachten würde, wie er sich Parfüm hinters Ohr tupfte. Immer wieder merkte er, dass er seine Fäuste ballte und seine

Nägel in die Haut seiner Handflächen grub, um sich zu erden. Wie sollte er sich bloß auf den Rest des Tages, den Rest seines Lebens fokussieren, wenn er immer noch damit beschäftigt war, die Geschehnisse des gestrigen Tages zu verarbeiten?

Er hatte die Ablaufprobe irgendwie über die Bühne gebracht, angespannt und roboterhaft von Anfang bis Ende. Ob sich ihre Freunde und ihre Familie die Atmosphäre damit erklärt hatten, dass sie »kalte Füße« bekommen hatten, wusste er nicht. Die Einzelheiten hatte er dank mehrerer Züge an Folas Joint nur noch verschwommen mitbekommen. Er war bereits ziemlich durch den Wind in der Kirche angekommen, nachdem Lewis ihm vorgeschlagen hatte, dass sie beide eine gemeinsame Erklärung abgeben und jeweils fünfzehntausend Pfund an vier verschiedene Wohltätigkeitsorganisationen spenden sollten. Er wollte Ola sogar ein Exklusivinterview zu diesem Schritt für einen Artikel anbieten. Der Vorschlag löste bei Michael nicht nur einen Chor schrillender Alarmglocken aus, sondern auch eine Armada von Red Flags, und er bekam regelrecht Panik. Er hatte die größten Bedenken, nicht nur, was sein eigenes Wohl anging, sondern auch das von Lewis. Abgesehen davon, dass er sich sicher war, dass die Sache nach hinten losgehen würde, befürchtete Michael, dass das Ganze nur noch mehr Aufmerksamkeit auf ihn ziehen würde.

»Ich wusste, dass du so reagieren würdest!«, hatte Lewis angesichts seiner Skepsis verächtlich geschnaubt. »War verdammt noch mal klar, dass du es abtun würdest, bevor ich es dir überhaupt richtig erklärt habe! Aber hör mir zu: Jeden zweiten Tag entschuldigt sich jemand für irgendetwas oder streitet irgendwas ab, indem er eine Erklärung in sein iPhone tippt, richtig? Und was passiert dann? Die Wichser bei der *Sun* oder der *Daily Mail* veröffentlichen ein paar Artikel. Aber das war's. Man hat auf die Vorwürfe reagiert, und alle wenden sich einem anderen Thema zu, wie so scheiß Aasgeier. Aber wenn man es einfach so stehen lässt, wird es immer größer und größer.«

Laut Lewis war das die einzige Möglichkeit, die Kontrolle über das Narrativ zurückzugewinnen. »Um die Spenden kümmere ich mich natürlich – mach dir darüber mal keine Sorgen«, fuhr er fort. »Ein bisschen positive PR kann nicht schaden nach all der Scheiße, die über uns erzählt wurde. Und von der Steuer absetzen kann ich es auch noch!«

Eine Stellungnahme war etwas, das Michael selbst kurz in Erwägung gezogen hatte. Und obwohl die einstimmige Meinung seiner Jungs normalerweise bedeutete, dass er genau das Gegenteil tun sollte, war er sich in diesem Fall ausnahmsweise sicher, dass sie recht hatten und es eine schlechte Idee war. Als er und Lewis sich trennten, hoffte er, Lewis würde die Mängel in seinem Plan klarer erkennen, sobald er wieder nüchtern war. Ihr Gespräch hatte ihn nervös gemacht; Michael konnte nicht so tun, als ob ein Coming-out für jemanden wie Lewis Hale einfach wäre, aber seiner Meinung nach war es wegen Cris' Schwester sowieso nicht mehr zu verhindern. Er hatte gedacht, das wäre genug Aufregung für einen Tag, aber dann war Ola endlich bei der Ablaufprobe aufgetaucht. Kaum hatte Michael das Kirchenbüro betreten, hatte sie ihn ohne Vorwarnung konfrontiert. Sie feuerte aus allen Rohren, ließ eine Bombe nach der anderen platzen, von denen jede an einem normalen Tag die Schlagzeile gewesen wäre. Sie hatte seinen Computer durchforstet, sich mit der Person, die die Liste ins Leben gerufen hatte, getroffen und ihm nichts davon gesagt – er versuchte noch immer, all das zu verarbeiten. Dann hatte sie ihm auch noch eröffnet, dass sie ihm einen Privatdetektiv auf den Hals gehetzt hatte. Das konnte man sich echt nicht ausdenken; es war wie aus einer Talkshow oder aus einer dieser trashigen Frauenzeitschriften. Eigentlich hätte er erleichtert sein müssen, dass sie das mit Jackie nicht herausgefunden hatte, aber ehrlich gesagt wünschte er, sie hätte es getan.

Michael konnte sich nicht auf dem hohen Ross ausruhen, auf dem man normalerweise saß, wenn einem Unrecht getan wurde; ja, er fühlte sich hintergangen, aber er wusste auch, dass sie keine andere Wahl gehabt hatte. Jetzt schämte er sich doppelt, denn Ola hatte ihr Vergehen zumindest eingestanden. So nah wie gestern war er nie dran gewesen, es selbst zu tun. Irgendwann hatte sie ihn geradeheraus gefragt, warum er ihr nicht von @mirrorissa92 erzählt hatte, und das wäre der Moment gewesen, um reinen Tisch zu machen. Hätte er ihr alles gebeichtet, wenn der Anruf des Privatdetektivs nicht dazwischengekommen wäre? So oder so, der Moment war vorbei, und die Wahrheit war ungesagt geblieben.

Deshalb stand er heute im Smoking da und sah im Spiegel durch sich hindurch. Gestern Abend hatten sich Michael und Ola nicht etwa noch versöhnt, sondern hatten lediglich eine unausgesprochene Entscheidung getroffen. Nach den Enthüllungen und den darauffolgenden Tränen hatte er sie direkt gefragt, was sie tun wolle. Sie hatte noch eine Weile vor sich hin geschnieft, den Kopf noch immer auf seine Schulter gelegt. Schließlich hatte sie die Arme von ihm gelöst und nach ihrem iPhone auf dem Tisch gegriffen.

»Wir sollten zur Probe gehen«, hatte sie gesagt und einen prüfenden Blick in die Handykamera geworfen, um zu sehen, ob ihr Gesicht nach dem Weinen sehr geschwollen aussah. Dann stand sie auf und schüttelte sich. Sie atmete tief durch und nickte scheinbar gefasst. Ihre Miene war ruhig, entschlossen, wie die eines Staatsmannes. »Also los.«

Und das war's. Es hatte ihn überrascht, aber Michael drängte nicht auf weitere Klarheit. Sie hatte es gesagt, ohne es zu sagen: Sie würden heiraten. Sie würden versuchen weiterzumachen, trotz allem: trotz der Lügen, die aufgedeckt worden waren, und denen, die nicht ans Licht gekommen waren, trotz der beiderseitigen Paranoia und des Misstrauens. Aber er konnte noch längst nicht mit allem umgehen, was gestern herausgekommen war, zum Beispiel trieb ihn weiterhin die Frage um, ob es schlimmer war, dass der »andere Mann« ein Privatdetektiv war. Und das mit Luke war nicht einmal die größte Enthüllung des gestrigen Abends. Was Michael besonders aufgewühlt hatte, war die Antwort auf seine Nachricht, von der er bis gestern gar nichts gewusst hatte.

Weil ich es kann, Mikey x

Mikey. Das war's. Keine weiteren Fragen. Sie musste es sein. @mirrorissa92 war Jackie. Niemand außer ihr nannte ihn bei diesem süßlich-peinlichen Spitznamen. Sie verhöhnte ihn. Das war wahrscheinlich auch der Grund, warum sein Name auf der Liste falsch geschrieben war – Jackie nannte ihn so gut wie nie Michael. Würde das als Beweis ausreichen? Vor Gericht, bei der Polizei? Sicherlich würde diese Form der Online-Belästigung irgendeine Art von Untersuchung rechtfertigen, einen Versuch, die IP-Adresse ausfindig zu machen. Aber bei seinem Glück reichte das wahrscheinlich auch nicht.

Es hatte Zeiten während dieser Tortur gegeben, in denen er sich gewünscht hatte, sie irgendwo zufällig zu treffen, damit er sie persönlich zur Rede stellen könnte. Ihr Verhalten ergab für ihn so wenig Sinn. Früher schien Jackie ihn zu wollen, ganz egal unter welchen Umständen. Er war ihre Ola; jemand, mit dem sie zusammen sein wollte, koste es, was es wolle. Wieso tat sie ihm also so etwas an? Und wie weit würde sie die Sache noch treiben? Nichts konnte sie davon abhalten, Ola eines Tages die Wahrheit über das, was zwischen ihnen gewesen war, zu verraten. Das Ganze könnte ihn für den Rest ihres gemeinsamen Lebens verfolgen. Er würde sich immer Sorgen machen müssen, was bei Jackie der Auslöser sein könnte: die Hochzeitsfotos auf Social Media? Ihr erstes Kind? So oder so, die Tage seiner Beziehung mit Ola waren gezählt, das wusste er. Aber er hoffte einfach, dass, wenn er es wiedergutmachen würde, wenn er sich in der Zwischenzeit bewährt hätte, sie vielleicht an einer gemeinsamen Zukunft festhalten könnten. Das würde ihnen eine kleine Chance auf Glück geben, vorerst.

Ein Klopfen an der Tür holte ihn zurück ins Hier und Jetzt. Kwabz schlappte herein, die Locken zu einem tiefen Pferdeschwanz zusammengebunden, ein buntes geometrisch gemustertes Kente-Tuch war um die Schultern seines Smokings drapiert. Er spähte über den Rand seiner Pilotenbrille. »Da ist ja unser Mann der Stunde«, sagte er mit einem Hauch von Nervosität in der Stimme. »Alles klar?«

»Alles okay.«

»Ja?« Er legte die Hand auf Michaels Schulter und klopfte sie sanft, wie zur Beruhigung. »Bist du bereit?«

Michael wischte sich mit dem Handrücken über den Mund. »Bereit.« Er holte eine kleine marineblaue Schatulle aus seiner Tasche und reichte sie Kwabz.

Sein Trauzeuge nahm sie vorsichtig entgegen. »Und hast du auch alles? Portemonnaie, Handy?«

Michael tastete seine Taschen ab und nickte. Sie verharrten einen Moment, tauschten etwas Unausgesprochenes in ihrem Blick, und dann zog Kwabz ihn mit einem Arm an sich.

»Alles klar, Bruder«, sagte er, trat wieder einen Schritt zurück und rieb sich die Hände. »Los geht's.«

—

Vor einiger Zeit war Michael in ein Internet-Wurmloch über Phobien geraten und hatte sich eine Weile damit beschäftigt, die abwegigsten darunter auf Wikipedia nachzuschlagen. Eine davon, die bei ihm hängen geblieben war, war die Ecclesiophobie, die Angst vor Kirchen, etwas, das für viele vielleicht seltsam klingen mochte, für ihn aber durchaus Sinn ergab. Heute war es nicht anders: Die Kapelle war zweifelsohne wunderschön, aber Ehrfurcht einflößend in ihrer Erhabenheit. Die Säulen und die sechs Meter hohen Bleiglasfenster, die das Sonnenlicht in psychedelischen Farben durchließen, wirkten auf ihn irgendwie erdrückend. Das knarrende Eichenholz der Kirchenbänke. Alles so ehrwürdig. Einschüchternd.

Aus dem Vorraum hörte er das unmelodische Geträller der Gäste und sah ein Meer aus Farben von afrikanischer Kleidung. Nigerianische Geles in allen Farben des Regenbogens, afrikanische Waxprints und mit Adinkra-Symbolen verzierte Kleidungsstücke, ein paar pinke Aso-Ebi-Uniformen und gestreifte Hänger aus Gonja-Stoff. Es war, als wären alle, die er je kennengelernt hatte, in dieser Kirche versammelt; Tante Abena war eigens eingeflogen und saß mit seiner Cousine Gifty ganz hinten. Auf der rechten Seite konnte er Seuns On-off-Freundin Rachel sehen, die an ihrem Fascinator herumnestelte. Dann wurde das Lied leiser, die Menge begann zu murmeln, und »Ave Maria« ertönte.

Als er seinen bangen Gang zum Altar antrat, wurde er von einem Handy-Blitzlichtgewitter in den Kirchenbänken begrüßt.

Er fühlte sich unsicher: wegen seines starken Gewichtsverlusts, wegen der Fotos, die unter dem Hashtag #TheKorantengs19 auftauchen würden, auf den Ruth und Celie bestanden hatten. Als er sich dem Altar näherte, beruhigte ihn der Anblick seiner Großmutter, neben der seine Mutter und sein Vater saßen – beide Frauen in Mermaid-Kleidern aus Kente-Stoff und sein Vater in einer Kente-Toga, die sich über eine Schulter und seinen Körper wand. Alle trugen sie bunte Perlen um Hals und Handgelenke.

Michael erreichte den vorderen Teil der Kirche, wo Pastor Oyedepo (der in seinem glänzenden grauen Anzug eher wie ein Buchhalter aussah) ihn mit einem Nicken begrüßte. Sein weißes Haar hob sich leuchtend von seiner dunklen Haut ab, und sein runzeliges Gesicht wurde noch zerknitterter, als es einen feierlichen Ausdruck annahm. Michael sah sich nach den Brautjungfern und Trauzeugen um, die hinter ihm einzogen, Celie, Ruth und Fola in unterschiedlich geschnittenen Kleidern, die im gleichen Smaragdton gehalten waren. Amani, Seun und Kwabz wirkten mit ihren Sonnenbrillen auf dem Kopf wie Bodyguards. Celie ging Arm in Arm mit Amani und sah dabei nicht gerade begeistert aus. Fola war bei Seun untergehakt, das ungleiche Paar schlechthin. Und Ruth zupfte mit einer Hand am Vorderteil ihres Kleides herum und hielt sich mit der anderen am Bizeps eines selbstgefällig dreinblickenden Kwabz fest. Michael schmunzelte in sich hinein, weil er sicher war, dass Kwabz seine Armmuskeln dabei extra anspannte, und beobachtete, wie sie alle ihre Plätze einnahmen. Dann trat eine kurze Pause ein, während die in der Kirche Versammelten auf das Hauptereignis warteten. Dann bog Olas Mutter um die Ecke.

Sie kam hüftschwingend hereinflaniert, in einem kunstvoll mit Perlen besetzten Kleid in Zartrosa mit darauf abgestimmter Tasche und hohen Schuhen. Auch der Ipele-Schal über ihrer linken Schulter und der Gele-Kopfschmuck waren reich verziert und bestickt. Gut gelaunt geleitete sie ihre Tochter zum Altar. Ola schritt anmutig voran, der Saum ihres weißen Seidenkleides streifte den Boden, und ihr langer Schleier war an einem mit Zirkonia besetzten Diadem befestigt. Mit jedem Schritt, den sie machte, wurde er sich sicherer, dass sie nie schöner ausgesehen hatte. Selbst hinter ihrem Spitzenschleier konnte er ihre dunklen dichten Wimpern erkennen und wie der Highlighter ihre Haut zum Strahlen brachte. Ihr Pferdeschwanz wogte beim Näherkommen, und er bemerkte, dass sie ihren Nasenring gegen einen winzigen Diamantstecker ausgetauscht hatte. Michael wischte sich mit dem Ärmel über die Augen und blinzelte die Tränen weg, die von den Gefühlen herrührten, die ihn überwältigten. Wie ein Messer durchschnitt seine Liebe den Kummer und die Sorge, die ihn quälten.

Als sie bei ihm angelangten, legte ihre Mutter Olas Hand sanft in seine. Ihre Handflächen berührten sich und fühlten sich feuchtkalt an. Celie wich Michaels Blick aus, als sie mit ausgestreckten Armen auf die Braut zukam und Ola ihr den Brautstrauß reichte. Nun stand Ola ihm gegenüber, und sie hielten sich an beiden Händen, und in diesem Moment war es, als ob außer ihnen niemand im Raum wäre. Behutsam lüftete er den Schleier, und er blickte in ihre glänzenden Augen.

Pastor Oyedepo räusperte sich. »Halleluja«, begann er mit starkem Akzent, der verriet, dass er aus Lagos stammte. »Wir haben uns heute hier versammelt, um in der Gegenwart unseres himmlischen Vaters die Hochzeit dieser beiden Menschenkinder, Olaide und Michael, zu bezeugen und zu feiern. Heute teilen wir ihre Freude und bitten den Herrn, unseren Gott, dass er ihnen seinen immerwährenden Segen und seine Barmherzigkeit zuteilwerden lässt. Oh, Gottvater, was du zusammengefügt hast, soll der Mensch nicht scheiden.« Er wandte sich mit einer Geste an die Anwesenden. »So erheben wir uns nun und legen die heutige Zeremonie in seine gnädigen Hände.«

Die Gäste standen langsam auf, ein leises Raunen ging durch die Kirche. Pastor Oyedepo schloss die Augen und hob mit theatralischer Geste eine Hand gen Himmel.

»Allmächtiger Vater«, sagte er und versprühte dabei ein paar Spucketröpfchen. »In deiner unendlichen Gnade bitte ich dich, lass dein Antlitz leuchten über diesem Paar, jetzt und für alle Zeit. Herr, so wie wir begonnen haben, beginne auch du mit uns. Am Ende dieser Vereinigung zweier deiner treuen Diener erweisen wir dir Lob und Ehre. Nun lasset uns gemeinsam beten.«

Michael hatte angenommen, seine Rede sei bereits das Gebet gewesen, aber das war es noch lange nicht. Man hörte das Grummeln und Trällern von Zungen. Dann ein Segen, der sich anhörte wie eine der gebetsartigen Geburtstagsnachrichten seiner Mutter, gespickt mit kaum verhohlenen Bitten um Enkelkinder, versteckt hinter Worten wie »Fruchtbarkeit«, »zahlreich« oder »vermehren«. Er fragte sich, was eine Agnostikerin wie Ola aus alldem machte. Als er den Kopf zu ihr drehte, sah er, dass sie ihn mit leicht zuckenden Mundwinkeln anschaute. Er konnte nicht sagen, ob sie versuchte, nicht zu lachen oder nicht zu weinen.

»Im Namen Jesu Christi, Amen«, beendete Pastor Oyedepo schließlich das Gebet und wischte sich den Schweiß von der Stirn. »Und nun eine kurze Lesung aus 1 Korinther 13,4-8 von Michaels ältestem Freund und Trauzeugen, Amani Best.«

Die Aufmerksamkeit richtete sich auf seinen Freund, der stolz neben den Pfarrer trat, als würde er eine Auszeichnung entgegennehmen. Rührung und Zuneigung zu ihm überkam Michael und verdrängte seine ängstlichen Gedanken. Amani hatte sich seinen schelmischen Charme seit der Schulzeit bewahrt, wo er das Kind in der Klasse war, das einen auch zu den unpassendsten Zeiten zum Lachen brachte. Zum Auftakt hüstelte er leise.

»Die Liebe ist langmütig, die Liebe ist gütig«, begann er. Michael spürte, wie Ola neben ihm zusammenzuckte. »Sie ereifert sich nicht, sie prahlt nicht, sie bläht sich nicht auf. Sie handelt nicht ungehörig, sucht nicht ihren Vorteil, lässt sich nicht zum Zorn reizen, trägt das Böse nicht nach. Sie freut sich nicht über das Unrecht, sondern freut sich an der Wahrheit.«

Im Angesicht der gemurmelten Zustimmung der Menge wurde auch Michael unruhig. Gott macht sich über uns lustig, dachte er. Es erinnerte ihn daran, dass eine Sache, die er an Kirchen hasste, die Tatsache war, dass er dort oft das Gefühl hatte, durchschaut zu werden, als ob all seine Geheimnisse, seine Seele auf einem Sockel für alle sichtbar ausgestellt würden.

»Sie erträgt alles, glaubt alles, hofft alles, hält allem stand. Die Liebe hört niemals auf.«

Amani verbeugte sich leicht und lächelte den Gästen in den Kirchenbänken huldvoll zu. Dann ging er zurück auf seinen Platz, und Pastor Oyedepo trat vor.

»So sprechet mir alle nach: Amen.«

»Amen«, rief die Menge im Chor.

Es vergingen ein paar quälende Augenblicke, dann setzte er erneut zum Sprechen an.

»Nun kommt der Moment, auf den wir alle gewartet haben.« Pastor Oyedepo wandte seinen Kopf zu ihm. »Michael, willst du Olaide Deborah Adebimpe Olajide zu deiner rechtmäßig angetrauten Frau nehmen? Versprichst du, sie zu lieben, zu achten und zu ehren, in guten wie in schlechten Zeiten, in Reichtum und Armut, in Gesundheit und Krankheit, und allen anderen zu widersagen, bis dass der Tod euch scheidet?«

Was auch immer dazu nötig war, was auch immer sie erwartete: in guten und in schlechten Zeiten, in Reichtum und Armut, in Krankheit und Gesundheit und in allem anderen. In den drei Jahren, die sie schon zusammen verbracht hatten, war er ins Straucheln geraten, was den Punkt des Widersagens anderer betraf, aber solange er lebte, egal wie lange das auch sein mochte, wollte er sie lieben, achten und ehren. Auf all das hatte es immer nur eine Antwort gegeben. Er strich mit dem Daumen über den ihren.

»Ja, ich will.«

Pastor Oyedepo nickte mit einem breiten Lächeln und richtete seine Aufmerksamkeit auf die zitternde Ola. Die Braut war ein Bild purer Verlorenheit, ihr Blick panisch. Ihr Make-up glänzte nun zusätzlich vom Schweiß. Sie starrte den Pfarrer an, als Michael ein letztes Mal den flehenden Blickkontakt mit ihr suchte. Er war jetzt so sichtlich gestresst, dass er sich sicher war, dass die Gemeinde sein Verhalten unmöglich als einfache Hochzeitsnervosität abtun konnte. Er umklammerte ihre Hände fester und schickte ein stilles Gebet zum Himmel.

»Und du, Olaide«, sagte Pastor Oyedepo. »Willst du Michael Kweku Koranteng zu deinem rechtmäßig angetrauten Ehemann nehmen?«

18

Die Hochzeit

Vorsichtig, damit ihr Gele-Kopfschmuck nicht verrutschte, lehnte Ola die Stirn gegen das Autofenster, als sie von der Kirche wegfuhren. Es fühlte sich angenehm kühl an ihrer Schläfe an; die aufwendige rote Lederausstattung des Autos machte den heißen Tag unerträglich. Doch auf dem Rücksitz herrschte eisiges Schweigen, und sie fragte sich, was ihr Chauffeur sich wohl bei alldem dachte. Sie, die in einem traditionellen rosafarbenen, mit Strass besetzten Iro-Rock, einer Buba-Bluse und einer Ipele-Schärpe vor sich hin brutzelte und sich mit einem Fächer aus Straußenfedern Luft zuwedelte, und Michael, ganz der afrikanische Prinz mit einem Abeti-Aja-Hut und einem Agbada-Anzug in der gleichen Farbe. Ihre Körper waren voneinander abgewandt, während sie jeweils auf ihrer Seite aus dem Wagenfenster starrten.

Stunden zuvor hatte sie es noch gewagt, optimistisch zu sein. Sie und Michael hatten die Ablaufprobe am Vorabend überstanden, ohne dass irgendjemand Fragen gestellt hatte außer Fola, die jedoch ihr Versprechen einhielt, kein Urteil zu fällen, als Ola ihr unter Tränen erzählte, was passiert war. Das Herumschnüffeln in Michaels Laptop. Die Betrugsvorwürfe. Michaels verletzter Gesichtsausdruck, als Ola zugab, dass sie Luke angeheuert hatte. Die erdrückenden Gewissensbisse, die sie bekommen hatte, als sie ihn im Kirchenbüro weinen sah, waren schwer zu ertragen. Als er zu ihr aufschaute und fragte: »Was willst du jetzt tun?«, wusste sie, dass er ihre gemeinsame Zukunft meinte. Aber sie hatte keine Antwort auf eine so pauschale Frage gewusst. In dem Moment war alles, was sie tun konnten, mit der Ablaufprobe wie geplant fortzufahren. Sie wollten nicht die Zeit ihrer Liebsten, die sich in der Kirche versammelt hatten, verschwenden, nur um ihnen zu sagen, dass sie mit der Heirat zögerten. Es wäre zu viel Drama gewesen für einen ohnehin schon sehr ereignisreichen Tag. Und ganz abgesehen davon, wie hätte Ola diejenige sein können, die die Sache abblies, wenn sie es war, die sich so schäbig verhalten hatte? Das Einzige, was Luke erreicht hatte, war, Olas eigene Unehrlichkeit aufzudecken, indem sie ihn überhaupt erst engagiert hatte. Michael schien ihre Argumentation zwar zu verstehen, aber das hinderte sie nicht daran, sich schrecklich zu fühlen. Zumal ihr Trumpf, die Nachricht von @mirrorissa92, auch nichts bewiesen hatte. Sie machte die ganze Situation nur noch unübersichtlicher. Selbst rückblickend konnte Ola immer noch nicht sagen, was los war. Irgendetwas stimmte nicht. Aber sie hatte Michael wochenlang hintergangen und belogen, ohne irgendwelche Beweise dafür gefunden zu haben.

Ola hatte am Vorabend in das nahe gelegene Hilton-Hotel eingecheckt, immer noch unsicher, was sie am nächsten Tag tun sollte – was sie tun würde. Vor dem Schlafengehen rieb sie gedankenverloren den Azuritstein, den Fola ihr bei der Ablaufprobe als »etwas Blaues« in die Hand gedrückt hatte. Ihre Schuhe, ein Paar weiße Manolo Blahniks von einer nachhaltigen App für gemietete Mode, waren ihr »etwas Geliehenes«, und der alte Rolls-Royce, in dem sie auf dem Weg zum Empfang schwitzen würden, ihr »etwas Altes«. Alles andere, wofür sie die

Bank gesprengt hatten, war ihr »etwas Neues«. Ola legte sich auf das luxuriöse Bett und dachte, während sie einschlief, über all diese abergläubischen Hochzeitstraditionen nach, in der Hoffnung, dass sie ihr irgendwie helfen würden. Sie brauchte alles Glück, das sie bekommen konnte.

Am Morgen darauf war es dann fast so, wie sie es sich für ihren Hochzeitstag erhofft hatte. Der Geschenkkorb, den Michael bestellt hatte, kam ohne eine Nachricht (was gab es da auch noch zu sagen?), und sie versprühte den Seychelles-Raumduft von The White Company im ganzen Hotelzimmer. Während Ruth noch einmal das Make-up auffrischte, das die Visagistin ohnehin gerade erst bei Ola fertiggestellt hatte, genehmigte sie sich ein oder drei Gläser Prosecco mit ihrer Schwester und ihren besten Freundinnen. Sie kicherten wie Schulmädchen in ihren seidenen Bademänteln, und es herrschte ein wildes Durcheinander aus Kosmetikartikeln und falsch wiedergegebenen Songtexten, die sie aus voller Kehle grölten. Fola trug etwas Lipgloss auf und schmierte sich Arme und Beine großzügig mit Babyöl ein, damit alles schön glänzte. Ruth spielte ihre »AFRO-POP«-Playlist ab, und Celie verdrehte bei jedem Jauchzer von Ruth zu Beginn eines jeden Liedes, die allesamt ihr »Lieblingssong« waren, die Augen.

»Ich kann den Empfang kaum erwarten«, sagte Ruth und wippte rhythmisch zu »Options« von NSG. »Diese ganzen Dating-Apps nerven einfach – ich habe es echt so satt, Typen mit dem Nachnamen ›Tinder‹ in meinen Handykontakten abzuspeichern wie in der toxischsten Ahnentafel der Welt! Du weißt gar nicht, was für ein Glück du hast, diesen Dschungel hinter dir zu lassen, Ola.« Sie grinste schief. »Hast du den zukünftigen Vater meiner Kinder bei der Ablaufprobe gesehen? Er war im Fitnessstudio.«

»Kwabz?«, fragte Ola und grinste.

Ruth nickte. »Ich versuche jetzt auch, auf die ghanaische Welle aufzuspringen, so wie du.«

»Ich dachte, er wäre dir zu klein?«

»Ich muss sagen: Sein trainierter Körper macht es wett. Außerdem, was bleibt mir schon anderes übrig, wo doch die ganze Größe in Ghana an Michael ging?«

»Ist das der Grund, warum du heute wie ein wandelndes Paar Titten aussiehst?« Fola machte eine Geste auf ihre Brüste. Unter dem Morgenmantel wogte Ruths Busen in ihrem hautengen, trägerlosen grünen Brautjungfernkleid. Es war schwer, nicht hinzusehen.

»Von wegen«, schnaubte sie verächtlich und rückte das Oberteil zurecht. »Die Mädels hier sind bloß los, weil's überall in den Shops nur was für Minimöpse gibt. Alles rückenfrei, trägerlos oder megatief ausgeschnitten. Keyhole-Ausschnitt vorne, hinten geschnürt – manchmal sogar *vorne* – oder gleich ganz aus Netzstoff ... Sogar in der Plus-size-Abteilung von Pretty Little Thing gibt es bloß Sachen, die man nur ohne BH tragen kann. Und das können nicht alle von uns, *Fola*«, sagte sie und beäugte demonstrativ deren kleinen Busen. »Und *Ola*.«

Ola kicherte, als sie einen weiteren Schluck aus ihrer Champagnerflöte nahm.

»Wie war dieser Bibelspruch gleich noch mal, Celie?« Fola grinste sie an. »Selig sind die Kleinbrüstigen, denn sie werden das Erdreich besitzen? Oder wie heißt das in den Psalmen?«

Sie gackerten allesamt ausgelassen. Dann erbebte das Hotelzimmer plötzlich unter den Bässen von »Sweet Like Puff Puff« von Papi Danks, und Ruth quietschte vor Vergnügen, als der erste Beat ertönte.

»Ayyyyyy!« Sie nahm mit dem Strohhalm einen Schluck

Prosecco, damit ihr Lippenstift nicht verschmierte. »Das ist mein fucking Lied!«

Celie, die ihr Haar für diesen Anlass zu großen federnden Locken gedreht hatte, hielt abrupt inne. Ihr Gesichtsausdruck erstarrte im Spiegel über dem Schminktisch.

»Warum hören wir uns das an?«

»Pssst, jetzt kommt die coole Strophe von meinem anderen Baby Daddy!«, rief Ruth und drehte den Sound lauter. »Hey, warst du nicht auf demselben College wie er?«

»Sonntagsschule«, korrigierte Celie. »Ich weiß nicht, wie du auf die Idee kommst, es wäre in Ordnung, das jetzt zu spielen? Er stand auf der Liste, und es werden ihm wirklich schlimme Dinge vorgeworfen.«

»Äh, hatten wir uns nicht alle auf die Unschuldsvermutung geeinigt?« Ruth hatte aufgehört zu tanzen, und nun hingen ihre Worte in der Luft. Ola spürte, wie sie in sich zusammensackte, wie ihre Bubble gänzlich zerplatzte. Wie könnte sie in ihrer zwiespältigen Position jetzt bei Ruth intervenieren?

Celie zuckte zusammen. »Das habt ihr vielleicht so entschieden. Nicht ich. Hör zu, ich wollte dir noch etwas sagen, Ola.« Sie drehte sich um und sah sie an. »Ich weiß, es ist dein großer Tag. Aber ich hoffe, du erwartest nicht zu viel von mir, was Michael betrifft. Ich werde zum Beispiel nicht mit ihm plaudern oder so.«

»Können wir das bitte lassen?«, stöhnte Ola. »Jetzt sofort?« Sie hatte bereits vermutet, dass ihre Trauzeugin die gestrige Probe nicht versäumt hatte, weil sie krank war, und das hier bestätigte es. Es war die Hochzeit, die ihr auf den Magen schlug.

Celie wandte sich wieder dem Spiegel zu und zupfte an ihren Locken herum. Die fröhliche Musik dröhnte noch immer aus dem Lautsprecher, aber die Stimmung war dahin, und Ola hatte es mit dem Raumspray etwas übertrieben, sodass die Atmosphäre sich stickig anfühlte. »Ich mein ja nur«, sagte Celie. »Ich feiere gerne mit dir, Ola, aber ich werde nicht mit ihm reden.«

»Ladys«, sagte Fola streng. »Heute nur gute Laune, okay? Zwingt mich nicht, den Salbei rauszuholen.«

»Genau«, sagte Ruth in ihren Handspiegel. »Lassen wir den ganzen Mist für einen Tag gut sein, bitte.«

Celie funkelte sie an. »Ich finde das alles nicht witzig, Ruth, aber ich habe auch nicht mit dir gesprochen?«

»Okay«, sagte Ruth, klappte den Spiegel zu und setzte sich kerzengerade hin. »Aber ich rede mit dir, Celie, was jetzt?«

So war es seit der Schulzeit gewesen: Ruth gegen Celie, manchmal Ruth gegen Ola, aber selten Ola gegen Celie, ihre beste Freundin seit der siebten Klasse. Das Fundament ihres Verbundes war an der St.-Augustine's-Mädchenschule gelegt worden, wo sie zusammen mit einem halben Dutzend anderer einfach als »Die Afrikanerinnen« galten. Und auch wenn sich die beiden Nigerianerinnen manchmal bei spielerischen Diaspora-Kriegen gegen die Mosambikanerin Celie verbündet hatten, war Ruth in ihrer Splittergruppe eigentlich immer diejenige gewesen, die aus der Reihe tanzte. Normalerweise bedeutete das, dass sie einen problematischen Standpunkt oder eine problematische Person verteidigte. Aber in letzter Zeit war die »problematische Person«, für die Ruth eintrat, fast ausschließlich Ola.

Ola spürte die Hand ihres Mannes auf ihrem Knie und wurde aus ihren Gedanken gerissen.

»Alles okay bei dir?«

Sie drehte sich auf dem Rücksitz des Wagens zu ihm und schenkte ihm ein schales Lächeln. Die Hochzeitszeremonie an diesem Vormittag war wie ein Fiebertraum gewesen, an dem fast alle Familienmitglieder, Freunde und Bekannten teilgenommen hatten, die sie kannte. Es war ihr alles so surreal vorgekommen, dass sie auf dem Weg zum Altar nur denken konnte, dass dies wohl der glamouröseste Gang über die Planke aller Zeiten war. Während sie sich am Arm ihrer überglücklichen Mutter festklammerte, fühlte sich Ola wie ein hilfloses Kind. Sie versuchte nicht an ihren Vater zu denken, weil sie wusste, dass sie dann losheulen würde. Als ahnte ihre Mutter das, drückte sie Olas Arm ganz fest und verhinderte damit, dass ihr die Tränen kamen. Ola war froh, sie an ihrer Seite zu haben, trotz all ihrer Differenzen. Sie waren so verschieden, in Temperament wie Aussehen. Die wohlproportionierte Gestalt ihrer Mutter wurde noch von dem pinken Schößchenkleid betont, und ein Raunen angesichts der Schönheit der beiden ging durch die versammelte Gemeinde, als sie die Kirche betraten. Ola hatte eher etwas von einer aparten Laufstegschönheit, während ihre Mutter mit dem hübschen herzförmigen Gesicht der kommerzielleren Ästhetik eines Modekatalogs entsprungen schien. Sie war bescheiden und sanftmütig, wahrscheinlich noch mehr, als sie damals als naive Universitätsabsolventin Olas älteren, weltgewandten Vater kennengelernt hatte. Für ihre Mutter war es eindeutig ein bittersüßer Moment, ihre Tochter selbst zum Altar zu führen, aber sie wirkte stolzer auf sie, als Ola sie je erlebt hatte. Ihr Lächeln war breiter als damals, als Ola an die Uni gekommen war, ihren Abschluss gemacht oder ihren Job bei *Womxxxn* ergattert hatte. Als sie neben ihrer Mutter ging, war Ola von dem Gemisch aus Gefühlen, die sie erfassten, überwältigt. Niemand ahnte, wie viel Willenskraft es ihr abverlangte, einen Fuß vor den anderen zu setzen und nicht im grellen Blitzlicht der Fotohandys dieser zu Paparazzi mutierten Menge ins Wanken zu geraten. Doch sie hatte standgehalten, obwohl sie von Gott auf die Probe gestellt worden war. Er hatte sie ins Visier genommen, und Amanis Lesung kam schon fast einem persönlichen Angriff gleich: »Die Liebe erträgt alles, hält allem stand.«

Bis zu dem Moment, als Pastor Oyedepo sie fragte, ob sie Michael Kweku Koranteng zu ihrem rechtmäßig angetrauten Ehemann nehmen wolle, hatte Ola nicht gewusst, was sie tun würde. Naiverweise hatte sie gedacht, dass sie aus Michael Kraft schöpfen könnte, als sie sich schließlich vor dem Altar in die Augen sahen, aber er wirkte genauso verunsichert wie sie selbst. Trotzdem sagte er: »Ja, ich will.« Sie hatte nicht wirklich einen Plan, als ihr nach einer gefühlten Ewigkeit ebenfalls das Jawort über die Lippen kam. Ganz gleich, wie lebensverändernd diese Worte auch waren, das Jasagen hatte gefühlt weniger Sprengkraft, als wenn sie Nein gesagt hätte. Der Rest der Zeremonie verflog im Handumdrehen, aber der Tag selbst begann gerade erst.

Ola wusste nicht genau, welche Änderungen sie danach erwartete. Ob sie hoffte, dass das »Ich will« die magischen Worte waren, die einen Fluch vertreiben oder einen Schutzzauber auslösen würden. Doch als das Konfetti um sie herum auf die Stufen der Kirche fiel, fühlte sie sich genauso wie vorher. Nur dass sie jetzt vielleicht »mit einem Monster verheiratet« war, die Braut von Frankenstein. Und doch schien es niemanden in der Hochzeitsgesellschaft zu stören außer Celie. Sie schienen alle in der Vergangenheit verharrt zu sein und feierten eine längst vergangene Version von ihr und Michael. Die Leute sagten oft Dinge wie: »Das Internet ist nicht das echte Leben«, und innerhalb der Mauern der Kirche schien das sogar zu stimmen. Sie hatte das Gefühl, eine Botin aus der Zukunft zu sein, die Einzige, die wirklich wusste, was war und was kommen würde.

Alle anderen gingen ganz und gar in dem Theater auf, in den Kostümen und dem Pomp, das zu afrikanischen Hochzeiten gehörte. Vor der Kirche drängten sich die Gäste in der Hitze und warteten auf eine Gelegenheit, Fotos mit dem Brautpaar zu machen. Ihre Brautjungfern wirkten wie Zinnsoldaten, denn der Fotograf wies sie an, ihre Sträuße auf gleicher Höhe zu halten. Die Trauzeugen verschränkten einmütig ihre Hände hinter dem Rücken. Olas und Michaels Mütter umarmten sich für die Kamera und wirkten ausgesprochen zufrieden mit sich. Ola hätte eigentlich feiern sollen, dass alles perfekt war, bevor der Tag und ihr Make-up zu verwischen begannen. Aber das Fotoshooting war qualvoll, und Michael wagte kaum, sie anzufassen, als hätte er Angst, sie zu zerbrechen.

Die versammelte Hochzeitsgesellschaft bemerkte das Unbehagen entweder nicht oder ignorierte es. Und das sollte sie wahrscheinlich auch tun. Jetzt ist es geschafft, dachte sie. Sie hatte ihr Bett gemacht, jetzt musste sie darin liegen; Jammern würde die Sache nicht besser machen.

Michael tätschelte ihr auf dem Rücksitz des Wagens noch einmal leicht das Knie, als Antwort auf ihren unergründlichen Blick. Sie legte ihre Hand auf seine.

»Alles okay, tut mir leid«, sagte sie und griff mit der anderen nach dem Edelstein in ihrer Handtasche. Angeblich sollte er die Intuition stärken, aber sie brauchte einfach etwas, an dem sie sich festhalten konnte.

Ola versuchte zu verhindern, in einen Strudel zu geraten, indem sie sich noch einmal die Fakten in Erinnerung rief. Sie hatte die Liebe ihres Lebens geheiratet. Es gab keine Beweise, dass er etwas falsch gemacht hatte. Sie schlug ein neues Kapitel auf, und sie wollte versuchen, dieses Kapitel so zu beginnen, wie sie vorhatte weiterzumachen.

—

Sie hielten vor dem Veranstaltungsort für den Hochzeitsempfang – einer stattlichen neopalladianischen Villa in einem mehrere Hektar großen Park in Bromley –, und Ola konnte sehen, dass die Kapazität von vierhundert Personen bereits annähernd erreicht war und sich die Gäste vom großen Saal bis in das Festzelt verteilten. Es war atemberaubend; die glitzernden Lichter, die sich an den Decken rankten, wirkten wie Flüssigkeitstropfen. Bögen aus rosafarbenen, weißen und goldenen Ballons und Blumenarrangements aus Pfingstrosen, weißen Rosen und Schleierkraut schmückten den Raum. Die Gratulanten zogen Selfie-Schnuten vor einer großen Blumenwand, auf der in goldenen Buchstaben #TheKorantengs19 prangte, während ein Projektor die Bilder, die unter dem Hashtag erschienen, in Echtzeit auf eine große Leinwand warf. Im Inneren des Festzelts konnte Ola die Torte erspähen: ein riesiges sechsstöckiges Kunstwerk aus Salzkaramellbiskuit mit Zuckerspitze und essbarem rosa Blattwerk.

»Wow«, hörte sie Michael sagen. »Die Dekorateure haben sich echt ins Zeug gelegt.«

Ola nickte; sie war ganz verblüfft, wie gut das alles gelungen war. Ihr wurde warm ums Herz, als sie an ihre Trauzeugin und ihre erste Brautjungfer dachte und daran, wie viel Mühe sie sich gegeben hatten, um ihr bei den Vorbereitungen zu helfen. Sie waren nirgends zu sehen, als Michael und sie hereinkamen; nur die Trauzeugen standen in einem engen Kreis bereit.

»Perfektes Timing«, rief Kwabz, als sie sich näherten. Er trug jetzt einen weißen Kaftan, und seine Locken sprangen unter einem rosa Kufi-Hut heraus.

»Deine Eltern sind auch gerade angekommen – ich hol die Mädels und sage David, dass ihr so weit seid.«

Er joggte ins Gedränge, und Seun nahm seinen Platz ein und klopfte Michael auf den Rücken.

»Big Mike! Noch mal herzlichen Glückwunsch, Bro! In der Kirche hätte ich fast ein paar Tränchen verdrückt, Mann.«

»Tja, und wann ist es bei dir so weit, Bro?«, meinte Michael und grinste. »Demnächst, oder?«

Seun wich zurück. »Nee, geheult hätte ich bloß vor Stress beinahe, Kumpel! Ich weiß, dass sich Rachel schon alles Mögliche ausmalt und auf schräge Ideen kommt.«

Amani schlängelte sich an Ola heran und legte ihr den Arm um die Schultern.

»Mrs. Koranteng! Sind Sie das, ja?«

Sie hoffte, dass ihr Lächeln überzeugend war. Ola war kein großer Fan von Michaels Freunden, mehr deswegen, was sie als Einheit abgaben, weniger individuell. Kwabz schien eigentlich ganz vernünftig zu sein, aber sie konnte die Dinge, die Amani und Seun in ihrem Podcast gesagt hatten, nicht vergessen. Sie schienen sich mehr auf Michaels Junggesellenabschied gefreut zu haben als er selbst und hatten ursprünglich für eine »Riesensause« nach Miami reisen wollen. Am Ende verbrachten sie das Wochenende in Birmingham, wo sie von Club zu Club zogen, aber sie hatte in dieser Nacht trotzdem nicht schlafen können, aus Sorge, was Michael wohl anstellen würde.

»Wie fühlt es sich an, endlich Ehefrau zu sein? Der beste Tag deines Lebens?« Sie wünschte sich, alle würden aufhören, sie das zu fragen.

»Klar.«

Aus dem Saal ertönten »Amen«-Rufe, die das Ende des Eröffnungsgebets markierten. Als die Menge wieder ruhiger wurde, kam Kwabz zurück, gefolgt von den Brautjungfern, die jetzt allesamt aufeinander abgestimmte rosa Aso-Ebi-Kleider trugen und ihr aufgeregt zuwinkten.

»Es geht los«, murmelte Kwabz.

Die Stimme von David Aidoo erfüllte den Saal, Komiker, ehemaliger Choice-FM-Moderator und für ein entsprechendes Sümmchen auch Hochzeitsredner. Dieser Tage war er vor allem für seine viralen Sketche auf Instagram bekannt, in denen er mit verschiedenen Perücken und Daunenjacken eine Reihe von Innenstadt-Klischees verkörperte: Straßenarbeiter, Mädchen aus Südlondon oder patzige Kassiererinnen aus dem Jamaican Pattie Shop.

David rief irgendetwas, das Applaus auslöste, und dann ertönte »Able God« von Chinko Ekun. Auf dieses Stichwort hin tänzelten Olas und Michaels Freunde unter dem begeisterten Jubel der Hochzeitsgäste paarweise in den Saal. Seun und Amani bewegten sich mit ausgestreckten Armen, erhobenen Zeigefingern und aufgesetzten Sonnenbrillen wippend vorwärts. Kwabz Brille baumelte dagegen vom Hals seines Kaftans, während er den Blick fest auf Ruths beeindruckenden Hüftschwung gerichtet hatte. Celies schüchterner Two-Step wirkte eher verhalten neben Folas frenetischem Twerking.

»Zeigt es ihnen!«, hörte man David improvisieren, unterstrichen von einem ermutigenden »Eii«-Ruf. »Die Freunde der Braut und des Bräutigams, meine Damen und Herren«, verkündete er ins Mikrofon, als sie ihre Plätze eingenommen hatten, und gab dem DJ ein Zeichen, die Musik zu stoppen. Es wurde ruhig im Saal.

»Diejenigen von euch, die es nicht sowieso schon von den Stühlen gerissen hat, stehen jetzt bitte auf.« Er sagte dies mit einem aufgesetzten ghanaischen Akzent und sprach mit der gleichen Affektiertheit, die er in seinem beliebten Sketch »Afrikanische Eltern« an den Tag legte. »Ich präsentiere das neueste Paar des Jahres 2019, Black Excellence hoch zwei – Mr. und Mrs. Koranteng!«

Der DJ hantierte an seinem Laptop herum, und es erklangen die ersten Akkorde von »Yori Yori«. Ola erstarrte. Sie fühlte sich wieder in die Kirche zurückversetzt, als sie zum Altar geschritten war. Nun folgte Runde zwei ihres Walk of Shame. Hilflos sah sie zu Michael, der ihr tröstend die Schulter rieb und in Richtung Halle wies.

Er übernahm die Führung, und Ola folgte in leichtem Wiegeschritt. Der Lärm und die Blitzlichter übertönten ihre Gedanken.

»Oya, zeigt, was ihr könnt!«, forderte David von irgendwo vor ihnen, während die Partygäste immer näher rückten. Sie hatte mit ihrem schweren Gewand zu kämpfen, also zog sie ihren Iro-Rock bis zu den Oberschenkeln hoch und befreite ihre Knie, um sich besser bewegen zu können. Es war eine Weile her, dass sie so getanzt hatte; in der Afro Bar anlässlich ihres Junggesellinnenabschieds, ein wildes Durcheinander aus aufblasbaren Palmen, abgeschnittenen Shorts und Bechern, die niemals leer zu werden schienen. Ola hatte versucht, mit Ruth mitzuhalten, die bis zum Umfallen mit Typen getanzt hatte, die ihnen allen Drinks spendiert hatten, weil Ruth ihnen eine – natürlich erfundene – Telefonnummer in Aussicht gestellt hatte. Sie konnte sich ein Lächeln nicht verkneifen, als sie sah, wie ihre Freundin sich tanzend an Kwabz drängte.

Eine Hand ergriff ihre, und Ola wurde herumgeschwenkt. Jetzt stand sie dicht vor Michael und wiegte ihre Hüften an seinen, wie sie es immer getan hatte, wenn sie feiern waren. So nah waren sie sich schon lange nicht mehr gewesen.

»Eii! Muss Liebe schön sein!«, rief David. »Schaut, wie sie

tanzen! Die wollen wohl noch vor den Flitterwochen ein Baby machen. Maame, schau nicht hin!«

Die Menge brach in Jubel aus. In diesem Moment kam eine Tante im Aso-Ebi mit ihrer offenen Geldbörse auf sie zugehüpft und drückte einen zerknitterten Zehnpfundschein an Olas triefende Stirn. Dann platzierte sie das Geld überall dort, wo es haften blieb: auf den Wangen, dem Schlüsselbein, dem Dekolleté. Eine andere folgte ihrem Beispiel und klebte rote und lila Geldscheine an Michaels glänzenden Hals. Das sogenannte Money Spraying ging weiter, bis Geldscheine den Boden bedeckten und Fola und Seun zu ihren Füßen herumkrochen, um die Scheine einzusammeln, auf denen wild tanzend herumgetrampelt wurde.

Endlich hörte »Yori Yori« auf, und »Assurance« von Davido setzte ein, was das Ende ihrer Einzugsprozession und den Beginn eines allgemeinen wilden Durcheinanders auf der Tanzfläche signalisierte.

»Ich will alle auf der Tanzfläche sehen«, bellte David und winkte auch die wenigen noch sitzenden Gäste herbei. Die Tante von vorhin riss Ola mit überraschender Kraft an sich.

»Olaide! Erinnerst du dich an mich? Deine Tante Korede?«

»Ja, Aunty«, log Ola und machte einen Knicks.

»*Ehe!* Das letzte Mal, als ich dich gesehen habe, lagst du noch im Kinderwagen!« Dann rief Tante Korede über ihre Schulter in die Menge. »Emmanuel! Erinnerst du dich an deine Cousine Olaide? Komm und begrüße sie! *Kai!*«, sagte sie und drehte sich wieder zu ihr um. »Wie du deinem Vater ähnelst!«

Ola wurde von Cousins und Cousinen, die sie seit der Grundschule nicht mehr gesehen hatte, umarmt und von Freunden umringt und beglückwünscht, mit denen sie in der sechsten Klasse zuletzt Kontakt gehabt hatte. Ältere Verwandte, die sie noch nie gesehen hatte, fragten sie nach ihrem Zeitplan fürs Kinderkriegen, und auch völlig Fremde, die extra zu diesem Anlass eingeflogen worden waren, quatschten sie an. Sie alle wedelten mit Partygeschenken herum, auf denen ihr und Michaels Konterfei prangte – Fächer, Tupperware, Uhren, Powerbanks –, und Ola fühlte sich wie umzingelt. Jedes dieser bedruckten Geschenke wirkte auf sie wie ein Fahndungsplakat; auf der eigenen Hochzeit konnte man sich unmöglich verstecken.

Sie dachte schon, sie würde der Menge niemals entkommen, bis David schließlich verkündete, dass das Büfett eröffnet sei, und die Menge sich in einer Wolke aus klappernden Absätzen und quietschenden Stühlen zerstreute. Bald standen drei Viertel der Gäste in der Schlange vor den Platten mit Kelewele und Bofrot, Jollof, Kochbananen und verschiedenen »Swallows«, begleitet von dicken, würzigen Suppen.

Ihre feuchte, erhitzte Haut kühlte ab, als sie aus der Halle in die frische Luft des Festzelts trat. An dessen Eingang standen Fola und Ruth beisammen und tratschten; Ruth mit einem Getränk in jeder Hand, und Fola schunkelte zu den Klängen eines Songs des ghanaischen Rappers Sarkodie.

»Okaaay, Queen«, begrüßte Ruth sie. »Da ist sie ja, meine beste Freundin!«

Fola fuhr mit ihren Fingern über Olas Ärmel und bewunderte die feinen Perlenverzierungen an der Spitze. »Hab ich dir eigentlich schon gesagt, wie unglaublich du aussiehst? Gott ist wirklich eine schwarze Frau!«

»Das hast du schon ungefähr achtundfünfzigmal.« Ola lächelte. »Nicht, dass ich was dagegen hätte!«

Ruth erhob das Glas in ihrer linken Hand. »Ich bin schon ganz heiß auf den nächsten Look. Ich kann es kaum erwarten, dich darin zu sehen, Schwester!«

»Ja, oder?«, stimmte Fola ihr zu. »Wann beglückst du uns mit dem großen finalen Outfit?«

Das letzte Gewand war ihr Favorit: ein Kente-Kleid aus handgewebter Seide mit einem traditionellen Kopfschmuck und Michael in einer passenden Toga. Sie hatten sich für traditionelle Kleidung statt für eine rein traditionelle Hochzeit entschieden. Zwei Hochzeiten, wie es bei Ghanaern und Nigerianern der zweiten Generation üblich war, bedeuteten mehr Planung und mehr Kosten, die sie nicht stemmen konnten. Außerdem hatte ihr der Gedanke an eine Mitgift, wie sie bei traditionellen Zeremonien üblich war, nie behagt – nicht einmal, wenn es sich nur um eine symbolische Mitgift handelte. Seinen Nachnamen anzunehmen, hatte sich schon verräterisch genug angefühlt.

»Na ja, das hier hab ich ja noch keine halbe Stunde an«, sagte Ola und zeigte auf ihre Aufmachung. »Aber wenn es bedeutet, dass ich mich hinten ein bisschen verkriechen kann, dann schon bald.«

Ruth reichte ihr wortlos das Glas aus ihrer rechten Hand, und Ola stürzte es in einem gierigen Schluck hinunter.

»Danke. Das habe ich gebraucht. Ich weiß nicht, wie lange ich noch mit Tanten, die ich nicht kenne, über Kinder reden kann, die ich nicht habe.«

Fola schüttelte verärgert den Kopf. »Die sollen sich alle mal um ihre eigenen Pussys kümmern!«

»Ich dachte, es gäbe wenigstens eine kleine Schonfrist, jetzt, wo du ›den Mann fürs Leben gefunden hast‹«, sagte Ruth und klang dabei wie eine Pastor-David-Aidoo-Parodie. »Aber die Feier gefällt dir doch, oder? Bist du zufrieden? Weil, das hat wirklich Atmosphäre!«

»Du und Celie wisst echt, wie man eine Party schmeißt«,

sagte Ola und ließ den Blick durchs Festzelt schweifen. »Hey, weißt du eigentlich, wo sie ist?«

»Celie? Nee, keine Ahnung. Wahrscheinlich bei einer außerplanmäßigen Bibelstunde mit dem Pastor.«

Ola lachte, griff aber trotzdem nach ihrem Handy und tippte Celies Namen in WhatsApp ein.

Hey, wo bist du?

Sie und Celie hatten seit dem Auftauchen der Liste immer weniger miteinander gesprochen. Ola wusste, dass das zum Teil ihre Schuld war, denn sie hatte kaum noch irgendwelche Nachrichten beantwortet. Aber je näher die Hochzeit gerückt war, desto weniger hatte Celie sich bei ihr gemeldet. Sie hatte Ola zwar noch über den Stand der Hochzeitsvorbereitungen informiert, war dabei aber sehr distanziert gewesen. Celie hatte viel um die Ohren, das stimmte; ihr Verlag hatte gerade eine heiß umkämpfte Auktion für einen Titel namens *Punkt Punkt Punkt* gewonnen, eine Anthologie mit Essays prominenter Autoren mit Sommersprossen (»So viel zur Diversity im Verlagswesen«, hatte sie in ihrem Gruppenchat gespottet). Aber heute war Olas Hochzeit, und sie hatte ihre Trauzeugin, abgesehen von der Zeremonie, kaum zu Gesicht bekommen. Als sie das Handy wieder in ihre Handtasche steckte, spürte Ola eine subtile Veränderung der Stimmung ihrer Freundinnen, bevor sie den Grund dafür entdeckte. Kwabz kam auf sie zu und stocherte dabei beiläufig in einem Teller mit gebratenem Reis und gegrilltem Fisch herum. Er umarmte Ola.

»Mrs. Michael! Glückwunsch!«

Ruth zupfte schnell ihr Kleid zurecht und klopfte ihre Perücke glatt, als ob sie ein kleines Feuer löschen wollte. Er wandte sich an sie.

»*Fine Gehl*«, sagte er mit gespieltem nigerianischem Akzent.

Sie verbiss sich ein Lächeln. »Hallo, Kwabena.« Ruth klang gelangweilt, obwohl sie einen Großteil des Vormittags damit verbracht hatte, in unnötig anschaulichen Details zu beschreiben, was sie mit ihm vorhatte und wie lange.

»Das Kleid gefällt mir«, sagte Kwabz und starrte sie dabei etwas zu unverhohlen an, was Fola und Ola einen echten Cringe-Moment bescherte. Ruth und Kwabz waren jedoch so sehr aufeinander fixiert, dass sie es gar nicht bemerkten. »Traditionelle Kleidung steht dir, weißt du.«

Ruth hob eine makellos gezogene Augenbraue, aber ihr war bereits ein Grinsen entwischt. »Mir ist es lieber, wenn du dein Haar offen trägst«, sagte sie und warf ihres über die Schulter.

»Ist das alles, was du für mich übrig hast?« Kwabz drehte sich wieder zu Ola, die Hände theatralisch vor der Brust verschränkt, als hätten ihn Ruths Worte körperlich getroffen. »Seht ihr, wie gemein ihr nigerianischen Babes seid? Ich schwöre, dieses Jahr seh ich mich nach was anderem um.«

Folas Kopf hüpfte zwischen den beiden hin und her, als ob sie ein Tennismatch beobachten würde. »Sind die immer so?«, fragte sie ihre Schwester.

Ola nickte. Dieser Tanz würde wahrscheinlich in einem ihrer Betten enden, wie immer.

Ruth wollte gerade kontern, als ihr Blick zum hinteren Teil des Festzeltes wanderte.

»Warte – wer ist die *Oyinbo* da? Sie sieht verloren aus.«

Ola folgte ihrem Blick hinüber zu einer aufgeregten Brünetten am Gabentisch, überzeugt davon, dass sie schon zu halluzinieren anfing. Sie reckte den Hals und spähte durch die wogende Hochzeitsgesellschaft, um einen besseren Blick zu erhaschen. Sie hatte noch keine Zeit zum Frühstücken gehabt, und sie fühlte sich schon die ganze Zeit leicht benommen, also ging sie davon aus, dass es sich um eine Art Fata Morgana handeln musste.

»Ist ... ist das *Frankie*?«

Und tatsächlich, da stand sie, mit einem Prosecco in der Hand, neben einer äußerst missmutig dreinblickenden Kiran, deren Augen gestresst umherwanderten. Frankies Augenbrauen waren so weit nach oben geschossen, wie Ola es in ihrem sonst so ausdrucksarmen Gesicht noch nie gesehen hatte. Sie war in dem Meer von braunen Gesichtern nicht zu übersehen und trug ein kurzes Blazerkleid, das ihre schlanke Athletik betonte, die durch jahrelanges Pilates und zeitweiligen Veganismus entstanden war.

»Wer?« Ruth sah sich blinzelnd um. »Moment, Moment: Ist das deine *Chefin*? Die ›Ich kauf nur Bio‹-Tante persönlich? Nahhh, ich MUSS die weiße Frau kennenlernen, an deren Leine du seit drei Jahren hängst!«

Gerade als es so aussah, als könnte sie den heutigen Tag irgendwie relativ unbeschadet überstehen. Was könnte schlimmer sein als Frankie auf ihrer Hochzeit? Als Ola mit schweren Schritten auf sie zuging, formte Kiran hinter dem Kopf ihrer Chefin mit den Lippen eine lautlose Entschuldigung.

»Ola!«, rief Frankie und sprang auf, um sie zu umarmen. So nah waren sie sich noch nie gewesen; Ola konnte den Prosecco riechen, der sich in ihrem Atem mit Tabak vermischte.

»*Fabelhaft* siehst du aus. Ich hoffe, es macht nichts, dass ich einfach so bei deiner Hochzeit reinplatze, aber Kiran und ich haben heute ein Brainstorming für die nächste Ausgabe gemacht, und sie hat mir erzählt, dass sie danach zu deinem Hochzeitsempfang geht, und da musste ich dir einfach persönlich gratulieren!«

»Ich hab ihr gesagt, dass es nur für geladene Gäste ist«, murmelte Kiran zerknirscht und sah Ola an.

Frankie achtete nicht darauf und betrachtete stattdessen den Tisch mit den Geschenken. »Wer von euch beiden gewinnt denn jetzt das Wedding Game? Ich dachte, indische Hochzeiten wären riesig, aber was ist bitte mit ›My big fat Nigerian wedding‹? Das wäre auch mal ein guter Hashtag.«

Ola hatte Frankie oft genug betrunken erlebt, um zu wissen, wann es Zeit war das Thema zu wechseln, also begann sie über die laute Musik hinweg mit einer kleinen Vorstellungsrunde. »Das sind meine erste Brautjungfer Ruth und meine Schwester Fola«, sagte sie. ›Ruth, Fola – das sind Kiran und Frankie von *Womxxxn*.« Ruth umarmte Frankie ungelenk. »Ich habe schon so viel von euch gehört!«

»Wirklich?«, sagte Frankie. »Also ich habe noch nie etwas über dich gehört. Ola erzählt uns absolut nichts über ihr Leben!«

Schnell zog Kiran Ola am Arm zu sich, elegant wie immer in einer weiten Seiden-Kurta mit Zigarettenhose und Stilettos.

»Es tut mir so, *so* leid!«, flüsterte sie. »Ich dachte, ich hätte sie in der U-Bahn abgeschüttelt, aber als ich ankam, war sie schon hier! Ich habe nur ganz beiläufig erwähnt, in welcher Gegend die Feier stattfindet. Wahrscheinlich ist sie nach Hause gegangen, hat sich umgezogen und dann jede mögliche Location gegoogelt und mit den Insta-Storys der Gäste abgeglichen.« Sie schüttelte den Kopf. »Die Kolonisierung ist nicht totzukriegen!«

»Ist schon gut, echt. Ich bin froh, dass du da bist. Ich war nicht sicher, ob du's schaffst ...« Olas Augen verrieten, was sie nicht sagte.

»Tja, es ist *dein* großer Tag«, sagte Kiran und trat von einem

Fuß auf den anderen. Sie lächelte schief. »Schließlich geht's hier doch hauptsächlich um die Braut, oder?«

Ola nickte unverbindlich und sagte dann zögernd: »Weiß Frankie ... du weißt schon ... von Michael?«

»Sie weiß, dass du und Michael gerade die Hochzeit des Jahres feiert. Das ist alles.«

Ola atmete erleichtert auf.

»Es ist ein Albtraum«, sagte Kiran und zog die Schultern hoch. »Ich muss sie die ganze Zeit babysitten, also sind meine Flirtchancen gleich null! Sie ist 'n echter Shag-Snag.«

Ola zog skeptisch eine Braue hoch. »Kiran, was zur Hölle ist ein ›Shag-Snag‹?«

»Gefällt es dir?« Ihre Freundin grinste. »Das ist meine geschlechtsneutrale Alternative zu ›Cock-Blocker‹. Aber im Ernst, sie ist 'ne echte Zumutung! Sie hat die Frau da drüben für FKA Twigs gehalten und versucht, sie für unser nächstes Cover zu gewinnen.« Sie nickte in Richtung einer multiethnischen Frau, deren Ähnlichkeit mit FKA Twigs genau da begann und endete.

»Hab ich *gar* nicht«, Frankies Kopf wippte plötzlich wie ein Erdmännchen zwischen ihnen hin und her, und ihre knallroten Wangen verrieten, dass sie es eben doch getan hatte. »Ich habe lediglich gesagt, dass sie von dort, wo wir saßen, ein *bisschen* wie FKA Twigs *aussieht* und eins unserer Covergirls sein *könnte*! Hier drinnen ist es viel zu laut«, schnaubte sie. Sie setzte zu einem Schmollmund an, aber dann blickte sie über Olas Schulter und bekam Augen so groß wie Untertassen, und ihre Mundwinkel wanderten in ihrem Gesicht so weit nach oben, dass Ola befürchtete, sie würde gleich ein Reißen hören.

»Ist das der, für den ich ihn halte?«

Michael bahnte sich seinen Weg durch das Festzelt, umweht von seinem Oud-Parfüm für besondere Anlässe. Ola hielt den Atem an.

»Mrs. Koranteng.« Er schritt auf sie zu und hielt einen Red Velvet Cupcake hoch, der mit ihren Gesichtern verziert war. »Sieht sehr appetitlich aus.« Sie stöhnte genervt, als er einen übertriebenen Bissen nahm und sich zu einem filmreifen Kuss herabbeugte, den sie nur flüchtig erwiderte. Ihr zweiter seit dem vorm Altar und überhaupt seit diese ganze Tortur begonnen hatte. Es war so lange her, dass sie fast vergessen hatte, wie sehr sie seine Lippen mochte.

»Wie lange hast du darauf gewartet, das zu sagen?«

»Hab ich mir im Auto überlegt.«

Sie hatten die Cupcakes mit ihren Konterfeis von einer Firma als Gegenleistung für Werbung in den sozialen Medien erhalten und durch weitere ähnliche Deals Geld für den letzten Schliff an der Hochzeit gespart. Ola fragte sich, wie rechtsverbindlich eine Instagram-DM war, da keiner von ihnen etwas posten würde. Wahrscheinlich würden sie stattdessen jetzt zahlen müssen, was weitere Kosten bedeutete. Ungeachtet ihrer eigenen misslichen Lage, fragte sie sich, wie Michael sich wohl dabei fühlte, dass er seine bisher schönsten insta-tauglichen Bilder nicht posten konnte. Es stand außer Frage, dass ihre Hochzeitsfotos viral gegangen wären. Aber selbst wenn es die Liste nicht gegeben hätte, konnte Ola nicht mit Sicherheit sagen, dass sie sie auf ihrem eigenen Account veröffentlicht hätte. Nicht nach dem Wirbel, den allein ihr Verlobungsfoto ausgelöst hatte. Michael dagegen hatte die Bestätigung durch Fremde im Internet das Gefühl vermittelt, gesehen zu werden, und den Beweis geliefert, dass er wirklich da war. Es war wie bei der Frage nach dem Geräusch eines umfallenden Baumes, wenn niemand da ist, der es hört:

Hat man überhaupt geheiratet, wenn man keinen viralen Post davon vorweisen kann? Aber wie stand er jetzt dazu, nach allem, was die sozialen Medien ihnen eingebrockt hatten, nachdem sie so deutlich offenbart hatten, dass aus Bewunderern ganz schnell Feinde werden konnten?

»Du musst der Ehemann sein!«, rief Frankie begeistert und hielt ihm ihre Hand zur Begrüßung hin. Ihr Blick wanderte von Michaels Hut bis zum Saum seiner Agbada, während er ihren Händedruck erwiderte.

»Also jetzt verstehe ich, warum Ola dich vor den *Womxxxn*-Mädels versteckt hat! Wo habt ihr beide euch denn kennengelernt, in einer Dating-App speziell für Models?«

Michael lachte verlegen. »Danke ...«

»Ola hat es natürlich nie erwähnt, aber ...«

»Ich erzähle in der Arbeit *nie* etwas über mein Privatleben«, unterbrach Ola sie schnell. »Sorry, dass ich in der Redaktionskonferenz nicht erwähnt habe, wie heiß er ist; ich wusste ja nicht, dass das etwas zur Sache tut ...«

Michael grinste daraufhin breit, während Frankie schmollte. Ola würde dieses dringende Bedürfnis ihrer Kolleginnen, gefühlt mit ihr befreundet zu sein, nie verstehen.

»Nun, du bist wirklich nicht sehr gesprächig«, sagte Frankie ausweichend. »Aber *mein Gott*, ihr zwei! Ich meine, stellt euch mal eure Kinder vor? Das werden bestimmt Kindermodels! ... Das ist doch jetzt nicht irgendwie beleidigend, oder?«, sagte sie und wandte sich wieder direkt an Michael. »Weißt du, ich habe einmal gesagt, dass gemischtrassige Babys am niedlichsten sind – ein Kompliment sowohl an Weiße als auch an Schwarze, möchte ich betonen –, und Ola wurde sehr böse mit mir. Allerdings verärgere ich sie sowieso meistens mit allem, was ich so mache.«

Michael schenkte ihr ein laues Lächeln und verschränkte seine Finger mit denen von Ola. »Würdest du uns bitte kurz entschuldigen? Ich müsste mal mit meiner Frau sprechen.«

»Oh, lasst euch nicht stören.« Frankie nahm einen weiteren Schluck von ihrem Getränk. »Ihr Frischvermählten! Der junge Traum der Liebe! Genießt es! Auch wenn das für mich nichts wäre. Also wenn du nachher den Brautstrauß wirfst, bitte nicht in meine Richtung, danke!«

Sie bahnten sich den Weg nach vorne und mussten dabei die nach ihnen greifenden Hände der Gäste abwehren wie Hauptdarsteller in einem Zombiefilm. Als er sie durch die Meute führte, erinnerte sich Ola wieder an einen der Gründe, warum sie ihn so sehr liebte. Michael gab ihr das Gefühl, umsorgt und beschützt zu sein. Er tat ständig sein Bestes, um sicherzustellen, dass es ihr gut ging, sei es, indem er sie vor ihrer verrückten Chefin oder übereifrigen Hochzeitsgästen in Sicherheit brachte. Zum ersten Mal seit einem Monat war es so, als wären sie wieder im selben Team.

Michael setzte sich auf einen freien Tisch am Eingang und atmete durch.

»Alter«, sagte er mit großen ungläubigen Augen. »Ich weiß ja, du hast gesagt, dass deine Chefin durchgeknallt ist, aber, Mann?«

»Verstehst du *jetzt*, was ich meinte? Und ich hab sie nicht mal eingeladen!«

Er lachte und schlang seinen Arm um sie, als wollte er sie zu einem weiteren Kuss verleiten, aber dann sah er über ihre Schulter hinweg etwas, das ihm ein Grinsen aufs Gesicht zauberte, so breit, dass man das Rosa des Kaugummis zwischen seinen Zähnen sehen konnte.

»Ruth und Kwabz ziehen also wieder ihre Nummer ab.« Er

nickte in Richtung der beiden, die in einer Ecke zu »Mad Over You« von Runtown tanzten.

»Jap.« Ola gestikulierte nach rechts, wo Seun jetzt ihre Chefin in Beschlag nahm.

»Und ›Sean‹ bandelt mit Frankie an. Die arme Rachel.«

»Sie ist so gut wie die einzige weiße Frau hier«, seufzte er. »Das war so klar.«

»Wer sagt's ihm?«

Michael schaute zu den beiden rüber und beobachtete sie. »Was, ist sie die Lesbe unter deinen Kolleginnen? Bei *Womxxxn* sind doch alle irgendwas, oder?«

»Kiran ist pan, Sophie ist lesbisch«, sagte Ola und verschränkte die Arme. »Aber Frankie ist die wandelnde Mikroaggression.«

»Ich wünschte, ich könnte behaupten, dass ihn das abhalten würde.«

Michael schaute sich im Festzelt um. Die meisten Gäste waren schon beim zweiten Teller Essen und hatten bereits ein paar Drinks intus. Kinder liefen zwischen den Tischen herum, in schicken Rüschenkleidern, die mittlerweile vom Toben schmutzig oder ausgefranst waren. »Hey, wo ist eigentlich Celie? Ich wollte mal versuchen, mit ihr zu reden. Die Wogen ein wenig glätten.«

»Ich weiß nicht genau.« Ola hielt kurz inne. »Aber ihr solltet vielleicht besser ein andermal reden und nicht unbedingt an unserem Hochzeitstag.«

»Okay, aber meinst du, ich sollte mich mal mit deiner Freundin Kiran unterhalten?«

Sie blickte über seine Schulter. Kiran beobachtete sie aufmerksam, während Frankie und Seun gerade drei junge Frauen anstarrten, die so aggressiv Zanku tanzten, dass es aussah, als würden sie gegen unsichtbare Angreifer kämpfen. Sie war sich sicher, dass ihre Chefin sie nie wieder wegen einer Einladung zu irgendetwas nerven würde.

»Lassen wir das alles für heute Abend, ja?«, sagte Ola, legte ihren Arm um seine Taille und zog ihn näher an sich heran.

»Cool.« Michael lächelte, aber es erreichte nicht seine Augen. Er rückte etwas von ihr ab und drückte ihre Hand.

»Hör zu, die Reden sind gleich dran. Bevor ich es zu allen anderen sage, wollte ich dir sagen ... Ich weiß, ich war nicht immer der Mann, den du verdient hättest. Aber ich liebe dich, Ola. So, so sehr. Du weißt gar nicht, wie dankbar ich bin, dass du mich dir das beweisen lässt, und zwar für den Rest unseres Lebens.«

Er rückte wieder näher und küsste sie sanft auf die Wange, und in diesem Moment fühlte sie sich entwaffnet. Die Aufrichtigkeit in seinem Gesicht, der ganze Kummer des letzten Monats, alles stürzte auf einmal auf sie ein. Bei allem, an was es ihnen mangeln mochte – sowohl einzeln als auch als Paar –, war die Liebe zwischen ihnen nicht verloren gegangen. Das war eine Sache, die die Liste ihr nicht genommen hatte.

Sie unterdrückte ihre Tränen und atmete tief durch, als Ruth und Kwabz auf sie zugestolpert kamen und mit einer Handvoll Fünfern wedelten, die sie beim Tanzen verdient hatten.

»Ich nehme alles zurück«, sagte Kwabz und legte seine andere Hand um Ruths Taille. »Ich liebe Nigerianerinnen.« Er wandte sich an Michael. »Nicht vergessen, die Reden beginnen in zehn Minuten, ja?«

»Alles cool«, antwortete er und nahm Ola bei der Hand. Sie schoben sich wieder durch das Partygeschehen. Es hatte etwas abgekühlt, die leichte Brise war erfrischend und willkommen. Als sie vorne im Festzelt angelangt waren, blieb Ola zögernd stehen. »Ich bin gleich wieder da. Ich will nur ganz schnell etwas checken, okay?«

Michael nickte, küsste sie noch einmal auf die Wange und ging hinüber zu dem mit Tüll geschmückten Tisch, an dem seine Eltern, seine Großmutter und Olas Mutter auf thronartigen Stühlen saßen.

Am Eingang des Festzelts kramte sie in ihrer Tasche herum, fand ihr Handy und ignorierte die sich häufenden Nachrichtenmeldungen. Sie würde sich später um die ganzen Glückwünsche kümmern, jetzt klickte sie erst einmal direkt auf den Chat mit Celie und las die Antwort ihrer Freundin auf ihre Textnachricht.

> Musste los, hab Kopfschmerzen. Schönen Abend noch x

Ola betrachtete die Nachricht und versuchte herauszufinden, was Celies Worte wirklich bedeuteten. Fola und Ruth waren wenigstens freundlich zu Michael gewesen, hatten Small Talk gemacht. Celie hatte ihn den ganzen Tag gar nicht beachtet; er war die einzige Person, zu der sie noch distanzierter war als zu Ola. Heute nicht, dachte sie und steckte ihr Handy wieder weg. Fang es so an, wie du weitermachen willst. Am heutigen Tag konnte sie sich damit wirklich nicht belasten. Es sollte ein Neuanfang sein. Als sie wieder hineinging, sah sie, wie Michael und seine Trauzeugen sich zu Füßen ihrer Mutter niederwarfen – mit dem ganzen Körper auf dem Boden, die Brust berührte den Boden. Ein Yoruba-Brauch, von dem sie ihm gesagt hatte, er könne ihn gerne auslassen, aber er hatte darauf bestanden.

Typisch Michael. Ola war so damit beschäftigt, ihn dämlich anzustrahlen, dass sie fast nicht bemerkt hätte, wie Frankie sich näherte. Sie war jetzt praktisch durch den elfenbeinfarbenen

Zeltstoff getarnt, ihre Haut wirkte gespenstisch weiß. Ihre Chefin zuckte zusammen, als sie sie entdeckte, als wäre sie überrascht, Ola auf ihrer eigenen Hochzeit zu sehen.

»Ola?«, sagte sie. »Bist du okay? Es tut mir so leid, meine Liebe.«

»Leid? Was tut dir leid?«

Ola war verärgert und bereitete sich auf das Schlimmste vor. Sie hatte richtig vermutet, dass es ihrer Chefin mühelos gelingen würde, Verwüstung auf ihrer Hochzeit anzurichten. Was hatte Frankie angestellt? Wen hatte sie für John Boyega gehalten?

»Oh.« Frankie schob sich eine Haarsträhne aus dem Gesicht. »Ich ... ich dachte, du hättest es gesehen, weil du gerade am Handy warst und ... na ja, du sahst aus, als ...«

»Frankie, was ist los?«, schnaubte Ola. Sie versuchte, ihre Chefin nicht allzu schroff zu behandeln, aber sie hatte keine Zeit für so etwas. »Die Reden fangen gleich an.«

Frankie blickte auf ihr Handy, das sie in der Hand hielt. Sofort überkam Ola Panik, und die Alarmglocken verdrängten alles andere. Nein, dachte sie. Bitte, Gott, nein. Ich flehe dich an. Nicht heute. Sie sah, wie sich das Gesicht ihrer Chefin noch mehr verfinsterte, als ihr selbst die Gesichtszüge entgleisten. Doch irgendwie schaffte es Ola zu sprechen.

»Zeig es mir.«

Frankie reichte ihr Handy an Ola weiter, ihre Bewegung war langsam und widerwillig. Ihre Chefin hatte Instagram geöffnet, und die Ergebnisse für den Hashtag #TheKorantengs19 waren zu sehen. Doch darunter gab es keine Gäste-Selfies aus dem angemieteten Fotoautomaten und auch keine Zeitlupen- und Panoramavideos von der 360-Grad-Kamera. Aufnahmen von ihrem und Michaels Einzug, Fotos ihres Hochzeitskleides, nichts davon war zu sehen. Diese Posts waren weit nach unten geschoben worden, Reihe für Reihe, Quadrat für Quadrat durch das gleiche Bild: ihr Verlobungsfoto mit einem schwarzen Text darüber:

> Michael Koranteng = Täter
> Ola Olajide = Mittäterin
> #TheKorantengs19 #CoupleGoals
> #DieListe

Ola scrollte und scrollte und scrollte: Egal wie weit sie kam, das war alles, was sie sehen konnte. Als sie vom Display aufblickte und die flüsternden Gäste um sich herum ansah, wurde ihr klar, dass diese Bilder auch das waren, was alle anderen sehen konnten. Bevor alles vor ihren Augen verschwamm, bemerkte sie noch, wie die Partygäste schockiert auf ihre Handys starrten. Eine entsetzte Menschenmenge bildete sich um den Projektor im Saal, als die Bilder des Hashtags auch anfingen, den 120-Zoll-Bildschirm zu dominieren. Sie sah den Hinterkopf ihrer Mutter, die auf das Bild starrte, und wie sich ihr Cousin Emmanuel und Aunty Korede entsetzt die Hände vor den Mund schlugen. Der gesamte Saal wurde Zeuge, wie der Hochzeits-Hashtag gekapert wurde.

Ola spürte, wie sie heftig würgen musste, und nahm den bitteren Geschmack von Galle und Prosecco in ihrer Kehle wahr. Sie sank auf die Knie. Und dann waren da Hände und Füße und Geräusche überall um sie herum, aber einen Moment lang konnte sie nichts hören oder fühlen. Es war, als wäre sie ohnmächtig geworden und doch bei Bewusstsein geblieben. Als hätten sich ihr Körper und ihr Geist abgeschaltet, für einen Moment vollkommen nutzlos geworden, aber sie konnte die Szene um sich herum wahrnehmen. Sie war wie betäubt. Wie hatte sie nur so dumm sein können anzunehmen, sie sei über den Berg. Dass sie sich nichts Schlimmeres hatte vorstellen können als Frankie auf ihrer Hochzeit, lag ganz einfach nur daran, dass es ihr an Vorstellungskraft gefehlt hatte.

TEIL DREI

19

Es dauerte eine Weile, bis Ola realisierte, dass sie eine Panikattacke hatte, das Sausen in ihren Ohren und der Tunnelblick waren neu für sie. Sie hatte das Gefühl, nicht mehr atmen zu können – auch nicht, als Fola, nur wenige Augenblicke nachdem sie zu Boden gegangen war, neben ihr auftauchte, sie im Arm hielt und ihr durch die Attacke half. Danach trugen Fola und Ruth sie fast durch das Festzelt nach draußen, während die Gäste vollkommen verblüfft zusahen. Nachdem es ihnen gelungen war, sie bis zur Hauptstraße zu schleppen, riefen sie ein Taxi und verfrachteten sie auf den Rücksitz des Wagens.

»Was für 'ne Red-Wedding-Scheiße ist das denn bitte?«, hörte sie Ruth sagen. »Was zur Hölle machen wir jetzt?«

»Keine Ahnung«, sagte Fola, öffnete die andere Wagentür und kletterte neben Ola auf den Rücksitz. Sie legte einen Arm um ihre vollkommen derangierte Schwester. »Wie's aussieht, hat die Hälfte der Gäste den Hashtag eh schon gesehen. Sag einfach, dass Ola eine Lebensmittelvergiftung hat oder so was.«

Ruth umklammerte mit ihren langen Krallen das heruntergekurbelte Fenster. »Nein, das kann ich unmöglich sagen!«, rief sie ins Auto. »Das macht alles nur noch schlimmer. Alle werden denken, dass sie auch eine Vergiftung bekommen! Und die Tanten, die Essen mitgebracht haben, werden sich total angegriffen fühlen und ein Riesentheater machen ...«

»*Ruth!* Lass dir einfach was einfallen, okay?«

Ola bekam wieder schlechter Luft, als das Auto sich in Bewegung setzte. Ihr war schwindelig, und sie kurbelte das Fenster so weit wie möglich herunter, damit sie frische Luft schnappen konnte. Sie versuchte, ihren Kopfschmuck abzunehmen und den engen Stoff um die Taille zu lockern, aber ihre Lunge musste immer noch schwer arbeiten. Es war, als würde der ganze Stress der letzten Monate auf ihrer Brust lasten und sich fest um ihre Rippen schlingen. Das Auto fühlte sich einfach zu klein an, zu voll, um ihre Welt, die hier auf dem Rücksitz endete, zu fassen. Je mehr sie nach Atem rang, desto weniger schien es ihr zu gelingen, und schließlich japste sie so heftig, dass Fola den Fahrer veranlasste, auf dem Parkplatz eines nahe gelegenen Ibis-Hotels zu halten, und einen Notruf absetzte. Als der Krankenwagen eintraf, hatte sich Olas Atmung bereits wieder einigermaßen normalisiert, obwohl alles aus den Fugen geraten war.

Es war zermürbend, alles fühlte sich wie ein Déjà-vu an. Der gleiche Schrecken und die gleiche Bestürzung wie an dem Tag, als sie bei der Arbeit zum ersten Mal die Liste gesehen hatte. Ihre Hände fühlten sich schwitzig und kalt an, taub und kribbelig. Es war ein weiterer emotionaler Schlag, den sie nicht verarbeiten konnte. Fola wand ihr das Handy erneut aus der Hand, damit sie die vielen bösartigen Kommentare nicht lesen konnte, während sie auf einen Zusammenbruch zusteuerte. Olas und Michaels Mütter riefen ununterbrochen an, aber mit Folas Erklärungsversuchen von wegen »Instagram« und »Trollen« konnten sie wenig anfangen. Sie befahlen ihr, Ola ans Telefon zu holen, damit sie ihnen erklärte, wer diese Leute waren und warum sie das taten, aber Ola wusste nicht, wo sie hätte anfangen sollen.

Als sie schließlich in Olas Wohnung angekommen waren, brachte ihre Schwester sie zu ihrem Bett, auf dem sie in sich zusammensackte und von dem sie dann tagelang nicht mehr aufstand. Die kurze verbleibende Zeit, in der sich ihre Schwester vor ihrer Abreise noch um sie kümmern konnte, bestand aus Tränen, Schmerzmitteln und pechschwarzen Gedanken. Dazwischen fiel Ola immer wieder in einen unruhigen Schlaf. Fola hatte ihren Rückflug um zwei Tage verschoben, legte sich neben die weinende Ola und flößte ihr löffelweise Nahrung ein. Am liebsten wäre sie noch länger geblieben, weil sie Angst hatte, sie allein zu lassen, denn sie war von dem ganzen Stress sichtlich angeschlagen. Aber Ola hatte ein so schlechtes Gewissen wegen der Kosten für die Umbuchung und dem drohenden Verdienstausfall, dass sie ihre Schwester davon überzeugte zurückzufliegen und auf das Grab ihres gemeinsamen Vaters schwor, nach Folas Abreise bei Ruth oder Celie zu bleiben, oder gleich bei ihrer Mutter. Vielleicht sogar bei Michael.

Als Fola dann fort war, begann Ola, das Ausmaß des angerichteten Schadens erst richtig zu begreifen. Ihre Schwester gewährte ihr keinen Zugang zu ihren Social-Media-Accounts, aber Ola konnte sich vorstellen, wie schlimm es online abgehen musste. Der Instagram-Account von KaffeeKlatsch mit einer Followerschaft von der Größe der Einwohnerzahl der Bahamas hatte über den Hashtag #TheKorantengs19 gepostet. Sie hatten das bearbeitete Verlobungsfoto geteilt, das inzwischen mehr Likes als das Original hatte. In dem Insta-Carousel-Post war neben dem Bild ein Screenshot von der Liste zu sehen, beide mit Wasserzeichen, bestehend aus dem Kaffeetassen-Logo, und einer fetten Überschrift in Großbuchstaben über dem Bild:

BELIEBTES INSTA-POWER-PAAR MICHAEL UND OLA
BEKOMMEN GEGENWIND VIA HOCHZEITS-HASHTAG
Freunde des gepflegten KaffeeKlatschs! Es sieht so aus, als

wäre Michael Koranteng, bekannt durch den Podcast Caught Slippin, über seine eigenen Füße gestolpert. Er und seine jetzige Frau, die Journalistin Ola Koranteng (geborene Olajide), stehen unter Beschuss, nachdem Michael auf einer Liste aufgetaucht war, in der einer Reihe von Männern aus der Medienbranche übergriffiges Verhalten vorgeworfen wurde. Ihm werden ein körperlicher Übergriff, Belästigung und Bedrohung zur Last gelegt – sein Opfer hat sogar eine einstweilige Verfügung gegen ihn erwirkt!
Ungeachtet dieser Vorwürfe hielt die feministische Journalistin zu ihrem jetzigen Mann und gab ihm in einer pompösen, von Hunderten Gästen besuchten Hochzeitszeremonie das Jawort. Doch Aktivisten kaperten ihren Hochzeits-Hashtag #TheKorantengs19 und fluteten die Feeds mit den Anschuldigungen! Sieht aus, als hätten wir unsere schwarzen Beckhams verloren.
Was würdet ihr tun, wenn euch das an eurem Hochzeitstag passieren würde? Sagt es uns in den Kommentaren!

Und das taten die Nutzer auch in Scharen. Durch die riesige Reichweite des Accounts erhielt die Sache noch viel mehr Aufmerksamkeit. Im Gegensatz zu den Foren auf der Kaffee-Klatsch-Website war der Instagram-Account nicht bloß die Domäne von unzufriedenen »Tastaturkriegern«, die sich hinter witzigen Benutzernamen und Avataren verbargen. Es war weitaus schwieriger, Leute, die auf ihren Insta-Accounts ihr echtes Gesicht zeigten, als »Trolle« abzutun, insbesondere wenn man einige dieser Gesichter sogar persönlich kannte. Die verletzenden Kommentare waren öffentlich und anscheinend gesellschaftsfähig. Man versteckte sich erst gar nicht hinter dem Mantel der Anonymität, um Hass zu verbreiten und die harschesten Urteile zu fällen. Die Leute schienen davon auszugehen, dass man es wohl verdient hatte, wenn man zum Thema auf dem Insta-Account von KaffeeKlatsch wurde.

> Neeeiiin, nicht Michael und Ola! Können wir denn gar nichts haben FFS. Ich habe den Glauben an die Liebe verloren.

> Das ist der Grund, warum ihr aufhören müsst, Insta-Paare zu vergöttern. Hinter verschlossenen Türen ist Ola auch nicht besser als eine Maxine Carr 😭😭😭

> LMAO den Pissern ist ihr eigener Hashtag um die Ohren geflogen. Geschieht ihnen recht

> Soll das euer König sein? Und eure Königin?

Ola hasste es, die Kommentare zu lesen, aber es war jetzt fester Bestandteil ihres Tages, wie eine abscheuliche Medizin, die sie einfach schlucken musste. Unter dem Posting wiesen Nutzer auf Dinge hin, die ihr nie aufgefallen waren. Abgesehen davon, dass sie als »Mittäterin« bezeichnet wurde, war Ola auch eine schreckliche Rednerin mit einer kratzigen Stimme, die viel zu oft »ähm« sagte. Man machte sich über ihre *Megamind*-Stirn lustig, und die beliebtesten Kommentare nannten sie »knochendürr« oder »flachbrüstig«. Ihre offensichtliche Heuchelei, ihr Status als Feministin machte die Kommentierenden teilweise wütender auf sie als auf Michael. Der hingegen hatte es offenbar verdient, dass man ihm die Fresse polierte, und viele boten sich sogar persönlich dafür an. Er war erbärmlich und »followergeil«: Ihre Beziehung war sowieso das Einzige, was ihn relevant machte, und mit seinen exzessiven Postings darüber wollte er sich nur bei seiner überwiegend weiblichen Followerschaft anbiedern.

Als Fola sich noch um sie gekümmert hatte, hatte sie immer wieder betont, dass es ja »nur das Internet« sei. Nicht das »echte Leben«. Tja, warum fühlte es sich dann aber so verdammt echt an? Diese Leute hassten sie *wirklich*. Frankie wollte sie *wirklich* feuern. Das Internet hatte ihr – und, wenn man es sich recht überlegte, auch Michael – überhaupt erst ihre jeweiligen Jobs beschert. Auch wenn sie nie Wert auf eine große Followerschaft gelegt hatte, wusste sie, dass sie nicht schadete, wenn sie im wirklichen Leben über Speaker-Honorare verhandelte.

Wer wäre sie ohne all das? Der Feminismus hätte sie wahrscheinlich irgendwann auch so gefunden, aber das Internet hatte den Prozess beschleunigt. Bereits an der Uni hatte sie Tumblr für sich entdeckt und damit Audre, Gloria, Angela und Bell, gemäß dem viralen T-Shirt, das damals ihren Feed dominierte. Prägnante Sharepics hatten ihr Interesse geweckt, und sie fing an, sich weiter zu informieren. Bevor sie ihren eigenen Blog startete, hatte sie den Hashtag #BlackGirlMagic entdeckt und Bilder von schwarzer Schönheit gesehen, die sie bestärkten. Gleichzeitig war sie durch ihre neue feministische Einstellung nicht mehr sicher, ob ihr Aussehen überhaupt die Quelle ihres Selbstwertes sein sollte.

Überwog der Nutzen des Internets unterm Strich die Gefahren, wenn der Schaden so niederschmetternd sein konnte wie in ihrem Fall? Sie war dem Ganzen vollkommen machtlos ausgeliefert gewesen, als sie nach der Hochzeit die triumphierenden Nachrichten auf KaffeeKlatsch las und zusehen musste, wie auf ihrem digitalen Grab getanzt wurde. Die anonymen Nutzer des Forums bekannten sich zu der Übernahme ihres Hochzeits-

Hashtags, als wären sie eine terroristische Vereinigung, und feierten ihren Sieg mit Champagner-Emojis. Wussten sie überhaupt, was das mit ihr machte? Während es für sie nur eine Art krankes Online-Spiel war, war ihr komplettes Leben ruiniert. Ihre Beziehung lag in Scherben. Ihr Job stand auf der Kippe. Ganz zu schweigen von ihrer geistigen Gesundheit, die sich schon in freiem Fall befand, seit die Liste veröffentlicht worden war. Von all den Hunderten von Fragen, die sie tagtäglich beschäftigten, tauchte eine besonders häufig auf. Was hatte sie in diesem oder einem anderen Leben bloß verbrochen, dass sie all das verdient hatte?

—

Ola starrte finster auf das Display ihres Handys, auf dem Bilder von böse aussehenden, nässenden Läsionen zu sehen waren. Sie lag auf der Seite und scrollte durch die Suchergebnisse auf die Frage »Wie lange dauert es, bis man sich wund liegt?«, weil sie Angst hatte, dass sich bereits ein Dekubitus an der Innenseite ihres Oberschenkels bildete. Die Stelle schmerzte schon seit einer Weile. Sie hatte nicht die Kraft, sich aufzusetzen, die Decke zurückzuschlagen und die Stelle zu begutachten, aber bei ihrem Glück wäre es sowieso kein Wunder.

Fünf Tage waren seit der Hochzeit vergangen, drei, seit Fola abgereist war. Wenigstens hatte Ola aufgehört, die ganze Zeit zu weinen, woran sie eine Weile nicht mehr geglaubt hatte. Schon tags zuvor hatte sie kurzzeitig nicht mehr geweint, bis ein hübsch verpacktes verspätetes Hochzeitsgeschenk eingetroffen war. Daraufhin war sie direkt an der Tür wieder in Tränen ausgebrochen, vor den Augen des abgekämpften Zustellers. Doch heute lag Ola, ohne zu weinen, unter dem wachsamen Auge von

Maya Angelou auf ihrem Bett, und in ihrem Kopf spielte sich immer und immer wieder die Horrorversion ihrer Hochzeit ab.

Plötzlich klingelte es an der Tür, und sie stöhnte auf. Sie lag schon so lange in derselben Position auf dem Bett, dass sie sicher war, ihr Körper würde eine Vertiefung in der Matratze hinterlassen. Allerdings hatte sie gar nicht vor aufzumachen, wenigstens nicht sofort. Obwohl sie ihrer Mutter versichert hatte, dass es ihr gut gehe, war diese mindestens an zwei Abenden vorbeigekommen. Ola hatte ihr hinterher jedes Mal geschrieben, dass sie länger gearbeitet hätte, während sie in Wirklichkeit in Embryonalhaltung in ihrem Schlafzimmer gelegen hatte. Seit Folas Abreise hatten Ruth und Celie in unregelmäßigen Abständen nach ihr gesehen, sowohl einzeln als auch gemeinsam; einmal hatten sie fast eine Stunde lang vor ihrer Tür ausgeharrt. Anfangs hatte sie so getan, als wäre sie nicht da, aber schließlich hatte sie ihnen per Textnachricht mitgeteilt, dass sie keinen Besuch empfangen wolle, und seitdem wartete Ola jedes Mal, wenn es an der Tür klingelte, mindestens eine halbe Stunde, bevor sie hinunterging, um den unerwünschten Besuch zu vergraulen. Ruth hatte den Wink mit dem Zaunpfahl direkt verstanden, aber Celie war noch zweimal vorbeigekommen und hatte Töpfe mit Chili-Chicken-Nudeln vor ihrer Tür hinterlassen, als wäre sie Olas persönlicher Lieferservice. Ola wollte nicht darüber reden, was passiert war, auch wenn sie wusste, dass ihre Freundinnen ihr bloß helfen wollten, aber so sah Selbsterhaltung für Ola nun mal aus. Sie begab sich in selbst erwählte Isolationshaft, verkroch sich, möglichst ohne Kontakt zur Außenwelt, in ihrem Zimmer, denn das war die einzig denkbare Art, das alles zu überleben.

Als sie sich eine halbe Stunde später aufraffte, roch Ola erst in der Bewegung sich selbst und ihr Zimmer. Schweiß und zwei

Tage altes Tikka-Masala hatten sich zu einem intensiven sauren Gebräu vermischt. Sie nutzte die Gelegenheit, um die Innenseite ihres Oberschenkels nach dem Dekubitus abzusuchen, mit dem sie insgeheim rechnete; dass sie keinen entdeckte, verschaffte ihr keinerlei Erleichterung. In einem ausgewaschenen, flusigen XL-*Womxxxn*-T-Shirt stapfte sie widerwillig die Treppe hinunter. Als sie die Tür öffnete, war niemand mehr da. Allerdings stand dort ein großer, mit lavendelfarbenem Stoff ausgekleideter Weidenkorb, auf dem ein in kunstvoller Handschrift adressierter Brief lag. Sie kehrte in ihr Schlafzimmer zurück und öffnete ihn vorsichtig in der Erwartung, dass es irgendetwas Fieses von einem Troll war, der irgendwie herausgefunden hatte, wo sie wohnte. Stattdessen war es ein Care-Paket: Twinings-Tee, eine glitzernde Wärmflasche mit dazu passender Schlafmaske, Lavendel-Kissenspray und eine riesige Tafel Galaxy-Schokolade. Als sie den Zettel las, wurde ihr eng um die Brust.

Seid fröhlich in der Hoffnung,
geduldig in der Bedrängnis,
beharrlich im Gebet!
Römer 12:12

Ein Tag nach dem anderen
- Celie x

Sie musste den Korb auf dem Weg zur Arbeit abgestellt haben. Ola nahm sich vor, ihr per Textnachricht zu danken und ihr zu sagen, wie viel besser sie sich dadurch fühlte. Seit der Hochzeit hatte sie sich so allein gefühlt, und Celies nette Geste hätte zu keinem besseren Zeitpunkt kommen können. Aber sie stellte auch voller Traurigkeit fest, dass sie gehofft hatte, sie wäre von

Michael. Sie hatte Fola gebeten, ihm auszurichten, dass er sie nicht kontaktieren solle, eine Entscheidung, mit der sie auch haderte, von der sie aber hoffte, dass es das Beste für sie beide war. Sie hatte das Gefühl, dass ein Gespräch mit ihm ihre Gefühle nur noch verworrener machen würde. Sie verdrängte den Gedanken an Michael in die Ecke ihres unaufgeräumten Schlafzimmers und beschloss, wieder ins Bett zu gehen und sich in die Vertiefung zu legen, die ihr Körper im Laufe der letzten Tage dort hinterlassen hatte. Ihr ganz persönlicher Kreideumriss.

In weniger als einer Stunde würde sie sich wieder aufrappeln und sich zum ersten Mal seit Tagen vor die Haustür wagen müssen, um Frankie gegenüberzutreten. Überraschenderweise hatte ihre Chefin einige Zeit verstreichen lassen, bevor sie ihr per E-Mail ein »Gespräch« antrug. Ola arbeitete offiziell derzeit von zu Hause (was bedeutete, dass sie ungewaschen in Chipsresten herumlag), aber Frankie wollte sie heute Nachmittag persönlich treffen. Zweifellos, um die Ereignisse der Hochzeit, die Ola noch nicht verarbeitet hatte, zu erörtern und sie formell zu entlassen, aus Gründen, die man nur als grobes Fehlverhalten bezeichnen konnte. Angesichts all der Lügen, die sie erzählt hatte, fühlte sich ihr Rausschmiss wie eine logische Konsequenz an. Sie wollte es einfach nur hinter sich bringen, von Frankie hören, wie sehr sie es verbockt hatte, damit sie mit diesem Kapitel abschließen konnte. Doch eigentlich konnte Frankie sich die Worte auch sparen. Ola wusste sowieso schon, was sie sagen würde.

Vierzig Minuten später schleppte Ola sich mit dem kläglichen Rest ihrer Lebenskraft aus dem Bett und machte sich auf den Weg ins Bad, um zum ersten Mal seit fünf Tagen zu duschen. Ihre Wimpern waren noch immer starr vom ausgehärteten Kleber, an jeder Hand fehlten zwei falsche Nägel. Sie vermied es, in den Spiegel zu schauen, und drehte die Dusche auf. Das kalte Wasser ließ sie zusammenzucken, doch sie ließ es einfach laufen in der Hoffnung, dass der Schock sie beleben würde.

Wenig später betrat sie das *Womxxxn*-Büro, und ihre Kolleginnen starrten sie an, als hätten sie die Tür beobachtet und mit angehaltenem Atem nur darauf gewartet, dass sie hereinkäme. Im gesamten Raum wurde es so still, wie es nur wurde, wenn das Objekt des Geredes erschien.

Ola wusste nicht, wohin sie schauen sollte, also starrte sie einfach zurück. Einige gafften lediglich interessiert, anderen blieb der Mund weit offen stehen, so sehr vergaßen sie sich. Schließlich musste Ola den Blicken doch ausweichen, ihr Gesicht wurde heiß vor Scham. Die Blamage war umso größer, weil sie immer versucht hatte, ihre Kolleginnen bei *Womxxxn* komplett aus ihrem Privatleben herauszuhalten. Sie vergrub die Hände in den Taschen ihrer Trainingshose, als sie Kirans Blick bemerkte. Sie hatte ihrer Freundin nichts von dem Termin bei Frankie erzählt, und Kiran sah sie mit großen Augen an, als wäre sie ein Geist. Als sie begriff, dass Ola wirklich da war, formte sie hektisch irgendetwas mit den Lippen.

Auch nachdem sie die gläserne Bürotür ihrer Chefin hinter sich zugemacht hatte, spürte Ola noch Dutzende Augenpaare in ihrem Nacken. Doch sie gab sich ganz ruhig, weil sie ihnen keine Show bieten wollte.

»Ach, Ola, Darling«, begrüßte Frankie sie, als sie das Büro betreten hatte. »Bitte, setz dich doch. Wie geht es dir? Möchtest du ein Glas Wasser?«

Ola schüttelte den Kopf. »Nein. Danke, aber nein. Ich will das hier nur hinter mich bringen, wenn das okay ist?«

»Natürlich.«

Frankie warf einen strengen »Geht wieder an die Arbeit«-Blick über Olas Schulter. Als sie dann wieder Ola ansah, drückte ihr Gesicht eine schwer zu entziffernde Emotion aus. Als befände es sich in einem stillen Kampf mit dem Botox, damit es die gleiche Betroffenheit zum Ausdruck bringen konnte wie ihre Körpersprache.

»Ola«, sagte sie schließlich. Frankie sprach jetzt mit einer Stimme, die Ola bisher nur durch den Spalt ihrer Bürotür gehört hatte; am Telefon mit ihrem Ex-Mann, nachdem das Geschrei sich gelegt hatte. Es klang traurig und aufrichtig, beinahe sanft, und es war nicht der Ton, den sie erwartet hatte.

»Bin ich eine so *schreckliche* Chefin?«

Ola schüttelte den Kopf. »Ganz und gar nicht«, sagte sie mit leiser Stimme.

»Warum hast du es mir dann nicht gesagt? Ich versuche es zu verstehen, aber von dir kommt nicht viel, was es mir leichter machen würde …«

Ola blickte nach oben an die Decke und atmete aus. So musste es sich anfühlen, getreten zu werden, wenn man schon am Boden lag. Sosehr es ihr auch widerstrebte, sich ihrer Chefin gegenüber verletzlich zu zeigen, sie hatte nicht mehr die Kraft zu lügen. Ihr war bereits alles genommen worden; was hatte sie also noch zu verlieren, wenn sie ausnahmsweise einmal ehrlich zu Frankie war?

»Ich hatte Panik, Frankie«, sagte sie. »Ich hab Michaels Namen auf der Liste gesehen, hatte einen Nervenzusammenbruch auf der Toilette und habe versucht mich zusammenzureißen, aber dann hast du mich fünf Minuten später gebeten, darüber zu schreiben. Ich hatte Schiss. Aber ich wollte den Artikel nicht gänzlich verhindern, ehrlich. Ich wollte nur etwas Zeit gewinnen. Deshalb habe ich Kiran gebeten, mit dir über einen Aufschub zu sprechen. Ich wusste nicht, was ich sonst tun sollte. Es tut mir wirklich leid.«

»Dir ist schon klar, dass ich dich sofort von dem Artikel abgezogen hätte, wenn du es mir gesagt hättest?«, erwiderte Frankie. »Abgesehen von dem offensichtlichen Interessenkonflikt hätte niemand bei klarem Verstand von dir erwartet, dass du ihn schreibst. Wir hätten darüber reden können.«

»Um ehrlich zu sein, wollte ich, dass wir mit dem Artikel noch warten. Du wolltest eine ausführliche Geschichte, etwas, das in die Tiefe geht. Das hätte Namen erfordert, Identitäten. Ich wollte, dass wir es langsam angehen.«

»Ja, aber, Ola«, sagte Frankie mit einem leichten Kopfschütteln, »vielleicht wäre ich in der besseren Position gewesen, da das Tempo etwas rauszunehmen, wenn ich von vornherein gewusst hätte, was los ist?«

In diesem Moment kam sich Ola wirklich sehr dumm vor. Als ob die Liste nicht schon verheerend genug gewesen wäre, hatte sie die Situation durch ihr Verhalten noch verschärft. Doch damals war die Vorstellung, mit Frankie darüber zu reden, das schlimmstmögliche Szenario für sie gewesen. Sie kaute an der Innenseite ihrer Wange.

»Das sehe ich ein«, sagte Ola. »Aber du musst wissen, dass Kiran absolut dagegen war abzuwarten – sie wollte mir nur helfen. Ich habe sie in eine sehr schwierige Lage gebracht, also hoffe ich, dass sie nicht auch noch gefeuert wird.«

Daraufhin sah Frankie sie verblüfft blinzelnd an. »Wann habe ich denn gesagt, dass irgendjemand gefeuert werden soll?«, fragte sie. »Anscheinend hältst du mich für eine Art Monster, aber ich *rede* doch wenigstens wie ein menschliches Wesen. Sicher, deine Entscheidungen waren nicht gerade ideal. Aber sie sind nachvollziehbar.«

»Oh«, sagte Ola nun ihrerseits verblüfft und sprachlos. Sie war heute nur hier erschienen, um sich für ihr Verhalten zu entschuldigen und ihre Papiere abzuholen. Stattdessen wurde ihr ein weiterer Beweis dafür präsentiert, dass sie Frankie vielleicht wirklich falsch eingeschätzt hatte. Das war zwar erfreulich, machte aber noch deutlicher, wie unbesonnen sie sich in den letzten Wochen verhalten hatte.

»Wow. Okay. Ich weiß gar nicht, was ich sagen soll. Danke, Frankie.«

»Kein Ding«, sagte ihre Chefin mit einem selbstgefälligen Lächeln. »Ehrlich gesagt, würde ich mir ja selbst ins Knie schießen, wenn ich dich entlassen würde. Schließlich gibt es doch wohl keinen besseren Ort, an dem du deine Geschichte erzählen könntest, als bei *Womxxxn*.«

Ola erstarrte zu einer Salzsäule, unfähig, sich zu rühren. »... Meine Geschichte?«

»Ja!«, flötete Frankie unbeirrt. »Wie es ist, eines Tages aufzuwachen und seinen Lebenspartner auf der Liste zu entdecken. Und das als Feministin – feministische Journalistin sogar –, und zwar nur einen Monat vor eurer Hochzeit. Wie bist du zu dem Entschluss gekommen, bei ihm zu bleiben? Und wann? Und warum? Ich nehme mal an, er ist unschuldig, sonst hättest du es nicht getan. Es sei denn ...« Frankie keuchte vor Aufregung. »Du wurdest doch nicht dazu *gezwungen*, oder?«

»Nein!«, rief Ola entrüstet. Das Gespräch hatte sich in halsbrecherischer Geschwindigkeit in eine ausgesprochen ungute Richtung bewegt, und sie hatte Mühe zu begreifen, was Frankie da sagte. »Nein, nein. Aber, Frankie, ich ... ich glaube nicht, dass ich ... Ich meine, ich wäre nicht dazu in der Lage ...«

Frankie lehnte sich in ihrem Stuhl zurück und sah ruhig zu, wie Ola über ihre eigenen Worte stolperte.

»Tja, Ola«, sagte sie kühl, »du schuldest mir einen Artikel. Ich verstehe ja, dass ein nüchterner Bericht nicht funktioniert hat, aber ein persönliches Bekenntnis aus erster Hand wäre doch unglaublich stark. Und es würde den letzten Monat sehr gut wettmachen. Außerdem hast du den Hashtag ja gesehen – es ist doch jetzt alles sowieso schon öffentlich, oder? Unsere LeserInnen werden sicherlich eine Erklärung verlangen – du bist schließlich eine der Gründungsautorinnen von *Womxxxn*. Hör zu«, sagte sie und beugte sich mit einem Glitzern in ihren grünen Augen verschwörerisch vor, »welchen Aufhänger du auch immer wählst, mir ist es recht.«

Olas Körper sank auf dem Stuhl in sich zusammen, alle Energie hatte ihre Glieder verlassen. »Aber ich dachte …«, begann sie.

»Du dachtest was?« Frankie klang plötzlich verärgert. »Über schwerwiegende Anschuldigungen gegen den eigenen Ehemann zu berichten, ist die eine Sache, aber ich verlange ja jetzt eher das Gegenteil von dir! Das ist deine Chance, eure Seite der Geschichte zu erzählen und euren Ruf wiederherzustellen.« Sie presste kurz die Lippen aufeinander. »Ich meine, du hast doch bestimmt gesehen, was die Leute sagen, oder, Ola?«

Da war sie wieder. Das war die Frankie, die Ola kannte und oft verabscheute. Wenn es um *Womxxxn* ging, war sie skrupellos. In Wahrheit war es auch das, was sie in ihrem Job großartig machte, warum die Marke florierte. Wie hatte Ola nur denken können, dass dieses Gespräch zu etwas anderem als diesem Ausgang führen würde? Wenn sie ihre Chefin vor einem Monat unterschätzt hatte, dann jetzt umso mehr. Ola fühlte sich wie ausgelaugt, als sie ihre lächelnde Chefin fassungslos anstarrte.

»Interessierst du dich eigentlich für nichts anderes«, brachte sie schließlich mit heiserer Stimme hervor, »als für Klicks und Traffic und Views?«

Frankie zwang sich zu einem hohlen Lachen und schüttelte dabei den Kopf. Sie zeigte mit einem akkurat gefeilten pfirsichfarbenen Nagel auf Ola. »Die Frage ist, ob es *dich* interessiert«, sagte sie. »Bezahlst du für deine Nachrichten, Ola? Hast du überhaupt ein *Womxxxn*-Abo? Es ist ja nicht so, als würde ich dir dafür zu wenig bezahlen. Wir würden alle gerne den ganzen Tag über Menstruationstassen schreiben, aber Tatsache ist, dass hier dann ganz schnell die Lichter ausgehen würden. Ohne ›Klicks, Traffic und Views‹ wären wir beide ganz schnell arbeitslos. Das alles hier würde nicht existieren.« Sie hob ihren Arm und deutete auf das Büro um sie herum. Ola wurde sich plötzlich ihrer Kolleginnen bewusst, die sie durch die durchsichtigen Wände dieses Goldfischglases beobachteten.

»Ich führe ein Unternehmen, Ola«, fuhr Frankie unbeirrt fort. »Und ich habe noch nie so getan, als würde ich etwas anderes tun. Die Antwort auf deine Frage ist also Nein. Nein, das tue ich nicht.« Sie klopfte mit den Fingerknöcheln auf den Schreibtisch, um das Gesagte zu unterstreichen. »Ich erwarte deine Geschichte natürlich nicht sofort. Ich werde dir etwas Zeit geben, damit du dir eine Herangehensweise überlegen kannst und – oh! Moment mal, was ist das?« Ihr Telefon surrte. Sie betrachtete das Display einige Sekunden lang und schlug sich dann keuchend die Hand vor den Mund. »Sieh an, sieh an, heute ist wohl dein Glückstag! Erinnerst du dich an Morgan Briggs? Es sind Bilder von ihr aus Unizeiten aufgetaucht, auf denen sie Blackfacing betreibt.« Sie wedelte mit dem Handy vor Olas Nase herum: Morgan mit deutlich dunklerer Hautfarbe und einer rosa Perücke als Teil von etwas, das ein Nicki-Minaj-

Halloweenkostüm sein dürfte. Frankies Pupillen weiteten sich so, dass ihre Augen fast schwarz wirkten.

»Was für ein heftiger Absturz!«, sagte sie missbilligend. »Letztes Jahr war sie noch eine unserer ›Ones to watch‹! Aber jetzt ist sie gecancelt, und das verschafft dir ein paar Tage für den Artikel zur Liste. Was denkst du?«, meinte Frankie, wobei sich ihre Mundwinkel nach oben zogen. »Du könntest in der Zwischenzeit ja schon mal einen Artikel über Morgan machen und in die Autorenzeile ›*Womxxxn*-Redaktionsteam‹ schreiben, während wir auf den Artikel warten, der sich mit deiner persönlichen Situation beschäftigt. Hört sich Montag gut für dich an?«

Ola stand auf und sah sich noch einmal im Büro um. Die ganzen Pastellfarben wirkten heute noch abstoßender, ekelhaft süßlich. Dies war der Ort, an dem sie sich als Journalistin etabliert hatte, dem sie die letzten drei Jahre ihres Lebens gewidmet hatte. Ein Ort, an dem sie zweifelsohne Arbeit geleistet hatte, die Leben verändert hatte. Ein Ort, an dem sie gegeben hatte, was sie konnte.

»Frankie«, sagte sie, stand auf und sah sie dann noch einmal direkt an. »Ich kündige.« Dann ging sie geradewegs zum Ausgang der *Womxxxn*-Redaktion, ohne sich noch einmal umzudrehen und ohne sich um die Blicke zu scheren, die sie verfolgten.

-

Wenn sie darüber nachdachte, wäre Ola lieber entlassen worden. Gestoßen worden, anstatt zu springen. Dann hätte es sich weniger wie ihre eigene Verantwortung angefühlt. Von *Womxxxn* wegzugehen ohne einen Job oder einen Plan für die Zukunft, fühlte sich leichtsinnig an, aber die Alternative war undenkbar. Es war, als würde dieser Albtraum nie enden wollen. Als reichte es nicht, dass sie in irgendwelchen Foren oder auf Instagram über sich las, jetzt hätte sie auch noch selbst über sich schreiben sollen. Aber natürlich verhinderte ihre Kündigung nicht, dass die Geschichte weiter kursierte. Das war jetzt ihr Leben, dachte sie. Sie war die Frau, die einen Täter geheiratet hatte. Die Frau, deren Hochzeit deswegen viral gegangen war. Wenn sie sich irgendwann wieder für einen Journalismusjob bewerben würde, würden die Redaktionen sie wahrscheinlich nur einstellen, weil sie hofften, dass sie darüber schrieb.

Wie immer hatte sie das Gefühl, dass in ihrem Kopf mehr Gedanken pulsierten, als in ihrem Gehirn Platz hatten. Wer war sie, jetzt, wo sie nicht mehr die Redakteurin für aktuelle Themen bei *Womxxxn* war? Als sie durch die Tür der Redaktion hinausgegangen war, hatte sich Ola nicht frei, sondern voller Angst gefühlt. Auf dem Heimweg versuchte sie, nur an die Geborgenheit und die Abgeschiedenheit ihres Bettes zu denken, und als sie eine halbe Stunde später teilnahmslos durch die Absperrung der Tooting Broadway Station ging, nahm Ola ihr Handy aus der Tasche und öffnete die Seite des KaffeeKlatsch-Forums. Sie blieb stehen, um den letzten Beitrag im Thread »D!e L!ste« zu lesen. Er war von einer Userin namens @cicely_bye_son gepostet worden; ein Link zu einem Tweet, dem sie nur ein »Jeeeaaaah!« vorangestellt hatte.

Als Ola auf den Link tippte, gelangte sie zu einem Tweet ihrer Kollegin Sophie Chambers, der erst vor sechs Minuten gepostet worden war.

> Ich freue mich sehr, bekannt geben zu können, dass ich ab morgen meine neue Stelle als Redakteurin für aktuelle Themen beim *Womxxxn*-Magazin antreten werde!

Unter dem Tweet häuften sich bereits die Glückwünsche von Kollegen und Kolleginnen.

Ola klickte zurück auf das KaffeeKlatsch-Forum, wo @incog_negro einen Kommentar hinterlassen hatte:

> Gut gemacht, meine Damen. Und als Nächstes ist M!chael K. dran.

20

Michaels Wohnzimmer war seit Tagen in Dunkelheit gehüllt, die dicken Vorhänge waren fest zugezogen und die Lampen ausgeschaltet. Das einzige Licht kam von seinem Fernsehbildschirm, auf dem er die Serie *Billions* schaute. Oder besser gesagt starrte er nur einfach mit leerem Blick darauf; er konnte sich nicht konzentrieren. Es war spät in der Nacht, und Michael konnte nicht schlafen. Schwer zu sagen, wie lange schon, denn er lag bereits, seit es draußen noch hell gewesen war, in verblichenen schwarzen Boxershorts auf der Couch herum, so wie er es den größten Teil der Woche getan hatte. Das Mondlicht, das von den Vorhängen ausgesperrt wurde, ließ alles noch unheilvoller wirken.

Als sein Telefon zum x-ten Mal vibrierte, ignorierte Michael es erneut. Es erzitterte fast ununterbrochen, wenn Nachrichten im Gruppenchat »The List Eleven« eingingen, in denen die Männer hastig ihren Senf zu dem Wahnsinn abgaben, der sich heute ereignet hatte. Am Morgen hatte Lewis ein persönliches Statement zur Liste online gestellt, und wenige Stunden später waren die Auswirkungen davon das alles beherrschende Thema. Michael konnte sich da beim besten Willen nicht einmischen – er hatte schon genug Probleme. Ungeachtet der sich zuspitzenden Handlung auf dem Fernsehschirm war Michael in seinem eigenen Film gefangen. Er sah sich auf seiner Hochzeit hilflos dastehen, während die Welt um ihn herum zusammenbrach.

Ola erlitt eine Panikattacke und wurde von ihren Freundinnen weggetragen. Angesichts dieser qualvollen Erinnerung kniff er die Augen zusammen und dachte an seine Frau, der es ähnlich erging wie ihm selbst und die die Tragödie ihres großen Tages immer wieder vor ihrem inneren Auge ablaufen sah, jedes Mal aufs Neue gedemütigt.

Als die Nachricht von dem gekaperten Hashtag an jenem Tag bis in den Hochzeitssaal durchdrang, konnte er in der um sich greifenden Totenstille buchstäblich den Aufprall von David Aidoos Mic Drop hören, bevor das Geraune begann. Es dauerte nicht lange, bis sich das Tuscheln in ein hektisches Durcheinander verwandelte. Ola wurde von Ruth und Fola zum Ausgang geschleppt, daran erinnerte er sich noch. Im nächsten Moment stand er auch schon draußen auf der Hauptstraße und sah zu, wie sie in einem Taxi davonfuhr. Er wusste nicht mehr genau, wie es ihm gelungen war, aber er war bis zu einer Seitenstraße hinterhergelaufen, wo er sich dann selbst ein Uber bestellt hatte. Zum Glück kam der Wagen schon nach wenigen Minuten, obwohl sie ihm wie die längsten und qualvollsten seines ganzen Lebens vorkamen. Michaels Handy lief heiß. Es summte ununterbrochen: Nachrichten von seiner Mutter, die er nicht zu lesen ertrug, im Gruppenchat der Jungs ging es ab, und er bekam allerlei Anrufe von Nummern, die er überhaupt nicht kannte. Er nutzte den verbleibenden Rest seines Akkus, um in aller Eile zwei Nachrichten an Kwabz und seine Mutter zu schicken, in denen stand, dass er die Veranstaltung verlassen müsse, aber alles in Ordnung sei. Außerdem versuchte er es noch bei Ola, war aber nicht überrascht, als sie nicht abnahm.

Auf dem Heimweg gab sein Akku angesichts der Flut der Benachrichtigungen auf. Als er zu Hause ankam, machte er sich gar nicht erst die Mühe, ihn wieder aufzuladen – was sollte er den Leuten auch sagen? Was könnten die anderen ihm sagen? Stattdessen klappte er zusammen und weinte zum ersten Mal seit Beginn dieser Tortur so heftig, dass er husten musste. Sein hochgewachsener Körper wurde von Schluchzern geschüttelt, die er seit seiner Kindheit zu unterdrücken gelernt hatte. Bei der Hochzeitsfeier hatte er das ganze Drama fast vergessen gehabt. Nicht ganz natürlich. Aber das lächelnde Gesicht seiner Großmutter, die Späße seiner Freunde, Ola, die zum ersten Mal seit einem Monat wieder Ola war – während des Hochzeitsempfangs war die Liste nicht das Einzige gewesen, was ihm durch den Kopf gegangen war. Zumindest hatte er kurzfristig die Hoffnung gehegt, dass ihn das ganze Drama in dieser Nacht einmal nicht vom Schlafen abhalten würde.

Sein Handy blieb für den restlichen Abend ausgeschaltet. Es war kein Alkohol mehr im Haus, doch er fand noch etwas Gras und rauchte es. Irgendwann dämmerte er dann weg und erwachte erst wieder gegen elf Uhr vormittags, als Kwabz laut gegen seine Haustür hämmerte.

»Tut mir leid, Bruder«, murmelte er betreten, als Michael öffnete. »Deine Mutter meinte, sie ruft die Polizei, wenn sie heute Morgen nichts von dir hört. Ich kann es ihr nicht mal verübeln, nach allem, was auf dem Empfang passiert ist.« Kwabz hatte ihn schon an der Universität in so schlechtem Zustand erlebt. Michael sah die gleiche Besorgnis wie damals im Gesicht seines Freundes, und er hasste es. Er ließ ihn auch gar nicht erst rein, behauptete, es sähe zu chaotisch aus, was auch stimmte. Schließlich trollte sich Kwabz wieder, nachdem er Michael das Versprechen abgerungen hatte, dass er seiner Mutter jeden Morgen wenigstens eine Nachricht schicken würde, wenn er es schon nicht schaffte, sie anzurufen. Als sie ein paar Tage später bei ihm auftauchte, war es zum Glück ohne die

Polizei, aber sie begriff das wahre Ausmaß des Geschehens noch immer nicht und tat die »Internet-Tyrannen« ab. »Kümmere dich nicht um sie«, sagte sie, während sie in seiner Küche herumwuselte, um Essen zuzubereiten, das er gar nicht wollte. »Die sind nur neidisch.«

Das Summen seines Handys riss ihn aus seinen Erinnerungen. Die Nachrichten im Gruppenchat »The List Eleven« folgten so schnell aufeinander, dass es für alle Beteiligten eigentlich unmöglich war, das Geschriebene zu verdauen, bevor sie antworteten. Er hatte den Chat zunächst stumm geschaltet, nachdem Lewis Michael am Tag nach der Hochzeit hinzugefügt hatte, aber jedes Mal, wenn er auf sein Handy geschaut hatte, hatten ihn die sich häufenden Benachrichtigungen beunruhigt. Mit einem schweren Seufzer setzte er sich auf, griff nach seinem Handy und öffnete den Chatverlauf, wobei der gespenstisch blaue Schein des Displays auf sein Gesicht fiel.

»Scheiß auf die ganze woke Bande!«, hatte Ben Abbassi, eine prominente YouTube-Persönlichkeit, in einer der ersten Nachrichten geschrieben, die Michael erfasste. »Die wollen Lewis Hale canceln ... Deshalb entschuldigt man sich nicht bei diesen Leuten. Mit diesen LGBTerroristen kann man einfach nicht verhandeln.«

»Diese Flaggenschwenker sind nicht unterdrückt, die haben irre Macht«, schrieb jemand anderes als Antwort auf eine weitere Nachricht. »Wir sollen uns alle der schwulen Agenda beugen, aber einen Schwarzen machen sie runter, so schnell kann man gar nicht schauen.«

»Es heißt ›Black Lives Matter‹, bis es ein ›Black Live‹ betrifft, das kein Schaf ist«, schrieb der Nächste. »Wir leben in der Endzeit, Bruder. Wird Zeit, dass Jesus kommt und aufräumt, meine Meinung.«

Michael fragte sich, was Lewis wohl davon hielt, was da in seinem Namen gesagt wurde. Wahrscheinlich war er schon daran gewöhnt. In der WhatsApp-Gruppe »The List Eleven« befanden sich mittlerweile über fünfzig Männer, und es wurden immer mehr. Angefangen hatte die Gruppe als ein bunter Haufen, bestehend aus elf Männern – Sportlern, Schriftstellern, Podcastern, Musikern und Schauspielern –, die alle auf der Liste standen und ihre Unschuld beteuerten. Da die Gruppe anfänglich ausschließlich aus schwarzen Männern bestand, hatten die ersten Mitglieder sie in Anlehnung an die Justizopfer, die als »The Central Park Five« bekannt wurden, so benannt, was bei Michael nur noch mehr Unbehagen auslöste. Vor allem, weil viele von ihnen ohne Zweifel schuldig waren. Ein Mann, auf den Ola auch bei #MCsToo Bezug genommen hatte, befand sich aktuell mitten in einem Gerichtsverfahren, in dem er sich gegen eine Klage wegen schwerer Körperverletzung wehrte.

Mit der Zeit wurde die Gruppe von einer Reihe von Unterstützern infiltriert. Freunde und Fans der Betroffenen halfen mit juristischen Tipps, wenn sie nicht gerade über die »Propaganda« der einen oder anderen Minderheitengruppe jammerten. Obwohl Lewis selbst Vorbehalte gegenüber der Chatgruppe hegte, war er der Meinung, dass Michael die Unterstützung gebrauchen konnte, nachdem der Eklat mit der Hochzeit viral gegangen war. Obwohl die Gruppe schon vor der Übernahme des Hochzeits-Hashtags gegründet worden war, hatte der Skandal als Katalysator für ihre Verbreitung gedient. Zugegeben, die Unterstützungsbotschaften waren zunächst tröstlich. Doch dann wurden sie immer widerlicher, und Michael las mehr und mehr Kommentare, die Täter-Opfer-Umkehr betrieben und Vergewaltigungen rechtfertigten. Er hatte schon oft daran gedacht, die Gruppe zu verlassen, aber irgendetwas in ihm veranlasste ihn, der Gruppe eine Chance zu geben.

Schließlich war er nicht schuldig, und Lewis' Situation war nicht so, wie es schien. Vielleicht gab es noch mehr Männer wie sie? Und so ungern er es sich auch eingestand, zog er es der Alternative vor. Denn Michael fühlte sich nach dem Eklat bei der Hochzeit noch isolierter als während der Tortur davor. Ola ging ihm seit dem Empfang komplett aus dem Weg; das einzige Mal, dass er etwas von ihr gehört hatte, war, als sie ihm durch Fola hatte ausrichten lassen, dass er sie in Ruhe lassen solle. Sie nahm weder seine Anrufe entgegen, noch antwortete sie auf seine Textnachrichten. Nach dem #TheKorantengs19-Debakel waren sie wieder am Nullpunkt angelangt.

Es hagelte weiter WhatsApp-Nachrichten, und so ging das Aufblinken des Displays in Michaels dunkler Wohnung weiter. Jetzt beschwerte sich jemand über die »Doppelmoral«, die für schwarze Männer im Vergleich zur schwulen Gemeinschaft gelte, und vergaß (oder ignorierte wahrscheinlich), dass es auch schwule schwarze Männer gab. Männer wie Lewis, der darauf natürlich nicht reagierte. Lewis hatte seit dem Morgen nichts mehr im Chat gepostet. Michael hoffte, dass es ihm gut ging. Sie hatten vor ein paar Stunden miteinander telefoniert, und er hatte sich gar nicht gut angehört. So leid ihm Lewis auch tat, war er doch auch wütend auf ihn. Das alles hätte vermieden werden können, wenn Lewis auf ihn gehört hätte. Wenn Michael ihn von seinem Statement hätte abhalten können.

Lewis hatte Michael eine letzte Chance gegeben, sich seiner Verlautbarung anzuschließen, bevor er sie heute veröffentlicht hatte. Der #TheKorantengs19-Skandal hatte die Liste in den Tagen nach der Hochzeit wieder in aller Munde gebracht und das Thema einem breiten Publikum zugänglich gemacht. Lewis hatte darauf gedrängt, das Thema aufzugreifen, und Michael hatte ihm ein weiteres Mal gesagt, dass er es für keine gute Idee hielt. Tatsächlich fand er sie schlechter, je länger er darüber nachdachte.

»Gut, mein Sohn, alles klar«, hatte Lewis zurückgeschrieben und Michaels Bedenken weggewischt. »Viel Glück, was immer du tust oder nicht tust. So oder so, wir kommen schon klar :)«

Diese Nachricht, die ihn eigentlich hätte ermuntern sollen, hatte bloß ein schäumendes Übelkeitsgefühl in seinem Magen ausgelöst. Es war nur vorübergehend gelindert worden, als es kurzfristig so aussah, als wäre Lewis' Plan vereitelt worden. Lewis hatte sein Statement um halb acht Uhr morgens abgeben wollen, aber jemand anderes kam ihm zuvor. Um sieben Uhr wurde auf der Plattform *Medium* ein Beitrag von einer Frau namens Nour El Masri, einer Studentin der Sozialanthropologie und Linguistik an der SOAS, veröffentlicht. Er trug den Titel »Was ich damals gerne gesagt hätte«, und Ben hatte ihn im Chat der »Eleven« gepostet, wobei er sich über die große Resonanz beschwerte, die er zu diesem Zeitpunkt bereits erhielt.

»Offensichtlich wurden mal wieder keinerlei Fakten überprüft«, schrieb er. »Diese Tussi kann irgendetwas posten, und alle springen ihr zur Seite.« Die Männer ließen sich über den Inhalt des Beitrags aus und hackten auf der Autorin herum, wobei viele ihre Meinung darüber kundtaten, nachdem sie erklärt hatten, dass sie den Artikel gar nicht erst lesen würden. Michael wusste, dass er sich dadurch wahrscheinlich noch schlechter fühlen würde, aber er öffnete den Link trotzdem.

[TW: Sexualisierte Gewalt] Du warst mein erster Kuss. Ein 43-jähriger Mann, dem es egal war, ob ich einwilligte oder nicht. Du hast ihn mir 2014 gestohlen.

In meinem letzten Schuljahr besuchte ich eine Pitching-Masterclass für Studierende, die in den Journalismus einsteigen wollten. Ich wollte von dir lernen. Ich hatte gehofft, dass du mir ein Mentor sein könntest. Und so fühlte ich mich nach der Podiumsdiskussion gesehen, als du mich aus der Schar herauspicktest. Du ludst mich ein, mit dir nach draußen zu kommen, fasstest mich um die Taille und führtest mich zu dem leeren Raucherbereich. Du fragtest mich nach meiner Nummer unter dem Vorwand, »in Kontakt zu bleiben«. So naiv es auch klingen mag, aber ich dachte mir nichts Böses dabei – ich sah die Dinge auf eine kindliche Art und Weise, denn ich war ja noch ein Kind.

Wir unterhielten uns; du betatschtest mich bei jeder Gelegenheit. Ich fragte mich, ob ich unreif war, weil mein Unbehagen stetig wuchs. Als du dich verabschiedetest, streckte ich meine Hand aus, um deine zu schütteln, und du zogst mich an dich, legtest deine Hand auf meinen Hintern und schobst deine Visitenkarte in die Gesäßtasche meiner Jeans. Du hast dich vorgebeugt, um mir einen Kuss zu geben; ich tat mein Bestes, damit es ein doppelter Luftkuss wird, wie ich es so oft bei Medienleuten gesehen hatte, und hielt dir meine Wange hin. Doch du wichst aus und küsstest mich auf die Lippen. Du bestandst auf einer weiteren Umarmung zum Abschied und drücktest mich gegen die Wand, sodass ich deine Erektion an meinem Oberschenkel spüren konnte. Ich war wie versteinert, konnte nicht sprechen. Ich war fünfzehn Jahre alt.

Als ich nach Hause kam, war ich angewidert und fragte mich, was ich getan hatte, um bei dir den falschen Eindruck zu erwecken. Da hattest du mich bereits auf Facebook ausfindig gemacht. Du hast mir eine Nachricht geschickt und geschrieben, dass du gar nicht glauben könntest, dass ich erst fünfzehn sei und wie gefährlich es für dich wäre, dich mit einem Mädchen wie mir abzugeben. Ich habe nicht geantwortet, also hast du mir ein Bild von deinem Penis geschickt, und ich habe dich blockiert. Und als meine Praktikumsbewerbung abgelehnt wurde, habe ich mich jahrelang gefragt, ob es daran gelegen hat, dass ich dich abgelehnt hatte. Ob ich einfach mit dir in die Kneipe hätte gehen sollen, die Hand auf meinem Knie hätte ignorieren sollen von einem Mann, der mein Vater hätte sein können. Ich kam mir wie eine Idiotin vor, dass ich nicht mitgegangen war. Aber es gibt nur einen Idioten in dieser Geschichte. Und sein Name ist Matthew Plummer: ein reueloser Täter. Ich habe 2014 nichts gesagt, weil ich es nicht konnte. Aber heute sage ich, was ich damals gerne gesagt hätte. Ich möchte den Frauen danken, die die Wahrheit ans Licht gebracht haben, damit auch ich das tun kann. Durch ihre Worte, ihr Schreiben, ihre Arbeit. Und an diejenigen, die ihre Stimme noch nicht gefunden haben: Wir werden unsere für euch erheben.

Wenn er ehrlich zu sich selbst war, dachte Michael beim Lesen von Nours Brief zum ersten Mal richtig darüber nach, wie es war, eine Frau zu sein, die einen Mann auf die Liste gesetzt hat, oder eine Frau, die ihren Angreifer auf der Liste entdeckt hat. Wie mussten sie sich jeden Tag gefühlt haben, wenn sie sahen, dass Männer, die sie angegriffen hatten, ungeschoren davonkamen? Und dadurch die Geschichten, die schon schwer genug zu erzählen waren, für nichtig erklärt wurden?

Mit der letzten Zeile wurden Nour und all die Frauen, von denen sie und Ola sprachen, für Michael real. Zuvor hatte er sie sich nur abstrakt vorgestellt, eine gesichtslose Menge, die ihn für die Verbrechen anderer Männer büßen lassen wollte. Aber Nour hatte ein Gesicht, ein Babygesicht. Das beigefügte Foto von ihr und Matthew bei der damaligen Veranstaltung machte das Geschilderte noch erschütternder. Große Babyaugen, umrahmt von dichtem, krausem Haar, abstehende Ohren zu beiden Seiten ihres Gesichts, in die sie erst noch hineinwachsen musste. Plummers ergrautes Haar war halblang und wirkte wie die struppige Matte eines alternden Rockers. Er hätte als ihr Vater durchgehen können, wenn seine Hand nicht so seltsam platziert gewesen wäre, tiefer, als es nötig war, die Finger in ihre Seite gedrückt.

Als Nours Beitrag noch keine zehn Minuten online war, hatte er bereits vierundneunzig Likes erhalten. Bis zur Mittagszeit würden es ein paar Tausend sein. Michael war sich sicher, dass sogar Lewis einsehen würde, dass dies nicht der richtige Zeitpunkt für sein geplantes Statement war. Ein Dementi am selben Tag zu veröffentlichen, wäre unsensibel, ein klägliches Versagen, die Situation richtig einzuschätzen. Aber Michael musste feststellen, dass Lewis die Selbstsicherheit eines echten Nationalhelden an den Tag legte, der vierzehn Hattricks für Crystal Palace erzielt hatte.

Er gab sein Statement noch am selben Morgen ab. Zwei kurze Absätze als Screenshot seiner Notizen-App. Sobald es online war, schickte er einen Link zu seinem Instagram-Post in den Gruppenchat. Als Michael ihn öffnete, zuckte er zusammen.

Hallo zusammen,
ich schreibe diese Erklärung, um auf einige bestürzende, verletzende und unwahre Behauptungen einzugehen, die in den sozialen Medien über mich verbreitet wurden. Am 13. Mai wurden mir auf einer anonymen Liste »homophobe

Übergriffe und Beschimpfung« vorgeworfen. Ich dulde weder Gewalt noch Homophobie, und obwohl ich immer noch nicht weiß, warum mir das vorgeworfen wird, glaube ich an Verantwortlichkeit.

Ich spreche dies nicht nur an, weil mein Name aus irgendeinem Grund mit dem schlechten Verhalten anderer Männer in Verbindung gebracht wird, sondern weil ich als Vorbild, Ehemann und Vater eine Fürsorgepflicht und die Pflicht zum Zuhören habe. Bei jedem, der den Eindruck gewonnen hat, dass es anders sei, möchte ich mich in aller Form entschuldigen. Aber es ist wichtig, die Fake News zu stoppen.

Ich hoffe, dass wir angesichts dieser unbegründeten Anschuldigungen und vor dem Hintergrund meiner Spenden an Refuge, CALM, Cybersmile und Stonewall in Höhe von jeweils 15 000 Pfund Raum für zivilisierte Gespräche über diese uns alle betreffenden Themen schaffen können #StopTheHate #AllInThisTogether
L.H.

Es war klar, dass Lewis im Laufe seiner Sportlerkarriere einiges über das Verfassen von Stellungnahmen gelernt hatte. Obwohl er keinen Kommunikationsberater zurate gezogen hatte, war der Beitrag nicht so schlecht, wie Michael befürchtet hatte. Das Timing hingegen war grauenhaft. Michael klickte sich vorsichtig durch die Bilder, die Lewis dazu hochgeladen hatte, ehrlich besorgt darüber, was er dort sehen würde. Seine schlimmsten Befürchtungen bestätigten sich: Nach der Erklärung folgte ein schlechtes Selfie von ihm, auf dem er ein Paar Stollenschuhe mit regenbogenfarbenen Schnürsenkeln hochhielt und grinste, wobei jeder einzelne Zahn seiner strahlend weißen Veneers zu sehen war. Als Nächstes folgten Screenshots, auf denen die Quittungen für jede seiner Fünfzehntausend-Pfund-Spenden zu sehen waren. Michael schluckte und klickte auf den Kommentarbereich darunter.

> Wenn du wirklich unschuldig bist, warum entschuldigst du dich dann für etwas, das du nicht getan hast? ☹️

> Diese Entschuldigung ist fast so mies wie #AllLivesMatter. 😯😲😮 Und das am selben Tag wie die Erklärung von Nour El Masri?

> Das hättest du höchstens unter Entwürfe abspeichern sollen, Meister …

> Woher wissen wir, dass die Spenden-Screenshots überhaupt echt sind? Angeblich ist er doch seit Jahren pleite. 👀

> #StopTheHate? Dann fang du mal damit an, Lewis! @bbcsport @bbcone @bbctheoneshow – Ich zahle doch keine Gebühren, um einen Schwulenhasser zu sehen!

Zu allem Überfluss fand Lewis nicht einmal bei seinen Verteidigern wirklichen Trost. Fußballfans eilten ihm in Scharen zu Hilfe und verdammten in ihren Kommentaren die »Snowflakes«, »Weicheier«, »Frauenversteher« und »Schwuchteln« und forderten sie auf, Lewis doch zu entfolgen, wenn sie sich durch sein Statement so getriggert fühlten. Mit jeder Aktualisierung der Seite folgte ein weiteres Trommelfeuer der Kommentare. Sein Team musste mit dem Löschen von Kommentaren alle Hände voll zu tun haben, aber es kamen immer neue nach. Als Michael Lewis am Nachmittag anrief, war er auf dem Weg zu Waitrose bereits angespuckt worden.

»Ist ja bloß Spucke«, hatte er mit wenig überzeugender Fröhlichkeit gesagt. »Der Kerl hat mich nur am Ärmel erwischt und ist abgehauen, bevor ich ihm eine reinhauen konnte. Da hab ich auf dem Spielfeld viel Schlimmeres erlebt, glaub mir. Fabien Barthez, dieser verdammte Trottel, hat mir einmal mitten ins Gesicht gespuckt!«

Dann scherzte er noch, dass sein Pressesprecher, sein Manager und sein Agent wahrscheinlich die Nächsten sein würden, die ihm Fäkalien vor die Haustür kippten, weil er das Statement nicht mit ihnen abgesprochen hatte. Einige Zeitungen, mehr als Lewis erwartet hatte, berichteten darüber, wie er »Homophobie- und Gewaltvorwürfe in einer Online-Fehde zurückgewiesen« und »mit seiner Entschuldigung starke Gegenreaktionen ausgelöst« habe. Lewis schien dies als das Thema des Tages abzutun.

Am frühen Abend war dann aller Anschein, dass es Lewis gut ging, dahin. Er rief Michael an, um ihm mitzuteilen, dass er gedoxt worden war. Irgendwie war seine Telefonnummer durchgesickert, und nun wurden die Morddrohungen, die sein Team eilig aus dem Kommentarbereich unter seinem Statement löschte, direkt an Lewis' privates Handy und dann sogar an seine Haustür geschickt. Es war wohl nicht allzu schwer herauszufinden gewesen, wo er wohnte, denn die Zeitungen berichteten immer wieder gerne über seine 3,2-Millionen-Pfund-Villa, wenn sie über seine finanzielle Situation spekulierten. Aber die Online-Belästigung seiner Töchter – die er bis dato sorgfältig aus der Presse und den sozialen Medien herausgehalten hatte – gab ihm den Rest. Jemand hatte Melanie auf

Snapchat damit gedroht, ihrem Vater die Kehle durchzuschneiden, und sie mussten die Polizei einschalten.

Lewis war öffentliches Interesse an seiner Person nicht fremd, ebenso wenig wie negative Aufmerksamkeit in Form von Lügen und Halbwahrheiten, Klatsch und Gerüchten. Aber so etwas hatte er in all den Jahren noch nicht erlebt. In einer Welt, in der seine Rechtfertigung zu so etwas führen konnte, fühlte er sich wie ein Außerirdischer.

»Mich hat schon lange nichts mehr so mitgenommen, um ehrlich zu sein«, hatte er am Telefon zu Michael gesagt, und man konnte die Angst in seiner Stimme hören. »Ich habe wirklich ein dickes Fell. Mit mir können sie machen, was sie wollen, aber mit den Mädchen? Was sie denen schicken ... Ich habe immer mein Bestes gegeben, damit sie von dem ganzen Mist, der auf mich abzielt, nicht behelligt werden, und schau dir an, was jetzt los ist. Sie sind traumatisiert. Und Sam gibt natürlich mir die Schuld. Sie sagt, es könnte einem Schlimmeres vorgeworfen werden und dass ich es einfach hätte ignorieren sollen. Aber ich bin müde, Michael. Das muss einfach aufhören.«

»Es tut mir echt leid, Kumpel«, sagte Michael. Er hatte wirkliches Mitgefühl mit dem Mann, aber er wusste, dass nichts, was er sagte, Lewis trösten könnte.

Im Vergleich dazu war Michael noch glimpflich davongekommen. Keiner hatte ihn angespuckt. Seine Adresse war nicht durchgesickert. Erneut kam ihm der Mangel an »echtem Ruhm«, den er immer angestrebt hatte, sehr gelegen. Trotzdem spürte er die Verurteilung, die ihn umgab, die Scham. Ein dunkler Teil von ihm wünschte sich, dass jemand einen Streit vom Zaun brechen würde, wenn er das nächste Mal sein Haus verließ. Nur damit er jemandem auf die Fresse geben und auf die Fresse bekommen konnte. Verletzen und verletzt werden. Er wollte, dass die Verantwortung dafür in den Händen eines anderen lag.

Lewis hatte am Telefon versucht, sich keine Blöße zu geben, indem er Sätze nicht zu Ende brachte, wenn seine Stimme zu brechen drohte. Michael hörte sich seine klägliche Bestürzung darüber an, warum seine Versuche, das Richtige zu tun, so in die Hose gegangen waren. Er war am Boden zerstört von der Aussicht, die Mutter seiner Kinder zu verlieren, und erzählte ihm dann vom Tod seiner Mutter im Februar. Leukämie. Es sei ein hartes Jahr gewesen, sagte er ihm. Er könne das alles jetzt nicht brauchen. Er verkrafte es nicht. Und Michael hoffte bloß inständig, dass er diesen persönlichen Verlust nicht auch noch öffentlich machte, denn bestenfalls würde man ihm einen Ablenkungsversuch unterstellen. Schlimmstenfalls würden sie ihn in der Luft zerreißen.

Lewis sagte ihm, dass er aus dem Gruppenchat ausgetreten sei und auch nicht mehr beitreten würde. Auf Anraten seines Agenten wollte er »offline« bleiben, bis sich die Lage beruhigt hätte, und sollte sich bedeckt halten, wie sie es ihm ursprünglich empfohlen hatten. Aber das Verstecken würde ihm nichts nützen, egal was seine Berater sagten, da war sich Michael sicher. Er wusste, dass offline gehen so ähnlich war, wie auf der Flucht zu sein. Es bedeutete nicht, dass die Polizei nicht immer noch nach einem suchte. Man konnte sich nie sicher fühlen. Man musste stets damit rechnen, dass sie einen doch noch erwischten.

21

»Zwei Sekunden!«, rief Ola in den Flur, in der Hoffnung, dass ihre Stimme und die vorgetäuschte Fröhlichkeit die Treppe hinunterdringen würden. Sie saß gerade auf der Toilette, als es an der Tür klingelte, gefolgt von einem lauten hämmernden Klopfen. Es war Celie. Das wusste sie, weil sie sie erwartete und weil sie die einzige Person außer den Lieferdiensten war, die immer noch klingelte, wenn sie vor der Tür stand, anstatt anzurufen.

Sie richtete sich auf, wischte sich ab, wusch sich die Hände und warf einen letzten Blick in den Spiegel. In ihrer über zwanzigjährigen Freundschaft mit Celie hatte sie sich ihr gegenüber noch nie Gedanken über ihr Aussehen gemacht, aber heute musste sie ihre Freundin davon überzeugen, dass sie sich gut hielt. Ola hatte sie seit dem Hochzeitsempfang nicht mehr gesehen, obwohl sie ihre Silhouette ein paarmal durch die Taffeta-Glasscheibe ihrer Haustür erspäht hatte, als Celie Essen für sie abgestellt hatte. Sie hoffte, dass Celie ihr ihren Auftritt abnehmen würde.

Ihre Freundin zu treffen, bedeutete, dass Ola die Botschaft verbreiten konnte, dass sie überlebte, auch wenn das nicht wirklich der Wahrheit entsprach. An diesem Morgen hatte sie es immerhin geschafft, zu duschen und einen sauberen Schlafanzug anzuziehen. Sie hatte in eine Birne gebissen, und es war ihr sogar gelungen, den Bissen hinunterzuschlucken. Die Wohnung war aufgeräumt, aber nicht zu ordentlich, denn auch das würde

Verdacht erregen. Sie hatte den ganzen Morgen gelüftet, um den abgestandenen Fast-Food-Gestank zu vertreiben, und sie hatte ihr Bettzeug mit Febreze aufgefrischt.

Dem Treffen mit Celie hatte sie gestern zugestimmt, nachdem sie sich in den vergangenen Tagen nach und nach wieder im Gruppenchat zu Wort gemeldet hatte. Ruth hätte eigentlich auch bei dem Treffen dabei sein sollen, konnte aber nicht, da sie sich eine üble Lebensmittelvergiftung zugezogen hatte.

»Richte deiner Schwester von mir aus, dass sie eine Hexe ist«, hatte sie per Sprachnachricht gebrummelt. »Ich hab's ihr ja schon beim Empfang versucht zu sagen; mit Worten ist nicht zu spaßen.«

»Ich werde es weitergeben, aber dann bildet sie sich bloß noch mehr auf ihre ›Fähigkeiten‹ ein«, hatte Ola geantwortet und gehofft, dass ihren Freundinnen ihre prompte Reaktion und ihr Versuch, witzig zu sein, auffallen würde. Langsam gelang es ihr wieder besser, mit ihrem Umfeld zu kommunizieren. Sie hielt regelmäßigeren Kontakt mit Fola, und das nicht nur per Textnachricht, sondern über Skype. Auch mit ihrer Mutter hatte sie in den letzten Tagen ein paar beruhigende Telefonate geführt, und als diese neulich abends unangemeldet vorbeigekommen war, hatte Ola sie sogar hereingelassen. Kaum dass sie die Tür geöffnet hatte, konnte Ola am Gesicht ihrer Mutter ablesen, dass sie geweint hatte. Heute Morgen hatte sie sich sogar dazu erweichen lassen, ihr erstes Telefonat mit Kiran zu führen, seit sie *Womxxxn* verlassen hatte. Zuvor hatte ihr ihre Freundin in mehreren Sprachnachrichten versprochen, nicht mehr von der Hochzeit zu reden, sondern nur über ihren alten Arbeitsplatz lästern zu wollen, und am Ende hatte Olas Neugier gesiegt. Als sie schließlich ranging, erzählte Kiran ihr alles darüber, wen Frankie als nächstes Covergirl ins Auge gefasst hatte.

»Ich weiß nicht, ob du es schon gesehen hast, aber auf der Veranstaltung der Iwosan-Gruppe haben wir doch diese Nour getroffen, weißt du noch? Sie hat einen offenen Brief darüber geschrieben, was ihr mit Matthew Plummer passiert ist. Es ist überall.«

Natürlich hatte Ola das mitbekommen, kurz vor Lewis Hales egozentrischer Nichtentschuldigung für sein homophobes und beleidigendes Verhalten. Obwohl sie die sozialen Medien, so gut es ging, mied, war sie darauf gestoßen, denn wie Kiran gesagt hatte, wurde Nours Brief überall geteilt. Sie hatte ihn jedoch nicht gelesen; sie konnte sich einfach nicht dazu durchringen.

»Frankie will unbedingt, dass ich sie interviewe«, meinte Kiran. »Du hättest sie mal sehen sollen, als ich ihr erzählt habe, dass ich Nour bereits getroffen habe.« Kiran begann mit einer erschreckend genauen Imitation von Olas Ex-Chefin. »›Wie sieht sie aus? Taugt sie für ein Fotoshooting? Oh, sieh mich nicht so an, Kiran – ich meine nicht, ob sie hübsch ist oder nicht, es wäre sogar besser, wenn sie ein bisschen übergewichtig wäre, unkonventionell. Das wäre dann auf jeden Fall eine radikalere Coverstory. Hat sie irgendwelche sichtbaren Behinderungen, weißt du das?‹ ... Schwöre, das hat sie wortwörtlich so gesagt, Aunty. Ich wünschte, ich würde übertreiben.«

Ein weiteres Klopfen. Ola hörte eine gewisse Verärgerung heraus und rannte hinunter. Als sie die Tür öffnete, stand Celie genau so davor, wie Ola sie kannte: die Arme verschränkt, die Schultern zusammengezogen, theatralisch fröstelnd und mit einer Tragetasche zu ihren Füßen. Sie trug ein rotes Wickelkleid mit Tupfen, eine blickdichte schwarze Strumpfhose darunter, eine Jeansjacke und ihre flachen schwarzen Ballerinas. Ihr schulterlanges, dicht gewelltes Haar hatte sie streng zu zwei riesigen Bommeln auf dem Kopf zusammengesteckt, die Babyhaare an den Schläfen waren fein säuberlich glatt gegelt. Das war das Einzige, wo sie eitel war. Ihr Afro war gesünder genährt als die meisten Menschen, mit einer Kost aus luxuriösem Kokosnussöl und feinster Sheabutter, und dennoch trug sie fast immer einen einfachen Kronenzopf um ihren Kopf. Nur zu besonderen Anlässen trug sie ihr Haar offen und war im Stillen stolz darauf, welche Begeisterung ihre Mähne auslöste. Aber bei der Arbeit vermied sie es und wehrte im Geiste vermutlich bereits neugierige Finger ab.

Ola musste lächeln. Celie sah aus wie eine winzige, wütende Minnie Mouse. Mit gerunzelter Stirn blieb sie wie angewurzelt auf der Fußmatte vor der Tür stehen.

»Es soll gleich regnen, ist dir schon klar.«

»Und schau, es regnet nicht!«, sagte Ola, zufrieden mit ihrer überzeugenden Demonstration von guter Laune. »Gott meint es gut mit uns.«

»Ich stehe schon seit sieben Minuten hier.« Celie wickelte sich enger in ihre Jacke, als sie eintrat.

»Na ja, du hättest wirklich zehn Minuten später kommen können.« Ola war erleichtert. Die übliche Übergenauigkeit ihrer Freundin signalisierte ein Maß an Normalität, das sie nicht erwartet hatte. »Du weißt doch, dass ich mich immer verspäte.«

»Mmh«, brummelte Celie und umarmte sie widerwillig. »Sogar bei dir zu Hause.«

Celie steuerte in die Küche und begann, zwei Tesco-Tüten auszupacken. Darin befanden sich zwei Packungen Maryland Cookies, drei Becher Apfel-Trauben-Mus, eine Literflasche Evian, eine Schachtel Knäckebrot, ein Sechserpack BBQ-Chips und eine Tupperdose mit etwas, das aussah wie Käsemakkaroni. Alles, was Ola gerne aß.

»Das habe ich mitgebracht, falls du nicht zum Einkaufen gekommen bist«, sagte sie und verstaute das Getränk, die Tupperbox und das Obstmus im Kühlschrank. Ola beobachtete ihre Freundin, die ihr am meisten auf die Nerven ging und ihr gleichzeitig am nächsten stand, wie sie in der Küche herumhantierte, und war gerührt. Celies Fürsorge nervte manchmal – das war auch der Grund, warum sie und Ruth so oft aneinandergerieten. Aber Celie war es auch, die die Überraschungsparty zu Ruths Dreißigstem organisiert hatte und die für Ola tröstende Playlists aus Neo-Soul und UK-R'n'B zusammenstellte, wenn Michael mal wieder Mist gebaut hatte. Mit Musik drückte Celie oft das aus, was sie selbst nicht sagen konnte. Deshalb schien sie auch als Sopranistin im Kirchenchor auf eine Weise lebendig zu werden, wie Ola es sonst selten bei ihr erlebte.

Sie spürte, wie sich ein Kloß in ihrem Hals bildete, und hustete. »Danke, Celie.«

»Mm«, brummelte Celie erneut und begab sich nach oben. Offensichtlich hatte sie nicht vor, so zu tun, als wäre sie nicht sauer auf Ola, die ihnen im Verlauf der vergangenen Woche so einen Schrecken eingejagt hatte.

Celie nahm steif Platz und starrte auf den Fernseher, auf dem gerade *Friends* lief. Ola setzte sich im Schneidersitz auf ihr Bett, während Celie, so sittsam es ging, vor ihr auf dem grünen Sitzsack hockte und die Serie so aufmerksam verfolgte, als müsste sie im Anschluss Fragen dazu beantworten. Allerdings hatten sie sowieso schon jede Folge davon mehrfach gesehen, also diente sie mittlerweile eher als Soundtrack zu ihren Gesprächen. Aber wo sollten sie anfangen? Es war, als wüsste Celie nicht recht, was ihre Freundin aus der Fassung bringen würde, und hielt es so für sicherer, gar nichts zu sagen.

Doch schließlich erkundigte sich Celie zögernd nach ihrer

Arbeit, eine Frage, von der Ola wusste, dass sie nur als Einstieg diente.

Sie antwortete trotzdem.

»Ich hab gekündigt«, sagte sie leichthin, den Blick immer noch auf den Bildschirm gerichtet.

»Du hast gekündigt?«

Ola nickte und rechnete mit dem missbilligenden Gesichtsausdruck, den Celie jetzt zweifellos aufsetzen würde. »Jap. Frankie wollte mich für irgendeinen Scheiß einspannen, und mir hat's echt gereicht. Sophie wurde noch am selben Tag, an dem ich gekündigt habe, zur neuen Redakteurin für aktuelle Themen ernannt.«

Nun drehte Celie sich zu ihr um und schaute wie erwartet finster drein. »Sophie? Die, die so heterophob ist?«

»Na ja, jedenfalls steckt sie hinter dem Hashtag #Heteros-Kastrieren«, sagte Ola. Normalerweise hätte sie Celie jetzt darauf hingewiesen, dass es so etwas wie Heterophobie nicht gab, aber die Atmosphäre war so schon angespannt genug. Ola fragte sich, ob Celie sie auch so sah; wie Sophie, eine Millennial-Karikatur, die mehr als bereit war, ihre Pixel-Mistgabel zu schwenken.

»Klar«, sagte Celie. »Und Michael hat seinen Job noch?«

An Celies Gesichtsausdruck konnte Ola ablesen, dass sie die Antwort darauf kannte. Es war schon seltsam; obwohl Frankie sie nicht gefeuert hatte, war sie vor ihm arbeitslos geworden. Auch sie hatte sich schon gefragt, was passieren müsste, damit Michael entlassen wurde. Nicht, dass Ola das gewollt hätte, aber die Tatsache, dass weder er noch irgendjemand anderes, den sie von der Liste kannte, entlassen worden war, führte die Behauptungen, solche Anschuldigungen würden Karrieren ruinieren, endgültig ad absurdum.

Ola starrte auf den Bildschirm hinter Celie und konzentrierte sich auf Monica Geller.

»Er wurde beurlaubt.«

Celie nickte langsam und wandte sich wieder dem Fernseher zu. »Hast du mit ihm gesprochen?«

»Nein, noch nicht.«

Dass sie ihren Ehemann seit ihrer Hochzeit nicht mehr gesehen hatte, war schon seltsam. Vielleicht war das der Grund, warum sie seine Anrufe mied. Es fühlte sich unwirklich an, und ein Teil von ihr hoffte wohl immer noch, dass sich das, was geschehen war, als eine von Erschöpfung befeuerte Halluzination entpuppen würde. Aber das herzzerreißende Gefühl, wann immer sie an ihn dachte, fiel ihr dabei in den Rücken. Er war der Letzte, mit dem sie sprechen wollte, aber auch der Einzige, bei dem sie das Gefühl hatte, dass sie es könnte. Nicht nur, weil er das Gleiche durchmachte, sondern weil sie ihn liebte. Sie machte sich Sorgen um ihn. Und Michael verstand es wie kein anderer, sie zu trösten, ihr das Gefühl zu geben, dass irgendwie, auf unerklärliche Weise, alles wieder gut werden könnte.

Sie war hin- und hergerissen, ob sie weiterreden sollte, entschied sich dann aber dafür, Celie das zu sagen, was sie ihr schon seit der Hochzeit sagen wollte. »Ich habe ihn geheiratet, weil ein größerer Teil von mir glaubt, dass er unschuldig ist«, sagte Ola. »Aber trotzdem sind da all dieser Schmerz und diese Wut, die ich nirgendwo abladen kann, also richte ich sie auf ihn. Gehe ihm aus dem Weg, bestrafe ihn.«

In sechs Tagen sollten sie eigentlich in Barbados sein und ihre Flitterwochen genießen. In gewisser Weise kam ihr diese Vorstellung sogar noch lächerlicher vor als die Hochzeit. Handtuchschwäne und Rosenblüten zu einem Zeitpunkt wie diesem.

In einem Spa zu sitzen, wenn sie innerlich vollkommen aufgelöst war.

»Ich muss aufhören, so zu tun, als hätte ich keine Entscheidung getroffen«, fuhr Ola fort. »Ich hätte schließlich nicht Ja sagen müssen.«

»Das hättest du wirklich nicht«, brummelte Celie.

Ola rutschte unbehaglich auf dem Bett hin und her. »Celie. Komm schon.«

»Tut mir leid, aber ist doch wahr.«

Ola holte scharf Luft. Warum machte Celie das gerade jetzt? Wo doch klar war, dass Ola bereits am Boden war? Ihre eindeutig ablehnende Art fühlte sich untypisch kalt an.

»Celie, bitte, ich bin dir dankbar, dass du gekommen bist, aber ich kann da jetzt nicht weiter drauf eingehen.«

»Ich glaub das einfach nicht«, sagte Celie mit ungewöhnlich zittriger Stimme.

»Deshalb bist du also hier? Damit ich mich noch schlechter fühle als ohnehin schon?« Die Reibereien begannen früher, als sie befürchtet hatte. Sie fragte sich, warum sie es überhaupt versucht hatte. Es war nie einfach, mit Celie über Michael – eigentlich über jede romantische Beziehung – zu sprechen. Ihre Ratschläge gingen selten über »Schieß ihn ab« hinaus, und Ola hatte das Gefühl, dass das zum Teil an ihrer mangelnden Erfahrung lag. Celie selbst scherzte, dass sie bei Männern schnell in der *Sister zone* landete. Sie meinte sogar, dass alle drei *Sister zones*, die es gab, auf sie zutrafen. Die *Sistah zone* (mit der erhobenen Faust), in der die Männer pausenlos davon redeten, wie sehr ihnen ihr Haar gefiel, sie eine »Queen« nannten und dann ausschließlich etwas mit weißen Frauen hatten. In der »Schwester in Christus«-Zone wurde sie von Männern aus der Kirchengemeinde, die unter dem Madonna-Hure-Komplex litten, völlig entsexualisiert. Und in der »Du siehst aus wie meine Schwester«-Zone erinnerte sie die Männer an eine nahe Verwandte. Seit Ola sie kannte, hatte Celie noch nie einen richtigen Freund gehabt, und Ola hatte das Gefühl, dass ihr deshalb das Verständnis für die Komplexität von Beziehungen abging.

Celie drehte sich auf dem Sitzsack um und sah Ola an, die Enttäuschung in ihrem Gesicht war unverkennbar. »Ich versuche bloß, dich zur Vernunft zu bringen«, sagte sie. »Die Ola, die ich zu kennen geglaubt habe, würde bei so schwerwiegenden Anschuldigungen wie denen gegen Michael nicht einfach mit den Schultern zucken.«

Ola kannte Celies Standpunkt, trotzdem erstaunte es sie, dass sie ihn so unverblümt formulierte. Sie spürte, dass sie nervös wurde. »Wie kannst du sagen, dass ich nur mit den Schultern gezuckt hätte? Ich habe alles getan, was ich konnte, Celie. Du hast ja keine Ahnung.«

Sie wollte nicht, dass die Situation eskalierte, aber die Wut hatte sich bereits in ihrer Brust festgesetzt, und ihr Herz pochte heftig gegen ihre Rippen.

»Ach wirklich? Was hast du denn unternommen?«

»Ich habe ihn von einem verdammten Privatdetektiv überprüfen lassen!«, sagte Ola mit erhobener Stimme. »Ist es vielleicht meine Schuld, dass er nichts gefunden hat?«

Sie presste die Lippen aufeinander, nachdem sie es gesagt hatte, als hoffte sie, das Gesagte zurücknehmen zu können. Sie hatte es ihr eigentlich nicht sagen wollen, aber sie wollte auch, dass Celie sie verstand. Ola sah, wie Celie einen Moment lang den Atem anhielt und dann ernst den Kopf schüttelte.

»Sieh dich an, Ola«, sagte sie. »Michael macht dich wegen seiner Lügen wieder einmal zu Miss Marple. Ein Privatdetektiv? Im Ernst? Hältst du das für normal?«

Vor Verlegenheit krampfte sich Olas Magen zusammen. Vor einiger Zeit, als sie vollkommen verunsichert gewesen war, hatte sie Michaels Instagram-Likes von Ruth und Celie mithilfe verschiedener Wegwerf-Accounts ausspionieren lassen, die Ruth angelegt hatte. Sie traten auf als Anbieter von Haarteilen oder als Cateringfirma; einmal hatten sie sogar Fotos von einer ehemaligen Schulfreundin dafür benutzt.

Sie versuchte sich zu beruhigen. Wie waren sie bloß hier gelandet? Celie war eigentlich gekommen, um sie zu unterstützen, und jetzt stritten sie sich.

Ihre Freundin beugte sich näher zu Ola vor. »Man kann andere nie richtig kennen«, fuhr sie fort. »Michael hat dich schon einmal angelogen, und wahrscheinlich lügt er wieder, sonst hätte er nicht da draufgestanden.«

»Als ob du das wüsstest«, erwiderte Ola verärgert. »Keiner von uns kann sagen, was auf der Liste wahr ist und was nicht!«

»Doch, ich kann!«, sagte ihre Freundin. Das Brechen ihrer Stimme war kaum wahrnehmbar, aber Ola erstarrte.

Sie rutschte auf dem Bett nach vorne. »Was soll das heißen?«

Celie sagte nichts. Langsam drehte sie sich wieder um, sie wandte den Blick von Ola ab, die Augen starr auf den Bildschirm gerichtet, und verharrte so.

»Celie. Ernsthaft.« Ola, die im Schneidersitz dagesessen hatte, streckte ein Bein aus. Mit dem großen Zeh stupste sie leicht gegen Celies Rücken und forderte ihre Freundin so dazu auf, sie wieder anzusehen. »Was soll das?«

Celie starrte hinunter auf ihren Schoß und antwortete nicht. Ola spürte, wie sich ihre Kehle zuschnürte. »Okay, du machst mir Angst. Was ist passiert?«

»Vergiss es einfach«, zischte Celie über ihre Schulter.

»Also ist etwas passiert?«

Stille.

Ola ließ sich aufs Bett zurückfallen. »Ich weiß nicht, was du von mir willst«, sagte sie mit beherrschter Stimme. »Du willst von mir gehört werden, aber du redest nicht mit mir. Du weißt, dass ich dein Wort über jedes andere stellen würde, aber was genau versuchst du mir hier zu sagen? Du rätst mir, jemandem, mit dem ich seit Jahren zusammen bin, nicht zu vertrauen, aber du sagst mir nicht ...«

»Ich habe selbst sexualisierte Gewalt erlebt«, sagte Celie leise.

Obwohl sie bereits auf dem Rücken lag, hatte Ola das Gefühl, ihr würden die Beine weggezogen, als sie das hörte.

»Du wurdest ... Celie, was?«

Sie konnte Celies schnelles Atmen hören, bevor diese weiterredete. »Es ist zwei Jahren her.«

Celie klammerte sich an den Seiten des Sitzsacks fest, als bräuchte sie den Halt, um aufrecht zu bleiben.

Ola schüttelte den Kopf. Das ergab einfach keinen Sinn. Sie setzte sich auf und sah, wie Celies Körper zitterte. Ola wurde übel, als ihr die Tragweite dessen, was Celie da gesagt hatte, bewusst wurde.

»Oh mein Gott ... Celie. Das ... das tut mir so leid.« Ola sprang vom Bett auf und eilte zu ihrer Freundin, spürte jedoch, wie diese erstarrte, und verzichtete deshalb darauf, sie zu umarmen. Stattdessen drückte sie bloß mitfühlend ihren Arm. Vollkommen überwältigt von Schuldgefühlen und Gewissensbissen fiel ihr nichts ein, was sie hätte sagen können. Es gab keine passenden Worte.

»Es tut mir so, so verdammt leid«, war alles, was sie wiederholen konnte. »Ich weiß nicht mal, was ich sagen soll. Scheiße. Ich bin eine verdammte Idiotin. Es tut mir leid.« Ola wandte ihr Gesicht von Celie ab und versuchte, ihre Tränen zu unterdrücken. Der Gesichtsausdruck ihrer Freundin blieb versteinert, und es wäre nicht richtig von ihr, diejenige zu sein, die losheult.

»Nein. Ich habe es dir nicht gesagt – das geht auf meine Kappe«, sagte Celie schließlich mit kontrollierter Stimme. »Das ist meine Schuld; eigentlich wollte ich es auch nie. Aber deshalb habe ich ... Die Liste. Ich wollte ...«

»Du musst dich nicht rechtfertigen«, warf Ola ein. »Ich kann mir gar nicht vorstellen, wie sehr dich das getriggert haben muss ...«

»Du verstehst nicht, Ola.« Celie schüttelte den Kopf und starrte vor sich hin. »Was ich versuche zu sagen ist, dass der Typ, der das getan hat ... Er ist ... Hast du dich nie gefragt, warum ich mir so sicher bin, dass die Männer auf der Liste Bastarde sind? Warum ich Michael keinen Vertrauensvorschuss geben konnte?«

In Olas Kopf waberte etwas, das sich wie heiße Lava anfühlte. Ihr Kummer wich bei der Erwähnung seines Namens dem Entsetzen. Ihre Zunge fühlte sich plötzlich ganz dick an, als sie versuchte, die richtigen Worte zu finden.

»Oh mein Gott ...«, sie brachte es nicht über sich, den Satz zu beenden. »Celie, nein. Nein, nein, nein, nein, nein, nein. Michael hat doch nicht ...«

»Nein. *NEIN*. Michael hat mir nichts getan«, sagte Celie und sprach jedes Wort so deutlich wie möglich aus. Olas Körper wurde sofort von kurzzeitiger Erleichterung durchflutet.

»Es war Duro. Oder ›Danks‹ für euch alle. Du weißt ja, dass wir uns schon seit unserer Kindheit kennen. Wir waren in derselben Sonntagsschule, vor seiner ›Sweet Like Puff Puff‹-Zeit«, sagte sie mit einem freudlosen Lachen. »Ich weiß ganz genau, dass das, was über Duro gesagt wird, wahr ist. Als ich also Michaels Namen sah ...«

Ola wagte kaum zu atmen.

»Es geschah an dem Abend, als wir zu der Label-Party gingen, in dieser Bar in der Old Street«, sagte Celie. Sie spielte an ihren Fingern herum und starrte nun statt auf den Fernsehbildschirm darauf. Ola konnte sich daran erinnern – die Art von Veranstaltung, zu der sie nur wegen der mit Gratisartikeln gefüllten Goodiebags ging.

»Du wolltest gar nicht hingehen«, sagte Ola, mehr zu sich selbst. Sie hatte Celie damals versprochen, dass die Drinks auf sie gehen würden. (»Ola, es ist eine Bar. Und ich trinke eigentlich nicht?« »Okay, umso besser für uns beide!«) Schließlich hatte sie Celie doch überredet.

»Ich weiß nicht, ob du dich erinnerst, aber gegen Ende des Abends fragten ein paar Typen vom Label, ob wir zur Afterparty gehen wollen.« Celie starrte wieder auf den Bildschirm. Sie richtete den Blick auf alles, was nicht Ola war. »Die Party war nur ein paar Straßen weiter, und sie boten uns an, uns mitzunehmen.«

Natürlich erinnerte sich Ola nicht daran; sie hatte an diesem Abend viel zu viel getrunken. Auch an eine Autofahrt zur Afterparty konnte sie sich nicht mehr erinnern. Betrunkene Teleportation war ihre Superkraft: Wie ein Dschinn in einer kitschigen Sitcom aus den 1960er-Jahren blinzelte sie nur einmal zu lange und fand sich in einer völlig neuen Umgebung wieder, umgeben von ganz anderen Menschen. Ihr war klar, dass Celie sie damals nur begleitet hatte, um sich zu vergewissern, dass sie sicher war. Immer wenn sie ausgingen und Celie nach Hause wollte, bat Ola sie, einfach ohne sie nach Hause zu gehen. Doch Celie bestand jedes Mal darauf, dass sie gemeinsam gingen, gab schließlich auf und blieb bei Ola, da diese nicht mehr in dem Zustand war, auf sich gestellt zu sein.

Ola erinnerte sich noch daran, dass bei ihrer Ankunft auf der Afterparty die Wände von den Klängen eines Afroswing-Songs vibriert hatten, der in jenem Sommer die Charts dominiert hatte: Papi Danks' »Sweet Like Puff Puff«, in dem die Brüste einer Frau mit der nigerianischen Süßspeise gleichen Namens verglichen wurden. »Gyal, you sweet like puff puff, you know Danks is into the rough stuff.« Sie erinnerte sich noch, dass sie den Text albern gefunden hatte, aber jetzt musste sie sich eingestehen, dass er eher bedrohlich klang. Sie erinnerte sich nur vage daran, dass Danks sie beide ansprach. An die Erleichterung ihres betrunkenen Ichs darüber, dass der alte Freund von Celies Familie sie von ihrer Anstandsdame befreite, erinnerte sie sich nicht mehr.

»Als wir dort ankamen, habe ich Duro getroffen.« Celie starrte immer noch durch den Bildschirm hindurch, während sie das sagte. »Du hast ein paar Leute gesehen, die du kennst, und ich hab mich ein wenig mit ihm unterhalten, während du weg warst.«

Ein Stechen fuhr ihr in den Magen. Ola – in ihrem betrunkenen Egoismus – hatte Celie hängen lassen.

»Er fragte mich, wo ich arbeite und wie es meinem Bruder geht«, sagte Celie. »Wir hatten uns lange nicht gesehen.« Sie atmete langsam aus. »Er sagte, er wolle meinem Bruder sein Mixtape schenken – du weißt ja, dass er auch Musik macht –, also wollte er, dass ich mit zu seinem Auto komme. Ich bin mit ihm auf den Parkplatz, und er meinte, ich soll mich zu ihm setzen, während er danach sucht, denn es war eiskalt, weißt du noch? Er redete die ganze Zeit davon, dass es ein nagelneuer G-Klasse-Mercedes sei, mit beheizten Sitzen. Ich wehrte ab und meinte, es würde ja schließlich nur ein paar Minuten dauern. Aber er drängte und drängte.« Sie sprach jetzt schnell, die Angst in ihrer

Stimme war deutlich zu hören. Ola hatte sie noch nie so gesehen.

»Ich habe mir nichts dabei gedacht, Ola, das schwöre ich. Ich hatte ihn seit Jahren nicht mehr gesehen, und ja, er hat sich damals in der Kirche manchmal ein bisschen danebenbenommen, und wir hatten getrunken, aber ich hab nicht ...« Sie schnappte nach Luft, bevor sie zu hyperventilieren begann. Als sie sich wieder beruhigt hatte, sprach sie mit ruhiger Stimme weiter. Das Adrenalin schien aus ihrem Körper gewichen zu sein.

»Als ich eingestiegen war, änderte sich sein Verhalten komplett. Seine Körpersprache, alles. Er fing an, mich anzufassen und all diese Dinge zu sagen. Es war nie irgendetwas zwischen mir und Duro«, sagte Celie. »Niemals. Ich versuchte mich loszumachen, aber er hielt meine Arme fest. Und dann fing er an, davon zu reden, dass er ›immer vorbereitet‹ sei, dass er immer etwas zu seinem Schutz bei sich trage, falls ihn jemand angreifen würde. Und im Grunde ... im Grunde machte er mir klar, dass er mir wehtun würde, wenn ich nicht ... wenn ich ihm nicht ... Er zwang mich zum Oralsex mit ihm.« Es dauerte eine Weile, bis sie die Worte herausbrachte, aber als sie sie sagte, klang es völlig emotionslos und distanziert.

»Als es vorbei war, flehte ich ihn an, mir nichts zu tun, aber er sagte, er hätte nicht mal eine Waffe bei sich. Dass er bloß einen Scherz gemacht hätte. Er tat so, als wäre ich verrückt, weil ich es ernst genommen hatte. Aber der Blick in seinen Augen, als er das gesagt hat, Ola ...«

Die Frauen saßen einen Moment lang still da, und nur das Hintergrundlachen der Sitcom aus der Konserve störte sie in ihrem Schweigen. Alles, was Ola über ihre Freundin zu wissen geglaubt hatte, war erschüttert. Ihr war übel vor Fassungslosigkeit. Sie hatten während ihrer gesamten Freundschaft kaum je über Sex gesprochen, geschweige denn über so etwas. Celie sprach nie über ihre Erfahrungen, und Ola und Ruth hatten einfach angenommen, dass sie damit warten wollte, bis sie heiratete.

»Ich habe zuerst nicht einmal gedacht, dass es als echte Vergewaltigung durchgehen würde. Erst als ich zur Polizei gegangen bin, hat man mir gesagt, dass die Definition auch ... du weißt schon ... erzwungenes ...«, sie atmete scharf ein, »... erzwungenes Eindringen in den Mund mit einschließt.«

»Du warst bei der Polizei?«, bekam Ola heraus.

Celie nickte. »Ich habe ein halbes Jahr gebraucht. Und sie waren ganz in Ordnung, wirklich. Sie haben nicht gefragt, warum ich mit zu seinem Auto gegangen bin oder was ich anhatte oder so. Aber es war zwecklos, Ola. Vollkommen zwecklos. Als sie meine Aussage aufnahmen, hatte ich das Gefühl, dass sie es nur pro forma aufschrieben. Es fühlte sich eher so an, als würde ich ein Geständnis ablegen – schon als ich es erzählte, wusste ich, dass nichts dabei herauskommen würde.«

Sie kniff fest die Augen zusammen, als wollte sie sicherstellen, dass keine Tränen flossen.

»Drei Monate später sagten sie, die Anzeige würde nicht weiterverfolgt werden. Sie hätte keine ›Beweiskraft‹. Das werde ich nie vergessen. Halt mich für verrückt, wenn ich das sage – aber ich war erleichtert. Ich wollte das alles nicht noch einmal durchmachen, es noch einmal durchleben. Bei jemandem wie Duro noch dazu. Was, wenn der Prozess öffentlich geworden wäre? Manchmal danke ich Gott, dass es so geendet hat.«

Nun sah sie Ola zum ersten Mal direkt an, ihre Augen groß und feucht vor Tränen. »Du hältst mich bestimmt für verrückt, ich weiß. Ich erwarte auch nicht, dass mich irgendjemand versteht.«

Ola begann, das Chaos in ihrem Kopf zu sichten und zu sortieren. Als Celie wenige Wochen nach der Party aufgehört hatte, in die Kirche zu gehen – etwas, das einst ein wichtiger und fester Bestandteil ihres Lebens gewesen war –, war Ola zu sehr mit ihrem eigenen Leben beschäftigt gewesen, als dass sie sich gefragt hätte, warum. Am Morgen ihrer Hochzeit, als Ruth ein Lied von Papi Danks gespielt hatte und Celie deswegen einen Aufstand gemacht hatte. Die Entschiedenheit, mit der sie Michael den Rücken gekehrt hatte – jetzt ergab das alles Sinn. Doch damals hatte Ola nicht mehr hineininterpretiert. Stattdessen hatte sie sich von ihr im Stich gelassen gefühlt. Nicht unterstützt. Sie hatte sich darüber geärgert, dass Celie ihrer Meinung nach nicht in der Lage war, die Feinheiten ihrer Situation zu verstehen. Doch Celie hatte still mit ihrem Trauma gerungen, nur damit sie für ihre Freundin da sein konnte. Nicht ein einziges Mal hatte sich Celie in den Vordergrund gespielt. Sie hatte zugehört, als Ola sich Sorgen um ihre Hochzeit, ihre Ehe, ihren Ruf machte. Sie hatte zugesehen, wie Ola wiederholt die Stichhaltigkeit der Anschuldigungen und die Vertrauenswürdigkeit derjenigen, die sie erhoben hatten, infrage gestellt hatte. Und die ganze Zeit über hatte sie gewusst, dass derjenige, der sie missbraucht hatte, durch Olas Worte ebenfalls entlastet wurde. Als Celie ihr an dem verhängnisvollen Tag, an dem die Liste veröffentlicht worden war, eine Nachricht geschrieben und gefragt hatte, ob es ihr gut gehe, war das kurz nachdem sie den Namen ihres eigenen Peinigers darauf gelesen hatte.

»Ich hab dich mit ihm allein gelassen«, sagte Ola leise.

»Nein.« Celies Tonfall war fast empört. »Ola, tu das nicht. Es war nicht deine Schuld.«

»Aber ich hab dich hängen lassen, Celie. Ich habe dich in dieser Nacht mit ihm allein gelassen. Und du hast mir zugehört, wie ich wegen Michael rumgeheult habe. Du hast mir sogar Essen gebracht, Mann. Aber ich habe dich mit ihm allein gelassen. Du wolltest doch gar nicht hingehen, Celie. Du wolltest gar nicht hin.«

Sie versuchte verzweifelt, sich nicht von ihren Gefühlen überwältigen zu lassen. Wie könnte sie auch, wenn Celie da vor ihr saß, mit glänzenden Augen, aber ohne Tränen zu vergießen. Was es ihr noch schwieriger machte, nicht loszuheulen, war das Wissen, dass ihre Freundin nicht zögern würde, sie zu trösten, wenn sie es doch täte.

22

Bens Penthouse wirkte eigenartig mit so vielen Männern darin. Es war durch Bens starke Social-Media-Präsenz berüchtigt, denn es diente auch als Kulisse für seine YouTube-Show, und deshalb tummelten sich dort normalerweise nur spärlich bekleidete Frauen. Es war nachvollziehbar, warum er seine Show dort abdrehte. Es war Südlondons ureigene moderne Playboy-Villa. Viele andere Influencer und Content Creator wohnten in derselben Anlage, aber Bens Wohnung war sicherlich die protzigste. Alles darin war flach, glänzend und neu, mit LED-Deckenleuchten und glatten weißen Oberflächen. Michael stand in dem geräumigen Wohnzimmer mit offener Küche, das sich zu einer privaten Dachterrasse hin öffnete. Wenn man die Augen zusammenkniff, konnte man auf der linken Seite London Eye erkennen und auf der rechten Seite das Grün von Dulwich Wood. Sowieso sah man die Skyline von London von jedem Zimmer aus, und davon gab es viele. Ein großes Oberlicht nahm den größten Teil der Decke über dem Treppenabsatz ein.

Es waren etwa fünfzehn bis zwanzig Personen anwesend. Die Luft war erfüllt von Rauch, Paco Rabanne 1 Million und Testosteron. Nach dem Eklat um Lewis' Statement hatte Ben, der selbsternannte Sprecher der Gruppe der »Eleven«, beschlossen, aktiv zu werden und sie persönlich zusammenzutrommeln.

»Wir befinden uns in einem Krieg ohne Schlachtplan«, hatte er per Textnachricht verkündet. »Wir müssen uns formieren. Organisieren. Wie sollen wir diese Feminazis sonst besiegen??«

An diesem Nachmittag hatte er also ein paar handverlesene Leute aus der Gruppe zu sich eingeladen, darunter auch Michael und Lewis, um »Strategien« zu entwickeln. Michael, der sich nicht erklären konnte, warum – er hatte sich im Chat nie zu Wort gemeldet –, hatte keinesfalls vorgehabt, dorthin zu gehen. Lewis, der vorübergehend abgetaucht war, wollte sein Haus nicht einmal mehr zum Einkaufen verlassen, geschweige denn, um »Strategien« zu entwickeln. Aber Amani hatte nicht lockergelassen. Er war seit drei Tagen ebenfalls in der Gruppe, die mittlerweile über hundert Mitglieder zählte, nachdem ihn ein anderer Podcaster, gegen den es Anschuldigungen gab, hinzugefügt hatte. Anfangs hatte sich Michael durch seine Anwesenheit im Chat irgendwie beruhigt gefühlt. Doch dann erhielt Michael die Einladung zu dem Abend bei Ben, und Amani drängte darauf, mit ihm hinzugehen. Amani war überzeugt, dass es für Michael nützlich sein könnte, den Aktionsplan zu kennen. Mal wieder aus dem Haus zu kommen. Mächtige Männer würden dort sein. Typen mit Geld für Anwälte, Typen, die Anwälte *waren*.

»Ich weiß nicht, warum du denkst, diese Männer wären deine Feinde, Bro«, hatte Amani auf WhatsApp geschrieben. »Sie sind es nicht, die im Internet Scheiße über dich verbreiten.«

Da waren sie also. Michael hatte eine Art runden Tisch erwartet. Was er bekam, war eher ein launiger Umtrunk: überall Ciroc und Hennessy in Eiskübeln, Luftballons mit Lachgas, die herumgereicht wurden. Amani machte munter Small Talk, während Michael Cognac pur trank und jeden Augenkontakt vermied. Seine Abstinenz vom Hochzeitstag war nur von kurzer Dauer gewesen; er hatte gleich wieder zur Flasche gegriffen, sobald er dazu in der Lage gewesen war. Die Männer unterhielten sich angeregt, und die Stimmung war erstaunlich beschwingt, wenn man bedachte, aus welchem Grund sie hier zusammengekommen waren. Er hatte zwar keine Beerdigungsstimmung erwartet, aber es kam ihm vor, als sei er – ohne guten Grund zum Feiern – auf einer ausgelassenen Hausparty gelandet.

Ben hielt Hof in einem mintgrünen Aries-Arise-Trainingsanzug mit weißen Yeezy-Turnschuhen und sah viel kleiner aus als auf YouTube. Wenn Michael darüber nachdachte, hatte er ihn noch nie in einer Frontalaufnahme gesehen; die Kamera war immer leicht schräg nach oben gerichtet. Bens Show war, wie er selbst, sowohl beliebt als auch problematisch. Angepriesen als YouTubes »XXX Factor«, traten in dem Format Influencerinnen in einer Reihe von nicht jugendfreien Challenges gegeneinander an, um eine Birkin-Tasche im Wert von achtzehntausend Pfund zu gewinnen. Die Show war zwar bisher von Vorwürfen der Frauenfeindlichkeit verschont geblieben, aber ihr Moderator war unter Beschuss geraten, nachdem er auf der Liste als »Grapscher« bezeichnet worden war.

»Wir befinden uns in der OnlyFans-Ära«, sagte er in der Mitte des Halbkreises, in dem sie beisammenstanden. »Diese Mädels veröffentlichen ihre eigenen Nacktbilder und schreien Empowerment. Wie kann es da ›politisch unkorrekt‹ sein, wenn ich das Gleiche auf meinem Kanal mache?«

Er war relativ blass, und sein dunkelbraunes Haar wirkte dunkler durch die Menge an Gel, mit der er es in Wellen nach hinten gekämmt hatte. Fans, die ihn nur durch seine markante nasale Stimme aus seinem Streetwear-Podcast kannten, kommentierten oft überrascht auf YouTube, wenn sie feststellten, dass Ben weiß war. Oder zumindest weiß aussah, wie er jedem, der Ohren hatte, immer wieder auf die Nase band. Erst gestern hatte er in der Gruppe dreimal auf seine iranische Abstammung durch seinen Großvater mütterlicherseits hingewiesen, als ein anderes Mitglied ihn fragte, warum er der Meinung sei, dass der Begriff »Men of Color« ihn einschließe.

»Dieses ganze Empowerment-Gelaber macht mich echt krank.« Ein Mann mit einem vollen Bart, einer dicken Brille und einer grauen Beanie-Mütze schüttelte den Kopf. »Bei allem Respekt, aber diese ganzen Insta-Schlampen sind doch bekloppt. Sie spalten die schwarze Community, die schwarze Kernfamilie.«

Je mehr sich der Alkohol in Michaels Körper breitmachte, desto klarer wurde ihm, dass ihn dieser Abend nur aggro machen würde. Wie locker der Begriff »Strategien entwickeln« hier interpretiert wurde. Seit er hier war, hatten die anwesenden Männer nichts als ihren persönlichen Unmut über Frauen kundgetan, ohne dabei besonders einfallsreich zu sein. Hier ging es weder um seine Unschuld noch um die der anderen, und die Tatsache, dass dies seit Wochen die einzige Einladung war, die er erhalten hatte, deprimierte ihn noch mehr. Er hätte gar nicht herkommen sollen. Aber in gewisser Weise fühlte es sich auch weniger schmerzlich an, seinen Kummer im Kreise von Fremden zu ertränken als ganz allein zu Hause. Sich zu besaufen, wurde von tragisch zu männlich-cool, wenn der Kontext stimmte: bei einem Grillfest, mit einem Kumpel, in einem Club.

Michael musste plötzlich an seinen Dad denken. Zum ersten Mal in seinem Leben tat er ihm leid. Er war als Vater unbrauchbar, zugegeben, aber Michael fragte sich, welche Dämonen ihn in die Bar trieben. Vielleicht war er, genauso wie Michael, ein Nichtsnutz, trotz all seiner Bemühungen, das Gegenteil unter Beweis zu stellen. Michael versuchte weiterhin, die Dinge wieder in Ordnung zu bringen, obwohl er wusste, dass es sowieso nicht reichen würde. Es war jetzt eine Woche her, dass er mit Ola gesprochen hatte, und doch rief er sie jeden Tag an, schrieb ihr Nachrichten. Nervte sie wahrscheinlich damit. Er wusste, dass sie nicht mit ihm sprechen wollte, aber nicht mit ihr reden zu können, machte eine ohnehin schon schreckliche Situation für ihn noch unerträglicher. Sie brauchten ja nicht über die Hochzeit, den Empfang oder die Liste zu reden. Er wollte nur ihre Stimme hören. Er vermisste sie.

Da tippte ihm Amani auf die Schulter und deutete mit dem Kopf zur Sofagruppe hinüber.

»Danks ist hier«, sagte er und konnte seine Aufregung nicht verbergen. »Irre.«

Michael schaute hinüber. Er wusste sofort, dass er es war, nicht nur wegen seines Gefolges – sein Gesicht war nicht leicht zu vergessen. Dicke, vom ausgiebigen Kiffen dunkel gefärbte Lippen, von denen die obere besonders hervorstach. Große Nasenlöcher, fast schwarze Augen mit einer milchig gelben Iris. Er präsentierte sich so, wie Michael ihn kannte: High Fade, frisch getrimmt, in einem Trainingsanzug mit extravagantem Schmuck. Heute trug er einen weißen Balmain-Kapuzenpulli mit schwarzen Applikationen und eine Jogginghose in der umgekehrten Farbgebung. Am linken Handgelenk ein klobiges diamantbesetztes Armband, am rechten eine Rolex. Jedes Mal, wenn er sprach, blitzte ein Goldzahn auf, und um seinen Hals trug er wie immer eine Kette mit einem Anhänger, der aus dem Schriftzug »DANKS« bestand und seine halbe Brust bedeckte. Die gleichen drei oder vier Jungs flankierten ihn, die ihn immer begleiteten, egal ob es sich um ein Musik- oder Instagram-Video handelte. Michael würde sie nicht erkennen, wenn er sie einzeln sehen würde, aber wenn sie alle zusammen auftraten, konnte er sie anhand verschiedener Details identifizieren. Der mit den unordentlichen Cornrows, der mit den großen Zähnen, der, der ohne Ausnahme eine Sonnenbrille aufhatte. Sie ließen gerade einen Joint herumgehen und sahen sich auf dem Flachbildschirm eines von Danks' Videos an.

»Bei dem läuft's, weißt du«, schwärmte Amani weiter. »Sein Mixtape ist seit letzter Woche in den Top 40.«

Tatsächlich hatte Michael seit der Veröffentlichung der Anschuldigungen gegen Papi Danks mehr von ihm gehört als vorher. Danks war ein One-Hit-Wonder und normalerweise nur ab und an Thema im Gruppenchat mit seinen Freunden, wenn es auf Twitter mal wieder irgendeinen Beef mit ihm gab, der es auf die Klatschseiten geschafft hatte. Aber letzte Woche war er in die Longlist für den BBC Sound of 2019 aufgenommen worden. Bei ihm hatte Michael alles andere als ein gutes Gefühl. Auf der Liste waren ihm schreckliche Dinge vorgeworfen worden – Vergewaltigung, Entführung und sexuelle Nötigung –, und Michael war ziemlich unwohl bei dem Gedanken, wie schnell all das unter den Teppich gekehrt worden war.

Er konnte seine Bedenken Amani gegenüber jedoch nicht äußern, ohne dass er dadurch seine eigene Glaubwürdigkeit untergraben hätte. Denn was war denn der Unterschied zwischen Danks und ihm selbst? Er hatte auch nicht mehr Beweise für Danks' Schuld als für seine eigene Unschuld. Ola hatte mehrmals behauptet, dass das Leben für die meisten der auf der Liste beschuldigten Männer ganz normal weitergehen würde, egal ob sie schuldig waren oder nicht. Er hatte nie verstanden, wie sie das sagen konnte, wo er doch sah, was die Liste ihm und anderen antat. Einem heute Abend anwesenden Olympialäufer war ein Sponsor abgesprungen. Ein anderer Mann, ein freiberuflicher Filmkritiker, wurde von den Redakteuren der Publikationen, für die er schrieb, geschnitten. Aber in Wahrheit waren das die Ausnahmen. Die Karrieren der meisten Männer litten keineswegs darunter. Und Michael musste sich sogar eingestehen, dass in einigen Fällen, wie bei Danks, die Dinge nicht nur wie gewohnt weiterliefen, sondern sogar besser wurden.

»Um ehrlich zu sein, kann ich den nicht sonderlich ausstehen«, war alles, was Michael dazu sagte. »Der eine Hit, den er hatte, war total abgeschmackt. Und er hat online ständig Beef, wie so 'n Loser.«

»Bro, wenn du Typen nicht ausstehen kannst, die online Beef haben, dann magst du wohl keinen einzigen britischen Künstler, was?«

Michael täuschte ein Lächeln vor und wandte sich wieder der größeren Gruppe zu. Alle Augen waren jetzt auf den Typen mit der Beanie-Mütze gerichtet, der das Gespräch an sich gerissen zu haben schien, während Ben eingeschnappt an der Küchenzeile lehnte.

»Es ist verrückt da draußen«, sagte Beanie-Mütze mit verschränkten Unterarmen zu der Gruppe von Zuhörern. »Bei dem ganzen Scheiß kann man keine Direktnachricht mehr verschicken, ohne dass man Schiss haben muss, dass jemand damit zur Polizei geht.«

»Genau«, pflichtete Amani ihm eifrig bei. »Heutzutage landet man ja schon fürs Flirten vor Gericht. Wie oft hat man so was schon gelesen, oder, Bro?« Er deutete auf Beanie-Mütze. »Wie bei den Central Park Five. Der Wahnsinn. Fünf Jugendliche, die für Jahre im Gefängnis landeten, nur weil eine weiße Frau behauptet hat, sie wäre von ihnen vergewaltigt worden.«

»Ja, Mann, ja!«, rief Beanie-Mütze. »Und vergiss nicht die Cardiff Five. Fünf Schwarze, die in den Achtzigern wegen Mordes an einer weißen Frau angeklagt wurden. Ohne jegliche

Beweise. Hier, in Großbritannien! Macht euch nichts vor, so was passiert ständig. Überlegt mal, was sie jetzt mit Bill Cosby gemacht haben. Mir egal, was die Leute sagen, das war ein moderner Lynchmob.«

Michael biss die Zähne zusammen. Er sah sich um; niemand schien sich an dem Vergleich zu stören.

»Und warum rücken all diese Frauen jetzt erst damit raus, Bro?«, fuhr Beanie-Mütze unbeirrt fort. »Gleichzeitig? Wie bei R. Kelly ... Mir scheißegal, immer wenn ein schwarzer Mann erfolgreich ist, ein bestimmtes Level erreicht hat, ist es bloß eine Frage der Zeit, bis sie versuchen, ihn fertigzumachen.«

Sollte er etwas sagen? Die meisten der Männer hier hatten ihre Verdorbenheit zwar schon selbst unter Beweis gestellt, aber er konnte doch nicht der Einzige sein, dem auffiel, wie abgefuckt diese Art von Vergleichen war. Wie konnten sie zu Unrecht inhaftierte schwarze Männer mit erwiesenen Serien-Sexualstraftätern, die zufällig schwarz waren, gleichsetzen? Aber das Gespräch ging bereits weiter.

»Das dient alles der Kastration des schwarzen Mannes, verstehst du?«, fuhr Beanie-Mütze fort. »Unserer Verweiblichung. Aber Männer und Frauen sind von Natur aus verschieden. Ein König braucht eine Königin. Frauen sollten ihre Anmut und Weiblichkeit nutzen, um einen Raum zu beherrschen. Aber ein Mann sollte ein Mann sein dürfen.« Die anderen Männer nickten zustimmend mit dem Kopf.

»Tatsache!«, rief Amani. Michael spürte, wie der Knoten in seinem Magen immer größer wurde, während er seinen Freund beobachtete. »Aber statt sich wie ordentliche Frauen zu benehmen, lassen diese Mädels sich von wer weiß wie vielen Männern vögeln, und wenn sie dann einen Bodycount im zweistelligen Bereich haben, labern sie was, von wegen sie hätten einen High-

Value-Typen verdient. Dabei können die wahrscheinlich nicht mal Wasser kochen?«

Die Männer lachten dröhnend und klopften sich gegenseitig auf die Schultern.

»Kein Scheiß, oder?«, rief Amani schmunzelnd. »Was willst du, vorlaute Tussi? Als ich ein Kind war, hatte meine Mutter zwei Jobs, und trotzdem stand das Essen auf dem Tisch, wenn mein Vater nach Hause kam.«

Michael zuckte zusammen. In natura klang das alles noch gehässiger, aber es fehlte eigentlich bloß ein Mikrofon, und es hätte eine Folge von *Caught Slippin* sein können. Hatten er und seine Jungs wirklich so geklungen, als sie in der Sendung über Frauen diskutierten? So rückständig und widersprüchlich? Die Männer waren abgestoßen von dem, was sie als weibliche Eigenschaften wahrnahmen, verabscheuten jedoch Frauen, die sich »wie Männer benahmen«. Sie beklagten sich über Gold-Digger, argumentierten aber gleichzeitig, dass die Rolle des Mannes die des Ernährers sei. Das ergab alles keinen Sinn.

Amani hatte nichts gesagt, was Michael nicht schon oft gehört hatte. Von ihm, von Seun, beim Friseur, beim Fußball, im Internet. Solange er ihn kannte, hatte Amani so gedacht, aber heute schämte sich Michael zutiefst, sowohl für sich selbst als auch für seinen Freund.

Dankenswerterweise hörte Amani auf zu schwadronieren, und seine Augen wanderten zu etwas am anderen Ende des Raums. Michael folgte seinem Blick und sah Danks, der sich von seinen Begleitern entfernt hatte und durch die große Schiebetür auf die Terrasse ging.

»Ich sprech ihn mal an. Mal sehen, ob ich ihn für ein bisschen Promo gewinnen kann«, sagte Amani und ging schnellen Schrittes hinter ihm her. Aber Michael hörte schon nicht mehr zu, denn sein Handy pulsierte in seiner Tasche, und als er auf den Bildschirm blickte, sah er, worauf er schon die ganze Woche gewartet hatte.

OH LA LA ruft an ...

»Cool, ich komme mit raus«, rief er Amani hinterher und folgte ihm. »Da muss ich kurz rangehen.«

»Ist das Ola?«, fragte Amani. »Sag ihr, ich mag ihre Moves nicht. Wir sind nicht mehr in den Neunzigern; Männer stehen nicht mehr bettelnd im Regen.«

Michael bedeutete ihm zu schweigen und nahm ab, sobald sie in die kühle Nachtluft hinaustraten. Er atmete tief durch. »Yo, alles klar bei dir?«

»Entschuldige, dass ich so spät anrufe.« Ihre Stimme war heiser, als ob sie geweint hätte. Seine kurzzeitige Erleichterung, von ihr zu hören, wurde schnell von Sorge verdrängt.

»Ich wollte schon früher anrufen, aber ...«, Ola hielt inne. »Bist du unterwegs?«, fragte sie, und ihr Ton wurde schärfer. »Ich kann dich nicht gut hören.«

Die Musik, die aus dem Wohnzimmer dröhnte, war draußen immer noch deutlich zu vernehmen. Michael hielt sich die Hand übers linke Ohr, um den Lärm auszusperren. Das Letzte, was er gebrauchen konnte, war, dass sie den Eindruck gewann, er vergnüge sich auf einer Party, während die Zukunft ihrer Beziehung auf dem Spiel stand.

»Ja, bin ich. Aber ich wollte gerade gehen. Kann ich dich anrufen, wenn ich zu Hause bin? Ist alles okay?«

»Wo?«

»Ich bin mit Amani unterwegs.«

»Aber wo seid ihr?«, fragte sie erneut. Er konnte hören, wie sie die Stirn runzelte. »Es klingt, als wärt ihr in einem Club.«

»Fuck«, formten Michaels Lippen lautlos, und er kniff sich

verzagt in den Nasenrücken. Dabei wäre ihr vermutlich lieber, er wäre in einem Club statt hier. Er wollte nicht, dass ihr erstes Gespräch seit der Hochzeit so ablief. »Ich erklär es dir, wenn ich dich nachher anrufe, okay. Aber geht es dir so weit gut?«

»Warum kannst du es nicht jetzt erklären?«, fragte Ola, und in ihrer Stimme schwang Verärgerung mit.

Michael verdrehte die Augen zum Nachthimmel. »Weil es kompliziert ist.«

Er wusste, dass das, was er als Nächstes sagen würde, wahrscheinlich zu weiteren Tagen der Funkstille zwischen ihnen führen würde. Es war wirklich nicht leicht, den reinen Tisch, den er ihr versprochen hatte, durchzuziehen, aber er musste es zumindest versuchen. Er rieb sich die Stirn.

»Ich hab es nie erwähnt, weil alles so verrückt war, aber ... ich hab mich vor einer Weile mit Lewis Hale unterhalten, okay. Er steht auch auf der Liste, weißt du.«

Er musste schnell sprechen, damit ihn der Mut nicht verließ, also fuhr er hastig fort, bevor sie ihn unterbrechen konnte.

»Und ich weiß, was du jetzt denkst, aber die Sache ist überhaupt nicht, wonach sie aussieht. Ich kann es dir jetzt hier am Telefon nicht wirklich erklären, aber wenn ich es dir nachher in Ruhe erzähle, wirst du sehen, dass die Liste manipuliert wurde. Zumindest was mich und Lewis betrifft. Er hat mir noch ein paar weitere Jungs von der Liste vorgestellt, und ein paar von uns haben sich jetzt getroffen. Amani ist auch hier.«

Michael atmete erleichtert aus. Er hätte ihr sowieso noch von Lewis erzählt und von allem, aber das ganze Drama bei der Generalprobe, das Chaos bei der Hochzeit ... da hatte sich dafür einfach keine Gelegenheit ergeben. Aber jetzt war es raus. Er wartete auf ihre Standpauke, aber stattdessen hörte er nur ihren schnellen Atem am anderen Ende der Leitung.

»Ist Papi Danks auch da?«, Ola sprach mit gedämpfter Stimme, sodass man sie wegen der lauten Musik nur schwer verstehen konnte. Die Verärgerung, die er vorher in ihrer Stimme gehört hatte, klang jetzt wie Angst. »Der Rapper?«

Sein Blick wanderte nach links, wo Amani über etwas lachte, was Danks gerade gesagt hatte, und ihm begeistert auf den Rücken klopfte.

»Ja, er ist auch da«, sagte er verwirrt. »Warum?«

»Michael. Wenn Papi Danks da ist, musst du gehen. Sofort.«

Sie klang aufgeregt, regelrecht panisch. Er war beunruhigt, versuchte aber, sie zu beschwichtigen. »Hör zu, ich weiß, was du sagen willst, und ich versteh das. Ich gehe, versprochen. Ich weiß, was auf der Liste über ihn steht. Ich chill jetzt nicht mit ihm oder so, glaub mir ...«

Ola stieß ein ungeduldiges Schnauben aus. »Du hörst mir nicht zu! Es ist nicht bloß irgendein Gerücht, Michael. Er hat jemandem wehgetan, den ich kenne.«

Sein Herz setzte einen Schlag aus. Warum klang Ola so ängstlich? So aufgewühlt? Ihm gefiel nicht, wohin seine Fantasie ging. »Wie meinst du das?«

»Kannst du da einfach weggehen? Bitte!«

Michael hatte sich bereits umgedreht und sah Danks an. Sein Gesicht fühlte sich plötzlich heiß wie ein Schmelzofen an, seine Hand ballte sich zu einer Faust. Es war, als würden sich seine Brust und seine Kehle gleichzeitig verengen.

»Hat ... hat er dir was angetan?«, raunte er mit zusammengebissenen Zähnen.

»Mir? Michael, nein!«, Ola schrie jetzt fast.

»Ola, wenn er dich angefasst hat, dann schwöre ich ...«

»Hat er nicht!«

Aber Michael hörte ihr gar nicht zu. Wut und Alkohol trieben ihn an. »Ich mach ihn fertig«, zischte er und wollte schon quer über die Veranda stürmen.

»Michael, ich war es nicht!«, hörte er Olas ferne Stimme durchs Handy schreien. Dann hielt sie kurz inne. »Schwör mir, dass du das, was ich dir jetzt sage, niemandem erzählen wirst. Schwör es!«

»Ola, ich schwöre es! Was ist hier los?«

Ola brauchte noch einen Moment, bevor sie weiterredete. »Es war Celie, okay?«

Michael blieb wie angewurzelt auf der Terrasse stehen, auf der er zuvor herumgetigert war. Es war, als hätte jemand abrupt die Musik abgestellt.

»Ich kann nicht näher darauf eingehen«, sagte Ola. »Aber die Behauptungen über ihn auf der Liste sind wahr. Du musst jetzt gehen, okay?«

Er stand einen Moment fassungslos da, bevor vor seinem inneren Auge die Liste mit den Anschuldigungen gegen Danks auftauchte: Vergewaltigung, Entführung, sexuelle Nötigung.

»Sobald du da raus bist, ruf mich an«, sagte Ola als Antwort auf sein Schweigen.

Michael stand da, das Handy noch immer ans Ohr gepresst, nachdem sie bereits aufgelegt hatte. Dann ließ er es langsam sinken und drehte sich zu Danks und Amani um, die auf der anderen Seite der Terrasse zusammen lachten. Er war verstört und hatte das Gefühl, sich irgendwo abstützen zu müssen. Aber der Schock über die Nachricht entfaltete langsam seine ernüchternde Wirkung auf ihn. Ein stechender Schmerz fuhr ihm durch den Kopf und vertrieb alle Benommenheit. Ohne dass er genau wusste, was er vorhatte, trugen ihn seine Beine, wie von einer unsichtbaren Macht getrieben, zu Danks hinüber.

Der war gerade dabei, sich einen weiteren Joint zu drehen, als Michael ihm auf die Schulter tippte, was jedoch eher einem Schubsen gleichkam. Danks geriet kurz ins Schwanken, erlangte sein Gleichgewicht aber schnell wieder und starrte Michael mit Laserblick an.

»Bro, pass mal ein bisschen auf, klar«, knurrte er und trat einen Schritt auf ihn zu. Dann wandte er sich an Amani. »Was ist mit deinem Kumpel los?«

»Ich kenne jemanden, den du kennst«, hörte Michael sich sagen, bevor Amani antworten konnte.

Papi Danks' Gesicht entspannte sich in dem irrigen Glauben, dass es sich bei Michael bloß um einen weiteren übergriffigen Fan handelte.

»Ach ja?«, sagte er und leckte am Rand des Papiers. »Und wer soll das sein?« In seinen Songs war seine Stimme so tief, dass sie fast unecht klang, aber er sprach auch in Wirklichkeit mit diesem tiefen Knurren.

»Die Freundin meiner Frau«, sagte Michael und musste sich zwingen, die Worte auszusprechen, die ihm im Halse stecken zu bleiben drohten. »Celie.«

Danks zündete sich den Dübel an und nahm einen lässigen Zug. »Nee, da klingelt nichts«, sagte er nach dem Ausatmen.

»Celestina?«

Danks' Nasenlöcher blähten sich, und sein Kiefer verhärtete sich. Selbst in seinem Rausch bemerkte Michael, wie Danks sich verstohlen umsah, wer in Hörweite sein könnte. Da sich aber nur sie beide und Amani auf der Terrasse befanden, grinste er und trat näher an Michael heran.

»Wow, Celestina?«, sagte er. »Ja, die kenn ich von früher. Lange her.« Er wiegte schmunzelnd den Kopf. »Die kleine Celestina. Wie geht es ihr? Redet sie immer noch so viel Stuss?«

»Stuss?«, schaltete sich Amani ein und klang erleichtert, dass die Spannung scheinbar verflogen war. »Erzähl mal.«

»Ja, ja. Wir waren als Kinder zusammen in der Sonntagsschule. Celestina ist bekannt dafür, Scheiße zu erzählen. Sie verdreht die Dinge gern mal.« Er grinste wissend. »Ist sie immer noch so drauf?« Obwohl er äußerlich gelassen blieb, konnte Michael an Danks' Hals eine Ader pochen sehen.

»Junge, das hätte ich bei ihr nie gedacht«, sagte Amani. »Ich hab sie immer bloß für irgend so 'ne durchgeknallte Vorzeigechristin gehalten – von wegen ›Ich brenne für Jesus‹ und so.«

»Kumpel, das sind die Schlimmsten«, sagte Papi Danks und lachte herzhaft. »Das letzte Mal, als *ich* sie gesehen habe – das war vor ein paar Jahren auf so einer Branchenveranstaltung –, da ging sie ab wie 'ne hemmungslose Pastorentochter in der Orientierungswoche an der Uni. Sie hat echt Vollgas gegeben«, sagte er grinsend, und sein Goldzahn glitzerte.

Michaels Ohren begannen zu sausen.

»Scheiße, Celie, echt jetzt?« Amani hustete in seine Hand. »Nie im Leben bist du bei der gelandet, Bro!«

»Von wegen. Sie hat mir auf dem Parkplatz einen geblasen. Aber klar, wenn man dem Höllenfeuer entkommen will, sagt man alles, um es so aussehen zu lassen, wie es nicht war.«

Michaels Hände schwitzten. Er konnte sich das nicht länger mitanhören, aber er war auch nicht in der Lage, etwas zu sagen. Ihm fehlten komplett die Worte, er war vollkommen baff, wie beiläufig Danks von dem Übergriff sprach und wie bereitwillig sein Freund seine Lügen schluckte.

»Das ist ja schräg!« Amani prustete wieder in seine Faust. »Ich dreh durch, ich schwör. Aber stille Wasser und so!« Er wandte sich an Michael. »Und ich dachte immer, Ruth wäre die Wilde. Da gräbt Kwabz wohl die Falsche an!«

Danks schnippte den Rest seines Joints über die Brüstung. »Diese Tussis lassen es krachen, und am Tag drauf erzählen sie dann Mist«, sagte er. »Als der Gully-TV-Wahnsinn losging, haben ein paar Groupies und Ex-Freundinnen von mir versucht, mich da mit reinzuziehen und mir alles Mögliche vorgeworfen. Natürlich total unbegründet. Als müsste ich mich jemandem aufdrängen, Mann. Ich bin scheißreich.«

Amani und Danks machten triumphierend den Faustcheck. Dann wandte Danks sich wieder an Michael. »Dich versuchen sie doch jetzt auch dranzukriegen, weil du angeblich ein Frauenschläger bist, oder? Pass bloß auf, Mann. Du weißt ja, wie diese Schlampen sind.« Seine Zähne leuchteten, als er erneut breit grinste.

Michaels Wut hatte endgültig den Siedepunkt erreicht. Er kochte über. »Du bist ein Vergewaltiger, Mann«, zischte er.

Blitzschnell sprang Danks auf ihn zu, weg vom Balkongeländer, als hätte es plötzlich Feuer gefangen. Jetzt standen sie sich fast Nase an Nase gegenüber.

»Was redest du da für einen Scheiß?«

»Ich hab gesagt, dass du ein scheiß Vergewaltiger bist«, raunte Michael und machte einen weiteren Schritt auf ihn zu. Bevor er weiter darüber nachdenken konnte, holte er aus und schlug nach Danks, seine Faust versuchte einfach, ihn irgendwo zu treffen. Doch Amani warf sich mit ausgestreckten Armen dazwischen, bevor er den ersten Treffer landen konnte. »Hey, Michael, chill mal, chill! Lass gut sein, Mann.« Dann wandte er sich mit erhobenen Handflächen an Danks und wich seinen schwingenden Armen aus. »Er ist betrunken, er meint es nicht so.« Er versuchte, Michael hastig in Richtung Tür zu schieben. »Komm, Mann, lass uns gehen.«

»Bist du bescheuert?!« Danks tastete nach etwas am Bund

seiner Hose und versuchte, tänzelnd zu Michael zu gelangen. »Ich stech dich ab, Mann, und zwar auf der Stelle!«

»Okay, dann versuch's doch!«, schrie Michael, holte erneut aus und hätte Amani fast am Kopf getroffen, als er auf Danks' Kiefer zielte. Aber es war ihm egal, wenn er seinen Freund dabei verletzte. Es war ihm auch egal, wenn er sich selbst verletzte. Alles, was er wollte, war, Danks k.o. zu schlagen. »Du beschissener Vergewaltiger!«

Mittlerweile war auch Ben auf die Terrasse gekommen, ein paar weitere Männer mischten sich ebenfalls ein, und einige versuchten, Danks' Jungs aufzuhalten. Michael spuckte Danks noch angewidert vor die Füße, bevor er von einem keuchenden Amani weggezerrt werden konnte.

»Den find ich und mach ihn fertig, ich schwöre!«, hörten sie Danks noch schreien. »Du glaubst, du bist ein harter Typ, was? Wir sind noch nicht fertig, Wichser. Wenn ich dich das nächste Mal sehe, bist du dran, du Weichei!«

Michael schlug immer noch um sich, als Amani ihn durch den Hausflur die Treppe hinunter zum Ausgang zerrte. Selbst als sein Freund ihn in den Schwitzkasten nahm, wand er sich weiter wie ein gefangenes Tier. Danks meinte, was er sagte, das wusste er. Er würde es ihm heimzahlen. Aber die Angst schlug noch nicht durch. Als sie schließlich draußen vor dem Gebäude ankamen, hatte Michael sich und Amani vollkommen ausgepowert. Beide stützten sich keuchend mit den Händen auf den Oberschenkeln ab. Erst dann sah er das Blut auf seinem Hemd; er fasste sich an die Lippe, und seine Fingerspitzen sahen aus, als hätte er sie in Wein getaucht. Er hatte gar nicht mitbekommen, dass Danks ihn erwischt hatte.

»Bro, was sollte das?«, fragte Amani, immer noch nach Luft schnappend. »Wieso legst du dich mit Danks an? Noch dazu, wenn er mit seinen Typen unterwegs ist? Dir musste doch klar sein, dass die nicht unbewaffnet sind. In der Hälfte seiner Songs geht's darum, irgendwelche Typen abzustechen, sogar im Refrain von seinem letzten Song!«

»Ach, halt die Kappe, Mann«, blaffte Michael ihn an. Er tigerte jetzt schnaufend auf und ab. »Dieser Pisser ist bloß verdammter Abschaum.«

»Was soll das heißen?«

Michael starrte Amani völlig ungläubig an. »Was heißt: ›Was soll das heißen‹? Er wird der Vergewaltigung beschuldigt.«

»Beschuldigt?« Amani starrte ihn verwirrt an. »Was, so wie du? Und die Hälfte der Typen hier?«

Michael hatte nicht sofort eine Antwort parat, die Sinn ergab, also schüttelte er bloß den Kopf.

»Kumpel, du hörst mir nicht zu«, sagte er schwer atmend. »Er hat das gemacht, verdammt.« Er hielt einen Moment inne und versuchte, seine Gedanken zu sammeln. »Du musst mir glauben. Er ist ein verdammter Vergewaltiger, Bro.«

»Keine Ahnung«, sagte Amani und richtete sich auf, jetzt, wo er es wieder konnte. »Ich weiß echt nicht, was ich von alldem halten soll.«

»Spinnst du, Kumpel? Hast du nicht gehört, was ich gesagt habe?«

»Michael«, sagte Amani barsch, »pass mal auf, was du laberst, Bro. Ich hab gehört, was du gesagt hast. Soll das heißen, dass die Liste stimmt, außer an der Stelle, wo du Frauen verprügelst?«

»Ach, jetzt kommst du mir schon so?« Er konnte nicht glauben, was er da hörte. Tränen der Wut stiegen ihm in die Augen, aber er war nicht so dumm, sie laufen zu lassen, und blinzelte heftig. »Amani du bist mein Freund, seit ich elf bin. Wie kannst du das überhaupt vergleichen?«

»Ich vergleiche gar nichts. Aber wie kannst du einen Mann angreifen wegen demselben Scheiß, der dir passiert? Das ergibt einfach keinen Sinn.«

Michael blieb noch immer keuchend stehen. »Ach, vergiss es, Mann.«

Dann ging er einfach los und entfernte sich, ohne sich noch einmal umzudrehen, von seinem ältesten Freund. Er konnte ihn nicht mehr ansehen, ertrug es nicht mehr, in seiner Nähe zu sein. Er war wütend, dass Amani nicht verstand, was eigentlich offensichtlich sein müsste.

»Scheiß drauf!«, schnauzte er. »Ihr könnt mich alle mal. Ich bin raus.«

»*Ich* kann dich mal, ja?«, rief Amani ihm nach. »*Ich*, der dir gerade das Leben gerettet hat? Alles klar, cool, brauchst nichts mehr zu sagen. Verdammter Loser!«

Michael ging zu Fuß, um einen klaren Kopf zu bekommen. Er wusste, was er zu tun hatte. Es war vorbei. Von dem Moment an, als Ola vorhin aufgelegt hatte, war ihm klar gewesen, dass er das nächste Mal, wenn er das Handy in die Hand nahm, sein ganzes Leben in die Luft jagen würde. Die Zeit war längst abgelaufen; seine Lügen hatten ihn eingeholt, und er musste aufhören, davor wegzurennen. Es gab keinen Ort mehr, an den er flüchten konnte. Den ganzen letzten Monat hatte er nichts anderes versucht, als diesen Moment zu vermeiden, und doch war es jetzt so weit.

Michael holte sein Handy aus der Tasche. Er öffnete WhatsApp und schickte Ola die Nachricht, von der er gehofft hatte, dass er sie nie würde schreiben müssen.

Wir müssen reden. Es geht darum, wie ich auf der Liste gelandet bin.

23

Ola wusste nicht, wie sie auf Michaels Beichte reagieren würde. Vielleicht würde sie wie Glas zerspringen oder sich spontan entzünden. Es gab dafür einfach keine zureichende Reaktion in der Palette der menschlichen Gefühle. Obwohl sie eigentlich nicht der melodramatische Typ war, dachte ein Teil von ihr wirklich, dass sie tot umfallen würde, sobald er es ihr gestanden hätte. Ihr Herz würde es einfach nicht ertragen können. Das Hämmern in ihrer Brust breitete sich jetzt schon in ihrem Hals, ihren Gelenken und ihren Armen aus, und es würde nur noch schlimmer werden. Wenn es eines gab, was sie im letzten Monat gelernt hatte, dann, dass es ihr, egal wie schrecklich sie sich auch fühlen mochte, noch schlechter gehen konnte und auch gehen würde.

Sie hatte sich immer wieder ausgemalt, wie es ablaufen könnte, aber sie wusste, dass es sich erst real anfühlen würde, wenn er vor ihr stand. Letzte Nacht hatte sie Michael sofort zurückgeschrieben, ihn gebeten, sie anzurufen, zu ihr zu kommen – es war ihr auch scheißegal, wenn es erst um zwei Uhr nachts wäre, aber er meinte, er müsse dafür nüchtern sein. Egoistisch wie immer. Mitten in der Nacht so etwas anzukündigen, ohne Rücksicht darauf, wie sie sich in der Zwischenzeit fühlen würde.

Es war jetzt fast neun Uhr, und er würde bald hier sein. Ola wusste nicht, was sie mit sich anfangen sollte. Wie sollte sie die letzten Minuten vor dem Ende der Welt verbringen? Den vergangenen Monat noch einmal Revue passieren lassen, sich wegen einer undenkbaren Zukunft grämen? Sie würde nie wieder jemandem vertrauen können, nie darüber hinwegkommen. Wie sollte sie auch? Sie war dumm genug gewesen, bei Michael zu bleiben. Hatte den Mann sogar geheiratet. Wochenlang hatte sie ihm beigestanden – genauer gesagt, sich vor ihn gestellt, um ihn vor Kugeln zu schützen, die Irrläufer waren, wie er ihr immer wieder versichert hatte, und alles nur, damit er ihr jetzt beichten konnte, dass er sie sehr wohl verdiente.

Bloß dass ein wehleidiger Narzisst wie er sich das nie eingestehen würde. Nicht rückhaltlos. Er würde sicher versuchen, es irgendwie wegzuerklären. Behaupten, die Liste basiere auf einer falschen Definition von Belästigung. Dass zwar eine einstweilige Verfügung gegen ihn anhängig sei, diese aber nicht zwangsläufig berechtigt sein müsse. Beim Gedanken an sein Opfer krampfte sich ihr Magen zusammen: @mirrorissa92, wer auch immer das war. Dann schossen ihr die Gesichter von Celie, Nour, Rhian und Kiran durch den Kopf. Die unzähligen gesichtslosen Frauen, die sie gesilenced hatte. Wie auch immer er es formulieren würde, er würde das Undenkbare bloß bestätigen. Wie Danks, Matthew Plummer und all die anderen Scheißkerle auf der Liste war Michael schuldig.

Es läutete an der Tür. Ola wartete bereits dahinter, und als sie öffnete, sah sie, wie Michael sich hastig die Augen rieb. Sie waren rot und geädert. Sie hätte ihn auf der Stelle ohrfeigen können, weil er die Frechheit besaß rumzuheulen. Nur Michael konnte sich in dieser Situation selbst zum Opfer machen. Wie konnte er es wagen, so verwundet und kläglich vor ihr zu stehen?

Sie ging wortlos voraus ins Wohnzimmer und achtete darauf, sich nicht zu setzen – sie wollte nicht, dass die Sache länger dauerte als nötig. Er hatte schon so viel von ihrer Zeit vergeudet. Sie wollte nur, dass er es sagte: keine Ausflüchte, kein Flehen. Nur die Wahrheit, und dann könnte er für immer aus ihrer Wohnung und ihrem Leben verschwinden. Einen Moment lang standen sie beide da, Ola mit verschränkten Armen, unfähig, ihn anzuschauen, Michael mit hängenden Schultern. Seine Unterlippe war aufgeplatzt, das eingetrocknete Blut hatte eine Kruste gebildet.

»Bevor ich anfange, möchte ich sagen, dass es mir wirklich leidtut, was auf dem Empfang passiert ist«, krächzte er. »Auch ... das mit Celie tut mir leid. Es tut mir alles so leid, Ola. Wirklich.«

Ihr Magen verkrampfte sich, aber sie sagte kein Wort, und er wartete nicht darauf, dass sie es tat. Wenigstens kannte er sie gut genug, dass er jetzt einfach damit herausrückte. Michael schloss die Augen und seufzte wie zur Schmerzlinderung. Jedes Wort schien ihm körperliche Qualen zu bereiten. Es kostete ihn offensichtlich alle Kraft, die Wahrheit über die Lippen zu bringen.

»Ich habe dir mehrmals gesagt, dass ich nicht weiß, wer mich auf die Liste gesetzt hat. Aber es ist dir gegenüber nicht fair, das weiterhin zu behaupten, obwohl es nicht wahr ist.«

Stumme Tränen kullerten über Olas Wangen. Jetzt, wo er tatsächlich vor ihr stand, glaubte sie nicht, dass sie sein Geständnis verkraften würde.

Michael wischte sich mit dem Handrücken über die Stirn.

»Ich weiß nicht so recht, wie ich es sagen soll«, murmelte Michael. Er stand wie angewurzelt da, regungslos. »Aber bevor wir uns verlobt haben ... eine Zeit lang ... Du weißt doch noch, dass wir ein paar Probleme hatten, als ich arbeitslos war.«

Sie musste beinahe lachen. Es hatte keine fünf Minuten gedauert, bis er ihr die Schuld in die Schuhe geschoben hatte. Ausreden, nichts als Ausreden, wie erwartet. Er wälzte die Verantwortung ab, bevor er sie überhaupt übernommen hatte. Was wollte er ihr damit sagen? Dass er, weil sie beide Beziehungsprobleme hatten, genötigt war, eine andere Frau tätlich anzugreifen?

»Wir haben nicht wirklich miteinander kommuniziert«, fuhr er fort. »Und das geht auf meine Kappe. Das gestehe ich offen ein. Ich bin für all das verantwortlich.«

Ola unterdrückte ein Augenrollen. Wollte er sich auf die Schulter klopfen, weil er endlich die Verantwortung für sein eigenes Verhalten übernahm? Sie war versucht, ihn rauszuwerfen, aber sie wusste, dass sie es sich anhören musste, um zu akzeptieren, dass sie sich so sehr in ihm getäuscht hatte.

»Aber während dieser Zeit ...«, Michael senkte den Blick und seine Stimme, »haben ich und Jackie wieder angefangen, Kontakt zu haben.«

Augenblicklich spürte Ola, dass ihre Knie nachgaben. Ihr ganzer Körper kribbelte bei der Erwähnung dieses Namens. Sie würde den Moment nie vergessen, in dem sie begriff, was er sagte. Was er da eigentlich zugab. Es war ihr gar nicht in den Sinn gekommen, dass Michael etwas anderes einräumen würde, als dass die Anschuldigungen gegen ihn wahr seien. Aber natürlich. Das war so was von scheißklar gewesen.

»Wir haben nicht miteinander geschlafen«, sagte er schnell und klang wieder etwas gefasster. Er wischte sich die laufende Nase und die Augen mit seinem T-Shirt ab wie ein Grundschulkind.

»Wir haben uns auch nie getroffen. Nichts dergleichen. Aber es war absolut respektlos dir gegenüber. Bevor ich dir den Antrag gemacht habe, habe ich es endgültig beendet. Ich habe den Kontakt mit ihr komplett abgebrochen. Aber Jackie hat das nicht so gut aufgefasst. Du hast sie ja selbst erlebt. Du weißt, wie sie drauf ist. Und ich glaube ...« Er schüttelte den Kopf und fuhr dann mit mehr Überzeugung fort. »Ola, ich *weiß*, dass sie mich auf die Liste gesetzt hat. Ich weiß, dass sie es war. Aber ich habe sie nie bedroht, sie nie geschlagen, nichts dergleichen. Das versichere ich dir. Sie hat mich als eine Art Rache auf die Liste gesetzt, das weiß ich, weil ...«

Ola konnte förmlich sehen, wie er mit sich kämpfte, die Worte auszusprechen. Er sah aus, als müsste er sich gleich übergeben.

»... weil sie mir gedroht hat. Sie hat mich gewarnt, dass sie irgendetwas tun würde, nachdem ich es beendet hatte. Ich war mir nicht sicher, was – sie hat von allem Möglichen geredet. Aber ich schätze, sie hat sich dafür entschieden.«

Natürlich. Luke hatte die ganze Zeit nach dem Falschen gesucht. Michael hatte etwas zu verbergen gehabt, aber das war die Sache mit ihrem Mann: Er steckte voller Überraschungen. So vorhersehbar und doch so unberechenbar. Diesmal hatte sie Untreue nicht einmal vermutet. Wie eine Idiotin hatte sie gedacht, sie würde diesen Namen nie wieder hören.

»Ich weiß, dass du mir wahrscheinlich nie verzeihen wirst«, fuhr er kleinlaut fort. »Und ich bitte dich auch gar nicht darum. Ich verdiene deine Vergebung nicht. Ich wollte dir nur alles erklären. Als ich auf dem Polizeirevier war, habe ich angegeben, dass sie es war. Sie hat dafür gesorgt, dass ich weiß, dass sie es ist. Sie hat mich über den mirrorissa92-Account getrollt. Deshalb habe ich diese Nachricht auf KaffeeKlatsch verschickt.«

Ein zweiter Groschen fiel in der Stille, die darauf entstand.

»Weil ich es kann, *Mikey*«, hatte @mirrorissa92 ihm geantwortet. Ola musste an die Screenshots denken, die Jackie ihr vor ein paar Jahren geschickt hatte, von Nachrichten zwischen ihr und Michael. Seine Nummer war bei ihr unter »Mikey« abgespeichert, neben einem roten Herz-Emoji und dem Affen, der sich mit den Pfoten die Augen zuhält. All das kam ihr wieder in den Sinn. Wie sie bei diesem Spitznamen geschaudert hatte. Wie schmerzhaft es gewesen war, all das zu lesen.

An dem Tag, als sie von Jackie und Michael erfahren hatte, hatte Ola nicht vorgehabt, sein Telefon zu durchsuchen. Sie hatte keinen Grund gesehen, ihm zu misstrauen. Aber sie beschloss, es zu tun, nachdem sie in den Benachrichtigungen auf seinem Sperrbildschirm wiederholt den Namen »Jackie« gesehen hatte, einen Namen, den sie aus seinem Instagram-Kommentarbereich kannte. @jackie_ayyx war schwer zu vergessen. Ihr Gesicht war unscheinbar (was Ola zu gleichen Teilen erleichterte und wütend machte), aber ihr Körper sah aus wie das prahlerische »Nachher«-Bild eines Schönheitschirurgen von einer Brazilian-Butt-Lift-Operation. Aber alles ganz natürlich, wie Jackie über verschiedene Hashtags immer betonte.

Michael hatte sein Handy auf dem Bett liegen lassen, während er im Bad war, und das mulmige Gefühl, das sie jedes Mal verspürte, wenn sie Jackies Namen in seinen Kommentaren sah, veranlasste sie, es zur Hand zu nehmen. Kurz darauf scrollte Ola durch ihre Instagram-DMs. Sie las ähnliche Nachrichten wie die, die ihr in der Anlaufphase ihrer Beziehung mit Michael Schmetterlinge im Bauch beschert hatten und die ihr jetzt Übelkeit bereiteten. Die DMs waren flirty, aber für das ungeschulte Auge nicht grenzüberschreitend, schwer einzuordnen. Doch die Nacktbilder, die sie dann auf WhatsApp fand, ließen keinen Raum für Zweifel. Das letzte war erst wenige Stunden zuvor verschickt worden.

Sie würde nie sein gekränktes Gesicht vergessen, als sie ihn zur Rede stellte, als ob er eine Entschuldigung von ihr erwarten würde, dafür, dass sie sein Telefon durchsucht hatte. Er behauptete, er und Jackie seien nur Freunde und Ola würde überreagieren. Nachdem sie ihn weiter in die Mangel genommen hatte, bekannte er schließlich Farbe, stritt jedoch ab, etwas Falsches getan zu haben. Er behauptete, dass Ola und er ja noch nicht »offiziell« zusammen wären. Tatsächlich dateten sie seit sechs Monaten exklusiv, auch wenn sie offensichtlich jeweils eine andere Definition davon hatten. Ola hatte sich in dieser Zeit mit niemand anderem mehr getroffen, aber Michael betonte, dass es theoretisch okay gewesen wäre. Von Anfang an hatte er Ola zwar versichert, dass er nur mit ihr zusammen sei, was aber, wie er nun behauptete, bedeutete, dass er nur mit ihr »ernsthaft« zusammen gewesen sei. Abgesehen von den semantischen Spitzfindigkeiten war es seine Leichtfertigkeit, als er damit konfrontiert wurde, die sie wirklich verletzt hatte. Als ob die Gefühle, die sie bis zu diesem Zeitpunkt füreinander entwickelt hatten, erst durch einen Beziehungsstempel hätten bestätigt werden müssen. Als hätte er ihr nicht bereits im ersten Monat gesagt, dass er sich in sie verliebt hatte, und sie daraufhin seiner Mutter vorgestellt.

Michael beruhigte sie, indem er behauptete, dass das mit Jackie und ihm nichts von Bedeutung und ganz »unverbindlich« wäre. Es sei »anders« als das, was sie beide hätten; schließlich liebe er Ola. Außerdem hätte Ola ihn ja nie gefragt, ob er mit einer anderen schliefe. Das stimmte zwar, aber sie war der Überzeugung gewesen, dass Michael außer mit ihr mit niemandem sonst Sex hatte. Deshalb hatte sie auch nicht auf Kondome bestanden, als sie miteinander schliefen. Ola, die dahin gehend normalerweise vorsichtig war, befolgte den gleichen Ratschlag, den sie in ihrem Blog propagierte. Sie fragte ihn auf der Stelle, ob er und Jackie auch ungeschützten Sex gehabt hätten, und sein Blick, der zu Boden wanderte, war Antwort genug.

Nach einigem Zu-Kreuze-kriechen seinerseits – mittels Kwabz und mit der Zeit – überwanden sie es. Er hätte diesen Fehler nie begangen, wenn sie offiziell zusammen gewesen wären, behauptete Michael felsenfest, und so machten sie es offiziell, sobald sie beschlossen hatten, es noch einmal miteinander zu versuchen. Olas Mauern fielen jedoch nie wieder ganz. Ihr wurde eng um die Brust, wenn sein Telefon vibrierte. Und spät in der Nacht, wenn sie nicht schlafen konnte, fragte sie sich, was sie ein paar Wochen später wohl noch gefunden hätte. Hätte er auch mit Jackie Schluss gemacht, wenn sie die Nachrichten nicht entdeckt hätte? Die möglichen Antworten beunruhigten sie.

Da schwammige Ausflüchte seine Strategie gewesen waren, war sie von da an glasklar mit ihm. Er reagierte auf weibliche Aufmerksamkeit auf eine Art und Weise, die ihren nigerianischen Stolz verletzte. Sie fragte ihn, wie er es denn fände, wenn ein Mann online zweideutige Bemerkungen über ihren Körper machen würde, wie es eine Frau unter seinem Selfie aus dem Fitnessstudio getan hatte. Ob es für ihn in Ordnung wäre, wenn sie mit einem verlegenen Smiley und einem Kuss antworten würde, wie er es getan hatte? Denn ihr gefiel das ganz und gar nicht, und es war ihr egal, wenn sie dadurch besitzergreifend und unsouverän wirkte. Vielleicht war sie ja jetzt einfach so. Er entgegnete, dass er niemals so reagieren würde, wie sie es tat. Und Ola konnte nie den Beweis für das Gegenteil erbringen; Michael konnte sich immer hinter seiner Behauptung verstecken, weil sie ihn zu keiner Zeit in die missliche Lage brachte, sie zu widerlegen.

Sie wusste, dass ihr Misstrauen Michael das Gefühl gab, dauerhaft bestraft zu werden. Sie wusste, dass er die Ola von früher vermisste, aber es war seine Schuld, dass es sie nicht mehr gab.

Celie und Ruth erinnerten sich nur ungern daran, dass das Selbstwertgefühl ihrer Freundin wegen eines Mannes, den sie nie recht geschätzt hatten, auf ein jugendliches Tief gesunken war. Nach »dem Vorfall« achtete Ola darauf, ihren Freundinnen nie wieder das ganze Ausmaß seines Fehlverhaltens zu verraten. Ihnen immer nur die Kurzfassung zu erzählen, aber keine Details. Doch sie fanden trotzdem ihre eigenen Worte, über ihn herzuziehen, wenn er Mist baute, und die hallten in Olas Ohren wider, wenn sie sich dann erneut mit ihm versöhnte. Wenn Celie und Ruth die Liste nicht vor ihr entdeckt hätten, hätte sie wohl erst versucht, allein damit umzugehen.

Die Sache mit Jackie war 2016 gewesen, und jetzt, drei Jahre später, waren sie wieder am selben Punkt. Michael war konsequent, das musste sie ihm lassen.

»Du bist also hergekommen, um mir zu sagen, dass du mich betrogen hast.« Ola sagte es so deutlich, wie sie konnte, mit geraden Schultern und entschlossenem Blick. Michael starrte hinunter auf seine Schuhe.

»Du hast weder Jackie noch sonst jemanden belästigt oder geschlagen, doch sie hat aus Rache diese Anschuldigungen gegen dich erhoben. Aber das hast du mir nie gesagt. Du hast behauptet, du hättest keine Ahnung, wer dich auf die Liste gesetzt hat, und hast zugesehen, wie ich die Hochzeit mit dir durchziehe. In vollem Bewusstsein darüber, was du mir da verheimlichst und wie schuldig ich mich wegen der ganzen Sache gefühlt habe ...« Seinen Verrat im Einzelnen durchzudeklinieren, war wie ein Stich ins Herz, aber nach Wochen der Irreführung und der Verwirrung brauchte Ola absolute Transparenz. Michael schien mit jedem Satz kleiner zu werden und vor der Abscheulichkeit seines eigenen Handelns zurückzuweichen, die nun deutlich zutage trat.

»Es tut mir so leid«, murmelte er heiser.

»Du hast mich angelogen. Über alles. Schon wieder, Michael.«

»Ich will nur, dass du weißt, dass ich ...«

»Verdammt, du hast mir Vorwürfe gemacht!«, brüllte Ola plötzlich so laut, dass Michael zusammenzuckte. »Du hast mir sogar direkt in die Augen geschaut und gefragt, ob *ich dich* betrüge.«

»Ola«, sagte Michael, die Knie leicht gebeugt und die Hände flehend zusammengelegt. Er sah aus, als würde er um sein Leben betteln. »Ich weiß, dass ich nichts sagen kann, was das alles wiedergutmachen könnte ...«

»Und zu allem Überfluss hast du auch noch mal was mit Jackie angefangen«, fuhr Ola fort und gestikulierte blind vor Wut mit den Armen. »Ausgerechnet. Mit Jackie! Die eine Person, von der ich dich angefleht habe, dich fernzuhalten. Die Person, bei der du mir versprochen hast, nie wieder mit ihr zu reden.«

Michael verschränkte die Hände hinter seinem Rücken, als wäre er bereit, sich schlagen zu lassen.

»Es tut mir so leid, Ola.«

Ola hatte das Gefühl, gleich die Kontrolle zu verlieren. Sie versuchte, einen Moment lang bewusst zu atmen, um ihre Wut zu bändigen. Sie hatte noch Fragen. Sie brauchte Antworten.

»Was hast du getan?«, fragte sie nach ein paar tiefen Atemzügen.

Michael legte verwirrt die Stirn in Falten. »Was meinst du?«

»Na ja, du hast behauptet, ihr hättet nicht gevögelt«, sagte Ola scharf. »Was habt ihr dann gemacht?«

Michaels Gesicht wurde noch länger.

»Hauptsächlich Nachrichten geschrieben«, sagte er dann zögernd. »FaceTime. Fotos. Nichts Körperliches.«

»Wie rücksichtsvoll von euch beiden«, sagte Ola mit sarkastischer Stimme. Sie wandte den Blick von ihm ab, denn sie wollte nicht, dass er die Tränen in ihren Augen sah. »Wie lange ging das?«

»U-ungefähr zwei Monate«, stammelte er. »Es fing um Weihnachten herum an, und im Februar hab ich es wieder beendet.«

»Und es war hauptsächlich Sexting?«, fragte sie und spürte, wie ihr die Galle hochkam.

Michael presste sich die Handballen in die Augen und stöhnte. »Manchmal kam es dazu, ja«, räumte er schließlich ein. »Aber im wirklichen Leben haben wir nie etwas gehabt. Ich weiß, dass es auch so schon schlimm genug ist, aber ich wollte nicht respektlos sein ...«

Ola trat auf ihn zu und schubste ihn mit solcher Wucht, dass er fast umfiel.

»Wage es *bloß* nicht, Michael«, donnerte sie. »Respekt? Dein Ernst?«

Eine Weile hörte sie nichts außer dem Klingeln in ihren Ohren. Michael starrte wieder zu Boden, mit glasigen Augen.

»Und über was habt ihr so geredet?«

Er schwieg, und sie lachte trocken auf. »Jetzt so schüchtern, Michael? Los, du hast doch behauptet, dass du mir die Wahrheit sagen willst!«

»Ich hab ihr erzählt, dass wir, du und ich, Probleme hätten«, gestand Michael leise. »Dass ich nicht genau wüsste, ob wir es hinkriegen würden. Dass ich mir nicht sicher wäre, ob ... ob wir die Richtigen füreinander sind.«

Ola spürte, wie ihr der Schock in der Kehle stecken blieb. Selbst ihre Wut konnte die niederschmetternde Wirkung dieser Aussage nicht überdecken. Sie stellte sich Michael und Jackie vor, wie sie sich in den Armen lagen und kicherten. Wie sie Olas

Schwächen und ihre Beziehung mit Michael als Teil ihres Bettgeflüsters sezierten. Sie musste sich zusammenreißen, bevor sie weitersprechen konnte. »Hast du das ernst gemeint?«

»Nein«, sagte Michael sofort und sah ihr in die Augen. »Nicht so ... Ich meine, manchmal, wenn es schlecht lief, hab ich schon überlegt. Ola, ich weiß auch nicht, manchmal denke ich, du wärst besser dran ohne ...«

»Was noch?«

Michael schlug wieder die Hände vor die Augen, sichtlich gequält von dem, was er da zugeben musste. Als er sie wegnahm, machte er ein klägliches Gesicht. »Ich hab das einfach so dahingesagt«, meinte er. »Ola, es tut mir so leid ...«

»Zeig mir die Nachrichten.«

An seinen hängenden Schultern konnte sie erkennen, dass er sie gelöscht hatte.

»Natürlich«, sagte Ola zu sich selbst.

Plötzlich sah sie rot, griff nach der Fernbedienung und schleuderte sie ihm gegen die Brust. Sie warf ihm Beleidigungen an den Kopf, während er nur unbeweglich dastand, stumm. Je weniger er reagierte, desto wütender wurde sie, und je wütender sie wurde, desto weniger reagierte er.

»Wie kann ich überhaupt sicher sein, dass sie es war, die dich da draufgesetzt hat?«, sagte sie, in der Hoffnung, dass er dann etwas sagen oder tun würde. »Oder dass du nicht doch getan hast, was sie behauptet? Wo du doch in einer Tour lügst und Frauen verletzt. Vielleicht hast du sie ja doch belästigt, sie geschlagen oder jemand anderen. Woher soll ich das denn wissen?«

Es war keine abwegige Frage, auch wenn sie es nicht so meinte. Natürlich könnte Michael alles getan haben, was Jackie ihm vorwarf. Dass er die Affäre mit Jackie zugab, bewies nichts weiter, als dass er sie mit Jackie betrogen hatte. Jackie, deren beunruhigende Vernarrtheit in Michael sie aus erster Hand miterlebt hatte. Als Ola und Michael nach ihrer vorübergehenden Trennung anfingen, sich wieder anzunähern, verhielt sich Jackie ziemlich krass. Was Ola an dem Tag, an dem sie Michaels Telefon durchsucht hatte, nicht gefunden hatte, sah sie später auf Screenshots. Jackie schickte sie Ola inklusive Schimpftiraden per DM. Es war schrecklich, alles zu lesen, was Michael zu Jackie gesagt hatte, alles, was sie getan hatten. Die Zeitachse nachzuzeichnen und die Male herauszufinden, an denen er am selben Tag mit beiden zusammen gewesen war. Aber sie hatte auch gesehen, wozu Jackie selbst fähig war, in einer Nachricht nach der anderen, in der sie ihr an den Kopf warf, sie sei ein Miststück, ein Fußabtreter, eine Hure, eine Schlampe. Dass sie und Michael erbärmlich seien und einander verdient hätten. Dass sie für Ola hoffte, dass sie wusste, wie man sich wehrte. Jackie war immer die Erste, die ihre Instagram-Storys schaute, und nachdem sie sie schließlich blockiert hatte (zusammen mit den Konten ihrer Freunde, die ebenfalls regelmäßig auftauchten), musste Ola die vielen Wegwerf-Accounts im Blick behalten und blockieren, die zweifellos auch zu ihr gehörten.

Bei der Erinnerung daran erschauderte Ola. Sie hatte sich damals in einen kleinlichen »The Boy Is Mine«-Zwist verstrickt und das wegen eines Mannes, der wenig mit dem heißen Typen aus dem gleichnamigen Brandy-Video aus den Neunzigern gemein hatte. Ola wusste durchaus, dass Frauen nicht einfach so wütend und rachsüchtig aus dem Boden sprossen wie in den griechischen Mythen. Aber in Anbetracht ihrer Geschichte erschien es ihr weniger abwegig, dass Jackie Michael belästigt hatte als umgekehrt. Sie wünschte, sie wäre zu der Überzeugung gekommen, dass er unschuldig war, weil sie ihm vertraute. In Wirklichkeit war es jedoch eher so, dass sie sich selbst vertraute, ihrem Bauchgefühl.

Michael hob den Kopf leicht und sah sie an. »Ich will einfach nur ehrlich zu dir sein.«

»Und was dann?«, fragte Ola. »Erwartest du von mir, dass ich dir jemals wieder irgendetwas von dem glaube, was du sagst? Was wolltest du damit bezwecken? Wir trennen uns ja sowieso. Was sollte das also?«

Sie konnte ehrlicherweise nicht sagen, ob sie es lieber nicht gewusst hätte.

»Ich weiß, du wirst nie wieder etwas mit mir zu tun haben wollen«, meinte er kläglich. »Und ich werde mir nie verzeihen, dass ich dir wehgetan habe. Ich weiß nicht, was mit mir los ist. Ich weiß nicht, warum ich nicht der Mann sein kann, den du verdienst, wo ich dich doch mehr liebe, als ich dir sagen kann. Aber du musst wissen, dass ... Ich und Jackie, wir haben nicht ... Es ist ja nicht so, dass wir ...« Er brach ab.

Olas Kopf schoss hoch, sie suchte in seinem Schweigen nach dem Ende des Satzes. »Es ist nicht wie?«

Michael wich leicht zurück.

»Du wolltest sagen, es ist ja nicht so, dass du und Jackie gevögelt habt, oder?«

»Haben wir auch nicht«, sagte Michael in weinerlichem Ton. »Und ich will dich damit nicht noch mehr verärgern, aber ich will das einfach klarstellen.«

Die Wut verursachte ein Pfeifen in Olas Ohren. Sie hob die Hand, um ihm eine Ohrfeige zu geben, aber er packte sie am Handgelenk. Sie befreite sich und holte ein zweites Mal aus, doch er umschlang sie, sodass ihre Arme gegen ihre Brust gedrückt wurden.

»*VERPISS* dich!«, brüllte Ola. Sie trat ihm gegen das Schienbein, und er ließ sie los. Vielleicht hatte Michael es verdient, all das Schreckliche, das im letzten Monat passiert war. Vielleicht war Karma ein Miststück namens Jackie Asare.

»Der Grund, warum du Angst hast, dass du nicht gut genug für mich sein könntest, ist verdammt noch mal, dass du es nicht bist«, sagte sie und zupfte ihren Pullover zurecht. »Du warst es nie und wirst es auch nie sein. Geh einfach.«

Michael trottete zur Tür. Mit gesenktem Kopf sah er jetzt noch kleiner aus, als vorher, als er hereingekommen war. Er öffnete die Tür, und sobald er draußen auf die Matte trat, schlug Ola sie mit aller Kraft, die sie noch hatte, hinter ihm zu.

Obwohl sie öffentlich geschworen hatte, dass Heiraten für sie nicht viel mehr als eine Formalität war, hatte sie sich dennoch dazu hinreißen lassen, stolz zu sein, als sie ihren Freundinnen erzählte, dass sie heiraten würde. Im Stillen hatte sie sich tatsächlich etwas darauf eingebildet, die Erste aus ihrer Clique zu sein, die sich verlobt hatte.

Ihre Mutter würde trotz allem, was geschehen war, sagen, dass das Eheversprechen das Einzige sei, was zähle. Dass Ola überreagierte, weil das, was Michael mit Jackie gemacht hatte, nicht so schlimm war, wie wenn er mit ihr geschlafen hätte. Wenigstens hätte Ola nicht das durchmachen müssen, was sie durchgemacht hatte, und trotzdem hatte sie es mit Olas Dad hinbekommen.

Aber wie sehr unterschied sich Ola überhaupt von ihrer Mutter? Schon als Kind hatte sich ihre Wut, die eigentlich ihrem betrügenden Vater hätte gelten sollen, gegen ihre Mutter gerichtet. Und jetzt richtete sich die Wut, die eigentlich ihrem eigenen verlogenen Ehemann gelten sollte, gegen sie selbst. Als Michael gebeugt und wehleidig in ihrem Wohnzimmer gestanden hatte,

hatte sie gespürt, wie unterschwellige Gefühle des Mitleids an die Oberfläche drangen. Die Liebe machte sie, eine kluge und fähige Frau, offenbar dumm wie Stroh. Sie stellte sich vor, wie er jetzt seinen Kumpels seine Version der Ereignisse erzählte, die wie immer ihr »die Hauptschuld« an allem anlasten würden. Er würde alles auf seine Probleme schieben, über die er nie sprach, es sei denn, um seine Unzulänglichkeiten zu entschuldigen. Ola war die Böse, die nicht mitbekommen hatte, wie schlecht es ihm ging, nachdem er seinen Job verloren hatte.

Ein Teil von Ola wünschte sich, er hätte mit Jackie gevögelt. Denn Michael dachte offenbar, dass es ihn, wenn er einen Fehler nicht zu Ende beging, zu einem Ehrenmann machte statt bloß zu einem Feigling. So konnte er sich einreden, er wäre »nicht wie die anderen Männer«. Er dachte auch, er wäre ein guter Fang, bloß weil er sich an ihren Jahrestag erinnerte. Er war ihr körperlich »treu«, was mehr war, als man von so manchen Männern behaupten konnte. Er hielt sich im Großen und Ganzen für einen »guten« Partner, was leicht war, wenn man es mit der Ehrlichkeit nicht so genau nahm.

Das entsprach genau dem, was sie eigentlich schon immer darüber gewusst hatte, wie es war, mit einem Mann zusammen zu sein. Es bedeutete Leiden, das durch den seltsamen Stolz darüber, einen Mann zu haben, ausgeglichen werden sollte. Sie hatte es bei ihrer Mutter gesehen, wie sie all die Kränkungen und Geheimnisse für den Titel »Ehefrau« erduldet hatte, und sie hatte sich immer geschworen, dass sie nie so sein würde. Und dennoch. Jetzt stand sie da und musste ausbaden, dass sie Michael vertraut hatte, erneut. Musste schon froh sein, wenn er keine Frauen tätlich angegriffen oder bedroht hatte, sondern sie »nur« betrog. Und selbst als er dieser Vergehen beschuldigt worden war, war sie bei ihm geblieben, oder etwa nicht?

»Ich möchte den Rest meines Lebens damit verbringen, dich glücklich zu machen«, hatte er bei einem frühen Date einmal übertrieben ernsthaft zu ihr gesagt.

»Du willst mich glücklich machen?«, hatte sie damals gesagt und über seine Worte nachgedacht. »Das ist leicht. Bring mich einfach nicht in Verlegenheit.«

Er hatte gelacht und gesagt: »Ein Mann kann nicht dafür verantwortlich gemacht werden, was er tut, wenn er Rum getrunken hat und ›Pow!‹ läuft.«

»Dein Ernst?« Sie hatte den Mund verzogen. »Lass mich bloß nicht dumm dastehen.«

Daraufhin hatte er ihre Hand genommen und sie sanft geküsst. »Warum sollte ich das tun?«

Ja, *warum* sollte er das tun? Warum *hatte* er es getan? Sie hatte sich oft wie die Dumme gefühlt. Die Liste war nicht der erste Anlass dafür gewesen, dass sie Getuschel hinter ihrem Rücken vermutet hatte. Eigentlich hätte sie sich längst an den unausweichlichen dumpfen Schmerz des Verrats gewöhnt haben müssen, den Michael ihr schon oft zugefügt hatte. Aber es fühlte sich jedes Mal so frisch an wie beim ersten Mal, erfasste ihren Körper wie eine lähmende Krankheit, raubte ihr den Appetit, die Konzentration.

Ihr Handy, das sich schwer an ihrem Bein anfühlte, begann zu vibrieren, und sie spürte, wie neue Wut in ihr aufstieg. Besaß Michael etwa die Dreistigkeit, sie, nur wenige Minuten nachdem er sich jämmerlich wimmernd getrollt hatte, wieder anzurufen? Sie zog es hastig aus der Hosentasche, aber es war nicht Michael. Es war Kiran.

Ola checkte die Uhrzeit auf ihrem Display. Es war nach zehn, und Kiran war bei der Arbeit, also war sie wohl nicht auf einen kurzen Mittagstratsch aus. Vielleicht war es etwas Wichtiges.

Aber wie Michael war auch *Womxxxn* nicht mehr Olas Problem. Außerdem hatte es ihr in letzter Zeit nichts Gutes gebracht, wenn sie ans Telefon gegangen war. Sie legte das Handy auf den Küchentisch und ging die Treppe hinauf. Was auch immer Kiran wollte, es würde warten müssen.

24

Es war gerade Rushhour, als Michael später an diesem Tag am Elephant-and-Castle-Kreisverkehr ankam. Er stolperte auf die Bordsteinkante zu, und die Passanten interessierten sich kaum für seine schwankenden Schritte und die missmutigen Schlucke aus seiner Flasche.

Das war eine Sache, die er an London hasste. Dieses spezifisch großstädtische, kühle Desinteresse am Schicksal anderer, gepaart mit einer Prise Verachtung. Die Art und Weise, wie Londoner in der überfüllten U-Bahn die Augen von der ausgestreckten Hand eines Obdachlosen abwandten, als wären sie *selbst* die Leidtragenden. Einmal hatte er in einem U-Bahnwaggon eine Frau gesehen, die weinte, mit roten Augen und tränennassen Wangen. Er war der Einzige gewesen, der sie gefragt hatte, ob es ihr gut gehe. Es war zwar nicht so, dass er unbedingt wollte, dass ihn jemand ansprach, als er da kläglich an der Ampel stand, aber die Gleichgültigkeit der Pendler um ihn herum verriet eine Spur von Verärgerung, als ob er ihnen im Weg wäre. Sie drückten ihre Mäntel und *Evening Standards* fest an ihre vor Skepsis angespannten Körper.

Er beobachtete, wie Busse und Autos an ihm vorbeirauschten, und griff nach dem kalten Pfosten, um sich abzustützen. Seine Hände zitterten, als er den Flaschenhals an die Lippen führte und einen weiteren brennenden Schluck nahm, in der Hoffnung, dass die Welt um ihn herum verschwamm. Was lag unterhalb des Tiefpunkts? Die Hölle? Dorthin war er wahrscheinlich unterwegs. Bei dem Gedanken ließ ihn der Whiskey laut auflachen.

Wie oft hatte sich Michael im letzten Monat so gefühlt? Schon als die Liste veröffentlicht worden war, kam es ihm so vor, als wüsste es die ganze Welt. Dann, am Tag ihrer Hochzeit, sorgte der Hashtag #TheKorantengs19 dafür, dass alles noch schlimmer wurde. Und Lewis' Post brachte es dann noch einem ganz anderen Publikum nahe. Jetzt hatte er Ola für immer verloren. Das war ein neuer Tiefpunkt. Es fühlte sich so an, als würde alles mit jeder Woche nur noch schlimmer werden.

Kurz nachdem Michael heute Morgen Olas Wohnung verlassen hatte, hatte er die erste Nachricht über den Beitrag erhalten. Er war nicht mehr recht auf dem Laufenden, seit er den Gruppenchat der »Eleven« verlassen hatte, aber Lewis, von dem er seit Tagen nichts mehr gehört hatte, schickte den Link, gefolgt von einem unironischen »:(«. Das *Womxxxn*-Magazin hatte seine ausführliche Reportage veröffentlicht. »Männer aus unseren Reihen: ›MeToo‹-Skandal erfasst die britische Medienlandschaft«, lautete die Überschrift, in der Fußzeile stand der Name »Sophie Chambers«. Michael konnte sich nur dazu durchringen, den Artikel zu überfliegen, weil er wissen wollte, ob er namentlich erwähnt wurde, was nicht der Fall war. Allerdings wurde die Kaperung des Hochzeits-Hashtags erwähnt und der Bräutigam als »ehemaliger Podcaster, der nach öffentlichkeitswirksamen Rassismusvorwürfen von CuRated eingestellt worden war«, bezeichnet. Diese Beschreibung sowie die Einbeziehung der Anschuldigungen machten ihn vollständig identifizierbar. Die in dem Artikel enthaltenen exklusiven und ausführlichen Zitate von Nour hatten die Liste bis zum Nachmittag wieder zurück auf den allgemeinen Radar gebracht.

Ola hatte es wohl aufgegeben, ihre Chefin davon abzuhalten. Das geschah ihm recht. Er hatte ihr immer wieder wehgetan, und schließlich hatte es ihr wohl gereicht. Sie hatte es satt, ihn zu schützen, hatte genug von der Kluft zwischen ihnen. Er selbst war in ihrer Beziehung laufend in der Defensive gewesen, hatte ständig versucht, zu kompensieren und irgendetwas wiedergutzumachen.

Dann hatte er erneut Mist gebaut und die Kluft zwischen ihnen damit noch vergrößert. Er wusste nicht, wie viele Fehler sie machen müsste, damit sie wieder gleichauf wären.

Der Beitrag war noch nicht mal das Schlimmste, was ihm an diesem Morgen passiert war. Die Auswirkungen des *Womxxxn*-Artikels waren schnell zu spüren. Er griff Anschuldigungen auf, die zwar bereits weitverbreitet waren, aber bis dato immer noch als belangloser Online-Gossip abgetan werden konnten, und machte sie dadurch zu einer echten, seriösen Nachricht, die von einer glaubwürdigen Quelle verbreitet wurde. Als er an seiner Haustür ankam, lief daran bereits Dotter herunter, und die Fußmatte war von Eierschalensplittern übersät. Als er dann auch noch Nachrichten voller Beschimpfungen erhielt, schaute er auf KaffeeKlatsch nach, und unter den jubelnden Beiträgen entdeckte er seine Handynummer und Adresse, die zusammen mit ein paar Dutzend anderen veröffentlicht worden waren. Keine Stunde später erhielt er eine E-Mail von Beth mit der Bitte um ein dringendes Treffen, und etwa vierzig Minuten später stand er vor ihr und Seb im Büro von CuRated in Camden.

»Michael«, sagte sein Chef. »Bitte nimm Platz.« Es war erstaunlich, wie kurz angebunden Sebastian klang, wenn seine Sätze ohne die Worte »Kumpel« und »Kollege« auskamen. Heute erinnerte sein müder Gesichtsausdruck Michael sehr an den Polizisten, mit dem er über die Liste gesprochen hatte. Sebs Büro wirkte ausgesprochen neutral und unauffällig, viel zurückgenommener als der Rest der Räumlichkeiten von CuRated. Es gab weder grelle Neonschilder noch Poster und nur wenige persönliche Gegenstände. Es war, als hätten die Interior-Designer vor seinem Büro haltgemacht. Das einzig Auffallende war ein deckenhohes Regal an der Wand hinter ihm, in dem ein Netty Award neben dem anderen stand.

»Danke, dass du so kurzfristig herkommen konntest«, fuhr er fort. »Angesichts der heutigen Entwicklungen hielten wir es für sinnvoll, persönlich mit dir zu sprechen.« Er zupfte sich ein paar unsichtbare Fusseln von seinem marineblauen Blazer. »In deiner Abwesenheit haben wir ein wenig überlegt, wie wir mit ... mit deiner Situation umgehen. In einer Art und Weise, die für alle hier bei CuRated ein sicheres Arbeitsumfeld gewährleistet.« Bei dem Wort »sicher« zuckte Michael zusammen.

»Leider haben nach der Veröffentlichung eines Artikels, in dem schwerwiegende Anschuldigungen erhoben werden, die dein Verhalten an früheren Arbeitsplätzen betreffen, einige KollegInnen ihr Unbehagen bekräftigt. Aus diesem Grund und wegen deines weitgehenden Fehlens während deines ersten Monats hier bei uns ...«

»Fehlens?«, schaltete sich Michael ein, wohl wissend, dass es zwecklos war. »Ich wurde beurlaubt. Das war Beths Vorschlag.« Er sah Beth an, die den Blick angestrengt auf ihren Schoß richtete.

Sebastian schwieg und wartete ab, bis Michael mit seinem Einwand fertig war. »... sind wir zu der Meinung gelangt, dass deine Position hier unhaltbar geworden ist«, fuhr er daraufhin mit einem Ruck fort, als hätte eine unsichtbare Hand auf seinen Play-Knopf gedrückt und als hätte Michael gar nichts dazu gesagt. »Bedauerlicherweise müssen wir deinen Vertrag deshalb mit sofortiger Wirkung kündigen.«

»Aber die einstweilige Verfügung gegen mich existiert doch gar nicht«, flehte Michael. »Das weißt du doch. Ich habe nichts getan.«

»Es tut uns leid, Mike«, sagte Beth leise. Vor Unbehagen waren ihre Wangen so rot angelaufen, dass sie mit ihrem kirschroten Lippenstift mithalten konnten.

»Nur damit ich das richtig verstehe«, sagte Michael, »ihr feuert mich, um euren Ruf zu schützen? Als ob ich nicht genau deshalb eingestellt worden wäre?«

Sebastian sah verstohlen auf seine Uhr und dann Beth an. »Ich überlasse das jetzt dir, ja?«, sagte er und würdigte Michael keines weiteren Blickes.

»Ich hab mein Bestes getan«, versicherte Beth, als die Tür hinter ihnen zufiel. »Ich weiß, dass es dir wenig bringt, wenn ich das sage, aber es ist wahr.«

Michael rieb sich die Schläfen. »Es hilft dir, dich besser zu fühlen, weil ihr mich ausgenutzt habt«, sagte er.

»Es tut mir leid.« Beth sah zu ihm auf. »Michael, wir sind nach dem ›NotRated‹-Fiasko immer noch dabei, uns wieder zu berappeln. Wir können es uns einfach nicht leisten, jetzt nicht nur als rassistisch, sondern auch noch als sexistisch angesehen zu werden.«

Michael fiel nichts anderes ein, als den Kopf zu schütteln.

»Wir machen es in aller Stille«, fuhr sie fort. »Kein Statement der PR-Abteilung, kein Salz in die Wunde. Wir werden es nicht an die große Glocke hängen, dafür werde ich sorgen.« Das weiße Blatt von CuRateds weißer Schuld hatte sich gewendet. Er war gut genug gewesen, als er ihnen geholfen hatte, ihr PR-Debakel abzuwenden. Aber jetzt, da er sein eigenes hatte, war er zu einer Belastung geworden. Eigentlich hätte es ihn nicht überraschen dürfen, aber die Umsicht, mit der Beth ihn beurlaubt hatte, ihr demonstratives Bemühen, ihm zu helfen, hatte ihm ein falsches Gefühl der Sicherheit vorgegaukelt. Es war ein jahrelanger Kampf gewesen, einen Job zu bekommen, den er wirklich wollte, denn Michael hatte, anders als so viele andere, keine Eltern, die in der Medienbranche arbeiteten, und unbezahlte Praktika konnte er sich nicht leisten. Seine Anstellung bei CuRated war eine große Sache gewesen. Etwas, auf das er ewig hingearbeitet hatte, war mit einem Schlag weg. Und jetzt stand er wieder am Anfang. Er war jetzt wieder der abgebrannte Typ, den Ola zwar liebte, aber nicht respektierte. Nur dass er sie jetzt auch verloren hatte.

Nach dem Termin bei CuRated blieb er an einem Zeitungskiosk stehen, um sich eine Flasche Jack Daniel's zu kaufen, bevor er sich durch die warme Sommerluft auf den Weg zur Camden Town Station machte. Als er sich durch Drehkreuze und über Rolltreppen in den Berufsverkehr schlug, tippte ihm auf einmal eine atemlose Frau im Hidschab auf die Schulter und reichte ihm seinen Hausschlüssel – er hatte gar nicht bemerkt, dass er ihm aus der Tasche gefallen war. Er trank die ganze Fahrt über, immun gegen die finsteren Blicke der Pendler. Als er die U-Bahnstation verlassen wollte, geriet er bereits leicht ins Straucheln. Dann bemerkte er, dass er sein Ticket nicht mehr finden konnte. Also stapfte er wieder hinunter zum Bahnsteig, für den Fall, dass er es ebenfalls verloren hatte. Doch als er auf der Rolltreppe seinen Rucksack durchwühlte, fand er es ganz unten.

Verschwitzt und betrunken kam Michael schließlich in Elephant and Castle an und konnte den dünnen Film aus U-Bahn-schmutz ganz deutlich auf seiner Haut spüren. Er hatte die Gegend schon immer gemocht; früher waren er und Ola jede Woche zum Mercato Metropolitano gegangen und hatten jedes

Mal bei einem anderen Händler eine andere Köstlichkeit gekauft. Wie unbeschwert sie damals doch waren, als sie sich gegenseitig mit Cannoli oder Kebab fütterten. Plötzlich stellte er sich einen jungen Lewis vor, der ebenfalls durch diese Straßen schlenderte, und überlegte, ob er ihm eine aufmunternde Nachricht schicken sollte, entschied sich dann aber dagegen. Die einzige Person, mit der er reden wollte, hasste ihn. Sie sah in ihm einen Fremden. Er hatte nicht mit Vergebung gerechnet, aber an der Art, wie Ola ihn an diesem Morgen angeschaut hatte, hatte er gesehen, dass er sie geradezu anwiderte.

Michael verstand das, konnte es sogar nachempfinden. Ola schien zu glauben, dass er wieder mit Jackie geschrieben hatte, weil er etwas von ihr wollte. Es war, als ob nur er sich daran erinnern konnte, wie es damals zwischen ihm und Ola gewesen war. Sie hatten kaum miteinander gesprochen in diesen dunklen Tagen, als er fast nicht aus dem Bett kam und den Weg zum Jobcenter nicht schaffte. Anfangs hatte Ola beteuert, dass es ihr nichts ausmache, dass er sein Leben noch auf die Reihe kriegen musste. Sie verstand es; sie war auf die bessere Uni gegangen, weil sie die besseren Noten hatte, für den besseren Abschluss, der schließlich zu dem besseren Job mit dem besseren Gehalt geführt hatte. Aber als er dann entlassen wurde – von einem Job, den er nicht gewollt hatte –, fing ihre Unterstützung an, sich manchmal wie Hohn anzufühlen, ähnlich wie die seiner spitzzüngigen Eltern. »Was kann man mit deinem Abschluss eigentlich anfangen?«, meinte Ola abfällig, als sie sich gemeinsam durch die Jobbörsen wühlten.

Er kam sich überempfindlich und dumm vor, wenn ihre Sticheleien ihn trafen. Aber er konnte sich nicht an eine Zeit in ihrer Beziehung erinnern, in der er sich nicht irgendwo tief im Inneren entmannt gefühlt hatte. Die Dinge, die er an ihr mochte – dass sie gebildet, erfolgreich und sexy war –, gaben ihm nicht unbedingt ein gutes Gefühl in Bezug auf sich selbst. Als sie ihm erzählte, mit wie vielen Männern sie geschlafen hatte, ließ er sich nie sein Entsetzen darüber anmerken, dass es nur knapp unter seiner eigenen kolossalen Zahl lag. Es wäre zu kompliziert gewesen, das zu erklären, ohne wie ein Idiot rüberzukommen, weshalb er den Versuch von vornherein unterließ. Auf jeden Fall hatte er sie respektlos behandelt, sie belogen und verletzt. Er liebte sie auf eine Weise, die ihr nichts nützte, auf eine Weise, ohne die sie besser dran war. Wenn er ihr sagte, dass er sie mehr liebte als das Leben selbst, bedeutete das wenig, denn er liebte das Leben nicht. Aber er liebte Ola auf eine Weise, die ihm einen Sinn gab, und das ließ ihn glauben, dass das Leben lebenswert war. Das war es natürlich nicht, aber das war nicht ihre Schuld. Es war seine.

Sein Blick wurde unscharf, als er das große brutalistische Bauwerk in der Mitte des Kreisverkehrs betrachtete, einen glänzenden Stahlkubus. Ola hatte ihm einmal gesagt, es sei eine Art Denkmal. Er hatte es nie groß beachtet, aber heute konnte er sich des Eindrucks nicht erwehren, dass es wie ein Raumschiff aussah. Michael beobachtete, wie sich die Lichter des Verkehrs auf der verspiegelten Oberfläche brachen, und stellte sich vor, wo man Blumen für ihn niederlegen würde, wenn er starb. Ich könnte alldem ein Ende setzen, dachte Michael, gleich hier. Es gab nichts, was ihn abhalten würde. Er könnte den Rest der Flasche hinunterkippen, die Augen fest zukneifen und sich einfach in den entgegenkommenden Verkehr stürzen. Es würde wahrscheinlich nicht einmal wehtun. Der Jack Daniel's hatte seinen Körper betäubt; er konnte seine Glieder kaum noch spüren.

Seine Gedanken schweiften weiter zu seiner Beerdigung. All die Menschen, die er in seinem Leben enttäuscht und im Stich gelassen hatte und die in ihrer Trauer so tun müssten, als sei er ein besserer Mensch gewesen. Aber seine Mutter, die er nicht annähernd so oft besucht hatte, wie er es hätte tun sollen, würde vor Kummer vergehen. Sie würde unkontrolliert weinen. Es tat ihm leid, dass sie keine weiteren Kinder hatte bekommen können oder Enkelkinder. Wie konnte er ihr das antun, nach allem, was sie durchgemacht hatte, um ihn zu bekommen? Ihr einziges Kind, das sowohl von seinen Eltern als auch seiner Großmutter überlebt wurde? Er wünschte, er könnte weitermachen, wenn auch nur ihr zuliebe.

Kwabz würde sein Bestes versuchen, sie zu trösten, während sie in seinen Armen weinte. Er war der anständigste unter seinen Jungs, der beste von ihnen, auch wenn sie sich deswegen über ihn lustig machten. Das sagte eigentlich schon alles. Er war der Bruder, den Michael immer gewollt und gebraucht hatte. Letzten Endes waren seine Freunde gut zu ihm gewesen. Die Gang hielt ihm den Rücken frei, wenn es darauf ankam. Seun hatte zwar seine Fehler, aber hatte Michael die nicht auch? Es würde immer Liebe sein; das galt auch für Amani.

Und dann war da noch Ola. Würde sie überhaupt zu seiner Beerdigung kommen? Er liebte sie so sehr, dass er in diesem Moment den Tod nur deshalb fürchtete, weil er sie dann nicht mehr sehen, sie nicht mehr zum Lachen bringen könnte. Aber sie wollte ihn sowieso nie wiedersehen, was hatte er also zu verlieren?

Die Intensität seiner Gedanken ließ ihn den Kopf schütteln, als wolle er sie vertreiben. Michael brachte seine Flasche auf Augenhöhe und betrachtete sie; sie war fast leer. Er steckte sie in seine Jackentasche und holte sein Handy heraus, auf dem er zittrig begann, eine Nachricht an Ola zu verfassen. Selbst im Vollrausch achtete er darauf, Rechtschreibfehler zu korrigieren. Der Bildschirm verschwamm vor seinen Augen und wurde dann wieder scharf. Er wollte sich klar ausdrücken.

> Es gibt so viel, was ich dir sagen möchte, aber ich weiß nicht wie. Du bist diejenige, die all die Worte hat. Aber ich möchte dir sagen, dass es mir sehr leidtut, dass ich dir so wehgetan habe. Du bist die Letzte, die das verdient hat.
> Ich wünschte, ich könnte dir verständlich machen, wie leid es mir tut, Ola. Alles. Ich weiß, es ist schwer zu glauben, aber ich versichere dir, ich wollte dich immer nur glücklich machen. Tief im Inneren wusste ich immer, dass ich das nicht kann. Ich war selbst nicht glücklich. Aber ich wollte dich nicht verlieren, und deshalb war ich bereit, alles aufs Spiel zu setzen. Das habe ich getan, und es war einzig und allein meine Schuld.
> Ich will nur das Beste für dich, und wir beide wissen, dass ich das nicht bin. Aber ich werde dich immer lieben.

Bevor er die Nachricht abschickte, las Michael sie noch einmal durch. Dann zog er die Flasche wieder aus seiner Tasche. Als er sie in einem Zug leerte, blickte er wieder über die Straße zu dem schimmernden kastenförmigen Bauwerk hinüber. Es war so groß und seltsam – er fragte sich, ob es vielleicht eine Inschrift oder etwas anderes darauf gab, eine Tafel vielleicht, die seinen Zweck erklärte. Er wischte sich mit dem Ärmel über die tränenden Augen und betrat aufs Geratewohl die Fahrbahn, auf der Autos und Deliveroo-Motorräder vorbeirauschten. Michael zuckte nicht einmal mit der Wimper, als sie ihn anhupten, und eine tiefe Gelassenheit überkam ihn, als ihm bewusst wurde, dass es ihm nichts ausmachen würde, wenn er angefahren wurde. Noch ein paar langsame, schleppende Schritte in Richtung des verschwommenen roten Lichts der Ampel.

Was dann kam, passierte ganz schnell. Er hörte das Hupen und die Schreie, bevor er die Scheinwerfer bemerkte. Er sah, wie sich die Gebäude auf der anderen Straßenseite in den Himmel verwandelten. Und dann sah er nichts mehr.

—

Michael konnte sich nicht an den Moment des Aufpralls erinnern, und wenn er es versuchte, wurde alles nur pechschwarz. Er konnte sich allerdings daran erinnern, wie er versucht hatte, sich vom Asphalt hochzurappeln, und an eine entfernte Stimme, die ihn beschwor, nicht aufzustehen, der Krankenwagen komme gleich.

Dann wachte er erst in einem Krankenhausbett wieder auf, mit einer Halskrause, einem Tropf am Arm und einem Schlauch im Hals. Was die Ärzte gesprochen hatten, während er bewusstlos dalag, war in sein Gedächtnis gedrungen und hatte Erinnerungen gewebt; es war ihm fast so, als könne er das ausweichende Auto sehen, als erinnerte er sich an die Stoßstange, die ihn seitlich erwischte und ihn auf die Nebenfahrbahn schleuderte. Der Fahrer hinter dem Steuer rieb sich den Nacken aufgrund eines Schleudertraumas, das nach Aussage der Sanitäter noch schwerer hätte ausfallen können. Das traf auf beide zu: Michael hatte einen Lungenriss erlitten, einen gebrochenen Kiefer, eine ausgekugelte Schulter und acht gebrochene Rippen.

Als er die Augen aufschlug, war das erste Gesicht, das er sah, das von Ola, die sich über seinen kaputten Körper beugte, als wäre er ein Baby in einem Kinderbettchen. Seine Mutter stand neben ihr und wischte sich eilig die Augen, als er sich regte. Sie drückte, am Fußende des Bettes stehend, seine Wade und sah müde und erleichtert zugleich aus. Die beiden Frauen, die er am meisten liebte, wie zwei sich grämende Marias.

»Versuch nicht zu sprechen«, sagte Ola und streichelte sanft seine Hand.

Er war dankbar für den Schlauch in seinem Hals; er hätte nicht gewusst, was er sagen sollte. Nach allem, was er ihr zugemutet hatte, war sie erneut dabei, die Scherben aufzusammeln. Er hatte nicht damit gerechnet, dass sie an seinem Krankenbett sein würde; er hatte nicht einmal damit gerechnet, selbst dort aufzuwachen. Aber sie war da. Die Schuldgefühle hierüber verdrängten seine Schuldgefühle aus ihrem letzten Gespräch. Und alles zusammen wurde überlagert von der ganz akuten Scham, die er empfand.

Was, wenn Ola das hier für eine verzweifelte Masche hielt, um ihre Aufmerksamkeit zu ergattern, für einen Manipulationsversuch, damit sie wieder mit ihm sprach? Obwohl er sich nur an sehr wenig von dem erinnerte, was am Kreisverkehr passiert war, war er sich so sicher wie nur möglich, dass es ein Unfall gewesen war. Ja, er war sehr betrunken und sehr niedergeschlagen gewesen, und er hatte Selbstmordgedanken gehabt. Aber er war nicht mit der Absicht auf die Straße gelaufen, sich wirklich zu verletzen. Oder doch? Es schien ihm eher so, als hätte er einfach aufgehört, sich darum zu kümmern, was mit ihm geschah. Als wäre er bereit gewesen, der Natur ihren Lauf zu lassen, wie es ihr gefiel.

Bei klarem Verstand hätte er Ola, seiner Mutter das niemals angetan. Nicht nach allem, was passiert war. Das musste sie wissen. Er versuchte, seinen Arm zu heben, um an dem Schlauch zu ziehen, aber er saß fest wie ein Anker. Als sie seinen verzweifelten Versuch bemerkte, legte Ola ihre Hand knapp über die Kanüle, um ihn davon abzuhalten. Dann räusperte sie sich.

»Michael«, sagte sie leise. Ola öffnete und schloss ihre Lippen ein paarmal, bevor sie weitersprach. Ihre Augenbrauen waren zusammengezogen wie bei einem Arzt, der eine schreckliche Nachricht überbringen muss.

»Michael«, wiederholte sie. »Es ist etwas passiert.«

VIERTER TEIL

25

Laut toxikologischem Befund wurde im Blut von Lewis Hale ein Cocktail aus Alkohol, Kokain und Antidepressiva gefunden. In einer Erklärung bestätigte die Polizei von Orpington, dass die Beamten am 14. Juni 2019, kurz vor siebzehn Uhr dreißig, zu einer Adresse in Keston Park, Kent, gerufen wurden. Lewis wurde nicht ansprechbar in seinem Schlafzimmer aufgefunden. Der Gerichtsmediziner gab als vorläufige medizinische Todesursache »Erhängen durch Strangulation« an. Obwohl es den Medien eigentlich untersagt war, zu sehr ins Detail zu gehen, wurde berichtet, dass er seit einiger Zeit Sertralin genommen und Insolvenz angemeldet hatte.

Am Tag darauf berichteten die Zeitungen ausführlich über den Tod seiner Mutter, seine Eheprobleme und den Abschiedsbrief, in dem er detailliert auf all das einging, einschließlich des Ringens mit seiner sexuellen Orientierung. Sein letzter Beitrag in den sozialen Medien war eine Instagram-Story mit einer Passage aus Adeles Song »Million Years Ago«, in dem sie an alte Freunde und ihre Mutter zurückdenkt.

Das Echo erfolgte prompt und war überwältigend. Sein letzter Upload löste eine Flut von Kommentaren, bestehend aus betenden Händen, Herzen und Tauben-Emojis, aus. Sogar Accounts, die zuvor mit hasserfüllten Kommentaren wie »stirb doch« aufgefallen waren, drückten Samantha nun unter dem Posting, in dem sie seinen Tod bekanntgab, ihr Beileid aus. Prominente luden Schwarz-Weiß-Bilder, auf denen sie Arm in Arm mit ihm zu sehen waren, hoch und verfassten in Instagram-Captions lange Würdigungen.

»Ich muss immer wieder an unseren letzten Drink denken, Lewis«, schrieb ein Sportmoderator unter einem mit Getty-Images-Wasserzeichen versehenen Bild, das die beiden zusammen auf einem roten Teppich zeigte. »Du warst so ein klasse Typ, ein perfekter Gentleman und eine absolute Legende. Es kann einfach nicht wahr sein.« Noch am selben Morgen hatte er in einem Post, der mittlerweile gelöscht worden war, den *Womxxxn*-Artikel über die Liste geteilt, in dem die Anschuldigungen gegen Lewis thematisiert wurden.

Solche Beiträge, die an ihn erinnerten, indem sie ihn direkt ansprachen, als ob er noch darauf antworten würde, tauchten zu Hunderten auf. Michael fragte sich, was diese Leute – wenn überhaupt – zu Lewis gesagt hatten, als er sie gebraucht hatte.

Ein Bild von ihm in seinem Crystal-Palace-Trikot wurde an eine Seitenwand des Elephant-and-Castle-Einkaufszentrums gesprüht, aber man konnte es vor lauter Blumen, Regenbogenfahnen und Fußballtrikots kaum sehen. Im Selhurst Park wurde eine Mahnwache abgehalten, und das Michael-Faraday-Denkmal am Elephant Square wurde mit Plakaten und Post-it-Zetteln vollgepflastert. Trauernde verfolgten vom Straßenrand aus schluchzend den Leichenzug und hielten Kerzen und Luftballons in den Händen. Der Hashtag #RememberLewis ging sofort viral und ermahnte Internetnutzer, an sein vorzeitiges Ableben zu denken, bevor sie negative Kommentare ins Netz stellten. Daraus entstand eine Kampagne mit dem Titel #ThinkFirst, die bald auf T-Shirts und Twitter-Profilbannern prangte. Innerhalb einer Woche übertraf eine Crowdfunding-Aktion zur Gründung einer Stiftung, die in seinem Namen obdachlose schwarze

LGBTQ+-Jugendliche unterstützte, ihr Ziel von 250 000 Pfund um das Vierfache.

Auch Abgeordnete griffen das Thema auf. Am Tag nach seinem Selbstmord erreichte eine Petition für ein »Lewis-Gesetz« zur Bekämpfung von Online-Diffamierungen über hunderttausend Unterschriften, was bedeutete, dass im Parlament darüber debattiert werden würde. In der darauffolgenden Woche machte der konservative Abgeordnete Paul Moore die Petition in der Fragestunde des Premierministers im House of Commons zum Thema.

»Mr. Speaker«, sagte er und rückte seine Brille zurecht, während er von seinen Notizen ablas. »Lewis Hale war ein Nationalheld, ein Mitglied des Ordens des British Empire, eine Fußballikone. Ein Vater, Ehemann und ein Sohn. Wie viel zu viele Männer in Großbritannien nahm auch er sich das Leben. Selbstmord ist im Vereinigten Königreich derzeit die häufigste Todesursache bei Männern unter fünfundvierzig Jahren. Lewis war zweiundvierzig Jahre alt, als er sich nach der Veröffentlichung haltloser Anschuldigungen, die anonym im Internet getätigt wurden, das Leben nahm. Wird sich der Premierminister meiner Forderung nach dringenden Maßnahmen in dieser Angelegenheit anschließen, indem er das vorgeschlagene ›Lewis-Gesetz‹ unterstützt?«

Als Michael dann auf Anraten seines Arztes wieder anfing, feste Nahrung zu sich zu nehmen, war das Gesetz bereits Gegenstand eines heftigen Streits um die Redefreiheit. Es war für ihn unmöglich, sich dem Diskurs über Lewis' Tod zu entziehen; es stand in jeder Zeitung, war Thema auf jedem Kanal. Krankenschwestern und Ärzte redeten darüber, wenn sie seine Werte abnahmen. Sie seufzten, schnalzten bekümmert mit der Zunge und schüttelten betroffen den Kopf. »Die sozialen Medien sind manchmal so ein schrecklicher Ort«, sagten sie, während sich das Blutdruckmessgerät um seinen Oberarm zusammenzog.

Auch Tage später fühlte es sich für Michael noch immer nicht real an: Lewis' Tod, die Reaktionen darauf und seine eigene Nahtoderfahrung. Als Ola es ihm erzählt hatte, hatte er es zuerst nicht recht begriffen. Er war vom Schock des Unfalls und vom Fentanyl noch müde und verwirrt. Seit er im Krankenhaus zu sich gekommen war, fühlte sich sowieso alles wie eine Art Traum an. Danach war er sofort wieder eingeschlafen und hatte fast vergessen, was sie gesagt hatte, bis er am nächsten Morgen beim Frühstück die Nachrichten gesehen hatte. Er hatte den Fernseher eingeschaltet und sah bei Sky News eine Moderatorin mit üppiger blonder Frisur, die sachlich eine Schlagzeile über Lewis' Selbstmord verlas, und sein Körper zuckte zusammen, als die Erinnerung zurückkehrte. Der Raum begann zu schwimmen, sein Sichtfeld trübte sich am Rand ein. Er war dankbar, dass seine Mutter gerade schlief. Dass sie ihn in diesem Moment der Erkenntnis nicht trösten musste. Sein Herz wurde ganz schwer, und er vergoss stille Tränen.

Das Nachrichtenkarussell drehte sich weiter, und aus den Lobeshymnen wurde schon bald eine Kulturkampfdebatte rund um Lewis' Tod und die Liste. Sie fand in der Fernsehsendung *Loose Women* statt und tobte dann weiter auf LBC, als die Krankenschwester das Radio einschaltete. *Good Morning Britain* diskutierte darüber am Morgen und *Question Time* am Abend. Als Michael wieder in der Lage war, sein Handy zu benutzen, wurden ihm YouTube-Videos mit Überschriften wie »Haben die Feministinnen Lewis Hale UMGEBRACHT?« und Podcast-Folgen mit Titeln wie »Moderne Hexenjagd: Wie Lewis Hale von Twitter zum Tod durch den Strang verurteilt wurde« vorgeschlagen. Einmal hörte er – was er zunächst für eine halluzinatorische Nebenwirkung der Schmerzmittel hielt – die nasale, körperlose Stimme von Ben Abbassi in einem bekannten liberalistischen Podcast namens »Wokeflake Pod«.

»Wie viele der Frauen haben noch gelogen?«, sagte er, und der Moderator gab ein zustimmendes »M-hm« von sich. »Über wie viele andere Männer wurden Lügen verbreitet? Lewis war ein aktives Mitglied unserer Initiative ›The List Eleven‹, und wir werden nicht ruhen, bis wir Gerechtigkeit erfahren. Für ihn und jeden der anderen Männer auf der Liste.«

Wie schon zuvor im Gruppenchat der »Eleven« fragte sich Michael, was Lewis wohl von all dem gehalten hätte, was da jetzt in seinem Namen gesagt und getan wurde. Michael stellte sich vor, für welche Positionen sein eigener toter Körper wohl hätte herhalten müssen, wenn er den Unfall nicht überlebt hätte. Lewis jedenfalls war zu einem politischen Spielball geworden, der zwischen den jeweiligen Seiten hin und her geschossen wurde. Ein Heiliger, ein Märtyrer, ein Symbol, ein Hashtag, im Gegensatz zu dem lebenden, atmenden Menschen, der er einmal gewesen war. Jeden Tag wünschte sich Michael, er hätte Lewis die aufmunternde Nachricht geschickt, als es ihm an jenem Tag am Elephant-and-Castle-Kreisverkehr in den Sinn gekommen war. Als sie sich bei Lewis zu Hause unterhalten hatten, schien seine Situation so ausweglos; Michael war kaum von seinen eigenen Beteuerungen überzeugt gewesen, dass die Welt doch mittlerweile verständnisvoller und fortschrittlicher sei. Die plötzliche Welle der Empathie, die Lewis zu Lebzeiten so dringend gebraucht hätte, machte ihn krank. Aber Michael wusste auch, dass er sich nicht so sehr von den Heuchlern unterschied. Auch er hätte etwas sagen können, sich einschalten können. Er hätte Lewis die Hand reichen können, so wie Lewis es vor einiger Zeit bei ihm getan hatte. Als alle anderen ihn abgeschrieben hatten, hatte Lewis versucht, Michael zu helfen. Die erdrückende Reue über seine eigene Untätigkeit machte es ihm schwer, etwas zu sich zu nehmen. Er schob es auf das grässliche Krankenhausessen und ignorierte die Schuldgefühle, die ihn von innen auffraßen. Wenn er allein dalag, spürte er, wie ihm die Tränen über das Gesicht liefen und sein Kissen nass wurde.

Drei Wochen lang blieb Michael im Guy's Hospital, und seine Mutter und Ola waren jeden Tag ohne Ausnahme an seinem Bett. Sie lasen ihm abwechselnd vor, sprachen mit ihm, während er abwesend aus dem Fenster starrte. Als er wieder aufrecht sitzen konnte, erzählte Ola ihm, dass Kwabz, Seun und Amani ihn besucht hatten, auch sein Vater. Die Vorstellung, dass die wichtigsten Männer in seinem Leben um seinen bewusstlosen Körper herumgestanden hatten, während sie dem Bericht des Arztes lauschten, bescherte ihm ein unbehagliches Gefühl. Sobald der Schlauch entfernt war, wies er die Krankenschwester an, keine weiteren Besucher mehr zuzulassen. Fast einen Monat lang waren da tagein, tagaus nur er, seine Mutter und seine Noch-Ehefrau. Wenn er Ola beobachtete, wie sie auf einem Stuhl an seinem Bett eindöste, konnte er nicht glauben, dass er je gedacht hatte, sie hätte ihn abgeschrieben. Hatte Lewis wirklich gedacht, Samantha würde ihn fallen lassen, wenn sie die Wahrheit erfuhr? Jedes Mal, wenn Michael sie im Radio hörte, zuckte er zusammen. Der Schmerz in Samanthas Stimme war unüberhörbar. Sie war am Boden zerstört, nicht wegen Lewis' Homosexualität oder gar Untreue. Sondern weil sie ihren besten Freund verloren hatte. Den Vater ihrer Kinder.

Am Tag seiner Entlassung holten Ola und seine Mutter Michael ab, um ihn in sein Elternhaus zu bringen. Als Ola seine Tasche zum Kofferraum brachte, drückte sie ihm im Vorbeigehen kurz die Hand. Eine Geste, die ihm sagte, dass alles andere vorerst warten konnte. Dass nichts davon – die Hochzeit, die Lügen, der Schmerz – in diesem Moment von Bedeutung war. Dass sie für all das später Zeit hatten. Mit all der wenigen Kraft, die er wiedererlangt hatte, erwiderte Michael ihren Händedruck. Er fühlte sich getröstet, aber auch schwermütig. Wenn Lewis doch nur noch hier wäre, um Samanthas bestärkenden Händedruck zu spüren, das tröstende Gewicht der Köpfe seiner Töchter an seiner Brust, dachte er, als er ins Taxi stieg. Er wusste, dass Lewis' Familie, genau wie seine, alles dafür geben würde, um ihm versichern zu können, dass alles andere vorerst warten konnte.

26

»Und«, sagte Ola, ›wie geht es dir?«

Michael zuckte mit den Schultern. »Ich weiß es nicht. Und dir?«

Sie spazierten nebeneinanderher durch die leichte Herbstbrise. Ola hatte die Arme vor der Brust verschränkt und Michael die Hände in den Hosentaschen. Sie war ihm eigentlich nicht nah genug, aber der Wind trug den Duft seines Tom-Ford-Parfüms zu ihr.

»Ich fühle mich ein bisschen wie eine Versagerin«, sagte sie.

Er blieb auf der Stelle stehen. »Eine Versagerin?«

Ola ging weiter und hoffte, er würde den Wink verstehen. Sie wollte sie nicht hören, seine Beteuerungen, dass es nicht ihre Schuld war, dass sie nichts hätte tun können. Worte, von denen sie wusste, dass sie in gewisser Weise wahr waren, aber sie klangen trotzdem leer. Er schien ihre Geste verstanden zu haben, denn schon bald schloss er wieder zu ihr auf.

Michael holte kurz Luft, bevor er das Thema wechselte. »Mir gefällt dein *Lemonade*-Style, weißt du«, sagte er nach ein paar Schritten und zeigte mit dem Kinn auf ihre honigblonden Zöpfe. »Steht dir gut.«

Ola liebte den schimmernden Kontrast des Goldes auf ihrer Haut. Sie hatte fast ein schlechtes Gewissen, weil sie so gut aussah, obwohl sie den ganzen Morgen damit verbracht hatte, dafür zu sorgen, dass es genau so war. Ihr Outfit schmeichelte ihr besonders: ein figurbetontes Sweatkleid mit einem hohen Schlitz, unter dem Overknees hervorblitzten. Sie wollte nicht so genau darüber nachdenken, ob sie es aus Trotz angezogen hatte oder wegen des kribbeligen Gefühls im Magen, das Michael immer noch in ihr auslöste.

»Tja, Blondinen haben mehr Spaß, oder? Und nach dem vergangenen Jahr ...«, sie brach ab.

Michael nickte. »Ja, aber ich hoffe, du hast keinen Baseballschläger dabei wie in dem Video.«

»Oh, du hast also endlich einen Führerschein?«, sagte sie, zu süßlich, als dass es sich dabei um etwas anderes als Sarkasmus handeln konnte. »Denn wenn ich mich recht erinnere, schlägt Beyoncé damit Autoscheiben ein.«

Er stöhnte. »Krass drauf wie eh und je.«

Sie lachten, als wäre überhaupt keine Zeit vergangen. Die Anspannung, die zwischen ihnen geherrscht hatte, als sie sich wiedergesehen und versucht hatten, ihre neuen Grenzen auszuloten, hatte sich rasch gelöst. Es war jetzt ein gutes Jahr her, dass das Guy's Hospital Ola als Michaels Notfallkontakt benachrichtigt hatte. Zuletzt gesehen hatte sie ihn ein paar Wochen nach seiner Entlassung. Der rasante Übergang von Wut zu Angst am Tag des Unfalls hatte eine Art emotionales Schleudertrauma bei ihr ausgelöst. Es war nicht so, dass ihr dadurch erst klar geworden wäre, dass sie ihn liebte – das hatte sie bereits gewusst. Als sie ihn dort liegen sah, wurde ihr vielmehr klar, dass sie ihm nicht den Tod wünschte, was sie kurz zuvor in der Hitze ihres Streits nicht mit Sicherheit hätte sagen können. Die Wochen, die sie mit ihrer Schwiegermutter an seinem Bett verbrachte, in denen sie abwechselnd Tee kochten und außer Sichtweite auf dem Flur in Tränen ausbrachen, gaben ihr die Gewissheit, dass sie Michael für den Rest ihres Lebens lieben würde. Aber auch die Sicherheit, dass das kein ausreichender Grund war, ihr Leben auch mit ihm zu verbringen.

Bereits an dem Tag, an dem Michael ihr von ihm und Jackie erzählt hatte, hatte Ola gewusst, dass es kein Zurück mehr gab. Zumindest nicht mehr zu dem, was sie damals gewesen waren: das frisch verheiratete Ehepaar Koranteng, das Aushängeschild für #BlackLove, das unfreiwillig zu einem abschreckenden Beispiel geworden war. Ihr Haus war auf einem Fundament aus gegenseitigem Misstrauen gebaut. Im Laufe der Zeit war sie zu der Überzeugung gelangt, dass Michael kein schlechter Mensch war. Sie wusste, dass er sie liebte, trotz seiner seltsamen Art, dies zu zeigen. Aber Liebe allein reichte nicht aus, schon gar nicht eine Liebe, die ihre Selbstliebe erschütterte. Sie hatte ihm verziehen, aber auch nach allem, was seitdem passiert war, würden sie nicht über die Sache mit Jackie hinwegkommen. Und das war in Ordnung. Manchmal fühlte Ola sich zwar wie eine Versagerin, aber sie wollte nicht, dass die Liebe etwas war, das sie erduldete. Etwas, das an ihr nagte und sie kleiner machte. Ihr war klar geworden, dass sie sich auch in einer alternativen Welt, in der es die Liste nicht gegeben hätte, letzten Endes irgendwann getrennt hätten. Vielleicht hätte es noch ein paar Monate oder sogar Jahre gedauert, bis sie das mit Michael und Jackie herausgefunden hätte. Sie hätten sich noch ein wenig länger gehabt, bevor es zum Unvermeidlichen gekommen wäre. Schlussendlich wären sie so oder so bei zwei verschiedenen Anwälten gelandet.

»Michael – Sie haben acht Tage Zeit, um darauf zu reagieren«, hatte ihm der Anwalt am Nachmittag erklärt. »Vorausgesetzt, Sie stimmen allem zu, wird der nächste Schritt ein Antrag auf ein vorläufiges Scheidungsurteil sein.«

Das ganze Verfahren würde etwa sechs Monate dauern. Die

Hochzeit hatte über dreißigtausend Pfund verschlungen, sie zu annullieren, kostete lediglich fünfhundertfünfzig Pfund.

»Ich kann immer noch nicht glauben, dass wir nie als Ehepaar im Bett waren«, scherzte Michael, als sie gingen.

Ola hatte die Annullierung mit der Begründung beantragt, dass die Ehe nicht vollzogen worden war. »Sex in der Ehe ist so ziemlich die einzige Art von Sex, die wir nicht hatten.«

Das Geplänkel war ein gemeinsamer Bewältigungsmechanismus, und er ging ihnen mühelos von der Hand; je ernster das Thema, desto eher nahmen sie es auf die leichte Schulter. Der heutige Tag war schwierig gewesen, aber Michaels unermüdlicher Einsatz, ihr ein widerwilliges Kichern oder ein missbilligendes Stirnrunzeln zu entlocken, machte es ein wenig leichter. Ola war überrascht, dass sie ihren gemeinsamen Spaziergang durch den kühlen Battersea Park, der in trügerisches Sonnenlicht getaucht war, durchaus genoss. Sie hatte ihn vermisst. Sie war bereit zu reden. Da Michael keinen Alkohol mehr trank, war der Plan, sich in ein Café zu setzen und damit anzufangen, ihre Scheidung und das Jahr, das dazu geführt hatte, zu verarbeiten.

Ein Jahr, dessen Auswirkungen auf sie und Michael sie immer noch nicht recht verstand. Anfangs hatte sie versucht, alles Mitleid für ihn zu unterdrücken, denn sie wollte nicht Gefahr laufen, Verständnis für einen Täter aufzubringen. Als dann die Wahrheit ans Licht kam, war jegliches Mitgefühl durch ihre Wut über seine Lügen erstickt worden. Erst als sie den Anruf aus dem Krankenhaus erhalten hatte, war sie gezwungen gewesen anzuerkennen, welche Belastung das Ganze auch für ihn darstellte, und das auf die schlimmstmögliche Weise. Es gab noch so viele Dinge, die sie ihm nicht gesagt hatte, weil bisher die Gelegenheit dazu gefehlt hatte und weil es sich bis jetzt nicht richtig angefühlt hatte. Ola wandte sich ihm zu. »Aber wie geht es dir eigentlich? Trainierst du noch?«

Sie wusste es nicht, denn Michael war nicht mehr auf Social Media aktiv; sogar sein alter, längst inaktiver Facebook-Account war verschwunden. Das war auch der Grund, warum sie heute im Park nicht aufhören konnte, ihn anzuschauen – es war wirklich lange her, dass sie ihren zukünftigen Ex-Mann gesehen hatte. Mit seiner eleganten Freizeitjacke und der Chino-Hose sah er aus wie ein Unidozent, und sein Haar bildete dicke, von einem Curl Sponge strukturierte Locken. Sie entdeckte ein paar stressbedingte graue Strähnen, aber er war so attraktiv wie immer.

Auch sie hätte den sozialen Medien beinahe komplett den Rücken gekehrt und war drauf und dran gewesen, sich sowohl von Instagram als auch von Twitter zurückzuziehen. Die meisten ihrer Follower hatte sie ohnehin aufgrund einer Beziehung gewonnen, die es nicht mehr gab, also erschien es ihr nur logisch, dass auch die entsprechenden Accounts verschwinden sollten. Letztendlich richtete sie sich einen neuen, privaten Instagram-Account ein, auf dem sie nur Leuten folgte, die sie persönlich kannte, und machte es sich hinter dem Vorhängeschloss-Symbol gemütlich, das den Rest der Welt von ihr fernhielt. Manchmal, wenn sie eine Kontaktanfrage von Fremden erhielt, klickte sie auf ihre eigene Profilansicht und versuchte sich vorzustellen, wie es wohl in deren Augen wirken mochte. Wie sie wahrgenommen wurde, wenn sie nicht durch ihre Beziehung zu Michael definiert wurde.

»Ich bin auf Teilzeit umgestiegen, also hab ich jetzt noch ein gutes Jahr Studium vor mir«, antwortete er. »Es war doch alles sehr kräftezehrend, und Marcia meint, ich solle es ruhig angehen und mir mit allem Zeit lassen.«

Ola nickte zustimmend. Marcia, ein Frauenname, dessen Erwähnung Ola tatsächlich erleichterte. Das Krankenhaus hatte Michael nach dem Unfall zur Behandlung einer posttraumatischen Belastungsstörung an sie überwiesen, aber in den ersten Wochen hatten sie sich hauptsächlich mit seinem Trauma durch die Liste beschäftigt. Seine Therapeutin war es auch gewesen, die ihm geraten hatte, seinen Abschluss in Betriebswirtschaft zu nutzen und sein Post Graduate Certificate in Education zu machen wie Kwabz. Er erinnerte sie offenbar an ihren jüngsten Sohn, und Michael hatte Ola erzählt, dass sie in den Nächten, in denen er das Gefühl hatte, keine Luft zu bekommen, weil er fürchtete, seine neuen Kommilitonen könnten einen belastenden Artikel oder Tweet über ihn entdecken, seine Anrufe auch nach Feierabend entgegennahm.

Es war kaum zu glauben, wie einfach es für ihn gewesen war, einen Studienplatz zu bekommen. Ola konnte nicht umhin, an all die schuldigen Männer zu denken, die ihr Leben einfach im gleichen Stil weiterleben konnten, ohne dass ihnen Misstrauen entgegenschlug. Michael hatte die Moderation aufgegeben, weil er wusste, dass es für ihn ohnehin schwer werden würde, in dem Bereich Arbeit zu finden. Doch die meisten Männer auf der Liste hatten ihre Jobs behalten und mussten sich keine Sorgen machen. Der YouTuber »That Guy Abe« hatte seinem Kanal einfach ein neues Image verpasst. Viele Männer, die die Liste anfangs lautstark unterstützt hatten, zogen sich leise zurück, andere lautstärker. Ihre eiligen Kehrtwenden bekräftigten Olas Verdacht, dass sie lediglich gehofft hatten, ihre Verurteilung der Beschuldigten würde sie automatisch zu den »Guten« machen und sie vor möglichen Vorwürfen schützen. Und sie waren nicht die Einzigen mit einem Sinneswandel. Als Ola feststellte, dass die Gossip-Seite über D!e L!ste von der Plattform Kaffee-

Klatsch verschwunden war, fühlte sie sich nicht etwa erleichtert, sondern irgendwie beraubt. Alle anderen schienen mit ihrem Leben einfach so weiterzumachen, nachdem sie ihre Server gesäubert hatten. Aber ein paar Menschen – Lewis, seine Familie, Michael – trugen die Narben des Ganzen davon.

In den Wochen nach dem Unfall war Michael nicht in der Lage gewesen, über Lewis zu sprechen, aber jedes Mal, wenn Ola im Krankenhaus einen Blick auf sein Handydisplay ergattert hatte, sah sie, dass er die Berichterstattung rund um seinen Tod verfolgte. Auch sie konnte nicht aufhören, darüber zu lesen. Sie fühlte sich schuldig; sie konnte nicht anders. Trotz ihrer Zweifel, was Michaels Schuld betraf, hatte sie Lewis vorschnell verurteilt und den Umgang mit ihm erst infrage gestellt, als es schon zu spät war. Es bedrückte sie noch mehr, dass sein Tod trotz aller Schlagzeilen, Gelöbnisse und Versprechungen nichts verändert hatte. Alle paar Wochen erlebte Ola, wie ein ungeschickt formulierter Tweet oder ein geschmackloses Video tagelang online zerrissen wurde. Sie erlebte weiterhin, wie Gerüchte Leben ruinierten, bevor die Fakten feststanden. Und was sie am meisten ärgerte, was sie kaum ertragen konnte, war, dass es keinen Unterschied zu geben schien zwischen den Leuten, die andere am härtesten verurteilten, und denen, die darauf drängten, dass im Internet mehr Anstand und Zurückhaltung herrschen sollten. Es waren ein und dieselben, sie hielten sich in jedem Fall für rechtschaffen und zeigten mit dem Finger auf alle und jeden, nur nicht auf sich selbst. Der Gedanke, dass die Accounts, die Lewis gemobbt hatten, dieselben waren, die ihm nachtrauerten, brachte ihr Blut in Wallung. Sie sah jedes Mal rot, wenn sie an diejenigen dachte, die den Hashtag #ThinkFirst benutzten, kurz nachdem sie jemanden mit ihren gehässigen Kommentaren in den Tod getrieben hatten. Von wegen das Internet vergisst nie.

Aus Gewohnheit scrollte sie hin und wieder immer noch auf KaffeeKlatsch und rechnete halb damit, dass der Thread zur Liste wieder auftauchen würde. Das war zwar nie der Fall, aber es war nur eine Frage der Zeit, bis sich irgendeine andere Tragödie ereignen würde; die Website wurde von Trollen weiterhin auf dieselbe Weise genutzt. Manchmal hätte sie dort selbst gerne jemanden fälschlicherweise beschuldigt. Nach dem Zufallsprinzip irgendein Konto ausgewählt und dann das Leben desjenigen in die Luft gejagt, nur um zu zeigen, wie einfach es war. Dass auch Michael und sie bloß echte Menschen waren, die aufgrund ihrer Sichtbarkeit im Netz und eines blauen Hakens für mächtig gehalten worden waren.

Mit einem befriedigenden Knirschen zerquetschte Ola ein braun werdendes Blatt unter ihrem Absatz. »Toll, Michael«, sagte sie, wobei sie darauf achtete, ihn nicht »Babe« zu nennen. »Das freut mich für dich.«

»Und bei dir so?«, erkundigte er sich. »Wie ist die Freiberuflichkeit?«

»Es läuft ganz gut. Gestern hatte ich sogar ein Treffen mit einer Literaturagentin. Sie mochte meine Idee für ein Buch – du weißt schon, das über den Aufstieg von Rapperinnen. Ich denke, ich werde bei ihr unterschreiben.«

Das Einzige, was Ola bedauerte, war, dass sie *Womxxxn* nicht früher den Rücken gekehrt hatte; sie verdiente jetzt mehr und schrieb über all das, was sie wollte. Außerdem kam sie nie zu spät, da ihr Schreibtisch sich in ihrem Schlafzimmer befand.

»Krass! Ola, das ist mega. Ich bin stolz auf dich, Mann.« Michael kratzte sich an seinem Bart. »Ich nehm an, du wirst es jetzt unter dem Namen ›Ola Olajide‹ schreiben?«

»Na ja, ich hatte sowieso nie vor, meinen Künstlernamen zu ändern. ›Olaide Olajide‹ klingt einfach zu gut. Da hat mein

Vater echt ganze Arbeit geleistet, als er ihn mir gegeben hat«, sagte sie schmunzelnd.

»Weißt du was, ich bin dafür. Das bedeutet nämlich, dass dir auch kein anderer Mann seinen Nachnamen geben wird. Ein Lichtblick.«

Ola streckte ihm einen Mittelfinger mit kaugummirosa Nagel entgegen.

»Du weißt, dass Ruth und Kwabz jetzt zusammen sind?«, fragte sie, um schnell das Thema zu wechseln.

»Er hat es mir erzählt, ja. Der Typ hat sie beim ersten Date gleich in ein Sternerestaurant ausgeführt«, sagte Michael spöttisch. »Was hat eigentlich ihre Meinung geändert? Soweit ich das beurteilen kann, ist er immer noch gleich groß.«

»Fola hat sein Geburtshoroskop gecheckt, und anscheinend ist es in Ordnung, dass er Jungfrau ist, weil sein Mond im Widder steht. Oder Wassermann? Keine Ahnung.«

»Echt jetzt?« Er lachte. »Aber wir zwei sind doch auch kompatibel, oder? Fische und Stier?«

»Ach, *jetzt* glaubst du plötzlich an Sternzeichen?«, erwiderte Ola und wickelte sich spielerisch einen ihrer Zöpfe um den Finger. »Früher hast du doch immer gesagt, es sei Humbug ...«

»Tja, ich sag's dir ja. Ich hab mich geändert.« Michael lachte noch einmal kurz, bevor er sich abwandte. »Und Celie? Wie geht es ihr?«

Die Wahrheit war, dass Celie so war, wie sie immer gewesen war. Stoisch, ganz nach dem Motto: *Keep calm and carry on.* Da Ola ihre Freundschaft nicht noch einmal aufs Spiel setzen wollte, drängte sie nicht, als Celie keine psychologische Beratung in Anspruch nehmen wollte, war jedoch erleichtert darüber, als sie wieder anfing, eine Bibelgruppe für Frauen zu besuchen. Ola war froh, dass ihre Freundin etwas hatte, das ihr durch die ersten

Monate half, nachdem ihr der Übergriff durch die Liste wieder so traumatisch in Erinnerung gerufen worden war. Es war schlimm mit anzusehen, wie Papi Danks den Tod von Lewis als Beweis dafür benutzte, dass es sich nur um einen »Hoax« gehandelt hätte. Besonders unerträglich war, dass der »Sweet Like Puff Puff«-Remix sogar auf Platz elf der Top Fourty landete und monatelang in Läden und auf Tanzflächen rauf und runter gespielt wurde, noch omnipräsenter als das Original. Befeuert wurde das Ganze außerdem durch die unselige »Puff-Puff-Dance-Challenge«, die den Song praktisch unausweichlich machte. Aber Celie wollte nicht darüber reden, also taten sie es auch nicht.

Ola tröstete sich ein wenig damit, dass immerhin Matthew Plummer gefeuert und auf die schwarze Liste gesetzt worden war. Nach einer internen Untersuchung war er einer von vereinzelten Männern, die ihren Job verloren. Doch seine Crowdfunding-Aktion, mit der er Geld sammelte, um Nour El Masri zu verklagen, ließ keine rechte Siegerstimmung aufkommen. Zwar übertraf ihr Fonds für Anwaltskosten seinen bei Weitem (Ola hatte gespendet, fühlte sich diesmal aber weniger veranlasst, dies öffentlich zu machen), dennoch fand sie es bitter, dass er überhaupt Spenden erhalten hatte. Das war die traurige Ironie dabei: Männer fürchteten sich vor falschen Anschuldigungen, aber letztendlich waren es die Überlebenden, die zu Unrecht verunglimpft wurden. Ganz gleich, wie viele Beweise die Betroffenen für ihre Anschuldigungen hatten, monatelang wurde von ihnen gefordert: #ThinkFirst und #RememberLewis.

»Celie ist okay«, sagte Ola. »Sie hat viel zu tun mit der Arbeit und Kirchenzeug. Zu ihrem Geburtstag im November wollen wir nach Brüssel fliegen. Ruth fragt schon, warum wir nicht gleich Dubai daraus machen.«

Michael lächelte. »Cool. Klingt gut.« Er verlangsamte sein

Tempo ein wenig und vergrub die Hände noch tiefer in den Taschen. »Also ... datest du gerade jemanden?«

Sie antwortete mit einem prustenden Husten; er hatte sie mit seiner Frage überrumpelt. Sie datete nicht, sehr zu Kirans Bestürzung. Die hatte ihr auf jeder erdenklichen Dating-App ein Profil angelegt und besang die Tugenden von Pansexualität und Polyamorie, als hielte sie Aktienanteile daran.

»Ich bin eine Zeugin Je-Hur-vas und verbreite die frohe Botschaft«, hatte sie ihr erst gestern geschrieben. »OMG! Soll ich Soph sagen, dass das meine Religion ist?!! 😵😂«

Kiran selbst war derzeit in einer Beziehung mit einem emotional distanzierten Schauspieler, den sie auf Hinge kennengelernt hatte, und dessen Grafikdesigner-Freundin, die sie ihm deutlich vorzog.

KIRAN: als kenner so ziemlich aller geschlechter sage ich dir: geh mit frauen aus. da bist du nicht nur ein guter fang, sondern machst auch welche. bei männern gibt es zwar auch viele fische im meer, aber viel wahrscheinlicher ist, dass du dir am ende bloß ein arschloch angelst.

KIRAN: oder herpes einfängst.

KIRAN: und ich würde sagen, herpes wäre da noch das geringere übel.

Ola gab Michael die gleiche Antwort wie ihrer Freundin. »Ich konzentriere mich im Moment nur auf mich selbst und arbeite an meinem Buch.« Sie versuchte, ihre Stimme so nonchalant wie möglich klingen zu lassen. »Und du?«

Er schüttelte den Kopf, und Ola merkte, dass sie den Atem angehalten hatte.

»Nee. Die Liste taucht immer noch auf, wenn man in den Google-Ergebnissen weit genug nach unten scrollt. Nicht gerade der beste Dating-App-Eisbrecher. Nach dem Motto: ›Was davon trifft zu? Ich bin allergisch gegen Käse, ich bin in Schottland geboren, ich wurde einmal fälschlicherweise der Belästigung beschuldigt.‹«

Er hatte nicht unrecht; das Vereinigte Königreich war klein. Es war bestimmt schwierig, jemanden zu finden, der nicht von der Liste gehört hatte.

»Davon abgesehen«, fügte er hinzu und sah Ola an, »… wenn ich es mit dir nicht hinbekommen habe, dann bekomme ich es wahrscheinlich mit niemandem hin.«

Er sah sie weiter an, bis Ola die Nase kräuselte und ihn skeptisch anschaute.

»Hey«, sagte Michael und hob beschwichtigend die Hände. »Es war einen Versuch wert!«

Sie gingen weiter, lachten und unterhielten sich. Doch als sie dann am Streichelzoo vorbeikamen, sah Ola sie plötzlich. Ihre Nackenhaare stellten sich auf, und ihr blieb der Mund offen stehen. Sie erkannte sie sofort: Der markante Kiefer war unverwechselbar, das Seitenprofil, das sie so oft auf Instagram studiert hatte. Tief liegende Augen, praller Mund. In der Ferne konnte sie sehen, dass ihre Frisur anders war – ein stumpf geschnittener schwarzer Bob –, und an der Hand hielt sie ein kleines Mädchen mit karamellfarbener Haut, das freudig auf und ab hüpfte. Mit der anderen Hand schob sie einen silbergrauen Kinderwagen.

Je näher sie kam, desto deutlicher zeichnete sich unter ihrem haferfarbenen Rippenkleid ein Kugelbauch ab, der mit der Rundlichkeit ihres Hinterns konkurrierte. Außerdem hatte sie dieses unbestreitbare überirdische Schwangerschaftsstrahlen. Während Ola sie anstarrte, überkam sie das intensive Gefühl, beraubt worden zu sein.

Sie rang nach Luft. So lange war Jackie Asare nur eine Angreiferin auf einem Bildschirm gewesen, wie der Endgegner in einem Videospiel. Und da war sie nun, aus Fleisch und Blut, umgeben von einer Kinderschar wie eine Fruchtbarkeitsgöttin. Aber da waren keine Hörner, keine Hufe, kein Dreizack. Sie sah aus wie jede andere auch.

Was dann geschah, passierte so schnell, wie sie sie entdeckt hatte: Ola stürmte direkt auf Jackie zu. Bis Michael begriffen hatte, wen sie da im Visier hatte, war sie schon weit vor ihm, während er fassungslos stehen blieb. Ola hörte ihn noch hinter sich herrufen, um sie davon abzuhalten, aber sie bahnte sich unbeirrt ihren Weg durch das Gedränge aus Hundespaziergängern und Büroangestellten, eine Frau mit einer Mission, die sie selbst noch nicht kannte. Was würde sie zu ihr sagen? Was würde sie mit ihr machen? Was könnte Jackie zu sagen haben? Würde sie alles rundheraus leugnen? Oder sie mit einer tränenreichen Entschuldigung kalt erwischen? Ola hörte ein Pfeifen in den Ohren. Jetzt rannte sie auf Jackie zu. »Hey!«, rief sie in ihre Richtung. »Hey!« Sie war sich sicher, dass Jackie sie bemerkt hatte. Ola hatte den Blick noch immer auf sie geheftet und rannte jetzt schneller, als sie plötzlich mit einem Jugendlichen auf einem Elektroroller zusammenstieß, der daraufhin stürzte. Die Leute um sie herum blieben stehen und reckten die Hälse, um besser beobachten zu können, was da los war. Als Ola bemerkte, dass sich der unverletzt gebliebene Teenager wieder aufrappelte, sah sie sich wieder nach Jackie um. Aber die war verschwunden.

Einen Moment lang stand Ola wie vor den Kopf geschlagen

da und sah sich vergeblich in alle Richtungen um. Es dauerte nicht lange, bis Michael sie eingeholt hatte und Dinge sagte, die sie nicht recht verstehen konnte. Er zog sie zu einer Bank, und sie musste sich daran und an seinem Arm festhalten, als sie sich hinsetzte und versuchte, Luft zu bekommen. Er hockte sich neben sie und konnte ihre Wärme spüren.

»Hast du sie gesehen?«, keuchte Ola.

Michael nickte. »Ich meine, sie sah aus wie sie. Vielleicht war sie es aber auch gar nicht«, fügte er wenig überzeugend hinzu. Sie zog es einen Moment lang in Betracht. Dass ihre Wut, ihr Hass ein überzeugendes Trugbild geschaffen hatte. Dass Jackie eine unheimliche Doppelgängerin hatte, auf die sich Ola manisch fixiert hatte.

»Das war sie«, sagte sie schließlich.

»Ja. Vielleicht«, räumte Michael ein, doch aus seinem Tonfall sprach deutlicher Zweifel. Er drückte seine Schulter leicht gegen ihre. »Bist du okay?«

»Nein. Nein, verdammt, das bin ich nicht.«

»Ja. Ich auch nicht.«

»Wegen dieser Frau ist unsere Ehe gescheitert, bevor sie überhaupt angefangen hatte, Michael«, sagte Ola, und ihre Stimme brach. Das schlimme Gefühl, von dem sie erfasst wurde, kannte sie nur zu gut. Es war, als befände sie sich wieder im Jahr 2019 und ihr Leben würde erneut aus den Fugen geraten.

»Das Fremdgehen – ja, das wart ihr beide. Ich weiß das. Aber all ihre Lügen, der Mist, den sie bei KaffeeKlatsch verbreitet hat ... das hätte dich fast umgebracht. Und ich habe immer noch Albträume von unserem Hochzeitstag.«

»Ich versteh dich.«

»Sie hat alles zerstört und sich dann einfach verpisst und ihr Leben weitergelebt. Keinerlei Konsequenzen, keine Anklage.

Nicht mal eine Entschuldigung. Und wir sollen was tun? Weitermachen?«

»Ich weiß.«

»Das ist doch scheiße!«, schrie Ola und schreckte damit einen Irish Setter auf, der laut zu bellen anfing. »Sie kann doch damit nicht einfach so durchkommen. Das darf sie nicht.« Ola wartete auf Michaels Zustimmung, aber der saß nur still da.

»Michael?«

Er sackte nach hinten gegen die Lehne der Bank und seufzte. »Ich weiß es nicht, Mann. Ich schätze, ich habe mich irgendwie an den Gedanken gewöhnt, dass es so ist. Marcia hat mich schon gewarnt, dass ich da wahrscheinlich nie einen guten Abschluss finden werde. Wenn man sie heute darauf ansprechen würde, würde sie es vermutlich abstreiten. Und das würde alles nur noch schlimmer machen. Man würde nur sehen, wie du im Park eine Schwangere angreifst. Und ich weiß, dass du so ein Bild nicht abgeben willst. Außerdem ...«

»*Was* außerdem?«

»Außerdem hat sie uns schon so viel weggenommen, Ola.« Er seufzte erneut »Sie hat mich meinen Job gekostet, meine Gesundheit. Sie hat es mir mit der einzigen Frau, die ich je geliebt habe, versaut. Der einzigen Frau, die ich je lieben werde.« Ola spürte, wie ihr Herz einen Hüpfer machte. »Versteh mich nicht falsch – ich weiß, dass ich Scheiße gebaut habe. Aber ich kann nicht zulassen, dass sie mir jetzt auch noch den kleinen Frieden raubt, den ich endlich wiedererlangt habe. Und du solltest das auch nicht. Kannst du das verstehen?«

Erschöpft lehnte sie sich neben ihm auf der Bank zurück und seufzte. »Irgendwie schon.«

Sie saßen noch eine Weile da und lauschten dem Rascheln der Blätter im Wind, während sich ihr Atem beruhigte.

»Aber irgendwie war's sexy, wie du losgerannt bist und ihr eine reinhauen wolltest«, sagte Michael schließlich schmunzelnd.

Ola kaute an der Innenseite ihrer Wange, um ein Lachen zu unterdrücken. »Nicht witzig.«

»Wer sagt, dass ich Witze mache?« Er rückte näher an sie heran. »Was ist nur mit den Mädchen aus Südlondon los, Mann?«, zog er sie auf.

»Mir scheint, Marcia hat noch ganz schön was zu tun mit dir.«

»Aber im Ernst. Du warst kurz davor, dich mit dem Babybauch anzulegen. Vielleicht bist du doch nicht so bougie, wie ich dachte – das war echt gangstermäßig.«

»Ja, ja, mach nur weiter so. Aber ich warne dich, den Baseballschläger hab ich gleich gezückt.«

»Siehst du? Immer gleich mit Gewalt drohen!« Michael lachte, dann rieb er sich den Nacken. »Wollen wir vielleicht noch einen Kaffee trinken gehen? Aber ich versteh natürlich, wenn du lieber nicht willst, kein Stress.«

Ola sah zu Boden, während sie über seine Frage nachdachte. Sie hing in der Luft, während das Gurren der Tauben um sie herum die Stille zwischen ihnen übertönte. Dann stand sie mit einem Räuspern von der Bank auf und strich sich mit den Handflächen über das Oberteil ihres Kleides.

»Also für einen schnellen Kurkuma-Latte hätte ich noch Zeit«, sagte sie und musste über Michaels breites Grinsen lachen.

27

Als Jackie ins Haus kam, schloss sie die Tür hinter sich ab und verriegelte sie. Sie bemühte sich, ruhig zu bleiben – sie wollte die bereits recht aufgedrehte kleine Amiyah nicht verunsichern –, aber ihre Hände zitterten, als sie sich am Treppengeländer abstützte. So konnte sie sich wenigstens auf den Beinen halten.

Aaron, ein Küchentuch über der Schulter, trat in den Flur, als er die Haustür hörte. Ein Blick in Jackies Gesicht sagte ihm, dass etwas nicht stimmte.

»Babe?«, fragte er mit besorgter Stimme. »Was ist los?«

Sie zitterte, als sie in seine Arme sank. Jackie warf ihm diesen Blick zu, der verriet, dass sie nicht darüber sprechen konnte, solange ihre Stieftochter in der Nähe war, und der besagte: »Nicht vor den Kindern.« Amiyah war jetzt vier, also in dem Alter, in dem kein Gespräch stattfinden konnte, ohne dass sie es wie ein kleiner Papagei nachplapperte.

»Amiyah, mein Schatz«, rief Aaron seiner Tochter zu. »Geh in dein Zimmer und schalt dir mal *Peppa Pig* an, ja?« Amiyah hüpfte fröhlich die Treppe hinauf. Er wandte sich wieder Jackie zu.

»Ich bring noch schnell Danielle ins Bett, und dann reden wir, okay?«

Sie nickte, das Gesicht in den Händen vergraben, und er hob das schlafende Baby aus dem Kinderwagen und trug es ins Schlafzimmer im ersten Stock.

Als er kurz darauf ins Wohnzimmer kam, saß Jackie auf der Couch, hielt eines der Sofakissen umklammert und starrte gedankenverloren vor sich hin. Aaron setzte sich neben sie, legte seine Hand auf ihren Nacken und massierte ihn leicht.

»Was ist denn los?«

»Ich habe gerade Michael und Ola gesehen«, sagte sie leise. »Im Battersea Park.«

Aaron hasste es, Jackie seinen Namen sagen zu hören, hasste es, sie sich nur in der Nähe dieses Mannes vorzustellen. Sein Kiefer und seine Faust krampften sich zusammen, aber er versuchte, seine typische gut gelaunte Fassade zu wahren. Doch seine Wut wurde überlagert von dem Drang zu erfahren, was sie ihm zu erzählen hatte. »Ach«, sagte er möglichst beiläufig, »die sind also echt immer noch zusammen?«

Jackie zuckte mit den Schultern. »Ich weiß es nicht. Aber es war verrückt. Ola hat mich gesehen und ist wie eine Verrückte quer durch den Park auf mich zugestürmt und hat irgendwas geschrien. Michael war hinter ihr und kam auch auf mich losgestürzt. Ich bin immer noch total aufgewühlt.«

Aaron wurde es ganz heiß. Er war so wütend, dass er aufstehen und auf und ab gehen musste. Mit der Hand rieb er sich über den Mund.

»Hat er dich angefasst?«, raunte er. »Oder Amiyah? Ich schwöre bei Gott, wenn einer von ihnen ...«

»Nein, nein, nein«, sagte Jackie, sprang auf und fasste ihn an den Armen. Bei ihrer Berührung ließ er sie sinken. »Ich hab's da weg geschafft, bevor es eskalieren konnte. Es war bloß echt ein Schock und ... so irre.« Sie erschauderte. »Nach allem, was im letzten Jahr passiert ist, was über Michael herauskam, nach dem ganzen Scheiß mit ihrer Hochzeit, geht sie auf *mich* los? Ich hab es einigermaßen überwunden. Ich dachte, das hätten die beiden inzwischen auch.« Wie um das zu unterstreichen, drückte sie Aarons Schulter. »Ich hab seit über zwei Jahren nicht mehr mit ihm gesprochen und keinerlei Kontakt mehr mit ihm, seit es vorbei ist. Mit keinem von beiden.«

Aaron wandte den Blick von ihr ab und nickte steif. Die Atmosphäre im Raum veränderte sich.

»Ich weiß, dass ich in der Vergangenheit echt Mist gebaut habe, aber das war früher.« Jackie schüttelte den Kopf. »Weiß Gott, was er ihr erzählt hat, damit sie so weitermachen.«

Jackie ließ die Hände sinken, biss sich auf die Lippe und trat einen Schritt auf Aaron zu. Der nahm sie in die Arme und strich ihr übers Haar. Er spürte, wie sein T-Shirt von ihren Tränen nass wurde.

»Es tut mir so leid, dass sich das immer noch auf uns auswirkt«, schluchzte sie. »Ich wollte mir nur einen schönen Tag mit den Mädchen machen, aber es ist, als würde ich diese Scheiße einfach nicht los.«

Aaron seufzte. »Schsch ... sei nicht albern, Babe. Wir alle machen Fehler. Du bist nicht mehr die Person von damals. Und jetzt«, er wischte ihr sanft mit dem Daumen die Tränen weg, »versuch dich nicht zu stressen. Das ist nicht gut für Jordan.«

Sie schniefte. »Ich liebe dich so sehr, Baby«, sagte sie und schmiegte sich wieder an seine Brust.

Er lächelte, fasste sie behutsam am Kinn und hob ihren Kopf an, bevor er sie sanft küsste. »Ich liebe dich auch.« Dann trat er einen Schritt zurück und legte seine Handflächen auf die Wölbung ihres Bauches. »Und dich auch, kleiner Mann.«

Vollkommen erschöpft von den Ereignissen, schlief Jackie wenig später auf der Couch ein. Während sie vor sich hin döste, ging Aaron zurück in die Küche und setzte den Wasserkessel auf. Damit sie eine Tasse heißes Wasser hatte, wenn sie wieder aufwachte. Das war nicht mal das seltsamste ihrer Schwangerschaftsgelüste – auch Zitronenscheiben und Eiswürfel gehörten dazu –, und er hoffte, dass es ihre Nerven beruhigen würde. Er beobachtete, wie sich ihre Brust und ihr Bauch im Schlaf hoben und senkten, und verspürte ein überwältigendes Verlangen, sie und den Babybauch in seine Arme zu schließen und mit Küssen zu übersäen. Er liebte sie so sehr. Was für eine schreckliche Begegnung seine arme Freundin da heute erlebt hatte. Sie war so erschüttert gewesen, als sie nach Hause gekommen war, und hatte sich ganz verzweifelt an ihn geklammert. Es wäre eine Lüge, würde er behaupten, dass er keine Schuldgefühle hatte, wenn er sie jetzt da so ruhig liegen sah. Jackie war wirklich die letzte Person, die er verletzen wollte. Aber immerhin hatte er es für sie getan.

Es war aus einem spontanen Impuls heraus geschehen, als er Michaels Namen auf die Liste setzte. Es war nicht so, dass er absichtlich nach einer Liste mit Missbrauchsvorwürfen gesucht hatte, um Michaels Namen daraufzusetzen – er war ja nicht verrückt. Er hatte lediglich eine Gelegenheit gesehen und sie ergriffen, genau wie Michael es mit seiner Freundin gemacht hatte. Die Liste war ihm von seiner Schwester weitergeleitet worden, die bei einem Musiklabel arbeitete und sich gar nicht erstaunt darüber gezeigt hatte, dass ihr ehemaliger Klient Papi Danks darauf zu finden war. Als Aaron begriff, worum es sich handelte, wurde ihm klar, was eine solche Liste im Leben eines Menschen anrichten konnte. Für ihn war sie nur eine willkommene Möglichkeit, anonym eine Rechnung zu begleichen. Er konnte damit einem Unrecht beggnen, das schon länger an ihm zehrte. Indem er Michaels Namen in die Tabelle eintrug, fand Aaron sich damit ab, dass er vielleicht nie über Jackies Affäre hinwegkommen würde. Er dachte an all die schlaflosen

Nächte. Die Demütigung. An Michaels selbstgefälligen Post über seinen neuen Job eine Woche zuvor. Und an die Nachricht über Michaels Verlobung, die ihn und seine nicht klüger gewordene Verlobte zum Königspaar der #BlackLove gekrönt hatte. Und daran, wie sich am Tag zuvor der Bluetooth-Lautsprecher im Wohnzimmer automatisch mit Jackies Spotify synchronisierte und verriet, dass sie alte Folgen von *Caught Slippin* gehört hatte. Das hatte ihn innerlich zum Brodeln gebracht.

Aaron hatte nie verstanden, was Jackie in Michael sah. Was genau es an ihm war, das sie so sehr begehrte. In diesem Podcast, von dem sie so besessen war, klang er recht charismatisch, das musste er ihm lassen. Sie hatte sogar die Unverfrorenheit besessen, Aaron zu ein paar seiner Live-Shows mitzunehmen. Sie meinte, es wäre eine »gute Recherche« für seinen eigenen Podcast, der nie so recht in Schwung kam. Rückblickend war ihm klar, dass sie Michael damit bloß eifersüchtig machen wollte. Davor und danach sah er ihn ein paarmal bei Workshops und Veranstaltungen gemeinsamer Freunde. Groß, dunkel und gut aussehend, so wie Jackie es mochte – Aaron selbst war ihr anfangs zu »hell« gewesen. Doch wie sie um die Liebe eines Mannes buhlen konnte, der sie so offensichtlich nicht respektierte, würde er nie verstehen. Aber vielleicht hatten sie da ja auch etwas gemeinsam: Aaron liebte Jackie schon seit dem College, obwohl sie der Typ Mädchen war, den die meisten Jungs nicht recht ernst nahmen. Er sah alles in ihr, wofür Michael blind war. Jackie war der liebste Mensch, den er kannte; ihre Energie war ansteckend. Es war ein Klischee, aber ihr Lächeln erhellte wirklich jeden Raum, den sie betrat. Als Aaron es im Frühjahr 2016 endlich aus ihrer Friendzone schaffte, fühlte er sich, als könnte er fliegen. Bis Jackie etwas mit Michael anfing und ihm den Laufpass gab. Aber natürlich war er da, um sie aufzufangen, nachdem Michael sie abserviert hatte. Damals wie heute trocknete er ihre Tränen.

Sie versöhnten sich, zumindest dachte er das. Aber ein Jahr später war sie plötzlich wieder mürrisch und einsilbig. Es war um Weihnachten herum, und er wusste sofort, dass es Michael war. Sobald er sich dazu in der Lage fühlte, durchsuchte er, während sie schlief, ihr Handy. Sie hatte seinen Namen in den Kontakten von Mikey in »Nagelstudio« geändert, aber unter dieser Nummer erschien eine hysterische Nachricht nach der anderen, auf die Michael sich nicht einmal die Mühe gemacht hatte zu antworten. Als er nach oben scrollte, wurde er mit expliziten Sextings und Fotos von Michaels erigiertem Penis konfrontiert. Komplett durchschaubarer Blödsinn von wegen, er vermisse sie und müsse ständig an sie denken. Und dann, was ihn am meisten schmerzte, Nacktbilder von dem Körper, neben dem er jede Nacht lag. Er konnte nicht glauben, dass Jackie sich erneut darauf eingelassen hatte, nachdem Michael sie beim ersten Mal so leichtfertig abserviert hatte. Es war, als ob sie Michaels grausame Gleichgültigkeit Aarons Liebe und seiner Anständigkeit vorzöge. Er fühlte sich wie ein Narr, als er ihre leidenschaftlichen Bekundungen an einen Mann las, der er nie sein würde.

Der Inhalt dieser Nachrichten löste Brechreiz bei ihm aus. Sie beschrieb darin abstoßende Praktiken, die sie sich angeblich wünschte. Aber Aaron und Jackie hatten nie solchen Sex gehabt, woher kam das also? Sie musste unter Druck gesetzt, dazu genötigt worden sein. Ihre Würde wurde von diesem Mann so gründlich zersetzt, dass sie ihn offensichtlich bat, sie zu würgen und anzuspucken. Da war sicher irgendeine schräge Machtdynamik im Spiel. Zwar war er nicht so naiv zu glauben, dass Jackie zum Betrug gezwungen worden war, aber es musste ein gewisser Druck bestanden haben.

Aaron handelte instinktiv. Mit Jackies Handy rief er Michael an und wollte ihm unmissverständlich klarmachen, dass er sie in Ruhe lassen sollte. Aber Michael nahm den nächtlichen Anruf nicht entgegen, was Aaron schließlich ganz gelegen kam. Während Jackie schlief, schrieb er Michael von Jackies Nummer aus alles, was er ihm zu sagen hatte. Er wünschte nicht nur ihm den Tod, sondern auch seiner Mutter, behauptete, er wisse, wo er wohne, und würde ihm Säure in sein hübsches Gesicht kippen. Drohte ihm, sein ganzes Leben zu ruinieren. Ein bisschen heftig vielleicht, aber durchaus plausibel im Lichte von Jackies vorausgegangenem Verhalten, ihren selbstzerstörerischen Tendenzen, ihrem Mangel an Selbstwertgefühl, ihrer Rücksichtslosigkeit. Jedenfalls ging Aaron davon aus, dass Michael ihr nie wieder antworten würde, wenn sie ihm wieder schriebe, was sie in ihrer Schwäche höchstwahrscheinlich tun würde. Als er auf »Senden« drückte, staunte er über die Magie der modernen Technologie, die es ihm erlaubte, jeden Hinweis auf das, was er geschrieben hatte, zu löschen und alles von ihrem Handy verschwinden zu lassen.

Als er Jackie dann auf Michael ansprach, spielte sie es zunächst herunter und behauptete, sie hätten sich lediglich ein paar beiläufige Nachrichten geschrieben. Als Aaron ihr entgegenhielt, er habe gelesen, dass sie ihn verlassen wolle, behauptete sie, Michael wäre die treibende Kraft dahinter gewesen, was natürlich durch ihre Nachrichten entkräftet wurde. Sie versuchte, sich auf armselige Weise herauszuwinden, und behauptete, Michael hätte sie geblendet und so eine Art Macht über sie erlangt. »Seelische Abhängigkeit« nannte sie es. Nach einem heftigen nächtlichen Streit hatte er schließlich eingelenkt, und sie hatten sich auf die Deutung geeinigt, dass Michael sie wie eine Art Sektenführer manipuliert hatte, was schließlich Vergebung möglich machte. Das und die Tatsache, dass sie mit der Neuigkeit herausplatzte, dass sie in der dritten Woche schwanger war.

Das Baby war definitiv von ihm, denn sie hatte ihm versichert, dass sie und Michael bei ihrem jüngsten Intermezzo nicht miteinander geschlafen hatten, als ob das irgendetwas davon besser gemacht hätte. Die Wahrheit war also: Sie war ausgenutzt worden. Das waren zwar nicht ihre genauen Worte gewesen, aber Aaron kannte sie besser als jeder andere. Er konnte zwischen den Zeilen lesen. Michael war berühmt, mächtig, und Jackie war verletzlich und schwach. Schon in der Vergangenheit war sie von Männern ausgenutzt worden – das hatte er aus erster Hand mitbekommen. Ihre früheren Beziehungen waren ein Musterbeispiel von Co-Abhängigkeit und Selbstsabotage gewesen.

Aaron war durchaus bewusst, dass er in seinem Bestreben, Jackie zu schützen, über die Stränge geschlagen hatte. Es war nicht seine Absicht gewesen, das Leben anderer zu zerstören: Alles, was er getan hatte, diente dem Schutz seines eigenen. Ihr erstes gemeinsames Kind war unterwegs, und Jackie war eine tolle Stiefmutter für Amiyah. Und sie *war* missbraucht worden. In gewisser Weise. Okay, da hatte er sich eine gewisse dichterische Freiheit erlaubt. Aber wer konnte schon mit Sicherheit sagen, ob nicht doch irgendeine Form des Missbrauchs stattgefunden hatte? Bei jemandem wie Michael war das sicher nicht unwahrscheinlich, oder? So wie er Jackie behandelt und sie zur Verzweiflung getrieben hatte. Auf jeden Fall war der Schaden, den er an ihrem Selbstwertgefühl angerichtet hatte, echt gewesen. Michael war eine Bedrohung. Er musste aus dem Verkehr gezogen und davon abgehalten werden, wieder jemanden zu verletzen. Aaron musste verhindern, dass er Jackie erneut wehtat. Damit bewahrte er sie vor einem Mann, der sie niemals lieben würde, nicht so, wie er es tat.

»Mirrorissa92« sollte eigentlich mit der Liste enden, plus ein paar Troll-Kommentare hier und da, um Michael Angst einzujagen. Als Aaron dem KaffeeKlatsch-Forum beitrat, ging es weniger darum, einen Plan voranzutreiben, als darum, Dampf abzulassen. Ehrlich gesagt gab es ihm auch einen kleinen Kick, als er Michael schrieb, warum genau er es getan hatte: »Weil ich es kann, Mikey.« Trotzdem vergaß er die Liste nach einer Weile, als sie von keinem Medium mehr aufgegriffen wurde. Aber unter der Oberfläche führten die Anschuldigungen offenbar ein Eigenleben, wurden in Chatrooms und Foren im Internet immer größer. Führten zu endlosen Schikanen und zu Doxing. Dann kam noch die Übernahme von Michaels Hochzeits-Hashtag – selbst ihm ging das einen Schritt zu weit. Ola war ein bedauernswerter Kollateralschaden, was dem Forum jedoch herzlich egal zu sein schien. All diese Frauen auf KaffeeKlatsch waren so wütend auf die Männer, kampfbereit.

Er sagte Frauen, aber eigentlich konnte das wirklich jeder sein. Als er selbst nach einem Benutzernamen für das Forum suchte, fragte er sich, was Frauen so gefiel. Jackie liebte die Serie *Insecure* von und mit Issa Rae. Bevor er auf »mirrorissa« kam, hatte er mit »ChampagnerMami_« und »Beyonces_Bee« geliebäugelt und sich lange den Kopf über die popkulturellen Anspielungen zerbrochen, die seine Schwester und Jackie so machten. »92« war einfach sein Geburtsjahr. Er achtete darauf, nie von seinem eigenen Laptop oder Smartphone aus zu posten; stattdessen benutzte er einen der frei zugänglichen Computer in seinem Co-Working-Space.

Eigentlich war Aaron noch gnädig gewesen. Er hätte Michael auch der Vergewaltigung beschuldigen können. Aber er ließ es absichtlich vage. Belästigung: Aber welcher Art? Körperlicher Übergriff: Aber in welchem Ausmaß? Er hatte gerade genug Details geliefert, um Jackie und dem Rest der Welt klarzumachen, dass Michael Koranteng nicht der war, der er vorgab zu sein. Doch er hatte nicht damit gerechnet, dass es so ernst genommen werden würde. Er hatte nicht einmal Michaels Namen richtig geschrieben. Aber es wurde sehr schnell todernst. Es lief wie geschmiert. Aaron hielt sich eigentlich nicht für besonders clever oder gerissen. Er hatte einfach im Internet Lügen verbreitet, wie es viele Leute jeden Tag taten.

Und war damit durchgekommen. Das bedeutete jedoch nicht, dass es ihn nicht überrascht hatte, wie weite Kreise das Ganze zog. Und nachdem es einmal losgetreten war, hätte er sowieso nichts tun können, um es wieder einzudämmen. An manchen Tagen scrollte er schockiert und stumm durch das Forum, während die KaffeeKlatsch-Armee ihren nächsten Angriff startete. Als ihm zu Ohren kam, dass Michael, nachdem er von einem Auto angefahren worden war, im Krankenhaus gelandet war, bereitete ihm das eine schlaflose Nacht. Es kursierte das Gerücht, dass es ein Selbstmordversuch gewesen sei wie bei Lewis. Das hatte natürlich nicht in seiner Absicht gelegen. Aber Aaron hatte Michael versprochen, dass er sein Leben ruinieren würde, so wie er seins ruiniert hatte. Und im Gegensatz zu Michael stand er zu seinem Wort.

Als das Wasser im Kessel mit einem Pfeifen zu kochen anfing, hörte er, wie Jackie auf der Couch erwachte. »Babe?«, rief sie schläfrig in den leeren Raum.

In der Küche schloss Aaron die Augen, bis er hörte, dass sich das Blubbern des Wassers im Kessel beruhigte. Er starrte ins Leere, als er das Wasser in Jackies Lieblingstasse goss, und einen Moment lang umhüllte der aufsteigende Dampf sein

Gesicht. Als er spürte, wie sich die Anspannung in seinem Nacken langsam löste, atmete er zur Beruhigung noch einmal tief durch. »Ich komme, Baby«, rief er und ging hinüber ins Wohnzimmer.

Danksagung

Die Liste ist ein Buch, das ich beinahe nicht geschrieben hätte. Es wäre nie zustande gekommen, wenn ich nicht eine Reihe wunderbarer Menschen kennengelernt hätte, die mich im Laufe der Jahre inspiriert, ermutigt, beraten, gefördert, unterstützt und geliebt haben. Manchmal all das auf einmal.

Yem und Yinks; meine zwei liebsten Menschen auf dem Planeten und meine größte Inspiration. Immer wenn ich Dinge für unmöglich gehalten habe, wart ihr es, die mich zum Weitermachen ermutigt haben. Ich liebe euch mehr, als ich jemals ausdrücken könnte, also werde ich euch beiden weiterhin Bücher widmen.

Mama und Papa; danke, dass ihr mir immer erlaubt habt, ich selbst zu sein, in guten wie in schlechten Zeiten, wie auch immer das aussah (und, Junge, manchmal sah es echt wunderlich aus!). Mama, danke, dass du der verlässlichste, selbstloseste Mensch bist, den ich kenne. Papa, danke für das Geschenk der Fantasie – die Geschichten auf dem Weg zur Schule, eine Reise, die genau hierher geführt hat. Ich hab euch lieb. Ich liebe dich auch, Nana; danke für all die Liebe, Ermutigung und die Gebete.

Michelle Blackman-Asante und Pamela Chinwe Nnajiuba, meine ersten Leserinnen dieses Buches, als es noch sehr konfus und verworren war. Aber ihr beide habt trotzdem immer daran geglaubt – und an mich. Meech, OG und meine beste Freundin seit dem ersten Tag. Du hältst es jetzt schon seit über zwanzig

Jahren mit mir aus! Danke dafür. Und mit dir, Pam, halte *ich* es nun schon seit über zehn Jahren aus. Gern geschehen! Aber im Ernst: Ihr beide inspiriert mich, und ich bin so stolz darauf, euch meine Freundinnen nennen zu dürfen.

Elizabeth Uviebinene und Philippa Mensah; Polly, ohne dich hätte ich dieses Buch nicht geschrieben, geschweige denn vier weitere. Ich hatte schon so viel Glück mit meinen Schwestern, und dann hat Gott mir noch eine obendrauf gegeben. Pip, danke für deine Wahrhaftigkeit, deine Gebete und deine ganze Art. Jedes Mal, wenn Leute meine Familie treffen, sagen sie, wie großartig alle sind, und ihr seid ein klares Beispiel dafür, warum das so ist.

Bosun Lewis und Nels Abbey; meine Mandem-Flüsterer! Danke, Boss, für den Juristenjargon und dafür, dass ich mich mit den Fußballanspielungen nicht komplett blamiert habe. Du bist ein Fels in der Brandung, und ich schätze dich sehr. Nelson, danke, dass du der ältere Bruder bist, von dem ich überzeugt war, dass ich ihn weder wollte noch brauchte. Danke, dass du die unzähligen tränenreichen Telefonate wegen allem Möglichen über dich ergehen lässt. Ihr seid beide wunderbare Werbeträger für die männliche Spezies.

Clarissa Pabi und Trim Lamba; Olas unabsichtliche Garderobeninspiration, alles schwarz, alles cool. Ich hoffe immer noch, dass ich nur einen Bruchteil eurer Intelligenz durch Osmose absorbieren kann. Es gibt kein legendäreres Duo – danke, dass ihr immer ehrlich zu mir seid und nur mein Bestes im Sinn habt.

Jochebed Fening, Amanda Regan und Sasha Bello: Joch, danke, dass du damals in der Politikvorlesung am College gesagt hast, ich hätte ein »Talent für Worte«. Das habe ich beherzigt! Mandy, danke, dass du immer noch jeden meiner Schritte aus Übersee anfeuerst und mich unermüdlich unterstützt. Sash, dafür, dass du dich immer meldest und dich nach mir erkundigst, egal wie lange es her ist oder wie beschäftigt du bist.

Silé Edwards, Helen Garnons-Williams, Alison May, die »Devon Firestarters« und Debbie Flint; danke, dass ihr mir auf vielfältige Weise geholfen habt, dieses Buch zum Besseren zu verändern und zu formen, sei es, indem ihr es in den schlimmsten Versionen gelesen habt, indem ihr mich in den schwierigsten Momenten ermutigt habt oder mir Kost und eine idyllische Kulisse geboten habt, in der ich es schreiben konnte (und Wein! Jede Menge Wein!).

Thomas Mensah, Leticia Mensah, Peter Asante; Tante, Onkel, danke, dass ihr mir mit dem Twi in diesem Buch geholfen und sichergestellt habt, dass ich meine ghanaischen Brüder nicht beleidige!

Hayley Steed – alles, was ich hatte, waren dreißigtausend Wörter und ein Traum. Danke, dass du mir geholfen hast, daraus so viel mehr zu machen. Danke, dass du den Mut hattest, der mir manchmal fehlte, um diese Geschichte zu erzählen. Danke, dass du mein Leben verändert hast. Kishani Widyaratna und Jessica Williams: Ihr habt etwas, das aus einer Milliarde halb fertiger, wilder Gedanken bestand, in ein richtiges Buch verwandelt. Ihr habt mich dazu gebracht, gründlich darüber nachzudenken, wie ich diese Geschichte erzählen will, ihr habt dafür gesorgt, dass ich ihr gerecht werde, und ihr habt das Herzstück von etwas geschaffen, auf das ich so stolz bin – es gibt keine Worte dafür, wie dankbar ich euch bin! Queen Naomi Mantin, Niriksha Bharadia, Matt Clacher, Liv Marsden, Jessica Thompson, Katy Archer, Nicole Jashapara, Essie Cousins, Martin Bryant, Amber Burlinson, Paul Erdpresser, Natasha Lanigan, Rochelle Dowden-Lord, Anna Derkacz, Bethan Moore,

Michelle Kane, David Roth-Ey, Chris Gurney, Graham Holmes, Arthur Heard, Josie Freedman, Hannah Ladds, Jacqui Siu, Neil McSteen, Glenn Miller, Micheal Foster, Deborah Frances White, Amy Reed, moukies: danke, danke, danke.

Und allen anderen; Tawanda Mhindurwa – du hast mich von der Sekunde an angefeuert, als ich vor fast einem Jahrzehnt in deiner Twitter-Timeline aufgetaucht bin. Danke, dass du in den Hochs und Tiefs immer für mich da warst. Bernardine Evaristo, weil du die freundlichste Seele in einem Geschäft bist, das einen kaputt machen kann, und weil du wirklich so cool bist, wie alle glauben. Tonica Hunter, weil ich glaube, dass ich dir noch nie richtig dafür gedankt habe, dass du mich dazu gedrängt hast, aus meinem Jahr an der Uni etwas mit Schreiben zu machen; hier sind deine wohlverdienten Blumen. Adjoa Kwarteng, weil ich das zweite Jahr an besagter Universität ohne dich nicht überstanden hätte und deshalb auch nicht dieses Buch geschrieben hätte. Tom Northover, weil du mich vor etwa zehn Jahren einfach so über den Facebook-Messenger beschworen hast, das Schreiben ernst zu nehmen, und ich das nie vergessen habe (und nie vergessen werde!).

Und zu guter Letzt: dir, liebe/r Leser*in, dafür, dass du dir die Zeit genommen hast, meinen ersten Roman (und diese langatmige Danksagung) zu lesen.

Jenny Jackson

Pineapple Street

*384 Seiten, ISBN 978-3-442-77240-7
übersetzt von Barbara Schaden*

Im New Yorker Nobelviertel Brooklyn Heights lebt die glamouröse Familie Stockton. Obwohl sie alles haben, was sie sich wünschen, suchen die Töchter Darley und Georgiana und Schwiegertochter Sasha nach Erfüllung in ihrem Leben.

Witzig, klug und voller Herz, mit wunderbar liebenswerten und fehlbaren Figuren, ist Pineapple Street ein brillant komponierter Roman über Familiendynamiken, die Macht des Geldes, den alles verzehrenden Wahnsinn der ersten Liebe sowie die uralte Frage: Macht Geld wirklich glücklich?

»Weise, ehrlich und so lustig!«
Helen Fielding

»Ein spannender, scharfsinnig beobachteter Roman über Klasse, Geld und Liebe.«
Nick Hornby

btb

Jessica George

Maame

480 Seiten, ISBN 978-3-442-75975-0
übersetzt von Stefanie Retterbush

Ihr ganzes Leben lang wurde Maddie Wright gesagt, wer sie ist. Für ihre ghanaischen Eltern ist sie Maame, diejenige, die sich um die Familie kümmert. Die in die Mutterrolle tritt. Die Betreuerin ihres an Parkinson erkrankten Vaters. Diejenige, die den Familienfrieden bewahrt – und die Geheimnisse. Nun ist es Zeit, ihre eigene Stimme zu finden und die Frau zu werden, die sie sein möchte.

»Sei bereit, dich in Maddie zu verlieben – ich hab's getan!«
Bonnie Garmus

»Absolut charmant und tief ergreifend ... Maddies Reise wird jeden berühren, der jemals Erwachsen werden musste.«
Celeste Ng

btb